U0920803

乔家往事

（下）

乔铁汉 著

團结出版社
UNITY PRESS

二十七

日本侵略者的飞机对重庆狂轰滥炸后的第三天，一场空前的大雾悄然而至。由于执勤的时间调整，父亲五个小时后才上哨。他习惯了居高临下地蹲在朝天门码头陡坡顶的磐石上，看船、看人流、听汽笛声、听接送客人者的寒暄。这次陪他的是战友许合江。

父亲望着白茫茫的大雾，脑子里涌现出一系列和雾有关的地方。他曾在这些地方生活、逗留或作战，后来换一个新的地方，遇到雾就会触景生情，十分自然就想到这些曾经为之黯然神伤或者无比昂奋的地方。当年在九江雾中行军、雾中撤退；途经洞庭湖，在雾中登上岳阳楼，冥冥之中在心中萌发了先天下之忧而忧的意识；永州的迷雾中，刻苦训练，坚定了打败敌人的信念；昆仑关的激战中，透过层层烟雾，击溃了穷凶极恶不可一世的日本“钢军”……父亲把有雾的地方经过罗列，再反复比较，觉得老家的雾就是虚无缥缈一般的存在，轻纱一样几乎不怎么影响人的视线，但又给人一种神秘的感觉。老家那块地方的雾主要是受黄河湿地和乔窑东沟溪流以及堰塞塘的影响，水被蒸发到了天空，然后又趁着夜色，在黎明时分悄悄地降下来。这种轻薄的雾下得快也散得快，经受不住太阳的照射，在阳光的驱赶下顿时就逃之夭夭。而重庆的雾则是全方位的，一旦雾天形成，那么这儿便成为雾的世界。重庆的雾有着凌利的攻击性，它很快地向四周扩散，而且浓度丝毫不减，不仅山城浓雾弥漫，山城之外数百里也容纳进雾的世界里。重庆的雾有很强的黏合力，雾把天和地、天和水连接在一起，成为结结实实的一块。重庆的雾具有强大的定力，一般的风吹不散它、阳光也消融不了它。重庆的雾同时也是美丽的，它的美丽成就了更多的美景。夜晚的街灯，远看去如同漫山遍野的红柿子，行走着的车灯则像人们游走的灯笼，江面上往来的轮船探照灯在茫茫江上像一只只火球。雾天的重庆庄严、静寂，江轮的汽笛不时响起，像给安睡的山城带来阵阵的催眠曲。重庆雾天的高深，使敌机为之迷失，即使最疯狂的日子，那美其名曰的战略轰炸也只能消停下来。从某种意义上来讲，雾又给人们带来安宁。

起雾的时候，不只是父亲在望雾兴叹，枇杷山上还有中央大学美术系的学生们也在专心致志地画着雾中重庆。日月隐曜、山岳潜形、灯火朦胧，竟然是一种厚重。抗战岁月的重庆，作为国家政治、经济、文化的中心，会集了天下各路才俊，也混入许许多多的三教九流。别看许多人名不见经传，出门办事和人相处却底气十足。有人说林子大了什么鸟都有，那时的重庆就是这样。世界上那些天不怕地不怕的人，偏偏要来重庆闯一闯。许合江似乎很喜欢研究人，议论人。他向父亲讲了一个人的故事，说是听别人说的。那天敌机空袭重庆，防空警报已经发出，就有人不听劝告、不理会警报，不让出行偏要出行，那股劲头真的让人毫无办法。上官泰安老先生就是这种脾气，自年轻时起就做珠宝生意，走南闯北，北京、上海、南京、天津都有店铺，生意做得风生水起，“永泰”这个商标随之叫响于大江南北。生意大了，上官先生的脾气也随之大起来，家里是老爷、家外是老板，任何时候都是他说了算。敌机轰炸重庆，事先都有预案，而且还有警报，尤其是这一次，相关部门严正告诫大家，一定要遵守规定，听从指挥，维护秩序，不得随意行动。上官泰安先生经历过多次战火，对生死攸关的事情并不当回事，从南京来到重庆后，依然对一切大事就像自己的名字一样泰然自若、我行我素。上官泰安自从在重庆住下后，对重庆的天气、道路总是适应不了，时常发一些牢骚，埋怨天无三日晴，嘟囔地无三尺平。好不容易赶上一个云开雾散的大晴天，虽是夏天，但还是有微风挟带着凉意吹过来，让人在烦躁中获得些微的清爽，上官泰安认为是天赐的好日子，就坚决要往江边去逛逛，说那里让人自在。家里人知道他的脾气，谁都拗不过他，只能任由他的意。出门时，上官夫人不能不交代几句：“重庆可不是南京，你在这里人生地不熟的，别看住了一些日子，你要多加小心。还有，日本人像是跟重庆作对一样，时不时就出动飞机扔炸弹，今天天晴，说不定他们还会来轰炸哩！”上官泰安听不进别人的话，别人也就不多去管他，家里上上下下二十多口，还只有上官夫人敢站出来说说、劝劝他，听不听是他的事，说不说那可就是责任尽没尽到。上官泰安对夫人的话，心里有些烦，想你乌鸦嘴尽说些不吉利的。他习惯以不言不语应对夫人，觉得这也是一种修养。上官泰安一向对自己信心满满，是因为他经历过摸爬滚打，是在苦难中获得了辉煌。除了自己勤奋、勇敢、善于思考、会抓住机遇外，他还认为是上天对他不薄，冥冥之中似有神助。自己的事业如此，对子女的教育也是心想事成。两个儿子一个从军一个从政，而且全混得风生水起，唯一的女儿前年以金陵女子中学第一的成绩考入中央大学新闻系。子女的出类拔萃，让上官泰安脸上很有光彩，似乎他们上官家积了厚厚的祖德，给了子女们这么好的造化。人既能在骂声中成长，也能在掌声中变得固执、孤傲和不可一世，也使自己一步步地进入不可自拔的境地。他无意识地被走江湖的术士看了一卦，说人都有气场，要是超越了自己应有的气场限度，将和普通人无异。那江湖术士说上官泰安的气场在南京，重庆这个地方根本站不住脚。上官泰安曾经受父辈影响，对烧香拜神有几分迷信，但对这种游走市井的江湖术士却不屑一顾。当即就红着脸说：“胡诌一气，你们的气场在哪里？管好自己再对别人指手画脚。”上官没有请他，只是路遇，就斥责那术士一番，一个铜板也没赏他，就黑着脸扬长而去。那江湖术士本来就是为了生活才出来卖嘴的，见上官泰安那副模样，实在咽不下这口气，就在他走后，面对在场的诸位，诅咒说：“这个人还不服气，大祸临头了，还逞强呢！”江湖术士一是发泄解气，二是让别人前车可鉴，谁无理回绝谁将挨骂，反正骂人又不承担什么责任。时间不长，上官就在朝天门码头被人捉了大头。那天不巧遇上了敌机空袭的警报，原本秩序井然的码头通道上，人们乱成了热锅上的蚂蚁。这上官泰安不是山城人，走石板路又不适应，眼看着被人挤得踉踉跄跄。这时他使出了自己的撒手锏，高价雇用滑竿。抬滑竿的人有不少是见利忘义的家伙，他们宁可把饭碗砸烂，也不放过任何能发笔不义之财的机会。发现上官泰安独自一人，孤苦伶仃地呼喊，简直是在求救。他们起初视而不见、充耳不闻。直到上官大声说加钱后，他们才问如何加钱，并且不要脸皮地翻番提价。待上官坐上滑竿，这些人还轻蔑地说：“你一个老头子，不怕遇到坏人，抢了你的东西，然后把你往路边一扔！”上官泰安说：“他们不敢！就算不识字，也该摸摸招牌。老子是谁，政界、商界、军界，响当当的！”这时，敌机开始出现在重庆上空，被上官泰安视为最晴朗最适宜消遣的日子，如同乌云翻滚，他心里随之不爽起来。这还不算，抬滑竿的人似乎很不专业，把滑竿抬得不仅不稳，而且摆动得如同筛糠。“你们是做抬轿生意呢，还是欺骗顾客的？”上官泰安生气了，给他们面子而没有骂出声，只是质问着。这几个人此时以逃命为主，根本不顾上官泰安在滑竿上。当敌机往下投弹时，这几个人把滑竿往地上一扔，居然做鸟兽散。傲慢成性的上官泰安不仅被敲了钱，还被重重地扔在地上，眼看就要被炸弹炸死了，他却像一辆没有熄火的摩托车，倒了还加着马力在地上打着圈儿……

许合江不知道父亲亲历了那天的这个场面，还冒着危险救了上官泰安。不过，父亲救了人，并没有留下姓名，或者就当是帮人推了一把车那样简单。然而，那天在敌机从高空往地上投掷炸弹、燃烧弹时，正是父亲凭借着自己的经验和速度，在二十多分钟时间内把三个被遗弃的老人救到安全的地方，其中一个还因为受惊而休克，父亲把老人家送到了那家惠济康医院，看着老人恢复了神志才离开。那阵子很累，衣服也弄脏了，父亲却觉得十分舒畅。心情好时，吃饭感觉香，睡觉也甜美，不到执勤上哨时，读着那本《论权威》的册子，自我感觉格外优雅。父亲从敌机轰炸重庆的第二天，就要求自己忘掉救助过别人的事，那是应该的，也是自己乐意的，而且是顺理成章、轻松办得到的，要是一直记住那就太俗气了。树欲静而风不止。起大雾的上午八点一刻，也就是几个小时前，父亲刚刚走出侍卫室，就被一向严肃得近乎呆板的侍卫长叫到了他办公室。侍卫长让父亲写一写那天（敌机轰炸）的所有活动，并强调说："要一五一十地写，不能隔二偏三。"侍卫长的表情，让父亲心里很不自在，仿佛吃饭时不小心卡住了鱼刺。父亲心里忐忑不安，反复问自己，那天，也就是两天前，自己上了趟枇杷山，听到警报就回执勤室，因为不是自己的班，就回去休息，走上中山 × 路，就遇到了敌机投掷炸弹，恰好有几个人被抬滑竿的扔在路上不管，自己就去帮了他们。为人不做亏心事，半夜不怕鬼敲门，写就写。父亲写道：

"敌机空袭重庆那天上午，我上枇杷山看景致，看到不少人在拍照、在写生，还有人在拉小提琴。忽然一阵口琴声吸引了我，一个戴红帽子的人在吹奏《松花江上》，琴声凄婉美妙、如泣如诉。正当我伫立聆听时，防空警报拉响了，我不顾一切地三步并作两步冲下山，来到执勤室……"

父亲写完，长长出了一口气，多少有些放松的感觉。很快，他的脑子里也像起了迷雾，就独自走出来，想看看大雾里的朝天门码头如何。心想平日繁忙杂乱的码头，在浓雾笼罩下说不定会妙趣横生，那么心中的愁闷将随之被冲淡。许合江是四川人，个子不高，很机灵。他和父亲同班，见侍卫长喊父亲，就想打探什么事。父亲写东西，他坐在一旁；父亲出门散心，他就紧跟不舍。平时关系不错，战友之间亲如兄弟，结伴同行也挺好。父亲对许合江笑了笑，意思是同意一块儿外出玩耍。他们就来到朝天门码头坡顶那块磐石上，父亲看雾想雾中的往事。许合江就讲了这几天的关于重庆人的事情，主要是嘲笑有些做客重庆的人放不下习惯了的架子，在别人屋檐下偏要作威作福，结果遭人欺骗。父亲没有迎合许合江，只是很苦涩地笑了笑。父亲开始怀疑是否在对上官泰安先生施救过程中存在某些不周，被他奏了一本。如果是这种情况，那就应了那句话——“狗咬吕洞宾，不识好人心”，有时候行善不如作恶。这种念头在父亲脑子里一闪，马上又消失了，他马上坚信自己在施救过程中，无论是对三位中的哪一位，都是做出了百分之百的努力。那是什么事情、什么原因？侍卫长让他写那天的事，父亲越想越糊涂，真的有点儿百思不得其解，觉得他遇到的事情比眼前的大雾还要朦胧，还要使人迷离。无论身边的许合江多么兴致勃勃，反正父亲这会儿感到毫无兴致可言，对汽笛声的回响、对雾中的灯光变幻，这些本来很吸引人的东西，竟然一下子感到索然无味。

当父亲把写好的东西双手递给侍卫长时，侍卫长一目十行地看了看，那张整日阴郁呆板的脸换成了灿烂的笑容。侍卫长说：“你这小伙子真格是忠厚人啊，人如其名，名副其实，轰炸那天的时间一分一秒都写得清清楚楚！”父亲面对一个从来不笑的人，莫名其妙地突然笑了，不知道其中是什么意思，听了侍卫长一席话，只能不好意思地跟着笑。侍卫长把父亲写的轰炸那天的活动说明再次拿在手里，这次没有一目十行，而是有些字斟句酌的样子。侍卫长边看边说：“你的句子很搞笑，其中那句‘像没有熄火而倾倒的摩托车在地上打转儿’，很有文学味道！还有你的魏碑字还有点儿功夫，小时候临过帖吧？”父亲谦虚地说：“我写字是不是过于死板，没有放开？”侍卫长说：“挺好，的确有些馆阁体，但不死板，还行！”父亲不清楚馆阁体到底是啥模样，猜想着那些在馆阁里长期从事文字工作的人，写一手端端正正的文书，逐渐形成一种字体，肯定是像石印的那种字体。父亲害怕因为字体工整，被抽到办公室誊写文稿，就对侍卫长说：“我写字不行，最拿手的应该是上战场打仗，步兵、炮兵都干过！”侍卫长说：“知道，你还在贸易货栈干过呢！闲言咱不叙，接着说你救人的事。知道不知道，那个被你送医院的老太太柯老夫人，可不是一般人呀！”

柯老太太来到重庆，本来可以享受车接车送、有人陪同、有人护理的待遇。可她不肯，养成的勤俭、低调习惯到哪里也改变不了。老太太平日不喜欢出门，宅在家里看书作画，看似十分惬意但老太太的内心其实也很矛盾，并不想每天都把自己封闭在这个小小的院子里，在上海时常听人介绍说重庆这地方多么美丽富庶，历史上的巴国山明水秀、人杰地灵。上海、南京相继沦陷后，被逼无奈来到这里，本来是逃避战乱的，怎料想这儿几乎属于后方的地方，竟然三天两头遭受敌机的轰炸，防空警报不时地回响在山水之间，连出门的自由也没有。她出外活动本来有很便利的条件，有车有侍从，但她又不想这样，不愿轻易去影响别人的作息。她也属于那种不爱张扬的人，不论自己在上海的地位多么显赫，到了重庆说到天边也是寄人篱下。在上海时，她这个柯老夫人也是叫得很响的，人们把她看得很尊贵，在那个圈子里她活得潇洒自在。到重庆，她本来也能一样悠然自得，完全有条件活得跟上海一模一样。然而，她堂堂柯老夫人不愿坐上豪华轿车停在景区、停在码头，让别人指手画脚，让别人议论说老太太家的女儿是谁，女婿又是谁。那种失去自我、活在别人庇护下才是货真价实的寄人篱下。她不想活在别人的世界里，认为自己是那种畅游海洋的鱼，不想让人供养在小小的鱼缸里。她相信抗战马上就会胜利，到时她就立即返回上海，像鱼儿回到海洋。因此，她刻意把自己关起来，权当一种休眠。敌机轰炸那天，柯老夫人并没有得到这方面的预报，见天气晴朗、微风习习，就神差鬼使地走出枇杷山下的那栋别墅。要是没有一种诱惑和碰巧，柯老夫人充其量到枇杷山上兜兜风，然后回到家中。她第一次独自出门，就对山下那些抬滑竿、坐滑竿的有了兴趣，甚至想以《枇杷山上滑竿图》为题作画，就走近那些等待顾客的滑竿夫。三五句话后，有滑竿夫就推出一个朝天门码头——枇杷山滑竿半日行。柯夫人被这个半日行打动了，看那抬滑竿人憨厚老实、毕恭毕敬的样子，恻隐之心油然而生。要价不高，时间不长，又看码头又登山，何乐而不为呢？看完码头，正朝枇杷山方向走，就有了敌机空袭的警报，那几个抬滑竿的居然弃人弃滑竿逃命。柯老夫人年过六旬，从没经历过敌机投掷炸弹这种场面，尤其是危急关头无能为力，只能坐以待毙。在惊悸和愤怒中，老人家就昏厥过去。

侍卫长讲柯老夫人坐滑竿被人弃在路上的过程，像讲一个故事。父亲虽然经历了后边的一些情况，有情景再现的感觉，但还是津津有味地听侍卫长绘声绘色地讲述着。同时，那句“看景不如听景”的老话在父亲脑际间闪现，果真是这样，自己亲历的事情经过侍卫长的口，竟然像小说中的情节和细节一样逼真动人。

侍卫长接下来讲：“柯老夫人被家人发现失踪，是午饭时。摆好的午餐等她来吃，过了十二点还不见她来餐厅，女儿家的用人就去请她，结果没见着。柯老夫人通常不喜欢别人去请去喊，到了饭点儿自己会主动走进餐厅，找不到老太太，刚才重庆又经历了敌机轰炸，一种不祥的假想蓦然传感给这个家庭的每一个人。接下来，就出动一个营的兵力，我们侍卫队也有十人参与，在重庆中山 × 路一带，拉网式排查起来。”

侍卫长的语气由轻到重，又由重到轻，跌宕起伏、抑扬顿挫，极富感染力。他突然又停下来，看了看父亲说：“排查刚刚进入状态，柯老太太从医院往家里打了电话，这场虚惊才安定下来。”

父亲当时就听医生说这老太太是过于紧张才导致的昏厥，休息会儿就会苏醒。父亲帮老太太付了五十铜板的医疗费，叮嘱医生多多关照，老人家毕竟年龄大了。那天也很奇怪，不知道为什么医生、护士不问一下父亲的身份。父亲那会儿想不可能是因为自己的一身军服，直观告诉医生不必多问，或者老太太不是得了重病、急病，不需住院，问太多了反而会挨训。另外，老太太的气质、穿戴，医生是能观察到的，不是一般的重庆市民，五十个铜板有人垫付，躺病床休息阵子值那么多吗？父亲心里自问自答，一直到感觉一切都能自圆其说了，才放下心来。现在听侍卫长说老太太时间不长就回家了，刚才还再次打鼓的心终于踏实起来。

侍卫长的故事讲完了，看了看父亲，发现刚才在他身上的那种紧张、压抑消失了，就平心静气地说：“这次救助老人家的这个当兵的，要是早点儿通知人家家人，就用不着兴师动众地去拉网找人了。”父亲知道侍卫长是在调侃，就说：“那当兵的不知道老太太是谁，也不知道她的家在哪儿呀！”“他可以问老太太呀！”侍卫长继续调侃说。父亲说：“老太太昏过去了，人事不省怎么问？”侍卫长这才笑着拍了拍父亲的肩膀，说：“是呀！”

二十八

父亲再次登顶枇杷山时，心里很不舒服。他觉得自己离上战场的机会越来越远了，就恨自己在宾阳时不该参加特招面试，什么特种兵，连仗都打不上，还不停地换着岗位。刚才，侍卫长找父亲谈话，说工作需要，根据父亲的性格特点、学识水平，以及从军以来的各方面表现，综合了多方面意见，为强化军需部门的力量，要父亲三天后到军需处报到上班，限三天内将侍卫室的业务交接完毕。父亲当即脸色唰地变白，问侍卫长：“是哪方面事情办得不好，还是素质不够硬，才把我调整到军需处？”侍卫长说：“你的素质很好，处理事情冷静、果断，待人接物热情厚道！”“那为什么把我调走？”父亲得理不让人，即使面对侍卫长也不客气。侍卫长说：“我也是传达上级意思，有些话你问我，我又该问谁呢？”父亲说：“你可以问下达命令的人啊！”侍卫长有些不耐烦了，严厉地看了父亲一眼说：“军人以服从上级为天职！”父亲觉得自己眼睛都在充血，浑身都别扭得要发抖，瞪了一眼侍卫长，并没有说一句话就要告辞。父亲心想，我参军就是要打日本侵略者，要跟铁炉邓家叔侄这两个亲戚比一比谁杀敌多，现在既然不让上战场，要当军需，宁肯回乔窑种地，或者回会芳货栈继续打工，反正不想在重庆混了，谁奈我何！侍卫长这才发现遇到了一个看上去眉清目秀、机灵英俊的小伙子，还有些愣头青脾气呢，态度马上有所改变，语气也缓和了很多。侍卫长职级很高，软硬兼施地对待一个侍卫，恐怕一生也没有几次。侍卫长让父亲坐下，冷静冷静，接着就苦口婆心地说：“我知道你一下子接受不了调你去军需处这件事。平心而论，我也不愿你去那边，在侍卫队伍里关键时刻你一定会有优异表现。话说回来，世界上很多事包括命运，都不是自己能够做主的。再说了，军需处那个地方，也是好多人梦寐以求的去处，有人托关系、找门路要往里边挤，说明那里的工作很吸引人、诱惑人，但不是谁想去就能去的。既然有这方面安排，不如你先报到，我再设法把你要回来。”父亲虽然情绪安顿了不少，但心里知道，侍卫长只不过是暂且稳住自己，既然过一段时间能设法把事情改变过来，那么现在为什么不办呢！

夏日的枇杷山，微风阵阵送来清爽，白云悠悠从人的头顶飘过，举目远眺，江水泛着绿波，偶尔翻腾着银白的浪花，江面上大大小小的船只穿梭一样地来来往往，满载货物的轮船上，烟囱喷吐着灰色的团团烟雾，滚滚地升上蓝天，在空中被风吹得没了踪影。朝天门码头上密密麻麻的行人，远看去很像是行军的队伍，摩肩接踵，秩序井然。父亲想起行军打仗的事儿，马上就有了精神，情绪也逐渐好了起来。晴天间多云的日子，重庆的山水就格外美丽，长江、嘉陵江滚滚东流，两江交汇处十分壮观，太公山、缙云山、枇杷山峥嵘连绵，景色宜人。山下，街道上车水马龙，喧嚣嘈杂，一派繁忙景象。

父亲心事重重，面对晴天丽日、蓝天白云、和畅轻风，仍觉得身处在迷雾之中，对周边的一切都感到索然乏味，只有看到人流时，想起行军，心中才有短时的宽慰。父亲喜欢寻一块大石块坐下，坐久了还能站在上边东张西望。枇杷山上的石头很独特，青石和红石合二为一，上边还有很清晰的纹理。父亲马上想到老家人建房子打基础一般都选择石头，石头来自两个地方，北邙山上凤凰山的石头全是红石，黄河北运过来的石头尽是青石，很奇怪，人们烧石灰用的原料是青石，而不是红石。垒砌的房子根基青石的质朴厚重，红石的热烈奔放，从没人家把两种石头混用的。枇杷山上的青红石，让人产生新奇的艺术观感，作为山上摆放的点缀物，既有奇石之美观，又有板凳之实用。父亲目光顺着小径往东北方向，也有一块这样的花石头块，没有雕琢的痕迹，是天然的石头卧牛。牛身上早就坐上了好几个人，很像是在开一个家庭会议，或者是专门请来一位老者给不听话的孩子讲道理，希望迷惘中、歧途上的孩子迷途知返。这天游人不多，没有了往日的喧嚣嘈杂声，老者的话语就格外清晰。父亲无意偷听别人谈话，然而在公共空间，老者又有板有眼地讲着，想回避就不可能。父亲边听边推测老人讲道理的目的，同时，还加上一个问题，为什么教育孩子要请一位外人，外人讲道理为什么家里还参加好几个人，不时地还要随声附和老者呢？从几个人的话里，父亲慢慢地听出了眉目，厘出了这个家庭在枇杷山上开家庭会的原因。这个男孩不满意家庭为他包办的婚姻，婚期临近了却要逃避这桩婚事。听得出来，家里人已经把方法用尽，但这男孩态度坚决、软硬不吃，这才请来枇杷山临风寺的老僧，对孩子进行教育。老僧关于人的前世今生，讲得神秘兮兮。父亲天生直性子，讨厌人说话拐弯抹角，有人称这是讲究策略，是语言艺术，按照父亲的想法，策略和艺术就是糊弄人的手段，人都不是傻子，把要说的话三言两语摆出来，多么简洁、多么爽快。如果担心别人听不懂，你可以重复一遍，但旁征博引、封建迷信这一类的言词简直就是另类的强迫。父亲心旦别扭才出来寻找一个地方清净清净，让自己的灵魂换个环境休息一下。没想到却遇上了别人的麻烦事，看来人活在世界上，都会有不顺心的时候，谁都不可能逃脱的。卧牛石那边声音很大，恰好风又是从那边吹过来，无意间又扩大了音量。父亲原本想再换个地方，心想这种家务事、日常生活中的事在哪里都能听到见到，自己到山上来图的就是避开凡俗，吵吵闹闹只会加重自己的烦恼。或许是因为老者的话富有哲理吧，竟然让讨厌唠叨的父亲耐住性子听下去，而且十分专注。原来，父亲刚才理解得不对，不是那男孩子单单逃避包办婚姻这件事，是男孩子追一个女孩半年多了，女方似乎是揣着明白装糊涂，于是男孩为此弃学外出，他逃到宜昌附近，可那儿正打仗，无奈之下他只好回到重庆。家里为了稳定他的情绪，就为他包办了一门亲事。哪里知道，就是因为这桩包办婚姻，不仅没能挽留住男孩，反而再次勾起男孩对那个女孩的思念，那已经熄灭了的火苗再度死灰复燃。男孩本来就读于中央大学物理系，学业优异，本来应该有一个较好的前途。单相思的折磨、包办婚姻的折腾、立志远走又遭遇战火，男孩的精神简直崩溃了。他已经没有了继续读书的勇气，每当跨进中央大学，那女孩的身影如幽灵一般向他翩翩走来，然后他就瞌睡，上课时多次因打鼾遭到驱逐。他成了中央大学物理系师生们嘲弄的对象，那女的干脆就回避他、远离他。他又不愿在家里待，包办婚姻让他头疼，每天他就像背着一副金属做的十字架，压得他好累。或许，他就是为寻找一方净土，寻找一丝清净，或者寻找失去的快乐才来到枇杷山上，那头卧牛就是他选择的最可靠、最合适的目标。他万万没想到，他的家人竟然尾随而至，而且还带着僧人老者做说客，把他那可怜巴巴的自由也攫取了。

那老者，准确地说，那老僧人一直处于娓娓道来的状态中，说话既不温不火，又不快不慢，且有着庙宇里才可能听到的深沉、邈远和缥缈。起初，央大的那位男生还不时反驳两句，老僧并没有受到任何影响，节奏、声调依然如故。渐渐地，那男孩似乎被某种意境或语境所感染，不再跟老者辩驳，反而默默地聆听着几乎是一对一的教诲。老人说："芸芸众生、世俗万物、千姿百态，不能不使人思潮汹涌、杂念丛生，主观世界受客观环境影响，主流意识被异端邪说干扰，正确思想遭世俗杂念绑架，于是就出现年轻人的叛逆和偏激，然而终有云开雾散、水落石出、泾渭分明的日子，那时心里如同自然界豁然开朗，继而茅塞顿开……"

父亲用心听着、认真记着，像在听一位有识之士的公开课。老僧继续讲着，好像是讲每个人在成长过程中，都会有被诱惑、被迷惑的时候，因为人非草木，孰能无情，人的七情六欲，哪方面都可能出现短板，人非圣贤，孰能无过。父亲边听边想，老僧的这些话无疑让那位大学生听后很容易接受。即使不接受也不要紧，还有孟子的一段话，老僧说："孟子曰，天将降大任于斯人也……行拂乱其所为，所以动心忍性，增益其所不能。你们年轻人，在成长中会遇到香花迷雾，有时候陷得很深，不能自拔，那是因为你们太执着于某件事、某个人，把它们作为人生中的必需。这也不属于你个人的错，是上苍打算栽培你，故意这样安排的。年轻人，之所以犯错，就是因为你见得少。为什么古书中、名著中男女之间有爱慕之心乃至恋情的，多是自家亲戚朋友范围之内的？就说大观园里的那些儿女情长的事情，无一不是亲戚之间、主仆之间、仆仆之间，那是目光、境界所决定的。存在决定意识，如果把大观园扩大到自由开放的社会里，爱情观、婚姻观肯定会发生大的膨胀和改变，贾宝玉会嫌林黛玉体弱多病、毫无性感，薛宝钗会骂贾宝玉没有男人味……"

老僧绕了一大圈，把话落在男孩这里："你之所以对那个女孩爱得如痴如狂，根本不是你的错，是那女的身上生来就带着一种引诱一部分男孩的魅力，还有被人雅称为铅华的伪装。如果打个赌的话，那女的对爱她入木三分的人都只是一种戏弄，输掉赌注的必定是你们这些被蒙在鼓里的优秀男孩！伪装过的这个女孩，并非对你一个人微笑，她一定还向别的追求者频频传递媚眼。孩子，要牢记这句话，这个女孩对男孩们尤其是你的爱慕绝不会做出任何回报，因为你的意志力、定力尚未形成，物质和财富的压力还未开始，让铅华女孩看不到明天的曙光。"

老僧说到这里，有意停顿了一下，望了望高空。此刻，天空中正出现几大堆的白云，缓缓地移动着。见大家的目光都随着他的目光在移动，老僧就触景生情地说："这天上的云彩，可能在一些人的眼里是美丽大方、圣洁无比的，认为是世界上最了不起的；可能在另一些人的眼里，认为这云彩，远比不上在西藏林芝看到的纯洁、大器和曼妙！唉——"

父亲听着卧牛石那边老僧的话，觉得老僧是否年事已高，俗话说树老根多，人老话多，还把触景生情一类的话也讲了出来。

老僧还在讲，像是语重心长对那男孩讲的。"有些事情，别人看得很清，只是当事人还犯着迷，这就是人们常说的，当局者迷，旁观者清。好心人很想把这张纸捅破，又担心你不能接受，看透不说透，说透不朋友，只有心痛地看着你执迷不悟了。而你，小伙子，即使毫无希望的事，你却从未失望，也不愿放下，因为她曾经给过你一个灿烂的笑，于是你就在心灵感受的满足和要娶她为妻的漫漫路上跋涉。当女孩有一天告诉你那不可能，你还会回答，带着希望的死是幸福的。那女孩就会冷冷地告诉你，弟弟，你去幸福吧！"

卧牛石上的那家人随着老僧的目光遥望天际白云的时候，父亲也下意识地往天上看，而且看得很投入、很亲切。白云也显现出了它的友善，不停地变换着造型，好像在和父亲互动。悠闲的状态，令父亲有了躺在石块上闭会儿眼的念头。父亲知道，夏天的石头上很凉爽，但不能全身心地躺在上面，时间久了，会得风湿病的。父亲有个堂哥，小时候逞强，一个人独占了村里的一块青石板当床用，后来就得了严重的风湿病，终身残疾。想是这样想，但困乏最容易击中的便是年轻人。父亲隐隐约约地看见那位老僧从卧牛石那边走过来，目光里饱含着怜惜和厚爱，而父亲则把眼睛朝向另一边，尽力避开老僧那张枯槁苍老的脸。他不是害怕老僧，也不是讨厌他，而是觉得在这白云蓝天下的枇杷山上，消停一会儿是一会儿，而僧人的说教和开导对自己毫无作用，改变不了现实中的既定事实。老僧不管父亲的态度多么固执和多么不友好，不依不饶地要和父亲交谈。老僧说："小伙子，我知道你有心事，才到这枇杷山上来寻求慰藉。""我没有心事，只是来看看景致。您是临风寺的高僧，慈悲为怀，刚才为那男孩指点迷津，效果可好？"父亲欲把话题引开，自己的事不愿让外人插手，尤其是那些自诩四大皆空的人，云里雾里的话解决不了实际问题。老僧仿佛看出了父亲的抵触情绪，说了句无关痛痒的话："阿弥陀佛，古人云：丈六金身，能变能化，无大无不大，无通无不通，普度众生，号作无人师。老衲看你眉清目秀、气宇轩昂、聪颖睿智、有英勇果敢之貌、富带兵打仗之才，故不耻他人讨厌与你闲聊刹那，还望你能应诺。"见老僧这么谦虚，父亲不好意思回绝人家，立即坐起来向老僧施礼，之后竟然效仿着出家人打坐，双手合十，并且幽默地说："阿弥陀佛，高僧不吝赐教，后生三生有幸，不胜感激！"老僧习惯地双手合十，腰部稍弯施礼后说："自古英雄出少年，老衲能与你不期而遇，实为缘分！"两人寒暄一阵，那种代沟和初次相见的戒备立即消除。随之开始了推心置腹的交流。父亲说："高僧，咱们聊到这么投缘的份儿上，我就不再藏着掖着了，后生真的心里不爽才来枇杷山解心焦。按说半年多来后生常来这里，但这次的心理有别于往日，往日轻松愉快，今日郁闷沉重。"父亲唯恐自己说话触犯佛家禁忌，从而引起大师不悦，就把话打住看看大师的表情。不妨大师竟然全神贯注、目光炯炯地看着父亲，聆听着他的话。见父亲停止说话，老僧便察觉到他的顾忌，就鼓励说："佛门虽有诸多清规戒律，言辞方面也多有讲究，然有缘人邂逅于临风寺之外，就另当别论，全当开戒了！"父亲说："多谢大师开恩，后生就言无不尽了！"父亲把自己私塾求学、洛阳学徒、参军报国、初战九江、练兵永州、血拼昆仑关、特招来陪都的经过讲给了大师，又把想尽快上战场杀敌的心愿不能兑现而闷闷不乐也发泄出来。老僧人神闲气定、慈祥和蔼地看着父亲说："精忠报国，是热血男儿的无悔选择；马革裹尸，是有志军人的壮烈义举。国难当头，为民族存亡冲锋陷阵，你的想法没错。然而，当你冷静思考一下，就会发现，普天之下，和你同样有理想有抱负的优秀男儿岂止千千万万，而每个人又都是抗击倭寇鳖儿这盘大棋的一粒棋子。作为棋子就是为大局服务的，虽没有冲杀在前，但只要有意志力，积极做贡献，也是不同意义的上前线。"父亲最不愿别人讲理论、摆谱，空洞的道理、长篇大论要是放在战场上就是贻误战机。老僧轻轻拍拍父亲的胳膊，说："少安毋躁、戒急用忍，听老衲把话说完。"父亲果然又耐下心，听老僧人继续讲下去。"仔细看你五官和体态，可以断定你是猴年生人，出生时节恰逢鲜果罢园、干果成熟的初冬，由于住家环境，出生后便受到关云长忠勇义节的熏陶，注定你是一名职业军人，而且一生奔波于中国的诸多名山。按天理，猴子活在大川名山游刃有余、战无不胜、攻无不克，然而有句古话说，靠山山会倒，胜也山、败也山，对于个人，你胜无恙、败无虞。”父亲对老僧人接地气的话听得十分认真，关于山，他禁不住发问：“胜也山、败也山是什么意思？”老僧人摇摇头说：“天机不可泄露。将来让事实回答你吧！”父亲有些失望，但他理智地点点头，意思是听老僧的。老僧人继续说：“你一生除了在山里忙碌，还有在大城市里生活的经历，不论时间长久或短暂，按照命理这些都是过渡，有些是短期的过渡。过渡中你是平稳的、愉快的，更是安然无恙的。因为你这个人很奇怪，上苍给了你六条生命，关键时刻便有奇迹出现，尽管如此，你一定要自重自爱，珍爱生命。”父亲心里想，生命属于一个人只有一次，哪有六次，这不是神话故事和天方夜谭吗？老僧人说：“人生如梦，倏忽之间，轻舟已过万重山，老衲再提醒一句，世间一切最美好的事物都如过眼云烟那样稍纵即逝，理想和现实、真实和虚幻最终无法调和共存。因此，活在当下，干好当下，忠勇之士定有贵人相助！”老僧最后的几句话，让父亲感到震撼，如同醍醐灌顶。父亲想说句感谢老僧人的话，犹豫着话怎么说，正在这时，有人喊叫着父亲的名字。声音火急火燎的，似乎有什么要紧的事情。父亲睁大眼睛，眼前没有人，更没有老僧，连卧牛石那边的一家人都和老僧人离开了。枇杷山上这阵子空空如也，呼喊他名字的声音显得清晰极了，而且由远而近，是许合江，每天屁颠虫一样地跟着父亲，由于他人很勤快，又没有多少花花肠子，父亲便容忍他像影子一样跟着自己。许合江满头大汗，气喘吁吁，嘴一张一合的样子犹如离开水后命悬一线的鱼的嘴。父亲回味着梦境里老僧人的教诲，很不想在这个时候被人打扰。于是，就没有拿正眼看许合江。许合江并不了解这些，上气不接下气地说：“国俊兄，你出门也不言一声，叫我在宿舍内外找得好苦！”父亲和许合江关系好，怼他三五句他都咽得下去，从来不记仇。父亲脸板着说：“合江，你小蛤蟆大腔，有啥事这么慌，竟跑到景区嚷嚷！”“国俊兄，是这事。”许合江说着突然像枪卡了壳，他看到父亲脸色有些不那么友好，就一连喊了几个“国俊兄”，是要解释什么，想让父亲原谅他的唐突。

乔国俊是父亲到重庆后改的名字。他入伍时兵役登记的姓名是乔仁厚，那是按照《乔氏族谱》的辈分，结合家庭叔伯兄弟的排行用字，经过很多文化人乃至知名术士参照四柱命的名。父亲的曾祖父是封建官员、祖父是国子监监生，名字里饱含着封建社会的元素。身处那个时代的每个人，差不多都难以摆脱时代留给人们的烙印。封建社会里，以“仁义礼智信、温良恭俭让、忠孝廉耻勇”作为名字字根的不在少数，纵然五四新文化浪潮，涤荡了封建文化的污泥浊水，但以传统道德标准要求、约束、影响一代又一代的顽强生命力，又不能不体现在意识形态的方方面面，尤其人的名字、商家的招牌、街巷的命名，实在富有春风吹又生的韵味。在国民革命军中，尽管有许多新兵的名字、军校生的名字都使用了新文化运动后的词汇，但还有相当多的军人，尤其是军官，名字里依旧是封建时代的陈谷子烂芝麻。父亲在湖南永州的百米比赛后，军部一位长官曾开玩笑说父亲应该改名，明明是人前，怎么要叫人后（仁厚）呢。后来，有人悄悄告诉父亲，这位长官的名字带有“仁”字，长官父亲名字带有“厚”字，讲究尊卑贵贱的社会里，士兵重复长官名字中一个字是难容的，更何况还重复人家父辈名字一个字呢，这简直有些大逆不道。长官的人前人后之说带有很深的忌恨。到重庆登记入册时，应该也存在这些问题。不过这里的长官职级高，文化水平也高、品行修养更高。其中有位将军告诉父亲，军人是带有使命的职业人，在战场上杀敌拼命是神圣职业，仁慈、忠厚是最不可取的，他要为父亲取一个中性词的名字。将军不问父亲八字四柱，也不关心家庭出身，说父亲英俊开朗，参军报国，就以国俊为名字吧。从那天登记造册起，父亲的姓名就是乔国俊。在这里，并没有人知道父亲的经历，也没有知道他曾经用了十九年的名字叫乔仁厚。

在许合江“吭哧吭哧”唤着国俊兄的时候，父亲已经从那个奇怪而又真切的梦境里走出来，对许合江的态度相当友好。许合江这才把要说的话完完整整地表达出来。许合江说：“我听说你心里不得劲儿，不想去当军需。我也只是一个兵蛋子，知道帮不了你，今天早饭时我就苦思冥想，最好的办法就是我替你去当军需，不知道长官们能否答应。”父亲苦笑了一下，说：“合江，你的好意我领了，但你的好意肯定成不了现实，长官们决定了的事情，咱当兵的啥时候能扳回来？”许合江皱着眉头，一副认真思考的样子。听了父亲的话后，他小鸡啄米一样地频频点头。父亲看许合江态度那样诚恳，就安慰他说："你想当军需的话，遇到机会跟侍卫长提一下。我到军需处后，及时把那里的人事情况跟你沟通。"许合江眼里闪起亮光，很激动地点着头。

二十九

父亲觉得自己很像一只在地上飞速旋转的陀螺。小时候，父亲很喜欢打陀螺。为了使陀螺转得快而且持续时间长，父亲想方设法对陀螺进行改造，比如在陀螺的最底部的尖头嵌入一颗钢珠，一是闪亮美观，二是光滑减少摩擦，陀螺转起来又快又稳；或者在陀螺腰部加上一个铁箍，增加陀螺自重，提升陀螺惯性，陀螺旋转时间就随之延长；为了让陀螺旋转起来更有魅力，父亲还在陀螺顶部画上七彩线，腰部涂上多重彩圈，转动的陀螺就像旋转的万花筒。那时候，父亲手持一挂用破布条编织成的鞭子，梢部还续上半尺长的橡胶绳，甩鞭子时稍微蘸一下水，那么响起来就清脆嘹亮，打到陀螺上更加给力。小孩们喜欢比赛玩耍，父亲的陀螺总是获胜。现在父亲每天都连轴转，而自己不知道如何形容自己的状态，就想起陀螺。

父亲的军需生涯是从珊瑚坝机场开始的。那天上午，柯老夫人的亲戚从香港来重庆，老夫人点名要父亲去珊瑚坝机场接站。军需处处长告诉父亲，迎来送往将是这一阶段的主要工作之一，陪同柯老夫人、为外国专家顾问团服务是工作的重中之重。父亲不知道柯老夫人的身份，也从不过问其家庭背景，干好分配的事情，机灵、勤快、多干少说一直是父亲遵循的处世原则。柯老夫人说要到机场接站，军需处的车提前到了老夫人别墅门前。父亲这天很有精神，之前他不止一次地见过飞机，但还没有见过专门载人的客机，也不知道机场到底是什么样子。那种对陌生领域的好奇，使父亲忘记了工作岗位变动带来的纠结。加上柯老夫人和蔼可亲，不时提出敌机轰炸那天父亲英勇施救的事，进一步拉近了和父亲之间的距离，初次共事的生涩、猜忌似乎早让那天的经历磨合掉了。柯老夫人以对待她的子女一样的态度对待父亲，让父亲十分感激，也让父亲做起老人家交办的事情来满腔热情。柯老夫人在前往机场的路上，又和父亲拉起家常，自然是从洛阳的风土人情开始，一直聊到明代孟津人"孟半朝"，以及神笔王铎等，当她察觉到父亲沉默不言时，知道勾起了年轻人的思乡之情，马上来了个一百八十度大转弯，说起到机场接站这个事："其实，今天到机场接人，我完全可以不去，小乔你一个人就可以完成任务。我陪你一道儿到机场，主要是放松一下，一个人坐在画室里创作有时候也会烦躁和苦恼，出来兜兜风，换换环境不仅缓解烦恼，还可能产生灵感、触发创作上的冲动。要接的两个孩子我也不熟悉，还要比照一下他们的相片。"柯老夫人拿出一张照片，是两个孩子在草坪玩耍时拍摄的，他们身后还有几头正在吃草的牛。照片下方标注着一排字母，父亲只认得汉字，对这些字只认得字母，连在一块儿便不知道是啥玩意儿了。柯老夫人说："照片的背景是英国皇家牧场，英文其实也好学，主要是字母的发音、音标、单词、语法，相比汉语简单多了！"说话间，雪佛兰轿车轻轻刹了一下车，就拐上了机场的林荫道。机场林荫道跟刚才行走过的道路并没有明显的不同，道边一样是绿树成荫，无非这儿的路面上涂抹了很多标记，路口的斑马线、指示箭头更加明显。柯老夫人在过十字路口时，怪怪地笑了笑说："这里的好几处斑马线可以取消，没有多少行人，更没有不守规则的行人，应该把约束行人的斑马线更多地划在中山 × 路、滨江路上、渝兴路上，让抬滑竿的及棒棒们有所遵循！"父亲头顶侧面的后视镜上，柯老夫人义愤填膺的表情清晰可见。父亲想，敌机轰炸那天抬轿人给老夫人造成的心灵创伤一时半刻不会痊愈，触景生情便会油然发作。航班有延误，战争年代国际航班也经常受到干扰，国外飞往香港启德机场的航班几乎很少有准时到达的，那么香港飞抵重庆的航班自然也不得准点。何况重庆这个地方，常有浓雾笼罩，不定时还有敌机轰炸。父亲拿好照片，在柯老夫人面前展示了一下，说："柯老，您坐车内休息，我一个人去接小孩。"柯老夫人已经挪动身体，正发力做着下车的动作，连连摆手说："我需要下车走走，总不能倚老卖老！"那司机已下车准备给老夫人开车门了。父亲等柯老夫人下车站稳，没有摔倒可能时，才说："咱们慢慢走着？"父亲知道柯老夫人是一位要强老人，不待见那种装腔作势的巴结，鄙视那些假仁假义的奉迎。在她因惊惧休克被父亲送进医院，意识恢复后，打电话告诉家人，之后出现的情形使她很生气，她正要出院返家时，竟然出现了一拨又一拨献花篮、送补品、说甜言蜜语的人。她无论如何都不愿接受这样的情况，禁不住就发了火。据说柯老夫人当时说："在别人需要时，你们来助她一臂之力，胜过她不需要时的一千倍一万倍！我不管现实多么势利，人们多么功利，在我这里就想看到一片绿洲、一片净土！”老夫人说话可能触及了一些人的灵魂，这些人只能违心地接受，因为柯老夫人虽然只是一名美术学院教授，充其量是艺术家，但她女儿却足以让这些献媚者趋之若鹜。父亲这个人不会看风使舵，也不会花言巧语，更不会阿谀奉承，做梦也不会想到他这种直来直去的人，居然能得到柯老夫人的欣赏和厚爱。柯老夫人上台阶虽然慢腾腾地，有时候还下意识地按住膝盖，但她不愿让人搀扶，父亲只能站她一旁，时刻做着要搀扶的准备。柯老夫人边走边自我解嘲地说：“人老腿先老，过于怜惜自己的腿会老得更快！”很多时候柯老太太就像个哲学家，对待客观世界、对待现实社会，总能从正反两面、客观与主观、量变到质变等方面去分析去解释，让父亲很受益，特别是在思维方式和方法等方面大大长进。听着柯老夫人讲腿，父亲觉得有道理，就连连点头，好多时候，柯老太太也需要别人的理解和捧场。

透过大厅的玻璃窗，父亲看到偌大的机场停机坪里，不整齐地停着五六架飞机，每架飞机上都涂鸦似的画着天鹅、狮子、鹰和老虎，这些飞机下面都有清洁工模样的人拿着刷子、拖把使劲儿地往飞机肚子上蹭。父亲的视线往前拓展，看到更空旷的地上，竖着一排排半人高的信号灯，大概是白天的缘故，这些信号灯并没有发亮。两排信号灯之间，有道路标记一样的划线，父亲想这可能就是跑道，飞机在这里狂奔一阵后，就顺势腾空而起。想到飞机狂奔的样子，父亲立马儿想到百米赛跑，人拼命地跑，像飞一样地快，只是到了那端冲刺着撞线，而不像飞机那样飞上天空，在浩瀚的蓝天上翱翔。想着这些，只见一架飞机在跑道一端的空中俯冲下来，然后缓缓着陆，接下来发疯似地撒欢跑起来，经过几百米后，速度渐渐减下来。飞机降落后的情形恰恰跟起飞时相反，起飞时由慢到加速再升空，降落时由空中着陆后，由高速减慢。父亲猜想着刚刚这架着陆的飞机应该是从香港飞来重庆的那个航班，身边那么多接站的人早已等得不耐烦了，他们中相当多的人焦躁地在原地踱着步，或者埋怨着飞机这么不准时，他们并不关心有没有飞机降落，目光只停留在那条出站的通道上。看着接站人的姿态就令人眼睛放电，有人把脖子伸长到最大限度，有的踮着脚尖还嫌高度不够，有的撒娇不顾忌外人竟然坐在男友的肩膀上……柯老夫人静静地观察着接站厅的屋顶、地板、内部设施，以及神态各异的人们。

走下飞机出站的人们，并不比接站者的秩序好多少，不论是单人的、携家眷的、公务在身的，进入出站通道后，简直是失去了理智，拼命地往前挤扛。于是，下了飞机的人流如同水库开闸放水，哗地涌了过来。接下来，等待行李的焦急询问声、人们见面后的问候、伴着久别重逢的唏嘘，大厅里沸腾了似的。然而，任何场面不论多么热烈，或是多么清静，总是在较短的时间过去后，迅速恢复了常态。出站通道上只有零零星星的人出现，其间还有下班的空乘人员，大厅里嘈杂过后，几乎没有人影。拿着那张外国小孩照片的父亲，目不转睛地盯着那条通道，内心从兴致勃勃转为兴味索然，担心今天接不到客人了。父亲做事的认真程度，一向是高得无以复加，很多时候就像俗语讲的咸吃萝卜淡操心，皇上不急太监急。这天又犯了这种毛病，柯老太太还在悠闲若定地左顾右盼，难道人家不为接不着来客犯急吗？父亲知道自己的急躁情绪不能左右客观存在，就在内心里要求自己冷静。在那条无人的通道上，终于又出现了三五个人，其中就有那两个小孩。父亲兴奋得不得了，笑着对柯老夫人说："知道这些外国孩子淘气，你看东张西望的样子，走路也不安生！"那女孩在前边走，走走停停，不住地回头瞪那个男孩。女孩除了背一个大书包外，背后还挂着一个足球。那男孩赤手空拳，边走边调皮地用脚倒钩女孩背着的足球。父亲被他们这种磨磨蹭蹭地耗费工夫逼急了，就两手在嘴巴上合成一个喇叭，朝他们喊话："喂，小朋友，快一点儿！"那男孩还是边走边踢足球，气得女孩干脆把球从肩膀上取下来，朝一旁地上一扔。足球带着网袋在大厅里滚了好几米，而且还在滚动。按道理这个男孩应该识趣地把球捡起来，自己拿上。可是男孩却做了一个令人想象不到的举动，他冲上前几步，像足球运动员射门一样拔脚怒射。那足球"嗖"地在大厅里形成一道弧线，不偏不倚地射到一位匆匆行走的乘务员身上。"哎哟"一声，那乘务员摔倒在地。她是被突如其来的怪物吓着了，瘫软地倒下，以为是出现了要命的情况，双眼闭得紧紧的。父亲和柯老夫人也顾不了接小孩的事，急忙朝倒地的乘务员走过去。父亲像赛跑时冲刺一样冲了过去，唤着"怎么样、怎么样？"那乘务员慢慢睁开眼，说了句："吓死我了，还以为是敌人扔炸弹呢！”柯老夫人也被虚惊一场，忙说：“姑娘，对不起了，我们的客人太淘气，让你受惊了！”见老人彬彬有礼地向自己道歉，那乘务员不好意思地红着脸，欲从地上站起来。柯老夫人对父亲说：“国俊，帮帮这姑娘，拉人家一把。”父亲二十岁了，长这么大还从未拉过女人，脸上热辣辣的，心里跳得很剧烈，然而还是把乘务员从地上拉了起来。

刚才还淘气临门一脚正中女乘务员的那个男孩子，这阵子一点儿也不兴奋，木呆呆地站在女孩的身后，担心被惩罚似的。而那个稍大点儿的女孩，此刻也像做错事的孩子，无精打采地面对着眼前的一切。父亲主题思想明确，在拉了一把那空乘姑娘后，就立即拿着照片走到两个外国小孩面前，很热情地问：“小朋友，不要怕，足球踢中的那姑娘没有问题。我们是专程接你们的！”那女孩怯生生地看了父亲一眼，马上转向那个踢球的男孩。男孩这才开始说话，声音好像生硬而响亮，只是父亲一点儿也听不懂。女孩看父亲目瞪口呆的样子，也说了一句什么，父亲猜想着她说的是英语，而且十分流利。只能摇摇头，表示自己也听不懂她的话。这时，柯老夫人笑着站在父亲和外国小孩之间，告诉父亲说：“那男孩刚才说，他是英国的男孩，听不懂你的话。那女孩说，对不起，接我们的是一位奶奶。”父亲点了点头。这时，柯老夫人跟两个英国小孩对起话来。根据他们对话时的口型判断，他们先是问候，接着是自我介绍，最后都频频点头，说明他们已经对上位，相互间已经明确了关系。父亲帮那俩英国小孩拿着行李，陪着他们走出大厅，向停车坪走去。正行进着，那个女空乘不知从哪里斜插过来，挡住了父亲，说：“你好！我认出你了！”父亲禁不住一怔，心想这女空乘可能是被足球击中吓得精神出了问题，自己从来不认识一个空乘，连飞机都没坐过啊！父亲不敢说人家有精神上的毛病，只能说：“你是认错人了吧？我真的不认识你呀！”柯老夫人也帮父亲说话：“姑娘，好多男孩的长相都差不多，你是不是认错人了？小乔到重庆不到一年，也没参加过社会活动。”女空乘这才摊牌说，她不是空乘，只是出于对空乘工作的兴趣，临时干几天，是大学生的社会体验。这女孩口齿伶俐，三言两语就介绍完了自己，说她是央大新闻系的学生，叫上官朏朏，去年曾报名参加过南宁昆仑关战斗的战地志愿者担架队。女空乘告诉父亲：“你当时被飞来的手雷击中钢盔倒地后，我和彤云立即就把担架支好，正要抬你，你竟然又站了起来。那两个戴钢盔抬担架的你应该有印象吧？”父亲忘不了那次被击昏的刹那，当时以为自己完了。听女空乘这么一说，眼睛几乎要冒出火花，当时的确有两个戴钢盔抬担架的人要抬他，但记忆中那两个人是男的。女空乘见父亲拿疑惑的眼神看她，就说：“当时你要真的站不起来，被我们抬到战地医院，那么等你醒后，一定会有人告诉你，是两个女学生抬了你！”父亲的确有点儿木讷，只会说：“谢谢！”此外，他什么也表达不出来。女空乘好像也很忙，临走告诉父亲，她当时把父亲掉在地上的口琴捡了，至今还放在学校寝室里，心里想除非有奇迹出现，才能完璧归赵。她说：“真想不到，苍茫大地、辽阔神州，大海捞针般的希望，居然能够成真，竟然在珊瑚坝机场上演一场神话般的邂逅！”她“唰唰”两下，就写了自己的联系地址：“中央大学新闻系上官朏朏。”她的字迹十分流利，好像不心疼纸似的，一张纸上只写了那么几个字，一连写了两张。一式两份，先递给柯老太太一张，然后才轮到父亲。父亲没有地址，这是工作纪律。父亲转过身，跟着柯老夫人，带领那俩英国小孩继续走着，似乎上官朏朏没有出现一样。

坐上汽车，柯老夫人说了句：“上官姑娘挺秀气的！”父亲说：“我看不出来！”老夫人笑着说：“是吗？”接下来车内的氛围还没离开上官朏朏。柯老夫人把手中的那张有地址的纸展开，若有所思地说：“上官朏朏，好名字！”听柯老夫人这么一念，父亲心里禁不住惊悚起来。他刚才还琢磨着这月字旁，右边一个“出”字如何读，是读“咄咄逼人”的“咄”呢，还是读“屈服”的“屈”，抑或读“相形见绌”的“绌”。柯老夫人这么一读，让父亲产生了无地自容的羞愧，多亏没读出来！柯老夫人似乎没有任何察觉，继续感叹着这个女孩的名字：“《说文》上说，朏，月未盛之明也，用白话说，朏是月亮出来了，但还不十分明亮。”老夫人努努嘴，接着说，“《左传》中有‘朏明’一词，是指新月开始发光，多美的意境啊！”父亲惊异地看了看柯老夫人，由衷地敬佩老人知识面的宽广。柯老夫人忘记自己在车上，身边还有两个外国孩子，深情地朗诵着：“床上石枕一枚，尘埃朏朏甚高，似是衣服。”“亭亭宵月流，朏朏晨霜结。”“安得朏朏之与游，而释我之忧也哉！”

汽车已经到了柯老夫人的住处，她老人家还在说：“《淮南子》上说：

日登于扶桑，爱始将行，是为朏明。朏明，将明也！”

父亲在心里说：“朏朏这个名字，莫非有无与伦比的文化魅力，竟能让柯老夫人如此器重，而打捞出那么多的知识积淀？”

三十

重庆的雨季时间很长，但主汛期却不长。进入夏季，尤其是主汛期，时常就有暴风骤雨出现，雨水连绵数日，山洪、泥石流灾害随之发生。连续的降雨，往往造成令人防不胜防的地质灾害。洪涝灾害过后，次生的各类灾情更为普遍，连陆路、山路受阻后的空运，因为暴雨而受到影响的问题也十分突出。珊瑚坝机场积水停运，很多班次都不得不改到广阳坝机场和九龙坡机场起降。这个夏天，到机场接送贵宾和军政要员一直是父亲的主要业务。接触外国的小孩，父亲被孩子们的天真、浪漫、调皮及礼貌深深影响着。偶尔用几句不那么流利的英语跟小朋友交流，父亲觉得很快活。

那天跟随柯老夫人接那两个小孩回来，父亲开始有了重重的压力。原来以为到机场接送客人，太容易了，任何人都可以干，何况自己，谁知第一次接站，父亲就改变了认识。如果一个接站的人，听不懂客人的话，或者说连最简单的礼节性会话都不会，那这接站的人就像一根木桩子，充其量就是一个傻子。在有些场所，一个傻子、一截木桩去接站，面对外国朋友，那不仅是丢了自己的脸，连国家、团体也会为之蒙羞。坐在车上，父亲听着两个英国孩子跟柯老夫人叽里咕噜地说说笑笑，格外羡慕他们。不知怎的，父亲又想起了巴卜洛夫，他讲的是俄语，初次跟他接触，好像是在听百灵鸟在叫，时间久了，慢慢就学会了几句，还可以用俄语向他问候，那时光也很美好。父亲听着他们对话，心想英语和俄语虽不是一个语种，甚至也不是一个语系，但只要用点儿心，也是可以学会一些的，起码能简单交流吧。从那之后，父亲就给自己增加了业余时间的学习任务，除去读报看书，就整理每天柯老夫人教给他的英语问候语。父亲是用汉字标注的，比如“好啊由”“古的白”“桑可由”“古得毛尼”“爱拉唯由”。父亲记了好多张，而且每天像吃饭、睡觉那样去读去记。柯老夫人很待见父亲这种年轻人，谦虚、勤快、忠厚，就拿出诲人不倦的精神，见面就提问，就纠错，还鼓励父亲说：“进步真快啊，以后接站，你就大胆地去说，去体验，不要怕说错，外国人讲汉语也常常出错的！”

有柯老夫人的鼓励，加上父亲孜孜以求、勤学苦练，父亲很快就有了自信。暑期父亲多次接受接站任务，不仅是接外国儿童，更多的是接外国政要的眷属。由于八月初的一场暴雨，珊瑚坝机场被淹，机场跑道完全浸泡在水中，只剩下几个信号灯还露出水面，远远看去像西子湖三潭印月的景象。从珊瑚坝被淹之后，原本在此起降的飞机全部转移到广阳坝机场。父亲在广阳坝机场还闹了个笑话。那天他接的是飞虎队飞行员的眷属，一行七人，有两个大人和五个小孩。父亲在接站大厅迎接他们，听到那两个中年女人边走边用英语对话，就很大方地用英语跟她们打过招呼，并介绍自己是奉命接站的。原本是比较圆满的，当看到那五个调皮可爱的孩子，模样跟那天接的英国女孩艾米莉、男孩托马斯很像，父亲就热情地问他们是英国的小孩吗。谁知，这几个小孩很有脾气，愣了一下后，很不高兴地回答，不，不是的。其中一个女孩补充了一句，说：“我们几个都是纽约的，纽约是美国的，难道你不知道？你就知道英国？”父亲知道自己今天有些画蛇添足，问候完了，应该见好就收，不应该再继续表现。父亲当即就后悔不已，本来想来个锦上添花，结果却摔了灰布袋。但他毕竟年轻，脑子反应灵敏，笑了笑说：“飞虎队英雄们的儿女，肯定是美国人。对不起，开玩笑了！”虽然这个结果也算是自我解嘲了，但父亲心里总觉得这个事很窘，从而对各方面知识的追求更加自觉。父亲很羡慕来重庆游玩的外国孩子，这么小的年龄就坐飞机南来北往，对世界各国的风土人情开始有了接触，长大了那还得了？特别是美国飞行员、军政人员的子女，衣着装扮就不同一般，他们有的把经过改进的海军服装穿在身上，神气又大方；有的干脆就打扮成体育明星或电影明星；最普遍的是西装革履，戴上一副平光镜，举止斯文得像政府官员。这些孩子无论男女，都好像无拘无束，说话办事落落大方。父亲从接机那刻起，就对他们热情相待，这种亲和力也得到这些孩子的回报。他们不仅在重庆逗留期间不止一人也不止一次提出要和接站的那个叔叔玩耍，而且离开重庆时还要求那个叔叔送站。这种情况下，加大了父亲的工作量，也提升了父亲在外事活动中的影响。这些蓝眼睛高鼻梁、黄色卷发以及服饰靓丽的孩子表示回到纽约、马里兰一定给中国乔叔叔写信、寄贺卡，不管落实了多少，仅他们在机场依依不舍、潸然落泪的样子就足以让父亲享受好多天。父亲在接触外国孩子的时候发现，越是那些初来中国时顽皮、不听话的孩子，告别时越是格外动情，那种知恩必报的姿态表现得淋漓尽致，让父亲和他的团队曾经对这些孩子留下的坏印象一扫而光。就说那天在大厅通道上踢足球击中上官朏朏的那个托马斯，在离开重庆时竟然抱着父亲号啕大哭，说他不想离开这个小叔叔。那种场面好莱坞也拍不出来，把文静的柯老夫人也感动得掏出手帕擦泪，而那个大家认为最懂事的艾米莉，那一刻却无动于衷。他们的祖母是中国人，和柯老夫人是闺密，又同在法国学油画。后来他们的祖母嫁给了伦敦内燃机制造公司的老总，落户到了英格兰，她没有忘家乡，一直和柯老夫人联系着，这个夏天她让孙女、孙子来重庆，就是拜柯老夫人为师，接受美术教育，因为柯老夫人国画、西洋画兼备，画界称柯老夫人画贯中西。不知是中国的山水、文化影响了托马斯，还是柯老夫人教学有方，让这调皮的孩子德艺都在长进。虽然艾米莉没有离别时的惜别深情，但进入候机厅时还是拥抱了柯老夫人和她乔叔叔，最后哽咽着说了句再见。父亲的心里触动很大，为两个孩子这么重感情感叹不已。

送走艾米莉和托马斯，父亲又想起了那天画蛇添足的事情，就向柯老夫人描述了那次接站。父亲是想通过今日送别英国孩子的情景跟那天被美国小女孩责怪作对比，赞扬英国小朋友的文雅，顺便批评美国小女孩的傲慢，同时也检讨自己那天的虑事不周。柯老夫人听完，露出了笑容。她没有批评父亲，而是讲了一段外国人的笑话。柯老夫人说：“西方人接触中国人以后，常常把长相差不多的东方人当成中国人，有时候他们以为讲汉语的都是中国人，结果当着这些人的面，骂日本人、骂韩国人、骂朝鲜人，立即就遭到这些国家公民的反击。这还不算，西方国家的人到中国学习中文，刚刚入门就以为中文没啥学，很简单，满足于一知半解。好多多音字、多义字，他们根本就没全面掌握，却自认为学得差不多了，尤其是一些形近字，往往搞错。在上海滩，有个西方名人学了一段时间中文后，公开指责中国人不够理性、狂妄自大，问他何以见得。他就拿银行的招牌为例，说‘中央银行’‘上海银行’‘川康银行’，有的业务开展得很一般，牌子上却写着‘银行’，很有王婆卖瓜的自夸。”父亲笑了。柯老夫人接着说：“他把‘银’和‘很’分不清，意思没弄懂，把‘行’字片面理解为一种意思。说明他们也会搞错，错是很正常的现象。你把讲英语的美国人当作英国人，没有多少毛病，因为美国人大多是英国人移民去的，两者之间有许多讲不清、道不明的联系。不过，遇到讲英语的人，首先要想到英国当年到世界各地去殖民，逼迫原住民推广英国话，讲英语的国家和地区很多，其次要在接触他们之前先确定是哪国人。这样就不出错了。还有一点，还是与移民有关。有人一看见黑人，就以为他们是非洲人或美洲人，其实不一定，英国、法国、美国、东南亚多国都有很大数量的黑人。概括起来说，那就是讲英语的不一定全是英国人，讲汉语的不一定全是中国人，黑人不一定全是非洲人和美洲人……”父亲听了柯老夫人的一席话，觉得学到了好多书本上不曾有的知识。有知识真好，父亲因为自己在社会活动中，越来越觉得知识的重要，越来越感到自己在方方面面都应该加强学习，就越发尊敬那些有文化、有学识的人。

汽车在从机场返回市区的路上，不时因为有歪斜、刮断的大树横七竖八地倒在道路上而绕行。遇到个别地段有养路工在锯那些搬不动的大树，车子只能停下来等待。借这种机会，父亲走上前跟修路工们攀谈，打听多长时间可以通行。歪斜在道路上的树好大好大，截开后光那些一圈一圈的年轮就足以让人头晕。在河南，人们把一棵大树截成若干段短木头叫截榾柮，父亲看到这棵大树的年轮很有意思，最小几圈差不多是圆形的，比拿圆规画出来的也不差多少，后来的就逐渐不圆，每一圈就是一个椭圆，大约有二十多个椭圆。这些椭圆也不那么规则，有的像鸡蛋的形状，有的像南瓜，有的简直就是橄榄球的样子。因为几十个不规则的年轮，这棵大树榾柮的截面图形很耐人寻味。柯老夫人说，人们的视角对于一个物体、一幅风景画，不同的角度、不同的觉悟，就得出不同的理解，一分形象三分想象。具体到这棵老树年轮，父亲觉得它很像老虎头。他知道柯老夫人对大自然生出的千奇百怪的东西很喜欢琢磨，然后稍经加工，就能把废物变成艺术品。父亲在这些长短不一的榾柮中挑选出最短的搬到车前，告诉柯老夫人他的发现。柯老夫人笑眯眯地说：“国俊也受到作画人的影响了，处处留心呢！难怪古人总结说近朱者赤，近墨者黑，近艺术工作者就开始思考艺术了！”父亲说：“哪里哪里，我只是觉得这棵树的年轮很有意思，拿过来让柯老夫人瞧瞧。”父亲把放在车前的树榾柮搬起来，有意识把树的年轮截面朝着柯老夫人。柯老夫人这时已经从车上下来，稳了一下慢慢走到车前。老夫人有着显赫的地位，在艺术界也无人不晓，然而她从来都是以凡人的姿态待人接物。“哇——”老夫人惊喜地叫出了声。她左右上下换着角度端详，边看边想着什么。最后，柯老夫人让父亲把树榾柮竖在地上，说：“除了像森林之王的头脸，侧面看还像一只鹰盘旋于崇山峻岭间，更像中国的地形图，至于山水画，这棵大树随便切分一小部分，就一定是一幅壮美的画卷。”柯老夫人眼里，这弯弯曲曲的年轮，蕴含着这么丰富的文化知识和艺术精华。

道路上的障碍物排除后，柯老夫人让父亲把那一短榾柮树抱到车上。看着这棵老树的年轮，柯老夫人感触颇深地说：“世上万物都有灵性，树木也如此，这些年轮都记载着它们生长过程中的不同年景，或干旱洪涝，或风调雨顺，如果用心推算，一定能精确地推出相应的岁月。”柯老夫人把目光从树的年轮上转移到车窗外，山路弯弯，崎岖坎坷，道旁浓密的藤蔓在微风中摇摆着纤细的枝条，其间偶有不知名的花儿高高跃起，不停地招展。“其实，人也有年轮，只不过表述的方式不同。”柯老夫人似乎自言自语，又像是讲给父亲听。出于对柯老夫人的尊敬和礼貌，也出于对文化知识的渴求，父亲一直在认真聆听着。“人的一生犹如一根链条，一个年轮就是一个环节，一环一环连接在一起就构成了人生。”柯老夫人看了看父亲，又看了看那个正专心致志驾驶雪佛兰的司机，接着抒发着领悟和感慨。“树木的年轮有圆的、有椭圆的，还有扁尖不圆的。回首人的年轮，那些链条上的圆环，有的五光十色，有的黯淡无光，有的光怪陆离，有的强大壮硕，有的弱小纤细，有的圆满光洁，有的尖鼻猴腮，有的奇形怪状，有的道貌岸然……不平坦的人生，就是不平凡的联结！”雪佛兰遇到一个急弯，司机来个急刹车，一把方向让车子出现了漂移，柯老夫人也戛然停止了对人生的慨叹。

那个雨季，父亲接送了一拨又一拨的国内外宾客。除了柯老夫人的客人外，大量达官贵人的眷属、友好人士、军政要员、飞虎队飞行员的家属子女，凡乘飞机来重庆的，父亲大都去接站送站。事情虽然单一，然而走马灯似的接踵而来，让父亲没有了记日记的时间。偶尔坐下来拿起笔，也只能发电报似的，三言两语就是一则。“七月最后一天，小雨，凉快了不少，今天在广阳坝机场，杰克、哈里以及格蕾丝非要以飞机和跑道为背景和我合影，这么小的孩子出门挎着照相机，走到哪里拍照到哪里，真任性。”“柯老夫人送我一本相册，她怎么知道美国小孩寄照片给我，需要装起来？”闲暇的时候虽然不多，但还是有的，当父亲坐下来看自己的日记时，禁不住笑起来，在心里问自己：“这也叫日记？”

除了记日记，父亲还要挤点儿时间整理相册。那些来自太平洋彼岸，那些来自泰晤士河岸和伏尔加河畔的照片，尽管都有英文签字，而且那张张熟悉的面孔不用标注父亲都能叫出他们的名字，但父亲还是在照片下方工工整整地写着：安妮、芭芭拉、贝蒂、托马斯、约翰、卡瑞娜、卡罗琳、安德鲁……这些外国小孩真的很有意思，差不多都称父亲为大哥哥，明明他们在重庆时都称父亲为叔叔。不过他们都没有食言，回家后都把照片洗了出来寄给父亲，索菲亚的照片是连同一个小相册寄来的。

三十一

收完秋作物，天气就逐渐有了寒意，人们习惯称这时候为深秋或者寒秋。对于农村人来说，这个时节也是每年最美好的阶段。虽然地里的粮食归仓了，田里好像光秃秃，或者有枯枝黄叶在随风晃动，一片肃杀的景色，然而，那些浅山丘陵地带，漫山遍坡的野菊花盛开着，黄花不仅烂漫，而且散发着扑鼻的幽香；野酸枣的叶子飘零了，裸露着密密麻麻的红枣，像一粒粒成色完好的玛瑙；柿子树那些枯萎的树枝上挂着红灯笼似的柿子，让人产生许多联想。这个时候，陪衬红花、黄花、白花、紫花整整三个季节的乌桕树叶、藤叶、杨柳树叶、青杠栗叶，在冬眠之前，终于把红叶、黄叶呈现给人们，让大家欣赏着它们在万紫千红季节过后，在默默无闻之后的辉煌。此外，闻名遐迩的邙山中草药也到了收采的阶段，远志枝梢上开放着紫色的花，防风也冒出黄白色的蕊，枸杞藏在藤蔓和杂草丛中静静地结出珍珠一样的红果，就连那些放荡不羁的鬼柳叶也荒谬地绽放了白色的花……由于这些五颜六色的树叶、多姿多彩的花儿，在每年的末季不甘平庸地显露锋芒，而且像团队集合一般地形成一片一片或一团一团，远远望去，宛若色泽变异、轻轻飘浮在天边、时而静止了的彩云。

乔窑的村里村外、田间地头、东沟南坡到处都有柿子树。尽管许多早熟的摘家红、圆公公、贵兰青已经采摘多日，但留下的小柿、火罐、冬柿还有天然的软枣柿，有的黄澄澄、有的火焰红，依然给人果实累累的感觉。这个时候，平原地区的庄稼人应该粮食入仓，等待过冬了，而靠着北邙山的乔窑人，却进入了一年中最为繁忙的季节。他们都在翻腾着收获柿子、加工柿子，因为柿子除了是一道风景，还可以加工成好多种优质食品。

乔窑人有时候说话很朴实，即使那些早已约定俗成或规定入典了的话，经他们一出口，就带着十足的泥土味。对于深秋时的忙，乔窑人说靠山吃果子、临河吃稻子，老天爷不偏心，一方水土养一方人，忙来忙去为了一身皮片子和一张嘴。本来很简短的话，非要委婉地啰唆一阵子。即使那些说话一镢头一块儿的，回答这类问话也土腥味很重。有人羡慕乔窑有山有水，寒秋了还有收成。乔窑有的人这样回答："托生到这里了，那是命，鸭吃稻子鸡吃谷，各自修的各自福！"这种回答同样云里雾里，于是大多数的人回答得很干脆，人们说靠谱、接地气："不干吃啥、穿啥？乔窑人就是这种活法。"

乔窑北街的乔家和百十户人家一样，寒秋了依旧马不停蹄。老奶给家里的十几号人都分配了活儿，就连年幼的小孩们也有事情做。爷爷守甲和五爷祖庆上南山和东边柿园卸柿子，他们一人一副挑子，还要把卸下的柿子担回家。老奶手把手教母亲旋柿子做柿饼，边做示范动作边说："偃师东寺庄那边没有柿树，长多大了还不知道这柿饼是怎么做的，来到孟津谁知道慢慢学会了旋柿子、晒柿饼！"老奶害怕母亲着急，对旋柿饼不感兴趣，就以身说教。母亲是城里人，过去肯定不知道柿饼是怎样做成的，甚至连柿饼也没见过。听了老奶的话，母亲连忙说："旋柿子需要耐心，不能着急，对吧奶奶？"老奶笑了，笑得很得意。她心里肯定在说，这门儿旋柿子的手艺总算是能交接力棒了。按照老奶的安排，家里的其他人，都带着工具到东沟、南坡挖中药材。大家都明白，采挖远志、防风、鬼柳叶根的最佳光景就这么几天。过了这个时间，株叶枯萎，万一哪个家伙一把火放了荒，便找不到药材了。再说，每年收购中草药的人说来就来，过期不候，好药材要卖好价钱，还要看买方人的脸色。

在别人眼里这段时光十分忙碌，但在老奶心里却不这样认为，她说这不叫忙碌，应该叫消停。老奶一直认为按部就班、节奏分明的日子让人舒服，才是真正的消停。老奶不仅这样固执地坚持自己的观点，还常拿那四句话来说服家里家外的人："春有百花秋有月，夏有凉风冬有雪；若无闲事挂心头，便是人间好时节！"自从父亲来信说明了自己的下落，老奶就自认为消停了很多，尽管司马川的事、救助伤兵的事，把她带进无比烦恼的困顿中，但后来都慢慢地缓解了许多，没有谁主动地追究了，这使她享受起无烦心事的消停。

老奶这种农家差不多都存在的朴素的愿景，没过几天便被打破了。乔窑人最爱说的那句话，保长比甲长奸，乡长比保长奸，凡官都奸几乎就成为谶言和魔咒，不时地游移在人们的生活中。杀人抢枪的那起案子，经过相当一段时间的搁置，秋收后神不知鬼不觉地再度启动。抢枪杀人案刚发生时，迫于上级追责的压力，从县长、乡长、保长到甲长，一级压一级，都强调说属地担责。一个小小的甲长，乔窑人说是野地菠菜，能担什么责，说白了那只不过是各级官员在逃避追究的花招罢了。那阵子风声紧，正值抗战，军队军人的地位随形势提高，战区、专区重视这个案子又鞭长莫及，于是一句属地担责破案，就安慰住了各级军队长官和行政官员。不是募捐收粮，县以下地方官吏表面上态度明朗、行动积极，实际是做出了一种毫无效果的姿态，假惺惺地办理案件，到了乔甲长那里就变得软弱无力。这么严重的案子，把责任推给一介甲长，就是压死他也不会有结果的。乔甲长自知不是什么官，这种差事不是啥光面的事，就向保长提出辞职不干。保长比甲长又多了不少能耐，他马上向乡长汇报了这一情况。乡长很快又把这个情况报告给县长，县长还以为是办案经费的原因，导致下属几级消极怠工，就划出十块大洋给乡长作为办案经费。县长更精明，划出十块大洋的事向上汇报高度重视案件办理，拨出专项经费若干，对下拍胸脯表态，说这只是一笔，日后根据办理案件进展会再度追加。原本上推下卸责任的乡长和保长，见钱眼开，就重启了办案工作。对于乔甲长，他们先是苦口婆心劝其继续担任甲长，后又拿出一块大洋作为办案费用，还表态说不含接待费用。乔甲长既想得到这块大洋，又不想管那么多闲事，很想过无官一身轻的消停日子，推辞着说：“既然你们当官的高看我，那我就不推辞了，但有一个要求，还望你们恩准。”乔甲长的要求简单不过，就是变原来的甲长为临时管事人。保长看看乡长又看看乔甲长，没有说话，是在等乡长表态。乡长看看保长，再看看甲长，就说：“难为人，我当个乡长总不能强人所难，那你就当这个临时管事人，丑话说前头，这个临时管事人一定要管事！”保长看风使舵地说：“啥球临时管事人，实际上你还是一甲之长，别辜负了乡长。”乔甲长毕竟是农村小秀才，当即表态说：“两位特意来动员我，我就勉为其难地干好这个临时管事人，不辜负乡长，也不愧对这块大洋！”乔甲长心里像镜子一样，甲长这一级到手一块大洋，保长至少到手两三块，乡长得到六七块就是少说了。长期的基层小吏，把上司的德行看得很准、吃得很透，只是不知道县长的胃口。就因为这专项经费十块大洋，县长向专员汇报拨专项办案经费二十大洋，请求上级予以支付。乔甲长改称临时管事人，也给乡长汇报办案进展提供了充分的理由。乡长向县长汇报说，由于基层办案不力，已经给了属地甲长最严肃的处理，罢免了他的职务，目前查案工作重新进入快车道，有望近期结案。

有些事情本来并不复杂，让那些别有用心的人参与后，就变得扑朔迷离、疑团密布了。自从重新查案开始，人们就犯了一个大的错误，出发点、落脚点、查案范围，几乎都锁定在乔窑这一个村子。明知有些是江洋大盗才能干出的惊天大案，乔窑这块巴掌之地，纵然有鸡鸣狗盗之徒，但充其量也只能当当打手，借给他们一个虎胆也干不出杀人抢枪之事。然而，过去了的事情，无论是壮举，还是卑微小事，人们有意识做出情景再现时，极有能耐把它弄得惟妙惟肖，甚至比真实情况还要让人坚信不疑。何况在乔窑人当中，确实有人看到从洛阳出发路过大坡口的国军士兵，骑着三枪自行车，身后斜背一支乌亮的汤姆森枪，觊觎之心油然而生，而且当众说出了想获得洋枪的动机。可能说者无意，听者有心，当杀人抢枪案件发生，每个人都被当成怀疑对象过关时，就没有不说实话的理由。于是，在第一轮的审问、拷打下，那些扬言弄枪的人，就吃了嘴上的亏。还有整天背一支破猎枪，在大坡口上面、在皇家陵寝碰瓷的乔响器，也曾被列为重点对象。作案要有欲望，要有工具，乔响器恰恰都具备。如果说他一人无能力作这个惊天大案，也没错，但很有可能他伙同别人共同作案。加上他有绑架未遂的前科，因此再次启动破案程序时，首当其冲地就围绕他展开调查取证。对于单单针对乔窑人破案，而且矛头有所指，不仅乔响器心里猫抓似的，而且整个乔窑村的人都感到不自在。乔响器被传唤被调查，本来一个下层人应该如实地检讨自己，有问题谈问题，没有问题就自缄其口。可他偏偏不这样，他东拉西扯地在本村人身上咬来啃去，办案人员不信他的话吧，他说得有鼻子有眼的，让人不信都不可能。所谓办案人员，是乡长、保长从外村找的，穿上干净衣服，衣袋里别一支水笔，俨然就是专业的人士。乡长、保长这样安排，有他们的道理。他们心里有数，敢于向国军士兵下手，而且杀人抢枪，肯定就是这一带几个土匪头目干的，而这么大的案件，县长却不派得力人员去侦破，县长手下有的是精兵强将，还有武装力量，原因就是惧怕黑恶势力。这个案件发生以后，县长先是拍胸脯表示限期破案，后来收到了一封装着一粒子弹的恐吓信，就渐渐地削弱了他办案的决心。一夜之间，那些调查取证的卷宗全部被盗，不得已才弄出个属地追责，把这个屎盆子往乡长、保长头上扣。最后荒唐地扣到了乔甲长头上，一个小小的甲长，满打满算统领二百多口人，鬼才相信他能办这个案子。在县、乡、保几级封官许愿和物质刺激下，乔甲长起初头脑的确膨胀得竹篮一般大，认为这次是他出人头地的机会，就晕头瓜一样地表态要以实际行动建功立业，要以努力完成任务为县乡保分忧解困。哪知这个事的温度在乔甲长那里只热了几天，就冷却下来。他越想越不对劲，这么大的事，那些当大官的却在一旁袖手旁观，拉出一个不是官的人去张牙舞爪，这不明摆着在耍猴吗？乔甲长也学着他们的样子，摆起花架子，后来索性就装起了病。从热天到收秋，案子在乔甲长那里依然是正在调查，不停地应付着上司，到了寒秋，上级追查得紧了，就递交了辞呈。乡长、保长也在耍小聪明，心里明白县长是铁打的衙门流水的县长，不定哪一会儿就到别的县任职，弄得好还能提个专员干干，而本土的小吏们，即使干得再好，也难有风光之日——干得好功劳是县长的，干不好罪过是自己的。县长一拍屁股走了人，当地老百姓即使骂得再难听人家也听不见，县以上的官员们更听不到。而下边的，永远就得替人家擦屁股，替人家背锅，办这个案子说不定还要替人家挨子弹。于是，不光乔甲长看破这一切，大家都心照不宣，于是大家都在玩游戏，都在信马由缰、放任自流，还明哲保身地做着表面文章，不停地向上报告着查案进度。如果说查案有点儿进度的话，那就是因为派来的那几个所谓的办案人员，他们不知道这是一宗不会有结果的案子，就以办案人员的身份，实实在在地收集线索，认认真真地做着笔录，凭着一丝不苟的态度，记录了大量的文字。不说实质进展，单凭这些卷宗，厚厚的好几本，放在一块儿好大一摞子，糊弄一下上级绰绰有余。

乔甲长虽然想明白了这起案子如何过关的道理，但表面上还是一副尽职尽责的样子，对待那几个蒙在鼓里的办案人员，还不时地夸奖他们方法得当、步骤稳妥。乔甲长的假积极真消极，敷衍住了办案人员，却让乔窑百姓们十分不满。连平时不管闲事、话也很少的乔顺子都似劝非劝地开导说："甲长，外村的人都是揽银子揽钱，咱村咋光揽赃呢？这么大的杀人案，虽然案发现场离咱村近，就敢保证是咱乔窑人干的？天下恶人多的是，外村胆大人多的是，咋不去查他们？"乔窑人除了不高兴乔甲长，还恨起乔响器，好像因为他四处招摇，还出去绑票、碰瓷，才引起官方怀疑。乔响器成了触犯众怒的人，人人提起他要么摇摇头表示不齿，要么咬牙切齿以示愤怒。

乔响器就是一颗老鼠屎，搅得一锅粥几乎要坏掉。他为洗清自己，就把自己听到的、看到的添枝加叶地编造得煞有介事，让办案人员记得手忙脚乱。办案人员如获至宝地按照乔响器提供的情况，开始了新一轮的顺藤摸瓜。

办案人员把怀疑重点从乔响器身上悄悄地转移到老奶和母亲那里。显然，他们知道了那几个伤兵的事，还听信了乔响器的话，把杀人抢枪的作案人员，锁定到这几个伤兵身上。他们问："那几个伤兵是你们挖坑埋的？"老奶淡定地回答："是。""听说他们杀了人抢了枪？"他们阴阳怪气地问。老奶说："听说？有证据吗？"办案人员没好气地说："没有！"老奶说："道听途说的事可不敢相信，你们都是上头派来的有身份的人，可不能听信无根据的话啊！"他们中其中一个说："啥叫证据，无非就是人证物证，证据肯定会有的！今天不过不是追究放走新四军的事，等杀人案破了，其他也就水落石出了。"老奶笑了笑，说："我们正忙呢，柿子再不旋，马上要烂了。老大家，咱们回家干活去！"老奶的话有些让这几个办案人尴尬。他们知道靠咋咋呼呼镇不住这两个女人，只好说：“看在你们正忙的面子上先让你们回去干活。不过，要边干活边反省问题，这件案子，无论如何你们也脱不了干系！”老奶没有理他。母亲回头，狠狠地瞪了那人一眼，心里轻蔑地说了句“屁话”。

老奶出了那几个办案人员租用的院子，长长地叹了一口气，说：“真不叫人消停！”

三十二

枇杷山上的银杏树几天工夫叶子全染上金黄，枇杷树叶也换了一颜色，由油绿变成橘黄，那些在树丛里仿佛藏着掖着的乌桕此时如同装点秋山的红花，树下的花草好像不知季节的变换，仍然在忘乎所以地绽放着毫无名气的小花。按说早已过了汛期，雨量应该随时令减少。可是，重庆却在这个时候，来了一场非常荒诞的暴雨，而且持续了三十多个小时。重庆不是那种街道横平竖直的城市，依山就势的建筑物虽然很多，但真正称得上主路、正街的却寥寥无几，暴雨过后，到处都在滚滚流水，而且这种汹涌的地表径流没有一定方向地漫灌，使整座城市都处在一个令人恐惧的环境里。父亲到朝天门码头取货物，军需处处长说是一个急件，不算重，五公斤左右。暴雨刚刚缓解，尚没有完全停下来，就只能徒步走向朝天门，此时的朝天门，正处在云雾之中，灰蒙蒙的，看不见天，也看不到地。连日的暴雨淹没了道路，肆虐的山洪毁坏了道路设施，给人们的出行带来了麻烦。军需处、补训处等单位都有车辆在这种恶劣的天气中侧翻或追尾。即使有紧急公务要办，也没有哪个司机有信心保证行车安全。到码头取物件这个事，按理说不是父亲的业务范围，但处长不知为什么偏偏在这种天气条件下交给父亲去办，还强调说路况不好，行车困难，步行去吧，一定注意脚下安全，及时归队。军令如山，况且父亲又是那种从不拖泥带水、顾虑重重的人，任务面前从不犹豫，带上相关证件就蹚水过坎出发了。

父亲觉得自己很幸运，行走了大约五分钟时间，雨就停下来，重庆的雨天，并不像其他地区总是缠缠绵绵的，让人怀乡思家，这里不下便罢，下起来就淋漓尽致，然后晴起来十分果断。虽然雨停，但地表的径流却发疯般地撒着野，地面上还不时地泛着波浪似的水纹。好在重庆的街面多为石块或水泥砌成，没有泥泞，也没有深坑，只要稍加小心就能蹚过去。暴雨过程中车辆行路难，降水如注，把天地连成混沌的一团，即使降雨停止，地面的不规则的流水也足以让驾驶员眼花缭乱。徒步或许比驾车要好许多，只要你看准了、踩稳了，遇到凶猛的地表径流一定要胆大心细，做到一站二看再通过。父亲心想，很多时候，即使跋山涉水，也要科学地顺应自然，蛮干乱跑注定事倍功半。走了好长一段时间，父亲没遇见一辆车、一个人，除了哗哗的流水声和偶尔訇然山体垮塌的声音，就是江面上传来的启航的汽笛声，仿佛此时的重庆只有水和船不畏艰险、不知疲倦。

朝天门码头有一块开阔的地方，像鲇鱼的头伸向水中，它的左边是嘉陵江，右边是长江。两江在它面前汇合后，就波澜壮阔地奔向更远的地方。过去，父亲只是固定在那块磐石上，望着江面上的来往船只，聆听汽笛荡气回肠的鸣叫，然后就全神贯注地看码头上密密麻麻的人流，以及匆匆行走的棒棒。至于那些叫滑竿的轿子，父亲不很喜欢，他觉得抬轿子的人活得太挣扎，而坐轿者悠然自得的模样让他厌恶。自那次敌机轰炸，抬滑竿的家伙们弃客逃命，父亲对他们的同情心随之烟消云散，在心灵深处回荡起那句老话——“可怜之人必有可恨之处”。两江交汇处扬起的浪花和哗哗的水声，叫停了父亲的遐想，他带着刚刚领取的那个包裹，轻松愉快地回望着嘉陵江。即使嘉陵江水往上涨，而且还有继续升高的迹象，然而江水却依旧是清澈的，再观望长江，水流湍急中呈现着浑浊的暗黄，令父亲想起家乡的黄河。书本上有“泾渭分明”这个词，渭河是黄河的重要支流，泾河又是渭河的重要支流，说是泾河水清，渭河水浑，泾河的水流流入渭河，清浊不混，界限分明。父亲心里在问，为什么没有嘉陵江、长江分明这个词语呢？返途中，父亲还在想着两条江的事，看来好多事物如果不沉下去，根本就看不到实质性的东西，或者会片面地做出判断，如果不是亲自到码头走这一遭，还真不了解两江之水截然不同呢。走出码头，父亲明显地感到山水、地表径流势头没有刚才那么强劲了，只是街面上仍然看不到车和人。在大自然面前，人类还是比较脆弱的，尤其是当异常气候出现，人们还确实防不胜防呢，也许，人们躲在家中也是对大自然的敬畏吧。正感叹着不见人和车的踪影，就隐约听到了人们说话的声音。父亲环顾四周，发现自己身后并不远的地方，有四个人抬着滑竿，哼呀嗨嗬地吃力走着，那个坐滑竿的人还不停地呵斥着他们。父亲很好奇，觉得这四个人太老实，暴雨过后，一个人不拿东西行路还十分困难，他们竟然还出来做抬人的生意，真的是要钱不要命！那个坐轿的也太过分，这几个人艰难地抬着你就足够你的了，凭什么还要责怪人家。父亲的怜悯之心又要发作，转念又想起那天弃客逃命的四个人，马上又觉得自己幼稚可笑。他们之间的事情，有人抬轿有人坐轿，有人责骂有人接受，完全是周瑜打黄盖——有人愿打有人愿挨，外人如何知道他们之间的契约呢！父亲加快了步子，决心甩开他们，眼不见心不乱。哪知，这几个人发疯了似的，加快步子，大有超越父亲的趋势。坐轿的还在训斥，似乎是说他们速度还不够快。父亲心想，这个坐轿的大概是脑子进了杂物，难道就不怕被扔在路上，或者摔伤吗？物极必反，把这些抬滑竿的逼急了，他们也会走极端的。父亲心里想，这坐轿的肯定不知道那天就是四个抬轿的，把一位老者往路上一扔就跑掉了。不过话说回来，如果一个坐轿的人对抬轿者一点儿也不尊重，以为自己掏了钱就可以对人家横挑鼻子竖挑眼，就可以像对待三岁顽童那样训斥，酿成不良后果，让人家掀翻轿子，那完全是咎由自取。这年代坏人固然可憎，但那些靠卖力气吃饭的人却是值得尊重的，好人和坏人之间只是一个闪念，越过了那道红线、道德底线，好人就成了坏人，因此，好人被逼急了，就有可能产生过激反应，激情犯罪的后果是难以预料的。由于坐轿人像赶马车一样不停地抽打着拉车的骡马，骡马只能尥着蹶子奋蹄赶路，他们很快就和父亲并齐，之后又超了过去。

父亲有自己的任务，必须万无一失地完成，因此对途中遇到的各种情况都不那么用心，唯有拿好那个包裹才是重中之重，或者说任务和自己的生命同等重要。出于任务的原因，那些抬滑竿的拼命超越，而且发了疯似的，父亲对这一切并没有产生多大的兴趣，继续走自己的。然而，树欲静而风不止，那坐轿人厉声责骂抬轿人，无论如何都回避不了。既然回避不成，那就听下去。

坐轿人一身闪亮的白色丝绸服装，头顶上戴着黑色的礼貌，这种黑白分明的衣冠本来就够滑稽，加上那张清瘦的面庞上一副大大的墨镜压在鼻梁上，如果不是说话时山羊胡子不住地一撅一撅，让人很难不以为轿里坐着一个木偶模特儿。坐轿者声音很响亮，语速很快然而又十分清晰地说："一个人也好，一个生意也好，在江湖上混，就要有长远的意念，人毕竟不是蜉蝣，三天两后晌就活够了，人只要不出现意外，活个几十年不在话下，名声太重要了。因此，人活着不容易，做个好人、有用的人更不容易。要先学着做人，再学着做生意，人都做不好，那生意肯定也干不大。"那木偶模特儿一样的人，这句话说完，停了停，右手的折扇顺势忽闪起来。父亲心里在笑这个坐轿人，雨刚停，没有太阳戴那么大的墨镜，天气不热手中的扇子不时地扇着，这不明摆着在玩酷吗？坐轿人位置高，看得远，无意间发现路上除了他们，还有一个人在听他说话，就有了摆脱外人的意思。坐轿人蛮横地说："加速走啊，谁让你们停下来的？你们再提点儿速，全当身后有人拿着枪在追杀你们，速度慢了就要吃枪子！"父亲往滑竿处看了一眼，四个抬滑竿的果然又加快了步子，简直是在小跑。父亲很纳闷，这抬滑竿的四个人为什么这么实在，像套在车辕上的牲畜，在皮鞭的挥动中不停地小跑。这坐轿的也太牛了，动口不动手，一句轻描淡写的话居然有这么大的威力。

滑竿在前边不远的地方走进了另一条街，直到他们消失，父亲觉得今天怎么遇到几个不寻常的家伙，抬轿的、坐轿的都令人不可思议，真怀疑他们是精神病院逃出来的重症患者。不过，这种与众不同，或者说是违背常理的事情不光重庆存在，天底下好多地方都比重庆有过之而无不及。有钱能使鬼推磨，有权就做人上人。有钱的人就用钱来买地、买官、买路子、买打手，有权的人就用权捞钱、卖官鬻爵、结党营私、指鹿为马、压迫百姓。即使那滑竿无影无踪了，父亲耳畔依然有着坐轿人指教抬轿人的声音。父亲推测着这个戴墨镜、白衣黑帽的人一定很有钱，或者很有权，再不就是精神失常。冒着暴雨，蹚着洪水，在坑洼不平、宽窄不一的路道上简直是横冲直撞，既不担心坐轿人落轿，也不担心抬轿人滑倒，究竟是在表演哪一出。父亲把包裹交给处长后，又接受了新的任务，到沙坪坝给一位文化名人送一份请柬。父亲虽然到重庆仅一年多时间，但对这里的许多地方都很熟悉，而且对好多地方产生了浓厚的兴趣。重庆叫坝的地方很多，珊瑚坝、沙坪坝、北碚夏坝、江津白沙坝、菜园坝等；重庆山峦重叠、水流纵横，但机场却很多，广阳坝、珊瑚坝、九龙坡、白市驿、梁家山；码头的名字很吸引人，大的朝天门，小的海棠溪，好记又难忘。重庆的地表径流如同那个文化名人说的，来得快，去得也快。刚才还满街滚滚流水，转眼间就水过路面干了。路上行人不断增加，滑竿也随之多起来，只是那些抬滑竿的慢条斯理，完全是小心翼翼的样子。眨眼间，一副滑竿像跟人抢生意似的匆匆而过，简直是一阵风掠过的阵势。父亲禁不住看了一眼，惊讶地看到这竟然是那副疯狂了似的滑竿。那个木偶一般的怪人依旧摇动着手中的折扇，依旧对抬轿者振振有词地教诲着。这次，父亲什么也没听见，街上的嘈杂声压住了坐轿人的训导声。

下午五点刚过，父亲接到了一个长官的命令，一个珠宝商人举办活动，邀请了在渝的各界名流，指名道姓要父亲参加。父亲当即就彻底蒙了，自己只是一个军人，来重庆一年多，并没有接触过任何珠宝商，肯定是搞错了，或者把名字写错了。父亲像怀里揣了一只不安分的兔子，怦怦乱跳。他忐忑不安地告诉长官，说这个活动他不能参加，也不应该参加。谁知那长官竟严厉地说："这个活动你必须参加，而且不允许迟到和早退！"

父亲对这种莫名其妙的邀请很抵触，不明就里参加别人的活动，说直白就是参加晚上的饭局，极不情愿。可长官的话又是那么严肃，可以算得上是命令，他又不能不遵从。"命令重于生命，工作岗位就是家庭"，父亲从当兵的第一天起，就把这句话牢记在心，而且努力践行着。因此，关于参加这个活动的事，他在心里不停地对抗着、矛盾着。想推掉这个活动，还有一个原因：自己早就约定要请一位河南老乡到牛角沱西餐厅吃牛排。这位河南老乡是许昌专区的专员，到重庆参加中青年军政要员培训班的学习。每省参加培训限额一人，河南省主席李培基和第一战区司令长官推荐了他。培训时间一个月，培训班选在重庆南温泉。因为南温泉周围环境优雅，森林密布，且不易被日军飞机侦察到地面情况。父亲作为军需处军需，奉命给补训处车番如处长送军装，这也是他当军需后第一次到南温泉，父亲在车长官办公室里发现花名册上有个河南许昌人，激动得眼睛直喷火花。车处长正给人谈话，突然停下来，对父亲说："国俊，我这个班上有个河南许昌专员，你想不想认识一下，许昌专区和洛阳专区相邻，你有没有事情相托？"父亲当年在昆仑关战役时，就很受车长官高看，到重庆后，好多时候都得到车长官帮助。

听车长官这么一说，就欣然应诺："虽没啥事相托，但在重庆能认识一下老乡，太好了！"车处长就让人唤来许昌专员。父亲没有想到，一个专员应该是职位比较高的地方官员了，但见到车长官完全是毕恭毕敬的样子。听了车长官的介绍，许昌专员很客气地和父亲拉了拉手，还说了一句恭维的开场白："好英俊的小老乡啊，灵气精干，年轻有为，前途无量啊！"父亲虽然是一个小小的军需，但长期在高官达贵身边工作，见多识广，对这种小官的客套话更是见怪不怪。父亲很淡定地笑了笑，说："我只是一个当兵的，仗打完了回到河南，说不定还要找你弄个差事挣碗饭吃哩！"这时候，许昌专员马上就现出了地方官员的原形，十分自信地说："真有那一天的话，你的工作包在我身上！"许昌官员一副扬扬自得的模样，很容易让人认为许昌专区就是他的，他就是许昌的大当家。那天父亲认识了许昌专员，明知他姓陈，约好两人之间就称他许专员。许昌专员那年早过了四十周岁，年龄恰恰是父亲的两倍，却尊称父亲为乔军需。许专员在河南，肯定是响当当的大官，可到了重庆就算不上啥大官了，有人开他的玩笑说，像他这种官一摸一大把，许专员开始还不那么服气，后来他乘坐滑竿逛街，因为价钱差点儿遭到欺负，他无奈就亮出了专员这块招牌。哪知道抬滑竿的家伙们根本不吃这一套，或者说根本就没把专员这种官放在眼里，杵住他额头说："专员算什么官，在重庆就像嘉陵江边的卵石数不胜数，不加价今天就揍你！"许昌专员只好花钱消灾，但那次把他气得肚子几乎要爆炸。许昌专区通过河南省政府做工作，争取到一笔抗战经费。这笔经费属于专款，戴帽下达、信汇自带，必须到军需处财务科办理相关手续。结业时，许专员去办理专款手续，以为相关文件经最高军事长官批准，办理起来应该水到渠成不费周折。许专员无论如何都想不到，这笔专项经费在财务科就遇到了麻烦，他们非要扣下百分之十不可，理由是要作为督察费用。许专员据理力争，反复强调这笔经费的重要性，强调这是军事委员会拨的专款，费了好多口舌仍然无济于事。许专员觉得这个事乔军需肯定帮不了，就找了车处长。车处长听了许专员介绍，笑了笑说："这个事你为什么不找乔国俊，军政部补训处的处长说了也不一定能行，文件上大长官有手谕他们尚且克扣。好吧，你找国俊，让他想想法子。"车处长虽然官职很高，且补训处在军政部地位重要，但他一直以来就把父亲看得很有作为，年龄方面他比父亲大十多岁，视同亲兄弟。许专员找到父亲，把办经费遇阻、找车长官的事一五一十地讲给父亲。父亲直爽得十分可爱，毫不谦虚地找到财务科。由于父亲相貌俊朗、英姿勃发，曾上过战场，而且有一系列英雄传说，到重庆来在侍卫室待过，到军需处后又从事十分重要的差事，因此，尽管财务科科长很牛，也对父亲另眼相待。见到科长，父亲说了许昌专款的事，强调说拜托科长予以关照。科长看了看父亲，又看了看许专员，笑着对父亲说：“国俊，这算啥事，还有劳你专门过来一趟，咱一个处的，在一个锅里捞稀稠。原谅你老兄啊，我压根儿不知道还有折扣的事。放心吧，看我过后怎么收拾这个办事的！”

这件事就这样轻松地办妥当了，许专员十分激动，一副感激涕零的样子，父亲感到十分搞笑。许专员一定要请父亲吃饭，还说来个一醉方休。父亲说：“许专员，要是在许昌，这顿饭你不管也得管，但现在咱们是在重庆，我好歹也是个军需，完全可以做东请你。”父亲想了想，笑着说，“今晚咱们到牛家沱西餐厅，我请你吃牛排！”许专员觉得父亲说的话有道理，就没有推辞。

有句老话说计划不如变化，父亲和许专员约好要去牛家沱西餐厅，就遇上了神秘人物通过长官令他参加一个活动，并且推辞不得。为了不失信于人，父亲就把请许专员吃晚饭的事情讲了出来。军需处处长显然知道晚上的活动内容，就慷慨表态，让父亲把要请的客人带上，共同出席晚上的活动。

夜晚这个活动像一场大戏，既跌宕起伏，又精彩纷呈。父亲很不好意思地坐在贵宾席上，许专员也随着他风光无限……

三十三

柯老夫人居住的别墅环境幽静，虽然距繁华地段不远，但由于一个翠竹园相隔，把市井的嘈杂和纷繁堵截在咫尺天涯。别墅的大门并不大，哑光黑铁艺，隔门透绿，在大门口可以看见院中的葡萄架和精致的小花园。葡萄架上攀爬着厚厚的藤蔓，葡萄、紫藤此时已经成为陪衬，架子上蔷薇的花朵绽放着，为秋天的藤蔓架增添了活力，架子上还悬挂着颀长的瓠瓜和灯笼一般的黄金瓜，这种多年生夹杂一年生的植物生长模式，既保持着春天的生机又呈现了秋天的烂漫。藤架下面到庭院深处整片的紫薇，虽然已经进入花期的最后阶段，但依旧花团锦簇、朝气蓬勃。其间鹤立鸡群似的桂花树，米黄的小花开满枝头，正飘散着阵阵幽香。

要不是回避院子里的说话人，父亲还从没有凝视过这个叫紫藤居的别墅花园呢。这么细致地观察，马上使父亲联想起那个众多达官贵人、社会名流参加的那个豪华晚宴。席间柯老夫人还把自己的新作《幽香》作为礼物赠给主人，而那幅惊艳的画作，显然就是紫藤居花园里紫薇花的特写。

柯老夫人轻轻的咳嗽声打断了父亲对那天那幅画的回忆。柯老夫人送客人走过来。那客人身着咖啡色长裤，背带宽宽的很夸张，雪白的衬衣，领口、袖口及下摆缝着咖啡色的折皱边，跟裤子巧妙地搭配成一体，头顶的帽子也是咖啡色的，父亲觉得这个客人真怪，假若把白色鞋子换成咖啡色，简直就是一棵棕榈树。客人看到父亲，立即摘下遮了大半个脸庞的墨镜，丹凤眼会说话似的眨了眨，高高鼻梁下那张嘴里洁白而齐整的牙齿，说话时露了出来。是上官朏朏。她看见呆呆站在门口的父亲，脸上马上现出羞怯的红晕，说：“你好，国俊！”上官朏朏毕竟出入过诸多场面，见多识广培养了自己的应变能力，尽管她略显害羞，但仍不失大家闺秀的端庄大方。倒是父亲，此时竟有些不知所措，迟钝一会儿才说：“你好！”父亲不会对人表现出很亲热的样子，看到别人能说会道、左右逢源还打心底看不惯，甚至鄙视。按道理，像父亲这种对人冷血、对事业执着的人，在兵荒马乱的岁月、在浮躁的社会肯定不会受人待见的。可是，父亲偏偏遇上了贵人柯老夫人、遇上了任性纯真的上官朏朏等。她们觉得父亲这种人才是国家和社会需要的人，父亲很简单，从不对过去的事情、未来的事多回想、多展望，然而，那些匪夷所思乃至荒诞不经的事情却总是与他相遇，使他这个根本不相信命运的人，也开始在百思不得其解的困惑中仰望苍天寻求答案。那天在枇杷山巨石上躺着听老僧给别人排忧解惑，竟然睡着了，梦境中一老者翩翩从天而降，讲了关于命和运的事情，父亲平静的心硬是被冥冥之中的东西给搅动了。远的不提，就说那个夜宴，主家上官泰安竟然是那次轰炸中他救的老人，还是上官朏朏的伯父，更令父亲大惑不解的是柯老夫人的临场。上官朏朏是那天在机场才认识的柯老，不知什么原因，她们的关系居然升温这么快，时间不长就成了无话不谈的忘年交。

父亲来柯老夫人家，只有送画纸一件事。暴雨刚过，洪水满街巷的那天上午，父亲奉命到朝天门码头取货物，军需处处长再三叮嘱一个重要包裹，反复交代不得有差错。原来是柯老夫人的专用画纸。几天过去了，还是这个包裹，要父亲抓紧送给柯老夫人。父亲觉得处长捉弄了自己，又觉得处长是在巴结柯老夫人。正是到朝天门取包裹，又路遇了像赶车一样抽打骡马快跑、坐在滑竿上教训轿夫的上官泰安。他那句傲慢得令人皮麻的话："……别说在重庆，即使在全国，老子想办的事，一定能办成。你们抬个滑竿，还不实在，今天就是要你们知道马王爷到底几只眼！"那天上官泰安的话确实振聋发聩、字字敲击父亲心坎，尽管父亲没有听完他所有的训话，但已经对他这个盛气凌人的坐轿者十分反感了。让父亲纠结的是，奉命去参加那天夜晚的大型活动，主家竟然是那个令人讨厌的人。那天的夜宴，也称得上音乐晚会，那么多人出席，连淡定低调的柯老夫人都带着千金难求的《幽香》。父亲那天实在是高兴不起来，为了不使同行的许昌专员失望，他只好微笑着彬彬有礼、坦坦荡荡地坐上贵宾席。那天夜宴上父亲才知道，在昆仑关相遇的那个抬担架的"小伙子"上官朏朏，原来还有个牛气冲天的伯伯。夜宴过去这么几天了，父亲对那天的一切，包括出席的人，都在记忆的画屏上淡化了，没想到又在柯老夫人的紫薇居遇上了那个自己并没有多少好感的上官朏朏。而且还被动地跟她搭讪问候，莫非又是神差鬼使。父亲扪心自问着，又目送上官朏朏坐上一副滑竿。

柯老夫人问父亲："国俊，我随便问你一句，你认为上官朏朏这女孩儿怎么样？"父亲没想到柯老夫人问这个问题，一时真的回答不出来，就眨了眨眼，想了想回答说："这个女孩儿，她有点儿像男孩子！""理由呢？""平时把自己打扮成男的，戴个鸭舌帽、鼻梁上架副大墨镜，那天晚上打扮得像一棵白桦树，今天又变成了一截棕榈，两年前在战场上钢盔头上一戴跟男兵没有两样！""看来你还是很留意朏朏的嘛！"柯老夫人禁不住喜上眉梢，笑着逗了父亲一句。父亲不会跟人开玩笑，也很少听过开玩笑的话，因此他把柯老夫人的一句玩笑当成了严肃认真的话。父亲立即不安起来，脸唰地红了，马上解释说："没有，没有，我真的对人家没有留意过！是您问起人家的事，我只能知无不言了。要不是上官胐胐的有些言行举止跟那谁差不多，我就不会对她有什么印象！”父亲的解释把柯老夫人逗乐了，柯老夫人肯定知道“那谁”指的是孔家的小姐，笑着摇摇头说：“不，不能相提并论，同样是橘子，味道却不同，或者有天壤之别。”柯老夫人看了看父亲，见他正认真地听着，便接着说，“世俗的眼光，女孩子必须是文质彬彬、说话轻轻的、走路慢慢的、面带微笑、举止可亲，是，温柔才可爱。可是，这些只是评判人的旧有标准，其实现在的知识女性，更美的不是外表，而是高贵而强大的内心世界！”柯老夫人说了这么多，都是要评价上官胐胐之前的铺垫，对父亲来说，就像听老师讲课。柯老夫人说：“那天在机场接站，第一次见上官姑娘，我对她印象一般般，只是对她这个名字很感兴趣。但她能写出两张她的姓名、学校还是很让我改变看法的，当今的大学女孩子我接触过很多，还没有谁这么可爱地轻易告诉你她是谁。上官胐胐不是轻浮，而是直爽。”父亲听着柯老夫人的话，总想寻个茬口插上一句半句，表明自己是洗耳恭听。当柯老夫人提到那天上官胐胐手写通信地址时，父亲说：“字写得那么快还那么工整，看起来是下了功夫的。”柯老夫人似乎没在意父亲的插话，继续着自己对上官的评价。“上官姑娘直爽，但对应该直说的话又张不开口。”“啥事呢？像人家上大学的，怎么会张不开口呢？”

柯老夫人说了这么多，虽然一些话很委婉，但换个人可能已经听出眉目，可父亲却榆木疙瘩一样地没有听懂。显然，柯老夫人对自己白白浪费口舌很别扭，就开始解开父亲刚送来的画纸，心猿意马地审视着。父亲也很识趣，借机说：“柯老，您忙吧，我要回处里，说不定又有事情要做。”柯老太太放下画纸，抬头看了看墙角不停摆动着的挂钟，然后问父亲：“今天可是周末，莫非你们处里周末也有任务？”父亲本来是一句客套话，哪知道让柯老夫人给揭穿了。

“别走了，今天咱们到嘉陵江边看景致。”柯老夫人提议看景致，尽管父亲没有那种闲情逸致，但还是满口答应下来。看到父亲很机灵的样子，柯老夫人马上又从对待榆木疙瘩的失望和冷漠里回归过来。柯老夫人说：“国俊，最近你见过上官姑娘没有，排除今天？”父亲说：“没有，人家上学，我当兵，哪有那种机会？”柯老夫人说：“好。我问你，假如有机会，人家约你，你肯答应吗？”父亲又急了，说：“人家是大学生，又是上官泰安董事长的侄女，约我这个当兵的干什么？”“国俊呀，你咋这么实在呀！”柯老夫人也急了，她真的是嗔怪父亲不开窍。嗔怪也好，恨铁不成钢也好，那只是短暂的瞬间，根本改变不了柯老夫人对父亲的良好印象。柯老夫人对一个人的认识，不仅看其表，而且重其里；不仅听其言，而且观其行。一个人留给别人的第一印象固然重要，言行举止流露出的内心世界，才是更重要的。无论哪个人都不是完人，忠厚的人大多不会投机钻营，也不会临阵脱逃；奸猾的人一般都会看风使舵，很容易变节求生。在柯老夫人心中，父亲是忠厚之人，而且在大是大非面前头脑清醒，只是在与人交际时略显幼稚。即使刚才柯老夫人有些着急，但马上就又觉得这个看似木讷的小伙子很惹人待见。柯老夫人随即又化嗔为笑，和蔼可亲地说：“难怪上官姑娘不自信呢，换谁遇到你都自信不起来！这姑娘真聪明，在机场写了两张字条，就是为了结识一位可以为她穿针引线、关键时刻为她传递信息的人。别看她外表聪颖、打扮时髦、口齿伶俐，遇到该自己处理的问题时，竟然无能为力，还要倚仗别人。”柯老夫人似乎在批评上官朏朏，放在头脑机灵的人身上，一定会理解为老夫人是话中有话，从另外一个层面夸奖这姑娘很传统、很守旧，父亲却没有听出来。父亲真的认为柯老夫人批评上官姑娘关键问题上不会处理，而且还要麻烦别人，就说：“这上官朏朏也真是，柯老夫人您这么忙，她还要三天两头来打扰，烦不烦！”柯老夫人听出来父亲对她一番话的理解，竟然站在偏离主题的角度上，看似是对柯老夫人的同情，实则曲解柯老夫人的意图，就冷冷地看了父亲一眼，什么话也没说。

紫薇居此刻很静，微风吹过后紫薇摆动的飒飒声成为主流旋律，其间夹杂着画眉的啼叫，引领着小院雅致的和声。瓠瓜、黄金瓜在架子上微微地动着，淡定而从容，桂花和蔷薇、紫薇的混合香味，时浓时淡，无形间烘托了紫薇居的典雅和幽深。父亲并不习惯文化品位高的环境，尤其对静寂的氛围十分排斥。在老家孟津，他不喜欢北门里院落的冷清，而是喜欢关帝庙里的喧闹；不喜欢乔家人视他为宝贝精心呵护着，而是喜欢和铁炉街的表兄表弟们在黄河码头撒野……爱动不爱静好像是与生俱来、命中注定，尤其是抓周时他神差鬼使地拿起了一件兵器，让耕读传家的国子监监生一家为之惊愕。

父亲很郁闷，又无法提出离开，好像柯老夫人还有事要交代他去办理。在军需处，长官安排父亲的事情很多，除了到机场接站、到码头上取包裹、到沙坪坝送邮件之外，就是听从柯老夫人指示。父亲知道，柯老夫人虽不是高官，但她绝对是尊贵之人，毫不夸张地说，她在好多大事上一言九鼎。虽然父亲骨子里有“安能摧眉折腰事权贵，使我不得开心颜”的豪放秉性，但对柯老夫人又有“高山仰止，景行行止”“见贤思齐”的敬畏，况且父亲身在重庆，心在沙场，始终抱着报国杀敌的初心和上前线的愿望而乐观地干好当下的事情，他是在一种理想和现实的夹缝中生存的人。父亲思想很乱，十分像被电磁波干扰着的收音机，时而声音清晰，时而嚓嚓地跑了台。

蓦地，院子里有了响声。上官朏朏走了进来，手里端着一个精美的长方形纸盒。柯老夫人马上笑逐颜开，问上官朏朏：“这个盒子好艺术啊，干什么用的？”“这是一支口琴，托人捎来重庆的，没想到盒子这么豪华，还不知道口琴怎么样！”上官朏朏红着脸腼腆地笑了笑，回了柯老夫人的话。父亲好像察觉出自己不说话木桩子一样站在那里，很不体面，就说了一句：“不就是一支口琴嘛，包装再豪华，也只是一支口琴。”父亲这种没话找话的表白，很让柯老夫人无奈，也让上官朏朏扫兴。“其实包装也并不是可有可无，一支好的口琴，再加上一个好的包装盒，一下子就显示了档次。朏朏，这支口琴是名品吧？”柯老夫人一句话扭转了刚才不和谐的气氛，也让上官朏朏收获了自信。“是的，皇后牌的，在当前市面上，是顶尖的。”上官朏朏越说越精神，越说离主题越近，“这口琴专门给国俊的，是托人从香港捎到重庆的，那年在昆仑关，一个英俊的国军士兵掉在战场上，我拾到后跑步追他，想把口琴还给他，谁知这个士兵腿上就像安装了风火轮，眨眼就不见了。后来，我千方百计打听他的下落，这个士兵的消息如同泥牛入海，我找他就像大海捞针。血战昆仑关，我作为火线志愿者，亲历了血与火的惨烈场面，目睹了中国将士们的威武，见证了那位勇士的血性……”本来上官朏朏是在讲口琴的事，却把讲述的范围扩大了，越讲越兴奋，越讲感情越奔放，不知为什么，她突然泣不成声了。

父亲被眼前的情景弄迷糊了。上官朏朏声泪俱下，柯老夫人现出无原则的同情，让父亲产生了莫名的反感。战场上遗失东西、流血受伤、失踪牺牲的事情很平常，值得这样痛不欲生吗？父亲受伤、受委屈次数多了，从不会流泪，男子流血不流泪。他自己不流泪，也讨厌别人在他跟前流泪。上官朏朏并没有讲到什么伤心的事情，竟然泪人似的，让父亲为之生气。柯老夫人这样一位有涵养的老人，竟然能被一个黄毛丫头的泪水所打动，只差一点点就跟着落泪。在这个时候，她们两人都让父亲反感和厌烦。父亲直脾气又发作了，对她们说："平平常常一件事，简简单单一件事，有哪点儿值得为之哭呢？就这还当志愿者上战场，还打扮成一个男子汉呢！"柯老夫人不高兴地大声吼着："国俊，少说两句好不好！"她的批评起到了作用，父亲还要说的话就此咽回去。上官朏朏见柯老夫人替她圆场，就擦擦眼泪，佯装很生气，胸脯一起一伏地说："换成谁都会和我一样，事情没放在自己身上，永远都不知道什么叫'犯贱'、什么是'瞻彼日月，悠悠我思'，夜深人静时，我曾拍拍心口，问自己为什么会产生一种病态的心理，去追寻一位远走高飞的士兵呢，同时安慰自己，昆仑关那一闪念，就当它是一个浪漫的花火，瞬间就熄灭了。越是这样想，越觉得那个时刻庄严、美好、辉煌，我就把那个瞬间当成一种邂逅、当成时光隧道里的奇遇。我越是想忘怀，偏偏就越是刻骨铭心。老天有眼，上苍眷顾，踏破铁鞋无觅处，得来全不费功夫，我第一次体验空乘生活，就喜从天降，竟然遇见了你们，主要是那个连姓名都不知道的、踏着风火轮消失的男人！"上官朏朏满怀深情地展示了她讲这段经历的口才天赋，声情并茂、文白合璧，以姿势助说话，换个场合足能让听者泪水沾裳，可父亲此刻依旧像一根榆木树桩，依旧不动声色地呆呆站着。世界上就有一些人，不计较别人对自己的冷漠，也不计较别人的冷血铁面，固执地认为这种人有钢铁般的意志，有临阵不乱的毅力，是千载难遇的优秀男子。上官朏朏的内心，就是这样包容着父亲。她不以为父亲木然，坚信这是一种无与伦比的大气。

上官朏朏如泣如诉的述说、柯老夫人煞有介事的聆听，以及父亲无动于衷的淡然，把本应和谐、风趣、坦荡的交谈氛围弄得生硬、陌生而又晦涩，像拿着一手好牌的庄家由于出牌不当导致了牌局失控。后来，三个人又谈了好多事，父亲都处在恍惚之中，几乎都记不清头绪。后来不知是谁提议到嘉陵江畔听《川江号子》，反正在柯老夫人带领下，他们沿江步行了好大一会儿，走进了一家名为观江听涛的茶馆。茶馆很有意思，仅有房顶，没有围墙，稀疏的翠竹便是人们意念中的墙，透过这些翠竹之间的缝隙，可以看到嘉陵江面漂浮的竹排、木船和机动货轮，扭头看相反方面，便是岸上依山就势而建的各类建筑。坐下时间不长，天色就渐渐暗淡下来。江面上最早亮起的那些忠于职守的航标信号灯，之后便是航行着船只上的探照灯。江边停靠着一长溜靠水吃水的渔船、运输船，此刻也进入夜晚模式，远看去就是渔火点点。几艘夜航的小船要启航了，于是就有十几、二十几个纤夫奋力拉纤，他们唱起的《川江号子》豪迈激越，歌声便在江面上回荡：

嘿唑嘿，
我们穿恶浪哦，
嘿唑；
嘿唑嘿，
大家齐心协力，
嘿唑；
嘿唑嘿，
我们爬险滩哦，
嘿唑……

夜幕里的嘉陵江上空，一轮圆月慢腾腾地游动着。宽阔的江面波光粼粼，两岸的林木庄严肃穆，拉纤的汉子以及缓缓启动的船只沐浴在柔和而清淡的光影里。此时，江面上荡漾的汽笛声和岸边拉纤汉子们高亢的号子，使人不自觉地进入妙不可言的诗情画意中。

父亲不温不火的态度，让柯老夫人、上官朏朏看江景听号子的热情由热变凉。她们静静地坐着，仿佛都在精心构思着关于嘉陵月夜的诗。

三十四

这年晚秋过后，乔窑及周边的好大范围都处在极度的干旱之中。人们渴望着来一场雨，让禾苗生长、让干涸的水井有水，然而，老天好像在玩弄人似的，在祈雨的喧天锣鼓声和人们虔诚的祭祀之后，仅仅让乌云密布片刻，一场阵风就席卷而来，随即便万里无云了。这种给人们失望中的希望一次次地出现，然而又一次次化为泡影。尽管如此，人们并没有失去信心，不只当前，也不仅过去，而是世世代代都是这样。他们把降水过程理解为上苍对人类的恩惠，是神灵意志的体现。许多时候，自然灾害降临，他们都会对人类自身的某些行为自责，而不去探究气候反常的原因。对于这次持久地干旱，几乎所有靠天吃饭的人，都不止一次地反省自己在风调雨顺时的言行，唯恐哪些语言、哪些行为触怒了老天，从而使老天不高兴，就握紧放水闸门的钥匙，任你千呼万唤就是不开闸放水。人们祈雨的花招很多，可能在过去曾经感动过老天，真的把雨祈来人间。而这一次，无论如何，都没有显灵，一个月没有降水，人们感到干旱；两个月仍没降雨，人们有了忧虑；三个月、四个月还是不见雨水，人们就从焦虑到焦躁。在情绪出现大的波动时，人们开始对自己同胞做过的事情进行反思，之后就是埋怨和追究。最常听见的话就是："谁叫他们丰收时不珍惜粮食，糟蹋粮食的行为得罪了天上管粮食的神，他们气愤地向老天爷报告，恳求老天爷显示一下威力，教训一下地上的人，让他们过过年成，这不惩罚果真来了！"

乔窑人的自我批评也很诚恳，说发生旱情不怪老天爷，都怪自己。人们举例子就举上一年，说秋庄稼有了好收成，人们就只收大的好的，把好多应该归仓的粮食遗忘在地里不要了。晚秋的柿子多得摘不完，好多都烂在树上，任老鸹糟蹋从不说心疼。

在好多人家青黄不接面临断顿的时候，偌大一个乔窑村，真正能顶得住饥荒的并没有几家。北街乔家在老奶的带动下，那个晚秋不停歇地加工着柿子产品，连从旋车上旋下来的柿皮都没有扔掉。次年开春，五爷祖庆在县城那个糕点店里，除了传统的食品外，增设了柿饼、柿瓣、柿皮、软枣等乔家加工的柿子系列甜品。最让村里人佩服的是老奶和母亲，把被鸟叨烂的、熟透落地的不成形、无人要的烂柿子也捡了回来，它们和着谷糠、麦麸拌均匀后再晒干，居然能做出香甜的粗粮馍，凡尝过的人都说好吃。这种神一样的操作，面对次年的年成泰然自若，人们习惯说手中有粮心里不慌，而乔家无意中做成的柿子食品，不仅让自己安度饥荒之年，也给需要帮助的人家提供了支援。

本来无忧无虑的乔家，因为救助伤病掉队军人的事情，再度被折腾而忧虑重重，惊恐万状。自上年那个晚秋，县乡再次强化侦破抢枪杀人案之后，乔响器总是在关键阶段状告乔家那夜放走新四军伤病员一事，虽然这个事并不是办案重点，或者说两件事本来就风马牛不相及，但有人举报了，官方就要过问、追查，他们也担心日后出涉及官帽的问题，老奶和母亲在这种背景下不止一次地被传唤，每时每刻都要背负沉重的包袱。按道理老奶不应该在这件事上背包袱，她是一个心胸开阔、智勇兼备的巾帼强人，只是她一直想不通，为什么一个不务正业、游手好闲的小人敢和耕读传家的人家作对，而且地方官吏不做调查研究就听信小人的一面之词，不定时地、冷不防地就随意传唤人！起初老奶曾横下一条心，就把这件事的责任承担起来，不就是救活了几个抗战的伤病员嘛，犯不到哪里的。只是想到这件事弄不妥当会牵连无辜，比如那晚监督活埋人这件事的乔田才，如果一五一十地承认，那么穷得偷东西过活的乔田才不仅要退出那笔佣金，还要接受处罚。不论乔田才多么不好，但在活埋人这件事，明哲保身也好，良心发现也好，总之表现得可圈可点。他始终坚持乔家人那天晚上的确挖了深坑、的确把那几个伤病员推了下去，之后填上了土。还有，如果把此事如实说了，那全家人大都参与了，大家都要跟着遭罪受累，后果将是严重的。于是，老奶在处理这件事上，始终是绕着弯子，兜着圈子。冬至，乡里又传老奶、母亲去接受讯问。过节了，人们都在家里暖暖和和地吃饺子，为了冬不咳嗽夏不喘，可乔家却在这种日子被人传唤。老奶当即就气不打一处来，说："乡里这些坏蛋大概想叫咱给他们送饺子的吧！"母亲见老奶憋屈得实在难受，禁不住一阵心酸。老人为了一家人操心受累，为了解救苦难中的人们不计后果，司马川的事跟乔响器结下冤仇，新四军伤病员的事又深陷麻烦之中。尽管母亲参与了这些事，然而老奶却一个人承揽着痛苦和麻烦，为此母亲心里不能平静，总想替老人分担点儿忧愁。于是，母亲提出跟老奶一块儿去接受讯问。这天是带着情绪去的，进了乡公所就与主管问讯的人发生了冲突。后者问："冬至来临，大家都在过节，这个时候传唤你们，知道为啥吗？""为的是你们闲得叫唤！”老奶没有好气地说。母亲这时也站出来说：“我们真不知道来这里为了啥！”“为了啥，要是你们不犯事，这会儿恐怕正坐在家里火炉子跟前吃扁食呢！事情重大，上级追问，我们也只能这样做了！”那个人使用“犯事”这个词，把老奶激怒了，老奶说：“我们犯事，犯了什么事？你才犯事了！”那人一分钟前还耀武扬威不可一世地坐在一把高高的椅子上，被老奶的一顿责问惊呆了，俨然坐不住了，顺势站起来。结结巴巴地问：“我犯事，啥事？”老奶说：“你拍拍胸口想想，便知道犯了啥事！”那家伙搔搔头皮，被弄得丈二和尚摸不着头脑。那时在乡公所混事的，大都是好吃懒做、贪财好色之徒，他们对种庄稼的农民敲诈勒索，或者利用身份欺男霸女，犯下了许多罪行。老奶这一番话，无意中震慑了他。他以为自己过去犯的事可能被人发现马脚了，收敛了许多。过了一会儿，他重新振作起来，继续以正人君子的身份问讯起来。乡公所的一些人就是这样，不见棺材不掉泪，即使人们掌握了他们的丑恶事实，只要没对他们采取法律措施，他们永远都是那副装模作样的神态。那位乡公所的人说：“你们不要吓唬我，也不要强词夺理，放走新四军伤病员不是小事，不可能长期不管不问，一定会认真严厉追究的！”老奶精神不好，不想与乡里这些混混辩论，全当他的话是刮风。母亲早就想为老奶分点儿忧，听了这个人的话，立马儿反击说：“真的要严厉追究的是那些行尸走肉、尸位素餐的人，不明事理、听信胡言乱语、冤枉好人，这种人还配教训别人！”老奶听母亲这样一说，顿时又来了劲头，说：“咱不跟他们一般见识，他们听风就是雨，脑子比猪脑子也不灵多少！”好歹这种人在乡公所混的，对种地的农民一向持轻蔑态度，听母亲和老奶这样嘲讽，面子上就有些挂不住了。其实母亲和老奶她们这种带有嘲讽的话，在前几次接受调查时已经说过。乡公所干事的几个人都有些受不住了，就异口同声地叫嚷着，不允许母亲和老奶随便说话，要尊重乡公所的官员。老奶嘿嘿一笑，说：“凭啥让别人尊重，先说你尊重别人了没有？”这次过节期间的传唤，竟然成了分庭抗礼的争执。为了一种程序和记录方面的过场，他们还是记录了一些与伤病员这件事有关的问话。既然是过场，那肯定有很多曾经讲过的话：

“有人举报你们救治并放跑了五个新四军伤病员。”乡公所人员问。

“没有的事，我们根本不知道这军那军，只知道打日本鬼子的军人。”老奶说。

母亲说：“举报我们的人怎么知道那几个穿便装、气息奄奄的人是新四军，是不是他们之间有联系？”

“那天夜里到底挖坑了没有？”

“挖了，还有甲长派的人监督！”

“有人说那五个人根本就没埋在坑里，是你们把他们送走的吗？”

“我们是奉命活埋人，与送人没关系！”

“不要不承认，事实胜于雄辩！”

“没有的事怎么承认，没有人证、没有物证，就凭个别小人胡说八道，就胜于雄辩吗？”

可能是这次传唤，老奶和母亲的态度不好，冲撞了乡公所的人，后来传唤就成了家常便饭，如果不是有重大的案件搅局，老奶和母亲还不知要遭受多少次传唤呢！

长期天旱无雨，人心惶惶，尽管乔家不存在粮荒问题，还隔三岔五资助别人，但三天两头被传唤这件事让全家人的心难以平静，老奶是一位面子大于天的人，怎么能经受这种精神上的折磨。老奶说她整天都像吃了苍蝇那样烦，连做梦都是接受一群青面獠牙、牛头马面的审问。

老奶病了，但乡公所的传唤却没有因此而暂停。按照正常人的思维，放走几个伤病员，对一户农民来说的确不是什么政治事件。他们只知道凡是抗日的军人都是好人，并不知道这军那军。他们最朴素的想法就是救人一命，就是积德行善。而县、乡、保的人们不知出于哪种观念，当乔响器出于狭隘的泄私愤，捅出了这件事后，他们在办理上级督办的杀害军人抢劫武器案子时，仍然把这件事作为一个案子、作为重点去处置。老奶没有任何的怯懦和退却，认为自己及家人并没有什么过错，根本不惧怕那些人的传唤和讯问。有人问到这件事，老奶说：“不论是谁救了人，积德行善都应该，救人比白白地杀人好！”更有人明显是表面献好心，暗地里做卑鄙的探子，他们说：“这事到底是咱们做的不是？救人也不是啥错事嘛！”老奶一下子就看透了这号人的心，瞪他们一眼懒得搭理。在一旁的母亲气愤地问：“你说呢，这种事甲长安排你们去办，咋办呢？”乔家人的倔强在这件事上可见一斑。这种不厌其烦、无休无止的传唤，连乔窑最没文化、不善思索的人都看出了其中的猫腻，议论说：“这年头，啥人都有，为了敲诈别人，想方设法捞好处，钻窟窿打洞坑人害人。乔家要是往他们手里送点儿啥，这事就消化了。”“乔家这两年日子刚刚好过点儿，就有人打他们的主意了！”没有不透风的墙，这种议论老奶很快就听到了，即使没人议论这件事，老奶也早已看出那些混个公差吃闲饭人的心思，无非是没有低三下四地顺着他们罢了。老奶当着众人说：“咱又没做亏心事，传唤咱咱就去，大不了搭点儿咱的工夫。想要咱向他们进贡，不可能！”乔家与找事人的对峙，果然将矛盾不停地扩大，甚至趋向于激化。这些人为了利益、为了面子就尽力把这件事朝政治方面引导，有人放出口风说乔家那次救的是一个共产党的党小组。

持续几个月的干旱，别说庄稼枯死了，就连顽强的野草也在渐渐地灭绝，往年枝繁叶茂的树木，经过几个月的折腾，只剩下十多年以上的老树还勉强地活着，枯黄的叶子还在飘落。乔窑的老井仅剩东沟沟口的那眼还可以看到泉眼在缓缓地冒着水泡……人们没有预见，少有广积粮的习惯，在这种恶劣的年成儿来临之际，除了束手无策，还会怨天尤人。细粮粗粮吃光，经过加工的糠菜吃光，能吃的野菜挖尽吃光，有人发现奄奄一息的树木浑身都是宝，吃了树花吃叶子，树皮也能煮了吃，凡能吃的几乎都被人们吃得净光。乔窑人叹息着下一步吃啥呢，已经山穷水尽了，地里寸草不生，山坡上被挖得窟窟窿窿。那个背着土枪碰瓷捡漏的乔响器，寄希望坡坡岭岭上遇上一只兔子或一只野鸡——猎获一件野畜野禽，是饥饿中梦寐以求的佳肴珍馐。然而，现实使他失望，一两个月连任何野生动物的毛尾也没见到，所有野生动物为了生存早已逃得不知去向。

连生命都顾不上了，其他方面的事情就只能停下来。东学里的孩子们各回各家，随着大人度着饥荒，可怜那位教书的白先生，家在苏北，出了乔窑，到处都在打仗，战火连天，有家不能回，只好乖乖地待在校舍里，少气无力地吟咏着：“朝看东流水，暮望日西尽。”看到老师不离开，好几户家庭依旧把子弟送到东学，希望孩子们多识几个字、多算几道题，遇到机会帮人做事，或者自己做个生意。不识字的人出门就碰钉子，没有文化的人掌柜们都不欢迎，因此，他们都想让孩子们上学读书。白先生注重教学方法改革，不让学生读死书、死读书，教学生学会观察、勤于思考。教古诗《悯农》，就把学生带到炎炎烈日下酷热的田地里。学生不仅马上理解了“旱田禾稻半枯焦”的意思，还仿照这首诗，写下了自己的诗句：“赤日炎炎似火烧，旱田禾苗全枯焦，农家人人快饿死，没有几户日子好。”学生们思路大开，激情如夏阳光芒四射，写出的诗句也有韵味。

就是在这种民不聊生的日子，所谓的官府衙役，还在不识趣地瞎折腾。老奶病了，乔家人在焦虑不安中忍受着生活的窘迫，还要提心吊胆地应对着可能要出现的变故，那种毫无节制的传唤如鲠在喉，又不能不耗费心力。衙门官府根本不把灾荒作为议事日程，也根本不因老奶生病而放松新四军事件的追究。在获取证据方面，他们变本加厉，丧心病狂地使出了做伪证、造假的手段。乔响器取保候审，背着猎枪朝出晚归，不仅要碰瓷讹人，也不仅要获取野味，他还要为官府的鹰犬们寻找军人丢失或遗落的物件，作为那几个军人是新四军的证据。

老奶的病还牵连着相当一部分人的心。自从老奶为了父亲失踪的事到八方庙、梁周寺烧香祷告以来，因为有了好的结果，就对烧香拜神有了兴趣，日子一长就成为虔诚的烧香人，从而结交了许多香客。别看香客们是一群文化程度偏低的庄稼人，中老年妇女占多数，并不懂得什么叫信仰，只是随着大众进香、拜神、念经，平日里如同一盘散沙，但遇到同伴有私事，大伙就能在很短时间内聚拢，并形成团结一致的整体。老奶为人仗义、做事公道，让很多信众尊敬。这次她病了，传说因为做善事救人受官府刁难气下了病，无论传说是否属实，香客们不予考究，汇总他们的话就是：“咱们平时要求与人为善，不杀生，隔三岔五还到河边去放生，乔家张氏老人做得没有错。”最要紧的是他们约好，不管什么时候，官府衙役们再来追究，大家一传十，十传百，都不得嬎软蛋，跟他们说理。村里村外的一些人，在这场灾荒中得到过老奶及乔家其他人的接济，出自报恩心理，形成了一股力挺乔家的力量。当然，这些非组织的活动，那些高高在上、作威作福的人并不知晓。当乡公所的爪牙们在传唤老奶和母亲时碰了一鼻子灰后，怀恨在心，就添油加醋地把老奶和母亲放走新四军、顶撞乡公所的事上报县里。县里的差役们牛气十足，欺压百姓习惯了，就派出专人坐镇乡公所。在传唤被告无果的情况下，县里差役亲自带上乡长、保长，在代理甲长的协助下，前呼后拥地进了乔窑。没想到乔窑村早已森严壁垒，而且众志成城，妇女打架可能差了点儿，骂起大街绝对个个儿是行家里手，不说骂得多么刺激，仅大家个个儿口吐莲花就足以让县乡差役领教了唾沫星儿可以淹死人的厉害。死要面子的几级差役，自我解嘲地叫嚷着：“等着吧，走着瞧，非要让你们为闹事付出代价！”

在严重的灾情和饥荒中，人们终于迎来了一个尴尬的麦收季节。这是个与往年截然不同的麦天，不用做任何收麦的准备，也不用购买或更新任何农具。庄稼地里光秃秃的，颗粒无收不说，连根麦秸都见不到，地里的一切有生命的植物早已枯干后被风吹得无影无踪了。几个月无雨，土地干得无一点儿湿度，稍微动一下就扬起浓浓的尘土。不用收、不用种的季节，表面上人们很悠闲，实际上人们不仅感到很累，而且心里无比忧伤，似乎人人不适应麦收时节却无麦可收，这是对庄稼人的羞辱。庄稼人知道阳光雨露的重要，只有阳光作物要枯死，只有雨露作物要淹死。为了收获，在久旱不雨的几个月里，他们天天盼雨，夜夜想雨，不惜花钱举行大型的祈雨活动，然而希望却一次次落空。有几次，眼看天空乌云密布、电闪雷鸣，大家可怜巴巴地望着天，心里说：老天爷，这一方百姓快没活路了，赶紧来一场雨吧。老天跟人们较劲似的，转眼间风就把厚厚的乌云推走了，换上一个阳光热辣的大晴天。人们不止三五次地在兴致高涨中跌落，又一次次与降雨失之交臂。

上苍接二连三地捉弄了一方百姓，这方百姓的心理也随之渐渐地改变着，他们对神灵的迷信、对老天的依赖，变得麻木、冷漠和无所谓了。于是，当六月的最后一天，天空乌云滚滚、地上风扬尘土，郁闷的雷声由远而近时，人们无动于衷，认为这只是老天布的局，是对老百姓新一轮的玩弄，所有人都不予理睬。没有人看好的一场雨，来得凶猛异常，而且后劲儿十足。人们可以不信任暴雨来临时的天象，但是不应该忘掉那些被实践证明过的谚语，“久旱必有大涝”几乎成为颠扑不灭的真理，得到了再一次的证实。风不调雨不顺的年份大都如此，大旱之后的大涝更使人无法承受。理性地对待，可以降低灾害带来的破坏程度，人们的小农意识使理智地对待自然，演绎为和自然赌气。毫无戒备实在不应该，乔窑东学的小孩子都会背诵治家格言上的话，宜未雨绸缪，毋临渴掘井。可乔窑以及周边的成年人，却在暴雨来临时，表现得麻木、仓皇而狼狈。

瓢泼一般的大雨持续了两天两夜，原本干涸得几乎冒烟的山川大地，早已涵养不了这么多的水分，像饥渴中摄取食物过量的人，已经开启了上吐下泻的模式。山洪开始暴发，滚滚水流从山坡上向山下倾泻，很快汇聚在一起，顺着东沟奔腾而出。好在乔窑的地势较高，祖先们建村时配置了防洪涝的沟壕，尽管这样，两条半街上依然出现了空前的地表径流。第一个降雨日，人们只是站在望祖台上，发着感慨说雨下得真瓷实，要早下两个月该多好。第二个降雨日的上午，人们看着咆哮的湍流，惊叹着："吓死人的水，像大河一样！"乔窑人不知道什么叫流量，通常形容水就用大和小、多和少，这次变了，说："真家伙，多半沟深的水！"

有一个乔窑人形容某个事持续时间不长，拿老房子着火来形容，还制造了一个尚未被公众认可的歇后语，说老房子着火——着得快灭得也快，把这话用到暴发的山洪上，也挺贴切，这场雨停了以后，山洪很快就平稳下来。雨过天晴后，人们惊讶地发现，堰塌了、地被冲毁了，家家户户都进了水，东沟好几段出现了滑坡。暴雨又给这一带百姓造成了洪涝灾害。

雨停以后，修复田地、抢种作物、生产自救是最该干的事情。可是县乡那些带着私愤的衙役官吏，以及乔响器一类的人，却在策划着一个挟嫌报复的方案。

三十五

山洪过后，那如同万马奔腾的洪水，依旧让人产生惊心动魄的后怕。东沟里没有了规模浩荡的大水，但中间那道一米多宽的新壕沟里流水还在继续。宽阔的东沟，每一次大水暴发，都要程度不同地改变着原来流水的轨迹。特别像一条季节河，枯水季节往往只剩下狭窄的河道，河道里仅有少量的水在缓缓流动，两边河床上散落着被洪水裹挟而来又无力带得更远的汉砖唐瓦。这就是乔窑东沟里发水后不同于其他河沟的特点。东沟四周好多地方都有古代帝王或大臣的陵寝或者文化遗迹，洪水暴发就使这些千年文物重见天日。

乔窑人在历次暴雨成灾、洪水掠过之后，总有人抢先捡宝，汉代陶器、唐代三彩都曾给他们带来惊喜。后来，雨后到东沟捡古董就成为一种自觉行动，类似于渔民在海滩收获贝壳。洪水凶猛，常常给沟里冲刷出新的坑坑洼洼，使地上的水利设施遭到毁坏，也使有些东西“水落石出”。这次久旱后的特大暴雨，洪水还未停下来，人们就有多种想法要去实施。不同于以往的捡汉、唐文物，这次还有人在寻找整人的证据。

这年七月二日凌晨，老奶早早就醒了。尽管她身体不好，然而好多事情她还是尽可能去做，好在这段时间有母亲全力协助，她只是把想到的事情提出来，由母亲传达给家里其他人去办理。老奶已经料到，东沟洪水过后，埋在地下的伤病员的物件极有可能被冲出来，即使冲不出来，也能将过去挖过的、动过土的地方暴露得明显。老奶相信，那个善于在磨道里找驴蹄的乔响器，一定会在这个时候跳出来。人生活在世上，都有自己的活法和使命。老奶睡眠不好，刚过子时就被一个很奇怪的梦惊醒了。梦中，那几个掉队的抗战伤病员，站在乔家大门口，大声喊着：“奶奶，您不够意思，常言说救人要救活，可我们几个人在乔窑迷路了，您一定要救救我们，我们还想在天窑里多住几天！”这五个年轻人的声音，老奶已经听熟悉了，于是老奶就在这时被惊醒。老奶明知是梦，俗话说梦是心头想。老奶心里很温暖，看来自己还惦着这几个兵娃呢！梦醒后，老奶就再也没有了睡意，听窗外雨已经停了。乔窑村的地势较高，雨一停，再猛的地表径流也马上消退。东沟的洪水也一样，天不亮水就落下来。水落以后，人们就会各取所需地到涨过水的地方捡东西，有利可图的事情就有感召力，大家不甘示弱，久而久之就争先恐后。过去洪水过后捡东西的事情，乔响器根本没有在乎过，仨核桃俩枣的收入还要起大早，况且很多时候什么也捡不到，两手空空瞎折腾。他一直都设想着弄点儿大事，一夜暴富就是他的人生追求。由于检举揭发东邻乔家救助新四军伤病员，引起了县、乡的重视，但苦于没有铁的证据，县乡有关人员还被香客们围攻，羞辱使他们下了决心，许诺他搜集到证据给予重赏。无利不起早，雨还没停下来，东沟里訇然作响的洪水倾泻声不绝于耳，乔响器已经坐在屋门口，吧嗒吧嗒地抽着旱烟，迫不及待地盼着老天马上放晴。尽管乔响器的动作很轻微，并不愿将内心的黑暗暴露无遗，但他的言行举止又总是欲盖弥彰。老奶被梦惊醒后，不到二十分钟，就听到西邻低低切切的动静，接着是谁打扰了熟睡的大白鹅，鹅发出呱呱的求救声。这几只大白鹅是乔响器在大坡口讹卖鹅人的，人家挑着鹅在大路边休息，本来与扛着猎枪游逛的乔响器素不相识，见乔响器前来打招呼，就与他聊起天来。可能是大白鹅这种家禽有灵性，发现了乔响器的不良用心，就呱呱呱拼命地叫嚷起来。乔响器觉得几只大白鹅能有多厉害，就伸手去拍打它们。就在这时，其他几只白鹅突然站了起来，把头钻出网袋，使劲儿地啄起乔响器。有灵性的大白鹅，却没有料到它们这种冲动，竟然给主人带来了麻烦。乔响器以受伤为借口，张口就要三块大洋作为补偿。鹅主人当即就吓呆了，哭着说："老兄，老天爷，我这几只鹅合到一块儿顶多能卖一块大洋，不管这事怨谁，不说了，这几只鹅全归你了，算我倒霉！"就这样，乔响器没费多大劲儿，就收获几只大白鹅。塞翁得马，焉知非祸，几只大白鹅只要受到惊吓，就拼命地叫唤，它们可不管时间早晚，也不管人的事情需要悄悄进行。自得到几只大白鹅后，不仅老奶能捕捉乔响器的动态，村里还有很多人尤其是讨厌乔响器的人，都对鹅鸣格外敏感。

"守甲、守甲——"老奶有事总是喊爷爷的名字。好多次都是这样，爷爷守甲、奶奶邓氏还没有回应时，母亲已经走到老奶跟前了。其实，老奶的心事很喜欢告诉母亲，她认为偌大一个乔家，只有这个孙子媳妇才是最值得信赖的。老奶把天亮洪水过后可能会遇到的麻烦告诉了母亲。母亲说："奶奶，这个事您不用放心不下，有啥麻烦我去承担，您只管养病。"母亲不会委婉地说话，也不善安慰患病的老奶，说话总是一镢头一块儿的。老奶不喜欢华而不实的人，也不喜欢笨头笨脑的人。听完母亲的话，老奶便知道母亲早已对这个事的后果有了考虑，马上担心起来。她怕母亲真的到关键时刻站出来，把这件事全揽在自己身上。不行的，老奶心想，决不能这样。老奶对母亲说："凡事往坏处着想，向好处努力，这个事还不定咋样呢，你千万不要冲动！"老奶分析说："这场洪水如果把那天挖坑的现场全冲毁了，是老天在照顾咱，没有任何证据的事情官府咋追究？"母亲看看老奶，点了点头，没有说话。老奶接着说："往坏处想，即使那天的现场没有被冲毁，露出一些对咱们不利的证据，我一个气息奄奄的人，还怕他们不成？我不许你们任何人再为这件事受牵连，一个有病的老人，赴死何惧！”老奶不愧为书香门第出身，分析问题逻辑性很强，偶尔还说几句很斯文的话。母亲本来打算雨停水止之后，回娘家一趟，就说乔窑事情多，近段时间就不常回娘家了，她也为这件事想了很多。母亲把想法说给老奶时，当即遭到了老奶的反对。老奶和母亲对话时，爷爷、奶奶、四奶、五奶等都来到了。他们知道，老奶以召唤守甲为名，实际是在让他们都抓紧起床。老奶善于管理家庭，还在于她有时让大家捉摸不定。见大家衣着齐整地站在自己跟前，老奶很严肃地说：“你们这么早起来干啥？我是喊守甲有事，你们先回屋继续休息着，有事喊叫你们。”

再说乔响器那院里，鹅的叫声已经停了，乔响器还在使劲儿地吸着他的旱烟，一袋接着一袋，尼古丁帮助他思考着事情。他处在乔窑这个环境里，就需要忌讳许多，村子不算大，然而清规戒律却多得让他窒息。乔窑村自从明朝末年建村，一直以文明礼让俭恭的主旨为村规民约，乔窑人不仅以自身是尚书乔允升的后代而自豪，还因乔氏祖训家规而自律。在这些方面，大家都看得很高，少有人触犯家规祖训。乔响器虽有邪念、虽有违反，但还是有所收敛的。《乔氏家训》和《家训细则》对各种类型的违法违规行为都有严厉的处罚措施。盗人墓坑、掘人祖坟、侮辱尸体都有具体条款来对号入座，也是绝不允许的，最轻也要逐出家族移交法办。规矩就是在一步步形成和坚持的。乔窑这样一个既封闭保守、又不甘守旧的地方，对于封建思想的守护和新思想的引进，一直矛盾地进行着，打造了正直、团结、务实、朴素的村风民俗。在这种环境中，乔响器这极个别人就显得孤立而卑微，丑陋的想法放不到桌面，低劣的做法，只能像幽灵似的暗中进行。乔响器检举老奶带领全家放走新四军伤病员的事，原本的用心就是报复一下司马川那件事，顺便敲诈几个钱，没想到这个事后来竟然像发酵的面团越发越大，让他也不能自拔了。说话要有理有据，乔响器要想拿出确凿证据，就必须把活埋人的坑挖开。之所以迟迟不下手，一是因为他唯一的合伙人乔田才那天是监督者，过分了将会失去唯一合伙人；二是乔窑的清规戒律束缚他不能去动埋人的坑，那是伤天害理的事情。他只能等待着一场洪水，让这件事自然暴露。不久前烧香的香客们围攻了那几个公务人员后，乔响器竟成了那几个人的利用对象，接受任务收集各类证据。他明知是让他从其他地方捡些证件、兵器，强加给那几个伤病员，主要是对北街乔家栽赃陷害。乔响器曾良心发现过，不愿帮外人去整自己村的人，远亲不如近邻，冤家宜解不宜结，真的很想放下屠刀立地成佛。只是那几个人的许诺，那几个人预付给他部分定金，在灾情严重、吃了上顿没有下顿的时候，钱财的诱惑力就成倍增大，乔响器眼睛一眨，心里一横，就答应坚决完成任务。他在大范围的搜寻中，在昔日的刑场上，的确找到了那几个人想要的东西，这些东西还要遵照那几个人的指示放置在那个活埋人的坑处。这种不出多少力就得到钱的事，乔响器觉得很适合自己，总比闲着强。乔响器的游手好闲并不是与生俱来的，小时候父母对他百般溺爱，担心累着他，地里活儿家里活儿不让他插手，他就有了空闲时间。有一天他跟人到八方庙逛庙会，神差鬼使地进了那个小赌场，亲眼见有人坐在那里不动，一局牌打完，就呼呼啦啦地得到好多钱。自那以后，他就勤学苦练，不久就坐上了牌场。刚开始的日子，他接连几天都能占上风，享受着赢钱的神气。然而，运气不总是在他那边，从半个月后的牌局失利之后，乔响器便成了一名常败将军。输了钱的他，并不像同牌桌的其他人那样灰头土脸的，而是一副满不在乎的样子，仿佛家中有十万金山能承受这点儿损失似的。离开牌桌，他从不想输钱的过程，也不对那种擦肩而过离他而去的财富感到遗憾。他把赢钱的希望放在下一次，然而下一次又输了时，就把赢钱的希望再往后推一次。初生牛犊不畏虎，尽管乔响器面对的是赌场老手或高手，但他觉得就凭他们的样子还能赢钱，自己哪一点比他们逊色，输钱只是暂时的，赢钱将是必然的，而且是长久的。赌场上有幅字写得很有意思：风水轮流转，明年到我家。乔响器觉得这幅字就是自己的励志语录，因此他带着满满的希望，输死都不怕。很多个夜晚，他都是十二点牌很兴，赢的钱多得让他兴奋，可兴奋之后就开始输，到鸡叫时不仅把赢的钱输光，连自己身上原来的钱也全部输进去。大家事前定的规矩，只有当一个人输得搁不起时，才可以散场。特别奇怪，他每次赢钱时，竟然没一个人输得搁不起，只能硬着头皮、打着呵欠继续当。只有他才输得山穷水尽搁不出了，看着别人笑到了最后。就是为了赌，乔响器的父母被人逼债一个投井一个跳河，孑然一身、家徒四壁时，他还看着那幅字画相信“明年风水到我家”绝不是神灵许下的空愿，在心里说太阳一定会照到乔响器家门的。于是他向村里的人借钱，借了一回后就借

第二回，吓得村里人几乎异口同声地说：“上次借的钱俺不要了，你这次到别处借吧！”有好心的人悄悄告诉他说：“响器，你年轻，不知道牌桌上有很多套路，有时候人家几个人合伙收拾你！”他并不服气，还是强调自己手气不好，财运没来。再后来，因为欠下赌债，他被人毒打，还被逼着跟一个团伙参与打家劫舍。终于，他悟出了一个道理，靠别人不如靠自己，打牌没有赌注，上不了牌桌，河边拉纤、码头装卸他又不愿出力，干庄稼活儿嫌又脏又累。他家有一支老掉牙的土枪，打东西不准，但样子还真能吓人，于是他就和枪相依为命，走上了目前这种靠讹诈碰瓷混日子的路。

乔响器看着逐渐停下来的雨，使劲儿地吸着旱烟，专心致志地想着往事。乔响器发现自己的人生就像赌博，只不过是一场漫长而又诡异的牌局，好像依旧是一对几的那种模式。就拿这次检举乔家救五个新四军伤病员的事，完全可以说成一次赌局。如果这场洪水把东沟所有能够做证的东西冲干净了，把那个坑给荡平了，那他乔响器就再一次输了，不仅得不到那些当官的承诺的钱财，而且他还要落下一个说谎话、陷害好人的恶名，本来就在乔窑站立不稳的他，这一回肯定要卷铺盖走人，无法混下去了。要是老天关照，水落后那些证据还在，加上自己又在其他地方捡来的徽章、砍刀，那乔家就输了。到那时，他不仅得到了钱财，还结交了乡、县两级当官的，即使在乔窑混不下去，到县里弄个差使活得更滋腻。

自这天凌晨开始，老奶觉得自己很有精神，于是天刚亮就起床洗漱。看着院子里的积水上还有雨点稀稀拉拉地落在上面，不停地溅出鸡蛋一样大小的水泡，老奶意识到这场雨马上要停下来，东沟里的洪水也会随着暴雨变小雨、小雨变雾气而逐渐停下来。老奶对东沟里水过后可能会发生的事情心里没底，老天若是有情就照顾乔家，把那天晚上挖坑的一切痕迹全部用洪水冲毁。如果不照顾乔家，那么比汹涌湍急的洪水还要无情的狂涛巨浪将会向乔家冲过来。老奶闭上双眼，似乎在想象那种状况下，带给乔家的灾难将是巨大的，对正在爬坡上进的乔家的打击将是毁灭性的，因为官府的人既然想收拾你，再加上还留有证据，那么胳膊本来就扭不过大腿，这种时候连挣扎的力量也没有了。老奶也想到了赌博，虽然她不会赌，但她亲眼看到过赌博的场面。这天早晨，老奶觉得自己正在和人赌博，而且正要启牌。她心里默默地祈祷着：阿弥陀佛，请让乔家赢了这局！

临近中午，雨后的太阳火力全开，热乎乎、毒辣辣地照射着乔窑一带，给东坡、东沟、南坡，以及家家户户的房顶镀上了一层厚厚的金光。一阵嘈杂中夹带的吆喝声，打破了雨后少有的安静。乔响器带着一队人马，气势汹汹地从乔窑东沟走出来，喧嚣着直奔乔窑北街乔家。乔响器完成了既定任务，得到了事前双方商定的奖赏，进了村拐到北街时就开溜了。经历过一次次的得与失，乔响器渐渐学会了伪装自己，有利可图的事情他就浮出水面，得到了好处后就潜入水中。乔窑人骂他及这一类的人是当了婊子还要立牌坊。这件出卖乔家的事，全村人都知道是他在作梗，而他还在对掩耳盗铃的故事做进一步的演绎。

这天来到乔窑执行任务的是县警政队，大约六七十人。警政员大多为没有正当职业，热衷混个官方差事的中、青年人。之前，县里、乡里办案人员曾许愿说，乔响器如果能够搜寻到能够坐实乔家放跑新四军伤病员的证据，那么警政队将优先考虑录用他。这些警政人员中，不少人都是通过摊粮派款、收集社情民意、打小报告等途径，找门子托关系进入警政队的。人的样子不论多么不敢恭维，只要穿上统一服装，混在人群里就变得神气十足。警政队里不乏那种滥竽充数、狐假虎威的家伙，他们一齐大喊大叫时的确有惊天动地之势，集体哑火时又有沉着冷静之姿。老百姓敬畏警政员，这一切都取决于人们对他们的肤浅了解和盲目崇拜。因此，在混沌的环境中，老百姓盲目抬举、塑造、膜拜着一批素质低下的公职人员，反过来这些所谓的公职人员又头脑膨胀地欺压那些敬仰他们的老百姓。他们欺辱老百姓、打骂老百姓、坐在老百姓头上作威作福，不是他们有超过一般人的本领，也不是他们长着三头六臂，靠的就是公职人员的牌子和那一身与百姓不同、板板正正的制服。制服使黑猩猩变成了人，制服使脑残者有了智商，制服使普通的人变成了神。好比乔窑村的庄稼地里树立着许多稻草人，穿着人的衣服，戴一顶农民们喜欢的草帽，手里握一面小旗子，猛然看到真的吓人一跳，以为一个看护庄稼的人站在那里呢。难怪好多小鸟看到有人恪尽职守地守望在庄稼地里，大都不在此地逗留、觅食，而是飞到更为偏远的地方。

母亲在孟津县城东门里娘家时，就学会了服装设计和制作，到了乔窑，常为邻里剪裁衣服，也会用废旧面料、破衣服拼凑稻草人身上的服装。稻草人穿上母亲量身定制的各款服装，成为一道不落俗套的风景线，乔窑的稻草人守望者竟然有清代兵勇、当代警员、青年学生、庄稼老人，他们神态自若、坚守岗位，装腔作势地呵护着籽粒饱满的谷物。

老奶跟母亲在好多方面都心心相印，对许多社会上人和事的看法都不谋而合。她们亲眼看见过人们用黏土和成泥，使劲儿地摔、使劲儿地踩，把泥揉得像胶泥一样有柔韧性，再添加一些乱麻，之后根据故事传说或者想象力，把泥疙瘩塑造成各种各样的神，描上金或者涂上银，披上锦衣，就抬到新建筑成的庙里，摆上早已准备好的高台，就成为圣洁的神。人们从那个泥疙瘩坐上高位之后，就开始供奉，进香叩首，而且顶礼膜拜者越来越多，成群结队、摩肩接踵，香火随之兴旺起来。说来十分奇怪，当一个人知道那台上坐的是人们手摔脚踩的泥块做成的，就十分鄙视这个泥疙瘩，对它的姿态就有些反感。当看到高台上端坐着一个表情严肃、神态威严的偶像时，竟会肃然起敬，全然不去过问他的前世今生竟然是人们践踏过的泥土。母亲的娘家人都是唯物主义者，对传说中的神有敬畏之心，对威严端庄的庙宇十分敬仰，但没有烧香拜叩的习惯和传统。母亲不会烧香，也不会虔诚地跪在地上祷告。老奶在这方面和母亲有惊人地相似，若不是父亲失踪的事刺激了她的神经，乱了她的方寸，她绝不会逢庙会就赶到八方庙或梁周寺进香祈祷，也不可能结识一批相信鬼神的人。

老奶和母亲鄙薄那种高高在上被人们迷信的泥团，更蔑视那些狐假虎威欺压民众的官吏，在她们心目中这些道貌岸然、不可一世的家伙无非就是庄稼地里的稻草人。在多次与这些人的对立中，她们早已看穿了他们假面具之中的孱弱无能，于是始终表现得泰然镇定、大义凛然。

对于可能要发生的事情，老奶有一种预感，这种预感来自缜密的分析和理智的预判。老奶令家里早起的人各回各房睡觉，强调有什么事情用谁再召唤谁。乔家人平时就是这么听话，在老奶生病以后更是如此，大家都不想让老奶心里不舒服。母亲最后一个离开，她一再安慰老奶其他事都没有身体重要，不要往心里搁。

老奶在大家离开后，开始忙自己的。爷爷奶奶、五爷五奶、四奶等是否再度入睡，这都不是母亲关心的，听到老奶房间里窸窸窣窣地响着，母亲一点儿睡意都没有。

雨停了，天也亮了，街上已经有人说话，也有忙乱的脚步声。然而勤劳出了名的乔家，大家在睡懒觉似的，整个院子静得令人奇怪，令人想入非非。

这天是个很特殊的日子，突如其来的暴雨、百年不遇的洪水，让人们猝不及防，乔窑周边方圆几十里都遭受了水灾。人们在洪水中拼命挣扎，不少人家房倒屋塌，为了生存自顾不暇，对于乔窑发生的事情一概不知。之所以日子特殊，是因为这天适逢八方庙庙会，通常这天是格外热闹的，成百上千的香客争先恐后地到这里进香跪拜、许愿还愿，而这天庙里居然相当寂静，那些虔诚憨厚的香客，此时或正在疯狂地自救。接到乔响器情报后，县、乡官员安排大批人马，县里重点保长全部列席，浩浩荡荡地进入乔窑，这种阵势让乔窑的乡亲们望而兴叹，直言长了见识。乔家人可能没有想到，这所古老的宅院门口，集合着全副武装的警政队伍。乔窑北街上也站满了列席这次行动的多路乡绅和保长。

乔窑北街相比南、中那两条半截街来讲，宽畅、笔直而通达，占据八卦地形坤的位置。南街、中街，都由两个半截街构成，而且随坡就势，根本站不了那么多人。县警政队员在统一制服的包装下，个个人五人六，而人们站得远远的，仅能看到威武雄壮的方队。不知这些人遇到强有力的对手时，会表现出什么样的状态，来乔窑这天将面临手无寸铁的乔家，展示给乔家人的是威武无比、不可侵犯的样子。除了他们，那些临时组织到一起的，美其名曰列席活动的乡绅及保长，也被县里要求衣着基本统一，不论他们平日如何邋遢，这天一律雪白的衬衫、黑色的裤子、黑色的礼帽。这种打扮搞笑得让乔窑人很开心，他们家里都养着叫“两头乌”的鸽子，不同的是这群是直立行走的人，那些是小巧玲珑的飞禽。县里过来的主要是这两个阵容，或者称作两个方阵，其他的有点儿职务的，这会儿简直就化作散兵游勇。

也许在大多数乔窑人心里，乔家这次惹大麻烦了，胆怯了，紧闭大门躲在家里不敢开门。而此时的警政员方阵却面对乔家“耕读传家”“东林世泽”的匾额以及石狮子把门的庭院，做起了队列练习。蓦地，乔窑入村口响起了汽车喇叭声，一辆墨绿色的吉普车开进了村。人们这才恍然大悟，这个阵容原来是演练给更大的官员们检阅的。地方的官吏们，为民办事的能力没有多少，搞形式却得心应手。这次行动的幕后总策划是县长，参与者发誓要把案子办成铁案，不辜负县长的用心和付出。县里并没有小汽车，而坐在车里的人估计职位更高，那么这次行动的意义更为重大。警政员队伍的口号声越来越大，虽然谈不上震天撼地，但起码可以用地动山摇来形容。警队的演练告一段落后，他们在乔家门口列成两队，警政员荷枪实弹地貌似进入实战状态。这时，为首的警政队长一行三人怒气冲冲地前去叩门，让观望的乔窑村民个个儿惊恐万状。

没等他们敲门，朱漆大门“咯吱吱”地拉开了。老奶一头银发、精神矍铄地走了出来，一直疾病缠身的老奶，一副大义凛然、问心无愧的神态，让乔窑在北街观望的人们禁不住发出惊叹声。老奶这天换了一身崭新的蓝哔叽衣服。老奶有些富态，是比较魁梧的那种农村老太。老奶虽然爱整洁，但她相对比较朴素，一件衣服一般都要穿好几年，一直穿到实在不能再穿时才换新的。这天的衣服是母亲托天津太平洋货栈的哥哥王沫泽寄来的，母亲为老奶量身打造。衣服的款式新颖别致，在农村老太太服装的基础上，在领子、袖口及大襟几个部位做了大胆改造，穿起来既有农村老太的朴素，又不乏大城市老媪的洋气，既让乡下人看着顺眼，又在整体上不落俗套。总之，老奶这身衣服，大气、帅气，使人油然而生敬畏。

警政员大队那位人称队副的人，对一个戴墨镜的矮胖子贴着耳朵说了些什么，然后看了看不远处的吉普车，认为表现自己的良机到了，就面对警政队员、列席的乡绅保长以及分布在角落的乔窑人，拿出一张一尺宽二尺长的加盖了大印的纸，清了清嗓子，像公鸡啼叫前伸长脖子，然后大声读起来：“查津邑乔窑村北街村民张氏、王氏、乔守甲、乔祖庆等，私自放走新四军伤病员五人，构成重大政治事件，触犯了孟津县政府条令，现予以拘捕。此令。民国三十一年七月三日……”乔家的门台大约有三尺多高，设了五个青石台阶，台面有十六平方米多点儿。听完队副的《拘捕令》，立即有两个事先安排好的警员猫着腰，“嗖”的一声上了位置。执行这么严肃的任务，还要表现给县长看，理应把最威武的警员摆上重要台面。而走上门台的两个人真的不敢恭维，虽然不是尖嘴猴腮，但的确是弯腰弓脊，特别是往老奶身旁一站，十分像老奶雇用的下人。队副吆喝案犯出来，第二个是母亲。这天母亲穿了一件旗袍，上身还披一件白色网眼的褂子，那是舅舅从南京路先施公司给母亲买的，平时舍不得穿。母亲一米七一的身高，从家里走出时，完全没有将遭警队拘捕的沮丧，而是像时装模特一样自信坦然，甚至有喧宾夺主般的惊艳。待母亲出场后，负责押解母亲的两个警员闪电一般跃上门台，这两个人身高在一米六左右，站在高挑的母亲身边，十分像舞台上的小丑。爷爷乔守甲这天有些绅士，他似乎不嫌天热，长袍马褂不说，还戴一顶亚光黑的西瓜皮帽子，破天荒地拄上了文明手杖。这手杖是国子监监生乔芸芝生前使用过的，据说是祖传的皇帝赐品。押解爷爷的警员一个好像犯了烟瘾流着眼泪鼻涕，还连续打呵欠，另一个十分精神，只是得过天花留下了一脸的雨淋坑。警队的人心知肚明，被重用的几个人别看样子不强，却常放光芒。任人唯亲的情况下大抵都是这样。只是这天的对象有些特别，“罪犯”形象高大，精神饱满，而执行任务的警员却举止猥琐、狰狞丑陋。连列席活动的四邻八乡的绅士、保长们，也议论说这简直不是执行任务，而是在演出一幕大戏。乔窑村的人这天开了眼界、长了见识，只是不住地为乔家的遭遇而叹息。队副自认为这天的任务组织得好，完成得好，万无一失，就自信满满地向戴眼镜的胖子汇报着。这时，从吉普车上走下了县长，整齐的两个方阵迅速裂开了一个大口子，给县长让路。

县长在门台下面暴跳如雷：“立即放人，收队！胆子不小，谁批准你们这样干的？”

“县长，您……您安排的呀！”

“胡说八道！”

“县长，这到底是咋了？”

“乔家有人！”

“啥人，不就是第一战区司令部的文书乔传甲嘛。他能管了县长的事？”

“你知道什么！他们家还有更厉害的。”县长很沮丧。

“那到底有多厉害？”队副不甘心地问。

“厉害得很，在重庆，在中央！知道了吧！”

“哦。”队副和那个胖子，戴眼镜和不戴眼镜的一刹那间都变成了死鱼眼，愣了一下，异口同声地发出惊叹。

胖子往上推了推眼镜，批评队副说："以后做事要学会瞻前顾后，不识字你也要摸摸招牌！"

队副带着他的警员、胖子带着那群乡绅，像战场上溃败的队伍，松松垮垮地离开了乔窑。

吉普车走了，把雨后路面上的泥水溅得好高，噼噼啪啪的。

这场不期而至的大戏，没有剧本、没有排练，却出乎想象地精彩纷呈。

三十六

许专员离开重庆后，为了避开硝烟弥漫的战场，几经周折，风尘仆仆，历时二十多天，终于回到河南。当他把专项经费的事情分别向相关长官汇报后，省政府主席、第一战区长官都对他大加赞扬。他们都知道战区、省政府到重庆要资金，即使最高长官签字，也要被办款人员推辞拖后或克扣一定比例。这次一个专员竟然把事情办得这么圆满，完全出乎他们意料，不能不使他们喜出望外。尤其是许专员把一个和田玉护心符赠给了省主席，把一副岫玉手镯送给司令长官（强调是给夫人的）后，一下子拉近了他们之间的关系。作为高级将领和高级行政官员，他们见过的、收过的珠宝美玉肯定不少，但作为外出培训的下属，在烽火连天的年月，能把上司看得这么重，千里迢迢还带回名贵礼品，这不是一般的礼物，是一个下属的忠心。这两件玉器，是最大的珠宝商上官泰安老先生为了报答父亲的救命之恩，精选的成色近于无瑕的料子、由中国最优秀的工匠特制而成的妙品，在那个豪华夜宴上由上官朏朏转交给父亲的。父亲除了对战场上的事情在意、对眼下的工作尽心外，对于什么黄金白银、珠宝美玉一类的东西一点儿也不感兴趣。在送别许专员时，父亲将这两件精品玉器送给了许专员。懂官场行情的许专员，回到河南就把它们派上了用场，为他日后的晋级提职铺了路。许专员在有些事情上，的确是打肿脸充胖子，拿着别人的屁股当自己的脸。他闭口不谈在重庆期间，巧遇了一个河南孟津的军需，凭借着老乡关系，军需为他办了好多事，也让他见识了最豪华的宴席，还为他介绍认识了军令部、军政部的有关官员。省主席、战区司令像发现了一颗被土埋了的夜明珠一样，欣赏着眼前这位能干的许专员。省主席、战区司令虽不在一处办公，然而他们都问许专员一个同样的问题。他们对许专员从重庆回来后的情绪、举止，都推测出他很可能在更上一级的军政机关里结识了重要人物。在那种年代，人们对关系都看得很重，官场更是如此。他们就在不同时间和地点问许专员在重庆结识了哪个大官员。许专员很冷静，他知道沉默是金，矜持更可贵，就腼腆地笑了笑，回答说："哪里哪里，我能有今天，全仰仗您啊！"许专员的谦逊，这种讳莫如深的语言越发让两位军、政官员无法探究了。为官之路前程扑朔，维持个人就是一条路。军、政长官不仅对许专员刮目相看，还尽力在各自权力内为他进步创造条件。第一战区司令部在洛阳，洛阳专区的地位就比其他专区更为重要。不久，省主席就同意了战区司令长官的意见，调许专员任战区司令部副参谋长兼洛阳专署专员。

许专员感到自己打重庆回来后，顺风顺水，仕途仿佛洒满阳光。从重庆回到许昌，他曾想找个机会到孟津乔窑慰问一下乔国俊的家人，毕竟他能够得到河南军、政长官的青睐甚至厚爱，跟那个年轻军需的帮忙有关。只是许昌和洛阳跨着地区，很多事情办起来容易让别人产生误解，为此就拖延了下来。他回河南时曾问乔国俊，往家里捎口信不捎，有什么事情需要帮忙，乔国俊一概以摇头和微笑谢绝了他。许专员一直在想，人家乔国俊回绝他，无非三个原因，一是不愿与他深交，以免日后再添麻烦；二是发现了他人性的弱点，把人家在重庆帮忙的事情无限扩大；三是人家年轻，已经有很扎实的基础，发展空间很大，不愿意让别人的事情影响人生大计。许专员冷静地想过，一个有前途的人，一般都调子很低、姿态很高，不会为了一己私利而影响前途，也不会做出小不忍而乱大谋的事情。在这种情况下，许专员想，判断就如同赌注，如果判断正确，这种友谊还会得到更大发展。他想前想后，决定无论如何要到乔国俊家里去看望他的家人。这种时候，他恰恰又调任洛阳专署专员，孟津县恰好是他的治下，去看望乔家人更加方便。

许专员上任以后，很快就发现洛阳专署与许昌专署的官场风气有很大不同。洛阳专区的县大多属王畿之地，这里县级官员言谈举止居高临下，让人皮麻，事事与政治联系，处处奉迎上司，仅几天时间，他就被这些官员弄得头脑发涨。好在，他有一定的免疫力，可以分辨出他们哪些话是溜须拍马，哪些话是胡诌乱扯，哪些话脱离实际，哪些话能接地气。许专员到任后，接触县一级的官员，凡见他们拿着预先准备好的汇报稿，统统不许他们念，让他们脱稿说，宁可他们语无伦次，也不让他们云天雾地。许专员在上任洛阳专员前及上任后，收集了大量洛阳的史料、风土人情、文化名人及天文地理资料。他是燕京大学社会学专业毕业，毕业后先做县吏，后调省政府给省主席当秘书，那位省主席离任前把他安排到许昌专署当专员。新任省主席和他在好多问题上都谈不来，对事情的理解也存在分歧，不知道是出于哪种目的，就借助培训这件事，让他离任几个月，到重庆参加全国军政官员培训班的学习。令省主席始料不及，也使许专员喜出望外的是结识了一位河南老乡，经他介绍攀上了军令部、军政部的好几位实权长官，使他回到河南后的处境得到了质的改善。许专员籍贯河北大名，与河南安阳隔河相望，小时候跟父亲渡河来过河南安阳，知道这儿古时候属相州，这一带钟灵毓秀、文化荟萃、人杰地灵、英雄豪杰、帝王将相辈出。许专员的父亲是名秀才，在大名一带做私塾老师，传道授业解惑，勤勤恳恳，任劳任怨，赢得学高德劭的好口碑。老先生口碑再好，也只不过是个穷秀才、穷教书先生，在多数人眼里依旧地位偏低。在社会现实的夹缝里，老先生终于发出了积压胸中的沉闷心声：“孩子，你一定把书读成，不要学你爹，只会教之乎者也！”老先生时时处处强化对孩子的道德培养和知识灌输。到了安阳，老先生就讲甲骨文、讲文王拘而演周易、讲忠肝义胆比干，一直讲到岳母刺字、精忠报国……幼小的许专员就向父亲表态，一定刻苦学习，长大就来安阳做官。老先生也没想到，孩子长大后果然考中燕京大学，更想不到的是孩子无忌的童言竟然成为现实，那句要来安阳做官的话居然成了谶言。许专员毕业后就来到了安阳当了县吏，时间不长就进了省府。许专员初入仕途，对一切都考虑得天真无邪，时日长了便看到了坎坷，看到了官场更加灰暗无光，官吏之间人心不古、钩心斗角、结党营私、党同伐异，使他心灰意懒。为了适应官场的生存环境，他学会了让步、学会了变通，但有一点他固守着，那就是做人的良心。不论社会道德多么沦丧，官场多么腐败，他要求自己不做坏良心之事，不做贪赃枉法之官，时间延伸中他成了另类，在官场十分孤立。他在自己的日记中写道：“纵然自己生活在荒漠之中，虽无力防沙治沙，虽不能让沙漠成为绿洲，但自己的一亩三分地上一定要绿意盎然。”他的这份执着，让他长期徘徊在专员的级别上，而且随着社会现实的变更，越来越不能与时俱进，就逐渐被边缘化。他的坚守、他的执着，让他的人气逐渐减弱，让他几乎在官场出局，让他外出培训实际上是省主席的一个策略。正在同僚们、对手们认为他大势已去的时候，他却在重庆回来后不久，使一场败局得以逆转，不能不使那些视他为书呆子的人重新换一种目光去审视他。人不可貌相，海水不可斗量，许专员成了河南省专员中一个高深莫测的人物。他来到洛阳专区后，做梦都没想到，这里有几个县官竟然敢挑战他的学识、智商、情商和能力。洛阳专区的每个县都有久远的历史和灿烂的文化，都不乏历史名人和拔尖人才，特别是依托古都洛阳，河流纵横、山峦起伏、民风淳朴、经济多元、产业多样，具有较为优渥的发展条件。靠山吃山，靠水吃水，有利就免不了有弊，有山川河流就难免有洪涝灾害。洛阳专区的县官们汇报县里情况，每个县都准备有汇报材料，而且不知何故形成了如同八股文一样的东西。几个县除了自然环境、相关数字不同外，其他方面大致一样。先介绍地理位置和自然环境，再介绍历史沿革和历代名人，接下来就讲重大历史事件和重大自然灾害，这些连篇累牍的介绍之后，耗费大量笔墨讲频繁发生的自然灾害。初来乍到，许专员虽然对于他们介绍的情况厌烦至极，又不愿当场批评，自己是研究过历史的人，在省政府当秘书时曾查阅过各县概况，从许昌来洛阳时再度认真了解了所辖县的详情，特别是旱灾发生后，各县的行动情况。许专员不仅要听其言，更重要的要观其行，不仅听广告，还要看实效。他最看不惯的就是一方官员在面对突发事件、面对自然灾害束手无策、被动应付。因此，当第一个县向他汇报了工作之后，他就要求各县县长把要汇报的稿子交给他，只需口头汇报。令他惊讶的是，面对这么严重的旱灾，以及可能要出现的洪涝灾害，各县基本上没有思路，更没有预案。他只能要求县长们讲抗灾救灾、赈灾工作，为官一任，即使没本事造福一方，也绝不能尸位素餐，占着茅房不拉屎。特别是日本侵略军杀气腾腾，从开封步步西进，各县还应该组织力所能及的抗敌力量，为抗战做出积极努力。县一级的官员个个儿反应迅速，通报工作时几乎紧扣许专员的指导思想，且不看实际效果，单单从行动人数、宣传发动这些方面来看，实在看不到县长们工作不力的地方。给许专员印象最深刻的是孟津县县长，针对旱灾的组织生产自救足足讲了三十分钟，采取的十九项措施，十分接地气，还有很高的理论水平，对一个地区，或更大范围，乃至全中国的广大地区都有指导意义。许专员马上对孟津县县长刮目相看，为了激励干实事的地方官员，许专员让孟津县县长选择一个典型，专区组织县长们前去观摩，他山之石可以攻玉。许专员觉得孟津这个县长多年不遇，这么好的救灾赈灾措施也不多见，就对他高度重视起来。那夜，许专员彻夜难眠，睡不着时就琢磨起孟津县县长那十九条措施，总觉得这十九条措施似曾相识。他突然心里一惊，想起了当年在省主席身边当秘书时，曾经读过孟津县一个秀才王睦的关于地方政府组织灾民生产自救的文章，题目记不住了，那篇文章朴实无华、可操作性强，文中的十五条措施被这个县长组合成十七条，还有两条是这位县长的创新。许专员想到这里，不禁出了一头冷汗。许专员在意起这件事，认为孟津这位县长是在挑战自己。他已经发布了到孟津观摩学习的令，再收回不仅有朝令夕改之嫌，还会影响他日后的号召力，降低他的执政水平。于是不动声色，将计就计，借机敲山震虎转变转变县官们的工作作风，也让那些挑战专员的县长反省反省。

孟津县县长的十九条措施里，真正属于自己的有两项：《万众一心祈甘霖，感动龙王来帮忙》《旱灾面前破大案，突出政治促抗灾》。许专员组织观摩孟津县如何万众一心感动上帝，原来就是一场祈雨大型表演，彻头彻尾的封建迷信活动。大型祈雨活动场面恢宏，让观摩者叹为观止，传统的社火全部出动，而且全部打着“乞请龙王恩赐甘霖”的条幅。排鼓队、两眼铳队、旱船、高跷、地摊戏应有尽有，为了烘托氛围、增加气势，还请来了大里王狮舞团、凤凰台杂技团。孟津县县长自认为准备充分，一定能使观摩者满意，就介绍说：“这些文化活动，全部是本县百姓自发组织的，不花钱、效果好，惊天动地的鼓乐和震耳欲聋的铳响，一定会感动龙王，相信不久便会有喜雨降临，到时，抗旱的胜利必然属于孟津人民！”许专员在孟津县县长介绍完毕后，问洛阳县县长说：“那天你介绍洛阳县的文化活动，说大里王狮子驰名遐迩，到底有几个大里王？”洛阳县长回答得很果断：“只有一个！”“那么，到底是洛阳县大里王，还是孟津县大里王？还有洛阳县凤凰台咋也变成孟津县凤凰台啦？”这种发自民间的祈雨活动，作为民间自发的行为没有什么可非议的，但作为县政府的抗灾措施，却十分牵强、十分尴尬，也十分丢人。果然，许专员围绕这件事，把观摩活动演绎成了对官员的教育活动。放在过去在许昌专区时，许专员早该树这种政府主导的大型祈雨活动为反面典型了，不过许昌那些县长还没有人搞这种花里胡哨的东西。到任洛阳时间不长，还需要深入适应这里的政治生态环境，许专员忌惮得罪人多了，别人会笑话他对洛阳专区水土不服。他没有批评孟津县县长，而是表扬他人很够朋友，为了欢迎各位县长光临孟津指导，特意安排了这么丰盛的文艺大餐。他的话把孟津县县长脸说得发红，其他县长已明白专员话里的意思，警示效果自然就出来了。为了鼓励大家为受灾的老百姓做点儿事，许专员有意表扬了河沟口修水渠、打井的行动。明明这些行为不是县政府组织的，他偏偏说孟津县的亮点很多，县里还组织老百姓修水渠、打井，规模大、上人多，场面很感动人。孟津县县长不一定了解这些情况，许专员这么一夸奖，他在窘态中又竭力表现着自若。许专员话音刚落，孟津县县长竟恬不知耻地说：“专员对孟津的工作过奖了，真的不好意思。不过，我的确想让大家现场指导那些感动龙王的抗旱活动，只是觉得这些地方太偏远、太浪费大家时间，就让各位欣赏一下民间的祈雨活动。”孟津县县长还在自我解嘲，十分像陷入窘境的人，千方百计地要寻找摆脱尴尬的理由。这种自欺欺人的表演是官场上最常见的，当然所有与会官员都司空见惯，并且看透不说透，甚至还给予表演者赞扬、赏识的目光。

孟津县县长自知一系列的表演很砸锅，肯定在许专员那里留下了不那么理想的印象，就想努力挽回对自己仕途进步不利的影响。于是，他就把发生在乔窑放走新四军伤病员的事情和盘托出，这是一个非常敏感的事情，应该拿出来作为一个筹码，专员感兴趣了，就赢了，专员会夸他是政治上的明白人，未来还能作为政绩要素得到提升。如果许专员对这种敏感问题不重视，就算输了，无非就是在砸锅的基础上，又摔了一个灰布袋。孟津县县长抱着破釜沉舟的态度，要在许专员跟前赌一把、搏一回。为了表明他的铁面无情，他还向许专员介绍了放跑新四军这家人的背景，特别强调了这家有人在第一战区长官司令部当少校文书，许专员听了案件的一些情况，感到格外蹊跷，莫非这件事与重庆那位朋友的家庭有关，天底下竟然有这么多巧合？他脑子里出现好多问号。之后他镇定下来，如果真的如此，那他一定设法处置好这件事，给远在西南的乔国俊一个交代，也不枉朋友一场。

乔窑人骂人蠢笨、看不清形势和不知道轻重缓急，爱用“憨狗认准一条路”这句话来表达。稍有常识的人都知道久旱必会大涝，而且做到未雨绸缪，随时改变抗灾重心。这场百年不遇的暴雨造成了洪水滚滚、山体滑坡、田地被淹、房屋被毁，雨后理应将抗旱的重心立即转到抗洪救灾上来，而孟津这位县长却在雨水过后，不顾百姓无家可归、背井离乡的现状，把办理敏感的新四军案作为了刻不容缓的事情。

暴雨过后，各地都向专署通报灾情。许专员以看灾情的名义来到孟津。许专员令县长抓好救灾赈灾，其他事情可以往后放一放。他反问：“莫非这家还有人，我们不敢动他？”许专员说：“眼下最重要的是救灾赈灾！”

县长说：“我专门请您来孟津看如何处置不听政府话的人家。我们的专政机关是强有力的！”

“我来孟津是看你们洪水过后怎样救灾，千万不要把一级政府弄成洪水猛兽啊！”许专员声音不大，十分幽默。

县长说：“以案件促救灾不是更好？除非这家有人通天，否则，政出多门成何体统，今天抓人抓定了！”

许专员笑了，说：“你抓不了。不是小看你，我也没那能耐。”

孟津县县长感到奇怪，又感到茫然，眼睛顿时又成为死鱼眼，虽然睁着，但毫无光泽。他知道此时省长的话可以不听，主管领导的话绝对不敢不听，乌纱帽握在主管手里啊！他如同一只泄了气的皮球，只好灰溜溜地走出吉普车，违心地下令放人，解释得也很让下属无奈，“中央有人”的理由是县长情急之中说的气话，然而这种情景下，没有比这句话更能帮他体面地下台阶了。

三十七

上官朏朏又是一身男孩子的装扮。如果不认真审视，人们一定认为站在嘉陵江边的少年，不久后定是一名帅气的美男子。下午的课结束后，太阳还高高地悬在偏西的云朵上边，一会儿露出脸庞顽皮地把金黄的光线铺在央大的房顶、路道、草坪和操场上，一会儿又躲起来把脸庞藏在云彩里，把抛出的光线全部收回。上官朏朏很待见天人合一的氛围，当人感到光芒刺眼时，马上就顺着人的感觉给你一丝柔和。有云的天气里，央大的草坪上就有学生坐在那里读书、看杂志，也有人在林荫道旁的长椅上聊天、吹口琴。上官朏朏很喜欢这种阳光灿烂、白云缭绕的日子，全身心地融进其中，感受着校园的生活节奏，分享着阳光白云施舍的美。上官朏朏的开朗性格使她的脸上常常挂着微笑，很少有人看到过她的阴郁和沉闷。同学马瑞丽曾跟人打赌，说咱们的圈子里有谁见到朏朏愁眉苦脸，我情愿把金戒指给她。马瑞丽说的圈子，指的是新闻系的“七仙女”。招生办似乎很有意思，那年不多不少正好录取了七个女生，个个儿水灵灵的，一个赛过一个天仙似的，那些不安分的男生就称她们为“七仙女”，言外之意是说男生们都憧憬牛郎。班里就有一个姓董的学生，还故意把自己打扮得董永似的，人们开玩笑说这家伙做着天仙配的美梦。人是很奇怪的，假如没有一个角色去影响你、约束你、规范你，那你完全就是自己，就是自由奔放，或者桀骜不驯，再不就是糊不上墙的烂泥，我行我素的浪人；一旦有人拿伟人、名人和你比较，或者把他们的事迹、壮举强加给你，你果真拿他们当偶像，那么你一定在不自觉地东施效颦，或者要求自己邯郸学步。央大新闻专业就有不少这样的学生，自从形成“七仙女”团队以后，有男生就故意在言行上把自己伪装成忠厚实诚的庄稼人、吃苦耐劳的光棍汉，他们忘记了做作很多时候令人反感、让人作呕。更无耻的是这种男生还能自觉地形成一种联盟，在寝室这些角落里暗自明确自己的目标。比如说董的仙女是马瑞丽，柳的仙女是江小云，何的仙女是白诺……都有自己一对一的那位，男生联盟和“七仙女”是对应的，一厢情愿的集体单相思产生了病态的罗曼蒂克。当“七仙女”们还在嘲讽男生们把自己打扮得不农不工、不文不武时，却不知自己已经成了这些不伦不类者暗恋甚至是意淫的对象了。人们说男女搭配，干活不累，主要是指男人的，男人最喜欢在异性面前展示自己的财富、才艺或者力量。央大新闻系的这个拥有“七仙女”的班，仿佛被一种强大的磁力在驱使着，形成一股积极上进的能量，让他们方方面面都站在同类团体的最前列，在央大组织的文体活动中他们总是独占鳌头。有了成就的人最容易欣欣然飘飘然，他们把人们礼节性的掌声和尊重性的微笑当成了资本，从而把自己当成了天之骄子。这种时候他们开始接触酒，借助酒力开始向“七仙女”们表白。上官朏朏不知道自己在“七仙女”中排第几，也不知道那群筑梦的牛郎哪一个对应着自己。那天突然姓齐的男生夸她不愧是央大的校花，有仙女一般的面容，也有仙女一般的身段，更有仙女一般的气质。那个男生一连串的排比，让她不好意思。她不知道男生夸奖她只是展开故事的切口，为下一步的实质性对位做铺垫，她却认真地检讨起自己，是否自己平素的装束打扮过于妖冶，或者自己的言谈举止过于拉风。从那天起，她就开始了去脂粉化，尽可能不要太妖气、仙气。在重庆，女扮男装的女孩子为数不少，但上官朏朏的学校里这种装扮却凤毛麟角，自然招来很多猜测和议论。首先的议论来自牛郎联盟，尤其是那个想对位的男生，似乎透过上官的衣着看到了单相思的末日，于是就有了“酸葡萄”心理，就随波逐流地指责上官朏朏的变态。

上官朏朏不是那种喜形于色、怒形于色的人，并不是因为她有着人们形容的城府，而是在成长的环境中，在家庭熏陶下，在中西文化交融的碰撞中，渐渐形成的独特个性。有个外国教授曾评价过上官朏朏，说她的中和、包容、理智、聪慧、自强不息，全世界只有生活在地中海地区的人中才能找到，温和、独特的地中海气候，养育着不偏激、不盲从、有担当、有韧劲的人。那位教授读不准上官朏朏的名字，就称她为地中海姑娘。正因为她这种地中海性格，让她具备超强的人气，也使不少人对她产生神秘莫测的茫然。最奇怪的是那个牛郎联盟，暗地里给她扣上变态的帽子，然而这些人却没有忘记盯梢她、研究她，抑或还真的关爱她。出校门时，那个姓齐的男生还殷勤地笑着问她往哪里去。她也微笑着说：“珊瑚坝，那边正在拍摄一部纪录片，去凑凑热闹！”那齐牛郎好像还有话要说，但见上官朏朏匆匆行走的样子，无奈地把要说的话随着一口咸涩的口水咽了回去。珊瑚坝那边的确是在拍电影《雾中珊瑚》，由中国最出名的演员、导演荟萃重庆，一部大型纪录片要剪彩开镜。这个下午上官朏朏没有计划去凑热闹看电影开拍，她需要自己去静一静，让江风江水清洗涤荡自己的郁闷。她不是要骗哪个人，只是不愿让别人再进入自己的空间。她的确去了珊瑚坝，还给那边沸腾的人群及穿梭的船只拍了照片。珊瑚坝如同镶嵌在长江中的绿色宝石，宝石上有一座机场，机场周围是茂密的乔木和灌木，雨季之前，飞机像一只只银色的燕子落到宝石上，之后又离开宝石直插云霄。眼下是雨季，珊瑚坝的翠绿吸引着成千上万文人墨客，隔着江水指点、观赏，感叹着峥嵘岁月。上官朏朏在江岸上短暂停留后，就离开了正山呼海啸般喧闹的珊瑚坝。离开时，她还想起了"暖风熏得游人醉，直把杭州作汴州"这句诗，一种说不出的感觉涌上心头。

傍晚时分，那个英俊男孩一样的上官朏朏辗转来到了嘉陵江边。江面上来往的船只开足了马力行进着，似乎要在天黑之前赶到某个地方，而江中还有几艘块头很大的渡轮却在此时熄灭了引擎，慢腾腾地朝岸边靠拢。前几天，上官朏朏和柯老夫人，同乔国俊观赏嘉陵江纤夫的那个地方，此刻正有二十多个人一字排开，在江边浅浅的水中喊着号子，正将一艘大船缓缓地拉动。纤夫们还是那种装束，拉纤时弓着脊背，发出的号子声沉闷而悠扬，遭遇岸边及江面汇合的气流加压变频之后，就演绎得悲怆而苍凉，而且像一段历史故事那样感人肺腑。这就是川江号子真正的韵味，可能只有独处者、忧伤者才能品味出的最优美、最粗犷的潜在旋律。

在航标灯开启之后，那些苍茫中行使的船只毫无秩序地亮起了探照灯和信号灯，这些不住晃动着的灯影使江面的水纹表面变得光怪陆离、精彩纷呈。这时，川江号子随着荡漾江水穿越着空间，如泣如诉地讲述着嘉陵江的童话。两天前的那一幕幕在上官眼前、心中再现了，那种沉闷、死寂几乎让她窒息。然而，活灵活现的画面又让她为之亢奋。她们今天的课程中主要是情景再现在专题作品中的作用。这种相当于文学作品中表现插叙、回忆、梦境的氛围渲染，产生着跌宕起伏的艺术效果。然而，在课堂上苦思冥想如何使情景再现更能撼动他人时，上官朏朏总觉得似乎再好的场面布置总免不了做作的印痕。而此时此刻，她精神里出现的那天的情景，竟是原原本本的再现。一阵裹挟着泥土腥味的江风掠过，上官朏朏感受到了一丝凉意，随之心里有了孤单的凄苦。她觉得眼前一片迷茫，泪水使她的视野模糊不清。她环顾了四周，唯恐自己的脆弱被别人瞧见。没有一个人，江边只有她自己，夜幕降临后的江水轻柔地朝岸边浸漫着，再有一米多就要湿了她的鞋子。上官朏朏挪了几步，离开了悄悄袭来的江水。她擦了擦泪眼，告诫自己不要太多情，不要太脆弱，美好的夜景应该产生好的心境。

她下意识地理顺了自己的思绪，使自己从情景再现中跨越出来。接着，她抬头看了看嘉陵江的夜空。刚刚进入秋天，苍穹高远深邃，蓝得晶莹剔透，神秘而空灵。那条发亮的银河似乎窄了很多，隔河相望的牛郎星和织女星眨巴着期待的眼睛，仿佛在隔空喊话。天仙配的神话传说，传递着爱情的美好愿望，也让多少涉世尚浅的男女想入非非。当学校出现“七仙女”团队和“牛郎联盟”后，上官便对天仙配这个爱情传说有了偏见，觉得再让人向往，也不过就是个悲剧故事。她禁不住重新看了一遍银河两岸的牛郎星和织女星，这时正好有一颗流星闪电一样地在群星之间划出一道金黄的弧，就眨眼间没有了踪影。上官朏朏觉得刚才那一瞬间开了眼界，一个念头就在她的脑海里产生了。流星尽管消失了，但它毕竟在群星大家庭里留下了最亮丽的印记，要比苦苦煎熬等待一年一度才能鹊桥相会的牛郎、织女要悲壮、要洒脱。人之所以背着沉重的精神包袱，去期待别人的施舍，就是缺乏流星的境界。她很敬重流星的美丽弧线，主要是敬重它的大气和坦然。她在一本书上看到一句话：“太过卑微的感情是不会让人懂得珍惜的。”她突然明白过来，之所以自己真心实意地去追求一个人，而这个人全然无视自己的用意，是因为自己太像银河左、右岸那两颗卑微之星，为什么不能像留下美丽弧线的流星那般超然、洒脱呢？她小时候就听家里人讲，天上的星宿和地上的人丁一样多，明亮的、不起眼的星宿，对应着杰出的、极普通的人丁……突然她在心里问自己：哪一颗星是上官朏朏，哪一颗星是乔国俊？马上，她心里咯噔了一下，怎么又想起他呢，此时他又在哪里？想着想着，上官朏朏脸上发起烫来，埋怨自己情感太过卑微。上官朏朏在反省自己的时候，还有个人跟她一样。

父亲那天在嘉陵江畔看纤夫拉船，听江东号子，心思全不在那里，因此表现得相当麻木，不仅大煞风景，还伤害着柯老夫人及上官朏朏的感情。当天晚上，父亲就有所醒悟，这种表现何苦呢？他有“日三省吾身”的习惯，当发现自己不近人情、方法简单欠妥时，十分自责。从小就跟私塾先生读儒学，先生不止一次针对他的脾气告诉他“己所不欲，勿施于人”是个多方位道理，人不能限制别人的兴趣爱好，而且就算别人的兴趣爱好、观点倾向和自己不同，被实践证明自己是对的、别人是荒谬的，也不能以此诋毁别人、小看别人甚至仇恨别人。父亲对理论上的东西领悟很快，而且学用结合、立竿见影，只是他过于直爽的性格和倔强的脾气，往往在具体事情上出现偏差。就拿对上官朏朏的态度来说，纵然你不喜欢人家的装束，不喜欢人家男孩子一样的个性，完全可以和和气气地对待，可以多见面少说话，但绝不能吊着一张讨账般的脸，好像人家欠你的很多，而且还在赖账似的。父亲不待见那位男人性格、女扮男装的女人，有时听到她的声音，就千方百计绕开她走，本来人家高高在上，和父亲完全不在一个层面，同时又互不认识，井水不犯河水就行，可父亲和人家却弄得大有不共戴天之势。上官朏朏无非就在穿着上有些接近那个人，静下来仔细想想，那不很正常吗？哪种服装规定只许男的穿不许女的穿了，一个人的精神境界、高贵低贱不是通过服装决定的。再说了，女扮男装的人很多，并不是每个人都专横任性啊！父亲在心里辩论着，甲方乙方分庭抗礼，理越辩越明，是自己太过分挑剔别人了。即使上官姑娘隐隐约约有某方面的倾向，有时候表现得比较露骨，但对于一个央大学生来讲，她并没有特别过分，或许说人家没有跨越男女之间交往的底线。隐隐约约就是有所顾忌，就是有所约束，谁也不该对有顾忌、有约束、守底线的女孩横加指责、冷眼相待呀！退一步说，人家哪天把心里的秘密表白了，那又有多少错呢？你自己不同意或者有前提，或者要拒绝，完全可以心平气和地讲出来。这个世界上，人为一口气，佛受一炷香，谁也没有资格鄙视一个人，谁也不想看那种阴沉沉的脸。父亲越想越觉得自己不对，不应该把乔窑村的小农意识带到一个都市。父亲压力很大，心里好像有个黑影在不停地搅扰着，觉得如果不尽快把压力减掉，把心里的黑影赶走，很快就会被拖垮的。

父亲设想着，找个机会把心里的话讲给柯老夫人，再由她向上官姑娘解释解释。这种念头一出现，心里的甲方乙方又开始辩论了。甲方说：“柯老夫人有学问、有修养、有人脉，认识她的人都说老人家清高，她会管男女青年鸡毛蒜皮的小事？别给人家添麻烦！”乙方说：“老夫人是一位善良、有爱心、肯助人的人，接触过她的人谁不夸她和蔼可亲、善良热心，应该把心里话掏给老人家，她不会拒绝的，如果错过了机会，等锣罢鼓罢了再找人家，即使她再想帮你，时过境迁又有啥用呢？”“少去打扰老人，她没那工夫，陪你们看看拉纤、听听川江号子，那是人家在捕捉创作灵感啊！”“机不可失，时不我待，老人不会嫌弃任何一个求她帮助的人！”

父亲很纠结。单从这件事来说，他没有上官朏朏想得开、放得下！

三十八

蓝天高远，白云缭绕，秋阳把万道金光洒在山川河流上，这是山城重庆少有的晴天。然而，人们正享受云淡风轻、桂香扑鼻、江平浪静、秋山红果的时候，“呜哇呜哇”的防空警报在山城一遍又一遍地响起，而且频率不断加快，一声比一声高亢激越。人们的生活节奏随之由慢到快、由条理井然到手忙脚乱，街面上步行的人们也由悠闲自在，变得行色匆匆。

天亮后父亲就去那家叫祥云裁缝店取衣服。这套将军服已经在店里放有五六天了，许合江送衣服时郑重其事地告诉店掌柜，说将军将要参加一个仪式，让他们特事特办。将军的家里人在洗衣服时，由于使用了不妥当的洗涤方法，把领口、袖口及下摆等重要部位搓揉得变了形，无论如何在家里都熨烫不平。到了裁缝店，掌柜当时就不敢接这宗生意，很诚意地告诉许合江说，没有金刚钻不敢揽这瓷器活儿。掌柜的见多识广，不像有些小生意掌柜，不仅敢接生意，还漫天要价，之后就大夸海口，把自己的手艺吹成普天下独一无二的。即使将军服上并没有戴标志，但老成的掌柜用眼一看，拿手一摸，当即就料到这身衣服是有来头的，就推说这活儿做不了。许合江是个爱出风头、狐假虎威的家伙，见掌柜的推诿扯皮，马上就变笑为怒，当即撂下一句话：能接要接，不能接也得接，你没有金刚钻就去买，这活儿你做定了！掌柜苦笑着，轻轻地摇了摇头，也扔下一句话：我说这活儿咱店干不了，你还一定要放在这儿，丑话说前头，你自己把衣服放咱店里的，可不是我让你放的，要是耽搁了长官穿衣服，咱店可不负这责任！许合江认为自己一个威武的军人，在裁缝店修复一件将军装，来头儿不言而喻，店掌柜不识字也应该摸摸招牌。临出店门又送掌柜一句短话：“事情不大，你看着办吧！”这掌柜的毫不示弱地说：“大不了我关门，这门店也不是咱的。”事情撑到了这种地步，许合江还坚持认为这裁缝店掌柜是在说气话，就雄赳赳气昂昂地走出门店，那种架势就是一句无声的语言：咱们走着瞧。许合江就是这样一种人，在熟人面前表现得虔诚敦厚，在长官跟前殷勤谦恭，仿佛他就是一个本分、靠谱的军人；而在陌生人面前，他展现出的就是一尊金刚令人生畏，在有求于他的老百姓那里，他俨然是普度众生的佛。他值岗时，不论哪个陌生人咨询，他连看都不看一眼，只是挥手指一下身边的牌子，意思是让人看一看那上面的字："哨兵威严，神圣不可侵犯"。那上面的警示，放在值班时是必须的，但如果下了岗，依然认为自己威严神圣，就有些精神不正常了。当了军需后，许合江还把自己看得像值岗时一样，就为此招致来一些贬低他的话。而他可能没有听到过，还是为所欲为、傲气冲天，当然这种处世的姿态，在功利社会，还的确能让相当多的人崇拜他、畏惧他，甚至巴结他。这次到裁缝店的事，如果不颐指气使、盛气凌人，或许情况还不至于这样僵化。

许合江回到单位，表功似的向父亲汇报起他执行任务的情况。这个任务是车长官特意交代要保证时间、保证质量办好，强调说部长脾气有些大，不满意时他会骂娘的，别在这件日常小事上惹他发火。许合江在场，当着车长官的面，拍着胸口说他去执行这个任务，还说在重庆他熟悉每个裁缝店，闭着眼就能摸到。他这番表态比集市上卖当的人还要精彩，把车长官逗得笑起来。父亲当即就把这件事交给他办，只是心里一直在打鼓，觉得许合江做事踏实不足、虚夸有余。于是，当他兴冲冲返回后就问他这件事，他竟像打了鸡血似的眉飞色舞地介绍起经验。父亲意识到这件事让他办砸了，因为时间还有几天，立即批评他有些过分，就压抑了自己内心的不满，冷漠而严肃地问他："合江，衣服能照时取吗？""没啥问题！"许合江依然对自己做的事很有自信，又追加了一句，"我敢打赌！"父亲很不高兴，趁势揶揄说："许合江，你还打赌，你有啥赌注？要饭吃背皮包——穷烧！"父亲是那个军需机动组的组长，活动着把许合江安排到自己组里，毕竟在侍从室相处不错。那时他遵守纪律、责任心强、团结同事，有人反映他爱做表面文章，有时候爱揽功诿过，父亲替他开脱，说人无完人，要用人之长，哪个人没有小毛病呢！父亲年轻又单纯，根本没有想到擅长表现自己、揽功诿过的人，在关键时刻是非常可怕的。父亲一直护着许合江，从没让他单独去办什么事，这次是他面对车长官主动请缨，才让他去的。父亲的脸色阴沉得可怕，特别是挖苦许合江的话一出口，就不再给他面子。许合江听得出父亲在挖苦他，心里很不是滋味，换成别人他一定会顶嘴的。这次，他面对的是一个对他有恩的人，而且还是顶头上司，就忍了忍，把想说的话咽进喉咙里。看到许合江有了回头认错的意思，父亲态度也缓和了很多。父亲说：“合江，你平心静气地想想，在重庆这个地方，光靠大旗和虎皮就能征服人吗？别看有些门店不起眼，那里的老板、掌柜不一定就是本分的生意人，人不可貌相、海水不可斗量！”许合江这才感到自己的想法太简单，一个裁缝店的掌柜为什么那么有底气地顶撞自己？许合江说：“我当时想掌柜的大不了是说句气话，他没有胆量不给咱修改衣服。现在回想回想，还真有些悬！”父亲语气也平和了很多，说：“合江，要抓紧想个办法弥补一下，还不晚，要是过几天耽误了将军的事，不光你吃不清兜着，我也跑不了受处分，最严重的是把人家车长官扯进来！不是人家，我和你不会有这么好的差事！”刚才还胜券在握的许合江，已经意识到了事态的严重，像一个俘虏似地耷拉着脑袋。之后，他小声问父亲：“那应该咋办呢？”父亲说：“立马儿取出来，再另找裁缝店！”许合江眼睛一亮，抬起头看了一眼父亲，然后挺起胸附和着父亲的话：“对，死了郑屠夫，照样不吃带毛的猪！”许合江提起精神，慌慌张张地向父亲举手敬礼。父亲拍了他肩膀一下，说：“弄不好还真的要吃带毛猪呢！”许合江似笑非笑地做了一个龇牙的鬼脸，急匆匆地出了门。

许合江没到祥云裁缝店，远远看着人家已经开始关门，待他走到门前，一块告示牌还在摇晃着。告示牌上写着“内部培训，敬请谅解”。这告示对于许合江来说，就像当年站岗时身边的那句警示“哨兵神圣，请勿打扰”。一连几天都是这样，明明裁缝店正在营业，他出现时，人家就偏偏以内部培训而关门。他曾隔窗玻璃窥视，发现将军的衣服还在他放的地方，店里的人压根儿就没人摸过。他回到军需处机动组，不愿把事情的真相说出来，只能一天一天地出去，劳而无功地返回。一直到最后一天，实在不能再隐瞒时，他才向父亲讲了这几天吃闭门羹的事情。父亲说：“合江啊合江，叫我咋说你呢！既然这件事到了山穷水尽的时候，再不好办也要办，我去吧，谁让我信任你呢！”

父亲出门时间不长，就听到了防空警报。按道理，他可以马上返回单位，和大家一起钻进防空设施里，等警报解除，再去裁缝店也未尝不可，但父亲没有拐回来，而是硬着头皮，任凭警报吼声刺耳。一不做，二不休，不到乌江不尽头，父亲天生这样一种忠直秉性，加上接受过较长时间的传统文化教育，“为人谋而不忠乎”在时时处处淬炼着他。他从不对自己认准的事情灰心，从不半途而废，也从不后悔自己的选择。警报在父亲那里，就如同百米赛的发令枪声，一遍又一遍地重复叫嚣，全当是观众声嘶力竭的加油声。父亲开始发力，脚下生风了似地跑起来，向着祥云裁缝店冲刺。很奇怪，许合江到店里连来几次，次次看到铁将军把门，看到那几个冷冰冰的字——“内部培训，敬请谅解”。父亲仅来一次，不仅店门大开，而且是处在防空警报的声声提醒中，连掌柜也没有回避。父亲说明了来意，同时已经看到了那件并没有人搭理的将军服，尽管心中不舒服，但还是很理智地拍打着将军服上的尘灰，然后重新折叠了一番，就向掌柜示意把衣服取走了。突然一个陌生人来取衣服，且不说这个陌生人相貌俊朗、气宇轩昂、容光焕发，单三言两语介绍来意、眼神中流露出理性和睿智，就让掌柜及在场者另眼相看。父亲没有任何怨言和指责，很简单一个道理，人家不会做的事，即使打死他也做不好，既然这样了，怨言和指责毫无意义，好在这衣服还能找到，还有机会寻找可以修补的店铺。父亲的理智深深地感动着掌柜，使他感到十分愧疚。正当父亲迈出店门槛的时候，掌柜突然说让父亲等一下。掌柜解释这件事他也有不理智的地方，对耽误几天深表不安和愧疚。父亲说：“这不能怪您，我们那个办事人太毛糙、太莽撞，您不必自责。”父亲不想无谓地耽误时间，到哪家店去修还没有着落，就说：“掌柜，防空警报这么紧急，您也要多保重，赶快把店铺收拾一下打烊吧！”父亲是北方人，故意学着南方人的口气把关门说成打烊。祥云店掌柜说：“这件衣服要想修得恢复如初，只有夹江街风范店能修，掌柜的是我师兄，要不我拿去修好，你明天还来祥云取吧！”父亲想了想，明天将军要穿，肯定不行，事不宜迟，一定要赶在今天晚上下班前把衣服修好。就回话说：“掌柜，谢谢，还是我去，走得快。”那掌柜似乎还在纠结，又说：“如果风范店活儿多，忙不过来，你不妨到枇杷山脚下那个乘龙成衣坊，很权威的，技师几乎全是军工被服厂的退休人员，干这种活儿绰绰有余，而且他们的设备也很先进。”父亲很感激祥云店的掌柜，他的指点迷津能让父亲少走很多弯路。离开时，掌柜还把他的名片小心翼翼地递给父亲。

按照名片上的地址，父亲知道风范店较近，而乘龙成衣店相对偏远，干脆就来个舍近求远。父亲想，风范店生意红火，顾客盈门，肯定牛气冲天，一般关系他们不会认账，即使亮出牌子，说这件衣服是某位将军的，而且急着穿，说不定他们会回应说，在重庆将军多得是。况且，萝卜快了不洗泥，风范店生意好了，名气大了，就会放松质量。再者，风范店在繁华地段，是日机轰炸的要害地区，或许他们为了防空，听到警报声就早早关门避难去了。父亲抄着小路，一路小跑，不到四十分钟就到了枇杷山下的乘龙成衣坊。成衣坊果然偏僻，环境幽深、绿树掩映、芳草萋萋，好像镶嵌在山脚下的一颗祖母绿翡翠。在成衣坊西南不足百米处，就是那座千年古刹临风寺。尽管重庆上空防空警报声环绕，人们纷纷进入紧急的避难状态，但古刹里还依旧飘过来轻缓的敲击钵盂的声音。受古刹感染，乘龙成衣坊也像世外的一处领地静穆淡定。进了门，一位儒雅的老者微笑着和父亲打招呼。父亲文质彬彬地向老人敬了礼，三言两语后就彼此有了似曾相识的好感。对老人的敬畏，并不是父亲猜想到他就是店主，就是退役的军队被服厂的厂长，而是父亲觉得他十分像梦中那位道行很深、温文尔雅的老僧人。面前这位老者的确是一位信佛之人，尽管手里没有拿捏长长的念珠，但刚才还轻声诵着经文。交谈中，老人道出了自己的身份，他是店主的表弟，曾经的军队被服厂的技术总监、首席剪裁技师。端庄、和善的相貌和谦逊可亲的姿态，是人们之间无形的名片。投机投缘的相遇和毫无障碍的交流，很快衔接了父亲和老人的距离。接下来，他们就进入了实质内容，特别神奇的是，这件将军服正是老人退休前的关门作品。从老人的眼神、动作看去，他对自己的作品竟然有着深切的感情，像慈祥的母亲捧起了自己的孩子般爱不释手。修复时，老人把父亲领进了一间放着一台像机床一样的机器旁，开启了加热模式，待机器上的显示器出现黄灯时，轻轻地、一丝不苟地先领子、后袖口、再衣摆逐一熨烫着，十分像一位母亲爱抚地擦洗着孩子弄脏了的脸蛋儿。工匠除了手艺好之外，工具也是必不可少的要素。人们常说工欲善其事，必先利其器，也就是强调工具的重要。这身被普通洗法揉搓变形了的将军服，经过原军工被服厂首席技师的精心修复和护理，俨然找回了新衣时的风采，这在一般裁缝店是无能力做到的。在老人专心致志修复将军服的时候，父亲无意间看到了报纸上的一篇报道。这篇报道让父亲眼睛一亮，心里好像点亮了一盏灯。这篇文章让他纠结在心里的疙瘩，化解了开来，父亲似乎找到了一条出路。这条出路的出现，许多矛盾和问题都将迎刃而解。和老技师告别时，父亲说想拿走这份《日月明晨报》看看，之后再完璧归赵。老人面部表情很爽朗，笑着说："要看，就只管拿去，不必送还！"父亲见老者这么说，真的不知该说什么好，只好坚持说看完一定送来。

这天的防空警报很特别，早晨开始就拉响，午间停顿了一个小时，下午两点又重新开始。其间，重庆西北高空，曾响起猛烈的炮声，那是防空高射炮在射击。由于淞沪战役时，中国军队仅有的几十架战机参与了与日本战机的空战，中国空军面对几百架日本战机，尽管国军飞行员机智勇敢，击落多架日本战机，终因寡不敌众，而损失殆尽，因此，针对日机对重庆地区的战略性轰炸，只有几个营的高炮部队在应对。日本战机虽然数量多，但遇到高射炮的打击，只好匆匆忙忙投下一些炸弹后，仓促逃走了。下午两点的防空警报拉响时，父亲刚走出乘龙成衣坊，由于修好了将军的衣服，还从报纸上收获了一条好消息，忘记了劳顿，忘记了饥饿，精神抖擞地往单位赶。

正在这时，敌机飞了过来，密密麻麻的飞机，遮天蔽日，使一个风和日丽的下午一下子变成了黄昏。紧接着，炸弹像下饺子似的落在地上，好多地方都火光冲天，硝烟弥漫。父亲躲闪进山边一个壕沟里，判断着飞机飞行的方向、炸弹落地的位置。父亲好像天生对炸药制成的东西不惧怕，而且觉得很好玩，响声震耳、火光冲天、硝烟升腾，是多么壮丽的三部曲。幼儿时的他喜欢玩耍鞭炮，成人时抱起炸药包往护城河扔，第一次上战场就遭遇日本炮兵轰炸，昆仑关还被一枚手雷砸晕，到了重庆又冒着空袭的危险救人，他从没觉得炸弹、炮弹、炸药多么厉害。父亲在拿着将军服、怀揣那份报纸返回单位时，恰恰遇到了日机的第二次轰炸。他凭借自己的经验，巧妙地躲过了这场凶猛的轰炸，感觉自己和日机玩了个猫逮老鼠的游戏。当他高兴地看见单位房顶的红瓦和院中那棵老榆树时，不由得放松了警惕。突然，天空中出现了一架日机，投下了三枚炸弹后，朝重庆东南方向飞去。这是一架掉了队或者发生了故障的飞机，当大队飞机返航，地面上防空警报解除时，不知从什么位置窜了出来。日本飞行员跟日本陆军士兵一样，面临死神，还要再垂死挣扎。父亲刚刚还沉浸在猫捉老鼠游戏的兴奋之中，冷不防身后不远的地方却有炸弹爆炸，这次他没有看到迸发的火光，没有听到震耳的响声，也没有欣赏升腾的硝烟，他被剧烈的冲击波推送到一株烧毁的银杏树桩旁。明枪易躲，暗箭难防，即使久经沙场的老兵、蔑视炸弹的士兵、百倍警觉的卫士，也会在晴空万里、警报解除的情况下，被毫无征兆的袭击击中。敌机这种没有路数的出牌，盲目的垂死一搏，竟然让一位笑傲空袭的勇者瞬间倒下。在气浪冲来前，父亲肯定听到了爆炸声，因为声音太大，使人的耳朵短暂失聪，就跟听不到没有什么不同。

军政部、军令部举办的大型活动，经过精心准备，虽不需要彩排，但各位官员还是十分重视的，特别是作为主角，更是在诸多方面都不容马虎，个人的容貌风纪自然是重中之重。车长官提前通知军需机动组把将军服送去，留守在机关的许合江完全应该站出来说，组长正在办理。车长官问将军衣服时并没有那么直接，而先问乔国俊在哪里。许合江如果实话实说，长官肯定会谅解。因为那天许合江牙白口清地表示他去办理这件事，而且还面对车长官夸下海口，所以当车长官问及乔国俊时，他不敢说乔国俊亲自去修补将军的衣服，怕长官训斥他，从此失去上级对他的信任。许合江知道柯老夫人的地位和影响，就推说柯老夫人那边有事，可能去那边了。车长官有些生气，认为机动组的家伙们，不懂得事情的轻重缓急，就厉声问："将军的衣服呢？啥时候了！"平时比谁都牛、比谁都能言善辩的许合江，此刻哑巴似的、铁青着脸、低着头，像一个闯下祸的顽童。

正在这时，一个灰头土脸的人站在了门口，双手捧着那件修复如新的衣服。"乔国俊、乔国俊！"车长官惊喜得有些失态，竟然一改文质彬彬的举止，连连喊着父亲的名字，惊喜之情溢于言表。

父亲没有回味昏倒时的木然，也没有多想睁开眼后的喜悦，耳朵里电话铃一样的响声使他听不到长官的夸奖。这时，他只有一个念头，等有机会时，就求车长官帮忙，去践行在乘龙成衣坊设想的路子。他摸摸衣袋，那份报纸还在。

三十九

上官朏朏的室友们表面上亲如姐妹，马瑞丽、江小云、白诺性格开朗、幽默风趣，在一块儿互相包容，寝室里总是谈笑风生。同学、室友之间的包容是团结、和谐的基础，但过分的谦让、宽容就会滋长不健康的毛病和习惯。这种情况，在上官朏朏的室友中不仅严重存在，而且已经产生了不好的后果。

马瑞丽本来就有酗酒的不良生活习惯，如果环境对她有所约束的话，可能会使她在收敛中慢慢改掉，但她周围的几个人都无原则地宽容她，甚至还买酒让她喝，久而久之就助长了她酗酒的恶习。马瑞丽酒后有几个突出而令人生厌的癖好——宣读别人带有隐私的日记。初期她只是偷偷摸摸，趁别人不在意时，默默地看，在心里乐，成为一种兴趣和爱好，逐渐成了瘾。发展着，她觉得一个人享受别人日记不过瘾，就乘记日记人不在寝室之机，念给其他室友共同分享。几个人中，有写日记习惯的就是上官朏朏，而且日记直抒胸臆，不少日记景物、情节、细节、人物等生动感人，体会、情感色彩鲜明，常常使马瑞丽、江小云和白诺惊叹不止。宣扬别人隐私也是马瑞丽酒喝高后的又一特征。读过别人的日记，掌握了别人的隐私，对于亲密的室友之间，你知我知就足够了，她竟然把上官朏朏的隐私作为一种炫耀的资本，不断地推陈出新，使上官朏朏的一举一动都受到同学、校友们的关注。嗜酒如命，不少时候还能带来人脉，提高知名度。嗜酒使马瑞丽结交了许多朋友，好的坏的，用心叵测的。因为嗜酒，也得罪了不少人，泄露人家秘密，无形间伤害了人，得罪的差不多都是品行端正的、公认有良知的人。对酒的喜爱，有人概括说，马瑞丽的嗅觉对于酒特别敏锐，哪里有酒席，哪里有熟悉的人参加了，她不仅信息确切，而且不请自到。看见酒，就像婴幼儿饥了饿了时看见母亲的乳房似的，不端不敬自己就张口饮起来。那种主动，那种贪婪，让酒席上的人们唏嘘不已。很奇怪的是，马瑞丽喝多了、醉了、酗酒了，但从没有当众吐酒，用央大新闻系同学的话说，她从来没有现场“直播”过，这也是大家虽然讨厌她却又十分佩服她的原因。马瑞丽在酒桌上，重复着三部曲，刚开始勇往直前、积极主动、来者不拒，之后豪言壮语、自称海量、没完没了，最后嘴不遮身、传播八卦信息和别人的隐私。马瑞丽的这个恶习，也让她自己酒力发作后痛悔，她不止一次地向室友、向同学道歉，也不止一次地得到受害者怒怼。她总是说：“对不起，我马瑞丽知错，酒后失言极不应该。”大家大都不买她的账，差不多回她的话都很难听，而且千人一口地说：“你酒后失言，怎么不失身呢！你说知错必改，谁听说过狗改了吃屎呢？”

上官胐胐也是受害者，而且在受害者中属于痛彻心扉的一位。尽管她是一个大度女孩，从不计较个人得失，也不和谁结下恩恩怨怨，但对于马瑞丽肆无忌惮地当众宣读她的日记，在不同场合扩散她的个人隐私，给她精神上带来意想不到的伤害，实在是忍无可忍。她很早就察觉到马瑞丽偷看她的日记，觉得室友之间看看日记并不是什么大不了的事，就看透没有说透，实际上是原谅了她，容忍了她。然而使上官胐胐始料不及的，是马瑞丽错把别人的宽宏大量当成麻木和不清醒，就变本加厉，过去偷偷摸摸，现在明目张胆，过去只是偷看，现在变成看后宣读，读后议论，之后又当成茶余饭后的话题。这还不说，在马瑞丽的蛊惑下，那些早已被上官胐胐划过隔离带、设置防电墙的牛郎团队，近来也格外地关心她、走近她，以关心爱护的名义，又想跃跃欲试。上官胐胐本来心里就不舒坦，由于马瑞丽的兴风作浪，让她日子过得十分沉重，每天都像背着一副压垮人的十字架，艰难地行走在崎岖的山路上。

如果说上官胐胐记日记的内容有所改变的话，是在她嘉陵江边来了个情景再现后，发誓要做新的上官胐胐，绝不因男女之情而遭受灵魂的炼狱。那天晚上回到寝室，她见到几位室友已经入睡，就坐下来把自己嘉陵江边的感受、决心和信心写出来。她要开启全新的自己，于是就换了个新的笔记本，以前的那些她认为太小资、太幼稚，既然要来一场灵魂深处的革命，就应该从一个字都没写的新本子开始。上官胐胐写道：再见吧，那个渺小的胐胐，请你牢记下面的话：“有时候，上天没有给你想要的，不是因为你不配，而是你值得拥有更好的。上官胐胐，你要清醒、清醒、更清醒；顽强、顽强、更顽强！要知道，你这个丫头才十九岁，年轻本身就是优势，人生之路还处于起步阶段，你可能看到好多条金光灿灿的路，你完全有资格做出最好的选择！你对过去的事情不要后悔、不要遗憾、不要叹惜，更不要耿耿于怀！佛说，无论你遇见谁，他都是你生命里该出现的人，都有原因，都有使命，绝非偶然，他一定会教你一些东西。一段缘、一段情、一段相遇，遇见皆是有缘，缘散便是过客。朏朏，傻女孩，洗洗睡吧，天亮以后就是崭新的日子！朏朏，乐观点儿，快活点儿，生活的黑暗最怕个性的阳光！……”

远方似乎隐隐约约有公鸡的啼鸣，刚才还像死猪一般躺着不动的马瑞丽，翻了个身，床板发出“咯吱吱”的声响。昨晚她肯定又喝了不少酒，酒后的她经历了一阵阵折腾，八卦一些信息才能入睡。由于贪杯，马瑞丽对酒的品质就难以讲究了，是酒都敢喝，国酒茅台、杏花村、桂林三花、湘酒、鲁酒、老白干、杜康……街口一块铜板半提勺的那种酒，都能爽快咽肚。当然，还有人请她喝白兰地、威士忌、路易系列、伏特加等。各种各样、口味不同、浓烈的、平淡的、高度的、低度的、甘甜的、酱香的，形形色色的酒，历练了她的味觉和胃口，使她对不同的酒喝高后的感觉和反应有了刻骨铭心的体验。马瑞丽翻身后，口里还念念有词地说着什么，好像在背诵着一段美文。大家都佩服她一目十行、过目不忘的能耐，也忌讳她不分场合、信口抖搂别人隐私的放肆。上官朏朏料到她又喝多了酒，而且不是好牌子的酒。马瑞丽结交的男女酒友大都不是达官贵人家的子女，有几个还活得十分挣扎，不可能卖了血买酒大家喝，只能在街头巷尾的小杂货店买点儿散酒，然后装进很体面的瓶子里，大家聚在江边那个“临风阁”“魁星居”“忆江南”店里，很风光地喝着。最近几天，牛郎团队接连拉她喝酒，而喝的酒老远就能闻到浓烈的酒糟子味。上官朏朏进了寝室就被这种酒糟味刺激得十分难受，她只好捏着鼻子支撑着，心里想别人能忍受了的，自己为什么就不能呢？

马瑞丽在酒糟味散发之后，竟然随之吟咏着意大利诗人但丁《神曲》里的句子，尽管译文夹杂了很大比重的汉语翻译者的意思，但仍不失其神秘、浪漫的意境。这种以意译为主的诗句，上官朏朏很喜欢，马瑞丽酒醉了还能背诵，说明她也喜欢但丁。马瑞丽的声音很甜，稍微带点儿酒后的沙哑，在恬静的深夜，显得幽深、邈远和宽泛。“在人生的中途，我迷失在一个黑暗的森林之中，要说明那个森林的荒凉、肃穆、幽深和广漠，是多么困难！一想到他我心里就是一阵害怕，就像死神来临。我怎样走进这个森林，连自己也不清楚，只觉得我在昏昏欲睡的刹那，就失掉了正路……”上官朏朏正惊叹一个醉酒的人还能这么完整地背诵经典诗文时，传进耳朵里的诗句却发生了反转般的变化。

“我觉得自己很傻，竟然对文人编造出来的爱情故事深信不疑，竟然坚定不移地迷信和崇拜那种一见钟情、忠贞不渝、海枯石烂的浪漫。在九塘，当我见到他的时候，眼睛里禁不住迸射出有生以来第一次近乎炽烈的火花，觉得眼前那个冲锋在前的人似曾相识。后来，那个军人倒下了，当我们去救助他时，还没有往担架上抬，他居然自己站了起来。我忘了自己当时说了句什么，大概是说他真棒，希望再见到他。他走了，留给我的是一道美丽的征尘。看到那道远去的影子，我发呆了。

“我正在为他那美丽的征尘看不见了而深深地思念时，做梦都不会想到在机场大厅神一样地见到了他。当时我内心复杂得像一团乱麻，问自己世界上还真有这种事情吗，当你苦苦思念一个人的时候，时光把那种思念像刷子一样抹平了的时候，你发誓不再思念，然而当你正要放弃的时候，他又在生命的十字路口出现了。我把这次见他，当作了失而复得的宝贝一样珍惜。什么牛郎织女，什么张生崔莺莺，上官朏朏的爱情故事完全称得上空前绝后。从那以后，我就把昆仑关上的爱情作为一段佳话，并且设想能够演绎出一个旷世的爱情典范。然而，我忽略了一个最大的问题，织女对牛郎一见钟情，而牛郎却冷漠地对待织女，或者说他的世界里根本就没有任何爱情可言……”

上官朏朏忘记了夜深人静，也忘了不能冲动的自我告诫，不顾马瑞丽当时正在说梦话的实际，冲过去一把抓住她，嚷着说：“马瑞丽，任何人的包容、忍耐都有上限，你把良好的记忆用在功课上不行吗，为什么要用在别人的隐私和散布八卦新闻上！今天你必须说清楚，你到底安的是什么心！”

马瑞丽翻了个身，面朝墙壁继续背诵着，而江小云、白诺都醒来了，安慰上官朏朏不要生气，也不要跟这个酒疯子一般见识。江小云平时打心眼儿里瞧不起马瑞丽，觉得这个来自县城的女孩，不应该如此张扬，更不应该嗜酒如命，酗酒就像吃饭，最不应该酒后嘴里跑火车，家长里短可以理解，伤害朋友、宣扬他人隐私就不可原谅。不是看在上官朏朏的面子上，打架的工夫都有了。江小云劝上官朏朏说：“一个小县城的小市民，有啥境界，你不必要跟她计较，全当她是在放屁！”白诺还是那种喜欢息事宁人的秉性，每天待人接物一副小心翼翼的样子，说话轻声低语，好像担心震落了空中的尘埃。见江小云开口劝上官，她也跟着说：“咱不跟她一般见识，喝醉酒的人胡言乱语、胡说八道，别理睬她，酒醒后她会自责的！”

不是江小云看不起马瑞丽，换一个人也会这样，甚至还会贬低她。马瑞丽出生于中国西南部的一个蕞尔小县。其父是县城所在地的镇长，攀上了一个远房当县长的表妹夫，于是马家人就有了蛮横的勇气和靠山。攀亲结贵是老一辈人的事了，作为一个新知识分子，马瑞丽本应超脱封建社会庸俗的靠依附上爬的窠臼，走自己的路，开创自己的人生，但马瑞丽却不这样，在小县城生活多年，很多人抬举马家，视马瑞丽为千金小姐和边城格格，她自己也在掌声中不断膨胀，县长表姑夫俨然就是一个国王，因此她总把表姑夫作为自己的一张名片。她对人根本不说是表姑夫，而是姑父。这一点与真正的大家子女恰恰相反，上官朏朏对外从不说上官泰安是她父亲，而说是她伯伯。到了央大，尤其到了重庆，马瑞丽还是把名片不停地亮出来，她完全低估了央大其他学生的家庭背景和见识。马瑞丽的同学、校友们，来自平民家庭的只占少数，大多数都出身于名门望族，大家都不想轻易地打击她，如果说一句直白的话，那就是县官算个啥，像房上的瓦片那么多、那么不值钱。

马瑞丽梦呓般地背诵的那些东西，都是那天在嘉陵江边陪柯老夫人和乔国俊听川江号子后写的，她感到自己的感情生活走到了悬崖边，心里无比难过，就在日记上抒发了一番。除了写日记，她还能向谁诉说呢！上官朏朏听从了江小云和白诺的劝说，慢慢地消着气，努力使自己的心里平静下来。恢复平静后，上官朏朏这才对牛郎团队几天来的反常现象审度起来。

在嘉陵江边欣赏纤夫们吼川江号子，本来是上官朏朏处心积虑策划的，她原本打算把新到手的口琴郑重地交给乔国俊，那口琴是托一位亲戚从国外捎回来的。她送口琴给乔国俊的念头很早就萌生了，当她在昆仑关捡到那支被他遗失的口琴后，就发现琴簧有问题，其中有三孔发音不准，一孔哑音。赠口琴的动机是什么，上官朏朏自己也解释不清，难以自圆其说。父亲尊重文化人，看在她们两位都是文化人，尤其是柯老夫人德高望重，尽管对上官朏朏的打扮、行为举止不感兴趣，换句话说有些反感，但出于礼貌还是随她们去了嘉陵江边。父亲那种直脾气，直得令人吃惊，对上官朏朏表现出的冷漠换换人早受不住了。那晚在不欢而散中，深深地伤害了上官胐胐的自尊，尤其是柯老夫人在场的情况下，简直让上官胐胐无地自容，这种尴尬是她人生的第一次。上官胐胐的个性、自尊来自家庭的娇惯和亲朋们的力捧，也来自众星捧月般呵护和鲜花掌声的影响。一般情况下不当众发作，是因为她的理智和涵养，她始终把自己的娇气、傲气压制得无力抬头。正是因为上官的理智和涵养，使她长期以来在大家心目中成为表率和楷模。尽管她的忍耐、包容超过任何人，但那天晚上回到寝室，上官胐胐还是忍不住哭起来，要不是顾忌八卦的马瑞丽，真的要歇斯底里地哭上一回。泪流了大半夜，心里酸楚得发痛，为了不影响室友休息，她就坐下来写日记，发泄着内心的郁闷。自己的事情自己解决，自己酿的苦酒自己干杯。她不愿任何人为自己分担痛苦和忧愁。

然而，第二天中午那个牛郎团队的齐牛郎厚颜无耻地走近她，说要帮她。上官胐胐觉得很奇怪，已经回绝了、远离了的牛郎团队在她出现了情况后，第一时间就来接近她，不计前嫌地要重新开始。上官胐胐很早就对那个幻想着天仙配奇迹的齐牛郎说过“在昆仑关战场上已经有了心仪的牛郎，而且今生今世都不会改变对他的痴情，纵然和天上的牛郎、织女一样隔河相望，也心甘情愿”。从那以后，齐牛郎好像死了心、安生了很多。为什么在嘉陵江看拉纤听号子那天的次日，齐牛郎竟然死灰复燃般地恢复了攻势，而且幽灵一样总在她左右出现？

马瑞丽背诵《神曲》，背诵她的日记，告诉了她这幽灵出现的答案。原来是马瑞丽这个内鬼，把她感情的波折泄露给了牛郎团队。牛郎团队还为齐牛郎研制了周密的缠绕上官胐胐的计谋，多亏了上官胐胐来了个声东击西，说是要到珊瑚坝看典礼，结果来嘉陵江边回味那天晚上的情形，让过去的情景再现。牛郎团队中齐牛郎扑了空，团队集体不甘心，就再度请马瑞丽喝起了酒。事情很明朗，马瑞丽充当着牛郎团队的谍报员，她把上官胐胐日记上的东西丝毫不保留地全部提供给他们。

牛郎团队这种剽窃别人隐私，从而采取对策的方法，在上官胐胐心里无疑就是下三烂的卑鄙手段。他们知道投放在上官感情方面的东西越多，越主动地大献殷勤，实际并没有产生正能量，相反让上官更讨厌、更反感，更怀念她心中的那个人。因此，上官胐胐下定决心远离父亲的最初两天，还真的很超脱，到了第二天的夜里，她竟在睡梦中惊醒，感到从未有过的空虚和失落。她心里隐隐作痛，就轻轻拍打着心口，据说这样可以缓解难过和痛苦。心痛得轻了，她又像丢失了什么最重要的东西，对自己不珍惜那些本不该失去的东西而后悔不已。这时候，她竟入魔似地推翻了自己在日记里、情景再现时发自心灵的誓言，认为那些决心和信心在无情地颠覆自己。上官朏朏陷入无比深刻、入木三分的自责中。过去，她在夜间的梦醒之后心里难受时，就会盼望天赶快拂晓，夜赶快过去，因为她在天亮之后进入紧张的学习、工作和公益活动中，就会冲淡脑子里残留的阴暗和难过。现在，她产生了病入膏肓的焦躁，觉得这一切都不可能帮助她。

天亮了，鲜红的太阳从朝天门码头东边的江面上形成了一个燃烧着的火球，江面上泛着橙色波光。顷刻，太阳先由红变橙、又由橙变黄、再由黄变白，高高地悬挂在荒漠无边的太空。

重庆遇到了久违的晴天。央大依旧是在早上七点半响起上课的预备钟声，悠扬、平缓、向上。上官朏朏在校友们中间匆匆地走向那个综合礼堂，今天是抗战形势报告会。江小云、白诺、马瑞丽和她并行，大家似乎都忘了背诵《神曲》和别人隐私而引起的公愤和不快，那个所谓的牛郎团队还是簇拥而行，紧步织女们的后尘。

报告会的主题是“有志青年，忧国忧民，杀敌报国”。报告人讲述了日本侵略者铁蹄践踏我国的行径，国人奋起抗敌的决心和行动，以及世界反法西斯战争的严峻形势。继而报告人强调了国家有难，匹夫有责，抗击日寇，青年当先的重要性、积极性和示范性，围绕“一寸河山一寸血，十万青年十万军”的战略意义、现实意义和历史意义，分别介绍了各地有志青年、热血青年的豪情和行动。报告人声音铿锵有力，台下群情激昂，不时爆发出热烈的掌声。这时，上官朏朏附近出现了不合时宜的杂音，由于掌声过后的瞬间，礼堂一下子变得格外安静，窸窣之声在这时竟如同骚动之响。牛郎团队正在传递着一个纸团，纸团经过多人之手，变成了乒乓球一般的纸球，最后落到了上官朏朏手里。对这种有目的、带有窃窃私语和眉目暗示的行为，上官朏朏很抵触，常常嗤之以鼻。正当人们专心致志听报告时，尤其是讲到家国受欺辱之时，一向以高素质著称的央大学生，居然还有人不顾廉耻地搞小动作，简直让上官朏朏怒火中烧，她容忍不了这种麻木、顽皮和无聊。然而，她还是不动声色地打开了那个纸球，脸色立刻变得煞白。纸团的始作俑者是齐牛郎，牛郎团队、马瑞丽等人都是怂恿者和帮凶。上官朏朏若无其事地继续听讲，并且随着报告内容的高潮迭起，不住地鼓掌。终于到了报告会的休息阶段，上官朏朏把齐牛郎带到礼堂外边，把那个乒乓球样的纸团扔到他的身上。上官朏朏问他："你到底想干什么？"齐牛郎说："我想保护你，让你精神更充实，不再受伤害。"看样子，齐牛郎早有心理准备，一口气回答了那么多。"好，我问你，你如何保护我，让我不受伤害？"上官朏朏问。"一切听你的，打不还手，骂不还口，宁愿随你改名换姓，做上官家的忠实奴仆！"齐牛郎回答得斩钉截铁、信誓旦旦。上官朏朏终于忍不住了，说："你这不是在自取其辱，甘愿做狗吗？就这种德行，是男子汉吗？告诉你，我讨厌奴才一样的男人！"齐牛郎仍不甘心，说："正因为是奴才，才不会伤害你，才会让你开心快乐和幸福！"上官朏朏虽然动了火，但仍然说话很讲究分寸。她停顿了一下说："我无意骂你，但你这种人为什么这样厚颜无耻呢？我早就告诉过你，那年在昆仑关，我已经在心里许过愿，今生今世那个英俊的战士，一定是我爱情的归宿，无论千难万险，无论千锤万击，我都不在乎。我一定会海枯石烂不变初衷的！"齐牛郎还是振振有词："当下有些男人并不像你想象的值得追求，他们的心就像秋天的云变化多端，人们都说痴情女子负心汉，你就是痴情女子，那个人就是负心汉，你不要自欺欺人了，你的日记就是心声！就足以说明一切的一切！"上官朏朏听他说到日记的事，仿佛受到小人算计似的，又仿佛被人揭烂了疤痕，再也不想忍下去了。上官朏朏说："小人啊，下三烂啊！你们都是卑鄙小人和无耻之徒！"停顿了一下，上官朏朏又说，"我的事情我做主，你以后少掺和我的事，少在一边瞎嚷嚷，我已经有了归宿，但不是你！以后，你离我远一点儿，越远越好！"齐牛郎的骂不还口终于兑现了，他说："我会跟着你，不畏艰险，不离不弃！"上官朏朏恨这种不要脸皮的人，就诅咒似的说："我要上战场去牺牲、去赴汤蹈火，你也跟着吗？"齐牛郎说："我发誓，紧跟不舍，刀山敢上，火海敢闯！"上官朏朏狠狠地瞪了他一眼说："这世上，树怕没皮，人怕没脸！"

突然，重庆上空荡漾起了防空警报，一声响过一声，声声震耳。人们开始了又一次的骚动，无不在心里骂着：“日本强盗，死去吧！”

四十

天又下起了雨，重庆的秋雨总是那么缠绵和悠长，像老树的根，盘根错节又不停延伸，像老人的话，时而窃窃私语，时而叽叽喳喳。然而这天的雨有些反常，仅仅下了一个通夜和半个白天，午饭过后就雨过天晴，停得干脆利落，毫不拖泥带水。

雨后的大街小巷上，人们有秩序地行走着，没有任何和平日的不同。如果一定要寻找点儿细小的变化的话，那就是在许多地方的墙壁上出现了征兵的告示和标语口号。不知道是因为这些告示和标语口号用了彩色的纸张，抑或是一反常态地张贴得数量多而且位置好，总之凡有告示的地方都围聚着一定数量的人，而且人们都认真地阅读着，有的人还禁不住读出了声。“一寸河山一寸血，十万青年十万军。抗击日寇，匹夫有责，保家卫国，甘洒热血。”耀眼醒目的标语口号和激荡人心的征兵告示，很短时间内在街头巷尾成为大众尤其是青年谈论的焦点。这种宣传效果具有很强的渗透性，尽管央大校园里并没有出现这些标语口号和征兵广告，然而这些消息还是在学生中不胫而走。中国要组建远征军，出兵滇缅边境这则消息，仿佛一位高颜值的女明星走进校园，立即引起了声势空前的轰动。很快，不少学生已经沉不住气了，毅然走出校门，似乎把校规校纪抛到脑后，开始寻找征兵单位。

上官朏朏表面并不像热血青年那样热情高涨，内心却早已形成了牢固的意念。她要当兵，要上前线，要成为名副其实的战士。几天光景，她好像换了一个人，再不是那个青涩的上官朏朏，已经接受过人生的炼狱似的，在苦难、痛苦的煎熬中挺了过来，像那只浴火重生的涅槃凤凰，坚强和成熟了。

两天前，她在柯老夫人那里，听到了有关父亲的情况，终于揭晓了那个连她自己也回避着的答案。她对答案里的内容，心里早有预感，一个聪明伶俐的知识女性，读了那么多书，听了那么多故事，对于那个男人的反常表现，能不知道原因吗？上官朏朏太相信自己的第一感觉，太珍惜人生的一见如故和似曾相识的感受，因此，她宁可自欺欺人地去努力、去奉献、去感化，也不打算把那雾里看花和水中望月的美好憧憬摧毁。她很清楚自己，自从在昆仑关见到他，捡起他遗失的那个口琴后，有一种很不同于一般的奇妙感觉就一直在心里激荡着，而且一刻也未消停过，她追寻的似乎就是这种精神上的东西，尤其是一年多后，在泥牛入海的无望中，在大海捞针的渺茫中，居然做梦一般地和他重逢，就是那一刻，壮丽庄严的海市蜃楼就在她的世界里搭建起来。之后，她无论如何都在维护着这种缥缈的壮观，全力地去呵护着它的脆弱而使之永恒存在。

柯老夫人在见到上官朏朏前，反复思考着如何把乔国俊的一番话很妥当地转告她，既让她精神上能够接受，又不至于让她产生对乔国俊的成见，最终的效果是使她不产生逆反心理。柯老夫人接触过许多青年人，对他们的处世哲学有一定的了解。因此，当上官朏朏央求她的时候，尽管她不愿过多地插手年轻人的事，不愿涉足男女青年难以捉摸的私生活，然而在和上官姑娘的交往中，她发现这姑娘有很多方面，不同于世俗的女孩，是一个有思维、有见解、有个性的知识女性，于是就不再推辞，答应了她的要求。柯老夫人对上官朏朏的事很上心，很快就见到了父亲。她根本不知道父亲这段时间的状态，像过去并没有发生什么不和谐似的，然而父亲一直为嘉陵江畔听川江号子那天的态度不好而纠结，迫不及待地找机会向柯老夫人道歉，同时向老夫人解释出现情绪波动的原因，绝不是冲着老夫人来的。那段时间，作为一个微不足道的军需官，事情每天都很杂乱，每天忙得像个陀螺似的。很让父亲郁闷的是，好多天来，柯老夫人那边也没有事情要他去做，父亲心里就开始打鼓，扪心自问，莫非柯老夫人讨厌自己了，不再用他了？父亲的性格有很多缺陷，在对具体问题的处理上，好多时候都碍于面子而不能主动出击，而是被动地拖着冷着，似乎自己主动去说某件事很不妥当似的。有时候他也想去找找柯老夫人说明情况，可他又担心老人家一本正经地批评他，说当军需事情很多，怎么能为一点点儿的小事情而专门跑一趟呢？再说啦，柯老夫人每天的时间都紧绷绷的，哪有时间听他去解释呢！就这样，这件事就像一只苍蝇飞到碗里，被他不小心吃进肚子里那样，不时地感到反胃。当他接到上司通知，速到柯老夫人处去的时候，既高兴又心里没底，似乎习以为常、家常便饭般地为柯老夫人服务，居然变得遥远和生涩了。柯老夫人见到父亲时，满面春风依旧，慈祥和蔼地跟父亲打着招呼。这次，她没给父亲道歉和解释的机会，只说要他抓紧把一沓子邮件到邮局投递。一直等到父亲办完事，向柯老夫人送回执的时候，柯老夫人问他了一个问题，有关上官朏朏。父亲不假思索，就回答起柯老夫人的问话，既没有讲他反感女扮男装、性格外向的上官，也没有讲他多少天来的愧疚，直截了当地检讨了自己的三个方面。柯老夫人对父亲的一番心里话十分感激，她一直认为眼前这个小伙子是最诚信的，这次更巩固了自己以往的看法。柯老夫人完成了上官朏朏交给她的任务，而且相当圆满，然而如何向上官姑娘反馈，却让她有些为难。

柯老夫人是位思维缜密而又相当灵活的文化人，长期以来她不善介入别人的生活，对于人与人之间的纠葛、芥蒂，懒得去调停，久而久之就成为习惯，也得到了熟人们的谅解和认可。上官朏朏请托她做的事，纯属是个特例，出于对上官朏朏的偏爱，导致她全力以赴、乐此不疲，而且还要做到掷地有声。令老人家意外的是，乔国俊平平常常的几句话，把他心里的郁结一股脑儿倒了出来。柯老夫人凭借人生的经验，觉得发生在两人之间的许多事情，都可以用游乐园里的跷跷板来形容，当一端低下来时，对方一端就高扬起来，一端达到最高处，另一端一定处于最低处。好多对立的关系也是这样，当一方简单明了时，另一方就会复杂晦涩，总之，让人处理这种关系时很难把握、很难下手，不得不把本来就不麻烦的事情，弄得千头万绪，千丝万缕。柯老夫人最担心的就是上官朏朏，担心她对有些现实、有些事情不理解、不相信，从而不能理智对待，或者做出过激的表现。柯老夫人希望她把有些情况讲给上官姑娘后她能平心静气地听完，并且不迁怒于任何人。作为高级知识分子，一个过来人，柯老夫人有时候也乐观地想，说不定这个事是自己多虑了，想得复杂了，也许上官朏朏还不至于那么糊涂麻缠。柯老夫人还在纠结时，传来一阵门铃声，是上官朏朏来了。

上官朏朏把一个精致的小包裹放在面前的茶几上，看着柯老夫人莞尔一笑，把目光盯在那个小包裹上。柯老夫人看看包裹，又亲切地把目光落在上官姑娘脸上。客厅里很静，院子里画眉的鸣啭清晰地传来，悦耳动听。

她们的交谈从日本偷袭珍珠港开始，话题从远到近，从国际形势到国内战局。其中在谈到抗战的几场胜仗后，话题转到重庆街头的征兵广告和宣传标语。

柯老夫人稍稍停顿后，开始点评父亲不安心军需工作，一直要求到前线的事情。

柯老夫人说："国俊这小子，真的很另类，与很多青年人不同。放着安逸的军需官不当，偏偏三番五次地提出要到前线部队去，我实在是想不通他怎么会这样做！"上官朏朏看着柯老夫人，轻轻地说："人各有志，或者他的梦就在硝烟弥漫的战场上。"柯老夫人点点头，好像很认可上官姑娘的话似的。

柯老夫人似乎找到了这次交谈最理想的切入点。她从沙发上站起来，把刚才沏好的茶倒了一杯递给上官朏朏，然后边坐边说："朏朏，国俊把他的所有顾忌、纠结和郁闷归纳到三个方面，我这就把他的话转告你。"听了柯老夫人的话，上官姑娘的情绪陡然发生了变化，脸色一下子煞白煞白，并且窒息般地屏住气。柯老夫人淡然地笑了笑，打破僵局地说："姑娘，你别紧张，没有啥大不了的，就是很简单的三个问题。"上官朏朏点点头，轻轻地附和着："不紧张、不紧张。"

柯老夫人说："国俊说了他很快就会离开重庆，参加中国远征军，有可能到缅甸、到滇西，反正战场在哪里他就到哪里去。当年那支机械化部队，是奔赴缅甸作战的主力，他要求还回到那里，随大部队行动。"上官朏朏听得很认真，不时地点着头，也是向柯老夫人暗示着她的情绪很正常，没有什么波动。"国俊说战场上的情况千变万化，有时候守、有时候攻，有时候是战略转移，不得不夜以继日地行军，有时候就坚守在阵地等待炮火硝烟的洗礼。不定哪一刻，人就中弹了、阵亡了。与其给一个姑娘带来这种无情伤害，还不如让人家找到一个能够永恒相伴的人。"

上官朏朏在听了第一个问题后，主动问："那第二个问题是什么？"柯老夫人说："他出身于一个耕读传家的半封建家庭，自幼接受的是传统教育。他十四岁时，小小年龄就已经在父母之命、媒妁之言的训诫中成了家，不愿在外有任何违背家规的事情发生，因此不会再和任何女孩子有过多的交往。"上官朏朏微笑着说："这个我能猜到，不过很搞笑，十四岁，那是什么概念！"尽管上官朏朏微笑着，轻描淡写地说着，柯老夫人还是察觉到她不够自然的表情。在柯老夫人暂停说话的时候，上官朏朏这次并没有催促老人讲第三个问题，而是期待地看着她。柯老夫人接下来主动讲了第三个问题："国俊说，仗打完，把日本侵略者赶出中国后，他就解甲归田，一个农村孩子，或者说一家商贸公司的小职员，还能有什么奢望呢？”柯老夫人禁不住有些颤抖，语调也随之降低了不少。上官朏朏休克似的表情木呆呆的，两只水灵灵的眼睛此时也停止了转动。柯老夫人再次站起来，分别为上官朏朏还有自己加了点儿水。坐下后，接着说：“人家说，他生来就不喜欢打搅别人，更不会去结交高贵、攀爬高枝，如果一定要摆正自己位置的话，无论从文化知识、家庭背景、发展潜力哪方面比，他有自知之明，和上官不在一条起跑线上，也不属于一个重量级！”

一阵寂静过后，上官朏朏率先开了腔，说：“他其他没说啥？没指出我的毛病或不足？”柯老夫人摇摇头，似乎此时一句话也不想说。上官这会儿话逐渐多起来：“他讲的三个问题我早就想到过，一般人都会想到的，只是我没想到他竟然没有指出我的丝毫缺点！”上官朏朏接着说，“柯老夫人，让您费神了，我知道自己今后该咋办，请您放心。那我走了，麻烦您把这个包裹转交给乔国俊。”上官起身要走时，发现柯老夫人神情凝重，就马上补充了一句，“其实也没啥，是前些天要交给他的那支口琴，嘉陵江边闹情绪，那天没给他！”柯老夫人“哦”的一声，把目光转向她，目光十分和善。在送上官朏朏离开时，柯老夫人把一封书信递到她手里。

上官朏朏走了，步子很轻盈，这一次会面再次出乎柯老夫人意料，既没有冲动，也没有不悦，柯老夫人终于可以放下心了。只是，她对上官姑娘说的知道今后的事该怎么办这句话十分不理解，不能不一遍又一遍地琢磨起来。

其实，上官朏朏说的那句令柯老夫人费解的话，全部在日后得到践行。她默默地做着自己的事，设想着有那么一天，她和父亲在遥远的地方重逢，让父亲真正地认识一个真实的上官朏朏，世界上独一无二的上官朏朏。很多时候，人的动力和激情，很可能因一两句话、一两页文字就被激发出来。上官朏朏心中如同烈焰在熊熊燃烧，父亲写给上官朏朏的信，以及和柯老夫人这次会面，尤其是那三个问题，都在点燃和助燃着她的激情，使她义无反顾地按照自己的思路，一发不可收地推进着。

然而，上官朏朏实施自己计划时，第一关就被挡在关外，家里人强硬地反对她，说她脑子进了水、短路了。她心知肚明，家里仅她一个女儿，接受了高等教育，应该从事那些风刮不着雨淋不着的工作，不会轻易答应她在枪林弹雨、战火硝烟中冒险，万一不长眼的子弹找到她，命就没了，家里人的希望和寄托也灰飞烟灭了。还未进入军队，远没有进入阵地，而火药味就先在家里产生了。上官朏朏是十分阳光的女孩，觉得自己有参军的想法，首先应该谦虚地征求家里大人的意见，相信自己走的正道，参加的是正义之师，理应得到家里长辈们的支持，起码是理解和同意。她是家里人的骄傲，是长辈们的掌上明珠，从来都是说一不二的。但是，上官朏朏没有考虑到的是，她这次是拿自己的鲜血和生命为代价、为筹码，家里人能够同意吗！于是，当她说学校里许多同学都投笔从戎，自己也想参加抗日队伍时，上官泰安老先生先是沉默，接下来就把那个铜烟袋锅里装满烟丝，吧哧吧哧地吸起来，声音很是夸张。上官夫人周思媚首先表态不同意，当然反对得相当文雅。周思媚说："朏朏，按说你有爱国热情，家里理应大力支持。但我觉得你一个女孩子，从来没有参加过军事训练，很担心你成为部队的累赘，那多不好。因此，我不同意！"周思媚表态文绉绉的，然而产生的影响却十分强大，那是一种导向，直接左右着家里其他人的态度。上官家围拢了好多亲戚，他们分别来自江浙、两广和两湖，都是日本侵华战争的受害者。平心而论，他们应该站出来替上官朏朏说话才对，在他们心灵深处，个个儿痛恨日本侵略者，都有打败日本侵略者的强烈愿望。只是处在寄人篱下的位置，只能看着周思媚的风向标行事了。上官朏朏不待见家里人云亦云的氛围，但从没有表现出来，每个人都有自己的阅历、经历和个性，不能强求那些经商者、演艺界的人都具有高尚的品质、博大的胸怀和完美的境界，但她还是希望能有人说句中立的话。大姨周思静说她前不久看了一部片子，反映了一个苏联女红军战士参加卫国战争，被德军俘虏后饱受屈辱、惨遭杀害的故事，看后心里不安，夜里常做噩梦。最后她说了一句不负责的话，说她讨厌战争，更讨厌女人参战。三姨周思敏说她读过一本书叫《女人远离硝烟》，说了很多话，上官朏朏没记住多少，觉得很无聊。四姨、五姨都做了发言，或长或短，没有不同意母亲意见的。大家轮流着发表过意见后，上官朏朏像论文答辩似的说："各位长辈的话，都是深深地爱护我、关心我，我只能表达谢意了。我也读了一本书，记不清书的名字了，只记得古罗马诗人贺拉斯曾经说过，所有的母亲都憎恨战争。你们都是孩子的母亲，憎恨战争、反对子女参战，即使他们为了正义，你们也反对……”像一场辩论会，一方提出她们的观点，表明了她们的立场后，另一方马上针对性地为自己的观点摆设依据。尽管上官家里、亲戚们生意人居多，但大都接受过中等以上教育，辩论中就纷纷引经据典，显示了高于一般家庭的政治、文化、经济等理论水平。小小的家庭辩论会，居然拉出了法国人加缪的话：“世界上所有缺乏装备的军队，都要用人力来补足。”说是中国军队的装备太差，打起仗来就是靠牺牲士兵来弥补，这是反对上官朏朏参军一方的理论依据之一。还有哪一位背诵了唐代曹松的《己亥岁二首·僖宗广明元年》，那首中的几句，其中“一将成名万骨枯”最振聋发聩。当然，上官朏朏毫不示弱，她的理论高出所有人。上官朏朏一会儿彼特拉克、卡图卢斯，一会儿塞涅卡、维吉尔，还有卢克莱修、西塞罗，引用最多的是法国蒙田的话，把家庭辩论会变成了她的演讲会。眼看辩论会无法收场，上官朏朏参军成了天经地义、义不容辞的事情时，文化素养相对薄弱的上官泰安说了一句话，像遭受火灾时，突然出现了一位膂力无比的消防队员。他说：“朏朏只是提出了自己的想法，大家就动起真来，我看是小题大做了。不过朏朏整天读苏格拉底、读柏拉图、读亚里士多德，有些东西浅尝辄止就行，适可而止足矣，没有必要把精神不正常的哲学家的思想意识，用来左右自己的生活和言行。老大不小了，要有自己的主意和生活……”辩论会结束时，大家期待上官朏朏再冷静地思考，之后做出正确的决定。

如果说这场辩论会一定要评出最有说服力的发言的话，那么上官泰安的一番言词当之无愧。他那言简意赅、铿锵有力的话，不仅切中要害，而且入木三分。对上官朏朏来说，上官泰安的话不光是对她从军这件事不同意，而且对她匪夷所思的婚恋观也提出质疑，属于一箭双雕。再有个性的女孩子，也会检讨自我，从而对行为有所收敛。上官朏朏的三姨在辩论会的次日早晨，惊喜地发现了外甥女的变化。那个十分任性、要强的上官朏朏，往央大上课时，第一次换上了淑女装，桃色上衣、卡其色的裙子、雪白的长袜下面，脚穿一双黑得发亮的皮鞋，白里透红的脸上稍施粉黛，端庄雅致，两只会说话的眼睛不住地闪烁，齐耳短发上她刻意别上一枚素雅的蝴蝶夹，增添了她的灵气。上官朏朏出门时如沐春风、文静大方又风姿绰约。三姨迫不及待地把上官朏朏从衣着上释放出的信号，传递给上官家每一位参加辩论会的人，这无疑是一个圆满的结局。

有人说雨中的重庆，最亮丽的风景就是女孩们举着的形形色色的雨伞，像一株株彩色的蘑菇，茁壮地成长着。也有人说秋雨过后，最让人难忘的是满街花红柳绿的服装，带给人春天的活力和秋日的繁华。装点这些景致的是朝气蓬勃的青年，引领他们的就是重庆的大学生，而央大的学生们在最前面。雨后的早晨，匆匆行走的上官朏朏，无意中引领了重庆街巷的最美风景。

上官朏朏进入央大校园，立刻成为大伙议论的焦点。大家心目中那个喜欢女扮男装的另类女孩，一夜之间发生了嬗变，成为花枝招展、光彩照人、亭亭玉立的一尊女神。在大伙儿都羡慕参军、踊跃报名的关键时刻，上官朏朏的这身打扮，无疑是向大家表明，她不去当兵，要做温婉的淑女。上官朏朏外表的变化，也让织女圈、牛郎帮的各位一头雾水，即使那个善于捕捉八卦信息，然后在酒后无限扩散的马瑞丽，也不好意思地目瞪口呆，张口结舌，这个人称八卦广播电台也不得不为之哑火。最失落的就是那位发誓对上官朏朏不离不弃的齐牛郎，红口白牙发誓要参军参战、誓死抗日，看到上官朏朏的淑女装扮，意识到情况有变，就对自己这段时间的踊跃报名、积极应征后悔不已。为了适应新的情况，齐牛郎采用自戕的措施，在校园下水道的坑口弄伤了脚踝，开出了一份骨伤报告。

央大这段时间组织的报告会出奇地多，除了学术报告，最多的就是国际、国内形势报告会。用马瑞丽这张八卦嘴说，那就是项庄舞剑意在沛公，是动员央大的学生们应征入伍。大礼堂坐满了人，不论学生各自的心里如何想，但从表面看来大家的热情十分高涨。尤其是女学生们，平时大家个个儿打扮得如花似玉、孔雀开屏似的，这个报告会上一下子全部穿上了学生装或制式服装，完全是不爱红装爱武装的范儿。唯独上官朏朏、江小云、白诺，还有那个当志愿者负了重伤刚刚返校的彤云，依旧穿得花花绿绿，尤其是上官朏朏。马瑞丽形容这次报告会的会场，如同阳春三月的山岭，树木葱茏、枝叶繁茂，上官朏朏、江小云、彤云、白诺如同山岭上最耀眼的美丽的杜鹃花，在春风里摇曳着。

上官朏朏最出人意料的是，在嘉陵江边那个叫醉四季的酒馆宴请了马瑞丽及牛郎团队，当然，杜鹃花一般的织女们悉数参加。做东的上官朏朏几句简明扼要的话，把同学情谊、珍惜缘分囊括其中，请大家欢聚的主旨也包含在内，博得一阵热烈掌声。掌声中，齐牛郎拄一根木棍，蹒跚着如同一只螃蟹出现了，他当然不肯错过这次能出风头的机会。虽然上官朏朏考虑他的伤情不便参加，没有告诉他这个活动，但是喝过他酒的马瑞丽出于还人情账的目的特意告诉他的。马瑞丽那张嘴似乎永远也合不拢闲不住似的，没等做东的上官朏朏请她讲话，就滔滔不绝地说开了。她从自己的姑父来信，要她现阶段先完成学业，参军的事与她无关。说完姑父的教诲，又赞颂起上官朏朏的选择，放弃参军并不是不爱国。江小云等都是出身达贵人家，对马瑞丽拉一个小县长的话来炫耀一直都反感，此刻听她又评点上官朏朏，感到她不明智不识时务，但又不便制止，就努努嘴，朝嘉陵江方向，示意白诺，一块儿出去走走。这时，一艘客船自西向东驶来，船头白色的浪花飞溅着。有文化的人吃饭喝酒，刚开始都表现得矜持文雅，但时间不长就个个儿原形毕露。只要有马瑞丽参加的酒会，没有一次的场面不是张牙舞爪、群魔乱舞、失去控制。马瑞丽再次喝得酩酊大醉，这次喝醉的还有齐牛郎、万牛郎、尤牛郎等。马瑞丽的嘴上又开起了火车，说："我知道上官朏朏不会当兵的，那远征军就是要出国打仗的军队，跋山涉水、翻山越岭，不是女孩子们的菜。这回好了，你们这些人，特别是齐，机会在向你招手呢！"这齐牛郎听了十分得意，说："丽姐说的是，我之所以放弃这次参军，就是要兑现承诺，形影不离地跟着朏朏，当牛做马在所不辞！"

这场聚会，细心的人们一定会发现，上官朏朏脖子上挂着一个精致的天然水晶石吊坠，吊坠里镶嵌着一个年轻军人的头像，随着上官的动作吊坠里的人也微笑着向面对的人打着招呼。上官家族不愧是珠宝巨商，他们的工艺也是超一流的。专门戴一枚崭新吊坠，上官朏朏不用向任何人解释，相信他们都会豁然明白的。几个所谓的牛郎有的平时滴酒不沾，这次也展示着自己的海量。

那吊坠里的军人就是父亲。几天后，上官朏朏穿上了军装，成为中国远征军直属部队的一名女兵。她没有把这件事告诉家人、同学，包括她最敬重的柯老夫人。她坚信时间不长，大家都会知道的。她闲来无事时，就抚弄那枚吊坠，心里对那上面的人说："我知道，你就在这支队伍里。我之所以挑选了这支队伍，是因为在昆仑关时，我曾当过这个威武之师的志愿者，坚信吊坠里的人离开重庆一定会回归这支队伍！”

四十一

“碧云天，黄花地，西风紧，北雁南飞，晓来谁染霜林醉……”枇杷山上，川剧团的演员们正在排练《西厢记》，女演员们的合唱声伴随着秋风飘得很远很远。父亲打这里经过，被川剧的旋律和优美的唱词感动了。又是一年的秋天，街边道旁及庭院里的菊花已经盛开，机关学校里的桂花开始飘香。一年四季，已经过了两个完整的季节，第三季也过了一半。一阵风吹过，挟带着花香和淡淡的凉意，沁人肺腑。父亲禁不住感到时光流逝带给他的惆怅，总觉得错过了一个又一个时机特别遗憾。早上他看到了一则新闻，报道了中国远征军出发的消息，当即就倍感失落和无助。即使他还努力在做着军需应该做好的事，但心里却出现了一些跑毛，不时地会出现行军打仗、战火硝烟的场面。特别是主管处长答应了他的请求后，他就像变了一个人似的，精神更充沛，干工作加倍努力，告诫自己要沉住气，默默地把业务做到完美无缺，同时巴望着有人早日来接替自己的岗位。父亲性子急得不同于其他人，喜形于色、怒形于色，再加上急形于色，他的个性特点十分阳光。看了中国远征军出征的报道后，父亲曾悲观地想着可能是长官又欺骗了自己。在那天读《日月明晨报》后，父亲借着补训处车处长高兴，先声明自己不是居功自傲向长官提要求，而是汇报一下自己的真实想法。车处长当即交给父亲五本书，说现代战争要没有文化也是不能适应的，即使进入作战部队，也不像过去那样，要经过考试和面试的。

父亲当时就想，几年不在作战部队了，竟然发生了这么大的变化，连文化也成了必备条件。为了能早日回归作战部队，父亲就废寝忘食地读着车处长送他的书，还做了大量的读书笔记。那以后的一天，父亲还参加了在贵州举办的文化考试和面试，进入考场，做起题，父亲就油然想起了苏联顾问巴卜洛夫和萨姆丁，是他们教给父亲的代数、三角、几何在考场上有了用场。车处长的那五本书，太难能可贵了，好多考题都出自这些书。笔试、面试都进行过了，父亲心里便有些发毛，每天都神经质地等着长官通知他办理交接手续，马上回归作战部队。可是等啊等啊，焦急的等待实在让父亲难受。他相信自己虽然笔试一般般，但面试绝对是一流的，那还有什么不合格的呢？为什么还不让一个会打仗的人奔赴前线呢！直到看到了中国远征军出发的报道，而且那支在昆仑关打胜仗的部队作为主力军时，父亲的情绪一落千丈，一种上当受骗的感觉出现了。父亲经历过战争与和平阶段的磨炼，遇事学会了冷静思考。车处长一向视自己为知己，从永州练兵开始，无论是步兵还是炮兵，都给了自己很多关怀和帮助，在重庆的岁月里，很多时间是在他领导下，父亲想车长官不可能欺骗自己。那又是什么原因呢，父亲脑子里乱糟糟的，身体也似乎沉重起来。枇杷山上正在排练《西厢记》的川剧团，在女声合唱之后，锣鼓又使劲儿地敲打起来，而且越来越猛、越来越紧急。父亲不爱看戏，小时候没有培养看戏的习惯，时间长了就对看戏感到无所谓了。小时候，乔家老一辈为了让他把精力尽可能用在文化课学习上，就教导他说："穷赶会，活受罪，看夜戏不如回家睡！"尽管不看戏，或者说没有拿出整工夫看戏，但父亲还是看过一些剧目，对戏剧中的一些常识也略知一二。川剧团排练时使劲儿地击打锣鼓，而且频率越来越高，在河南曲剧里叫紧急风。按说这种紧急风的锣鼓声对一个过路人而言，只是锣鼓的演奏罢了，然而此时的父亲，竟然把它理解为是催促自己马上找长官的一种动员令，要他抓紧时间去催促，或许还有助于自己归队，中国远征军毕竟刚刚出发，追赶还来得及。

车长官正好在办公室，由于起草一个对日军作战的方案，暂不接待任何人。父亲只好站在门外，耐心地等待着。这时，父亲脑海里出现了"程门立雪"的典故，古人为了获得高深学问，竟然忘记了寒冷、忘记了落雪，而自己在凉爽的秋风中，等一会儿、站一会儿又有什么不好呢！

门开了。车长官看到父亲，打着哈欠伸伸腰身说："国俊，有事？是不是看到了一篇报道，就着急了？"父亲点点头，说："是。长官！"车长官笑了，之后从上到下把父亲打量了一番，说："正要找你呢，倒让你不喊自到了。圈养的野生动物，该回归山林了！"听了车长官的话，父亲一下子振作起来。圈养的野生动物，这句话是一个月前父亲对着车长官发牢骚，形容自己当前的处境时说过的，没想到车长官还记着呢。父亲一直认为自己适合冲冲杀杀，在战场上杀敌特别过瘾，就对军需工作厌烦起来。车长官开导他，说抗日的工作很多种，战场固然重要，但后勤保障工作也很重要，不可或缺！父亲跟车长官交往多了，说话的氛围就相应宽松，说话中的禁忌也逐渐少起来。听了车长官的开导，父亲还不服气，就说自己好比是野生动物，在山林里、在高原草原上生活很快活，能放开奔跑，能猎获食物，一旦将它圈起来，给它好吃好喝，让它养尊处优，它反而接受不了这种生活，慢慢地就会抑郁，就会生病，时间长了就只能死去。车长官了解父亲，当即并没有批评他，只是笑了笑，轻轻地说父亲想多了。这次父亲主动见车长官，因为实在找不到借口，就拿着五本书过来，说是还书。车长官是贵阳人，虽说年龄比父亲大十岁，但已经是师长一级的官员了。父亲上学时间有限，他对读书人、有学问的人一向敬重。车长官黄埔军校毕业后，又进陆军大学深造，兵学研究院毕业，博览群书，学富五车。车长官待见父亲的忠厚、勇敢和勤奋，就常和父亲对战场上的事情交换意见，来往多了，他们之间就建立了兄弟般的友谊。车长官有意识磨炼父亲的性子，在实践中让他学会思考，学会冷静。车长官知道父亲看到中国远征军，尤其是第五军的报道后，一定会找他理论，故意把应该提前告诉他的事情往后压压。

车长官桌子上有好几个文件夹，还有几个信封。他把其中一个信封交给父亲，说：“看看这是什么？”父亲接过这信封，是中央陆军军官学校第四分校的录取通知书。通知书抬头赫然写着“乔国俊”三个字，让父亲感到突然得如同做梦。他很快想起车长官多次强调的话，“军人是一项伟大、光荣而又神圣的职业，并不是每个身着军装的人都能称为军人，军人要有高尚的职业道德、要有健康的体魄、要有丰富的军事理论知识”。他对父亲在工作中的表现十分满意，但时常要求父亲加强文化学习。为了早日奔赴战场，父亲在工作之余，始终把文化学习放在重要位置，为了丰富自己，父亲对所有文化人都怀着敬意，包括柯老夫人和上官朏朏，和文化人接触，每次都有提高，都印证着那句名言——“与君一席话，胜读十年书”。父亲渴望读书，但进入军事院校读书连想都不敢想，他觉得进入黄埔军校就是一种奢望，就是癞蛤蟆想吃天鹅肉。

不知什么原因，父亲虽然站在车长官面前，手里拿着那张录取通知书，但灵魂似乎飘在空中，游走了好远好远。他眼前先是出现了邓家叔侄，背着行囊要离家求学。邓泰说："一个人要想报考高等学府，一定要到学校里读书，洛阳复旦中学就是大学生的摇篮！"邓炬说："复旦中学毕业后，我要报考黄埔军校，当一名优秀的军人！"在邓家叔侄面前，父亲很无语，乔家家境的衰落，他只能读几年私塾，小小年纪就到贸易货栈学徒，未来充其量做一名商人，这与他的性格，与他的理想格格不入啊。接下来，父亲的思绪又飘到了昆仑关大战前的永州深山里，他正带着一排人训练，突然来了一拨人，宣布其中的一个叫詹万里的军校生为见习排长。那个来宣布人事任免的上尉，说话很刺激人，他说："以后我们的部队里，不可能从士兵中提拔军官，军官都会是从军官学校毕业分配过来的。这就是现实，如果哪个人有想法，不服气，那你就去报考黄埔军校、陆军大学啊！"父亲听着这个上尉连长的话，仿佛字字都像钢针，针针刺在他的身上。尽管父亲气得要命，却找不到反诘人家的理由，他觉得连长说话不好听，可句句是实话。你再有聚众率兵能力，你再忠肝义胆，但你没有那一纸文凭，还没上战场拼杀，凭什么让长官信任、如何服众呢？那个刚从军校出来的见习排长詹万里，年轻气盛，初生之犊不畏虎，在管辖的排里来了一场改革，把过去训练的成果全部推翻，一切重新开始。詹万里对全排按德式操典要术，从立正、稍息、开步走抓起，形而上学地把在军校里的教学内容，搬到对士兵的日常训练中。由于备战阶段，随时都有可能参战，按道理应该把实战的东西拿出来才对，这种花拳绣腿的东西有时候好看不实用。父亲好心好意提个建议给詹万里，心高气傲的军校生根本听不进去，当时这个排里有几个老兵，如夏太和、黄太平、常永旺、沙黎明等公开与詹万里作对。詹万里把他指挥不动一个排的原因归结到父亲身上，就做工作把父亲调往炮兵部队。父亲一句话没有说，只是把拳头攥得紧紧的，发出咯咯的声音，心里想，出水才看两腿泥，是骡子是马牵出来遛遛。昆仑关激战中，那位摆花架子的詹万里战死了。

听到车长官轻轻的咳嗽声，父亲从梦游一般的状态中回过神来，看着手中的录取通知书，心里有说不出的激动。他心里明白，如果不是重庆这段经历，他根本不可能手握这纸多少人梦寐以求的录取通知书，如果不是车处长为他铺路搭桥，他根本不可能有参加考试的资格，更何况被正式录取。父亲脑子里有些开小差，这是他有生以来很少出现的情况。父亲明明看着"校址贵州独山”这几个字，还问车长官：“学校在哪里？远不远？”车长官笑了，说：“不远也不近，肯定不是在重庆。”说着，车长官拿出那张他刚刚使用过的作战地图，指着贵阳和柳州两点之间的那个圆圈说：“这就是独山！”“独山”两个字，让父亲眼前一亮，他想起了那天在枇杷山上，听着那家人托付临风寺那位老僧规劝儿子时，不知不觉竟进入梦境，梦见一个老者为他看卦占卜，说他一生会经历很多山，而且这些山很适应他。这时，有人喊报告，副官走了进来。父亲知道车长官还有很多事要做，就提出先离开。车长官说：“别急，两件事抓紧处理一下。一是调整好情绪，站好最后一班岗，五天内把相关手续交接一下；二是H部长对你的魏碑字很欣赏，这几天写一幅《陋室铭》，写几条《尼采语录》，内容都在这里边。”车长官递给父亲一个笔记本，又补充说，“对了，柯老夫人很快要去伦敦，要你去一趟，写字的宣纸你借此机会要几张。”

父亲走过柯老夫人家门时，女佣秦妈告诉他，柯老正在作《川江号子拉纤图》，要他脚步轻一些，好像她早就领略过父亲风风火火的走姿似的。哪知，从柯老夫人的工作室里传来清晰的声音：“不用轻轻走，该咋走就咋走吧！”柯老夫人说完，咯咯地笑起来。“我这里从来没有清规戒律，何况是国俊！”柯老夫人对父亲说：“秦妈刚来几天，倒是挺有责任心，只是不认得人，也不熟悉有关情况。”父亲笑着说：“新干一样工作，都有一个磨合阶段，然而磨合好了，说不定就又换一个岗位，还得重新磨合。能理解，能理解。”“嘿嘿，人逢喜事精神爽，人一高兴话就多呀！不喜欢多言的乔国俊今天开始发挥了，好！”柯老夫人说着，放下手中的笔，让父亲坐下。父亲这天的确话多，特别是说新手磨合的话，既像是说用人秦妈，更像是表白自己。听柯老夫人这么一说，父亲意识到话多有失，就不禁感到脸上热辣辣的。

柯老夫人从书柜右下角的抽屉里取出一个小包裹，递给父亲说：“你的，早就该通知你取走，知道你这些天忙于差事，拖来拖去无法再拖了！”父亲接过这个精致的包裹，心里十分不平静：这哪儿来的包裹，孟津老家根本就不知道柯老夫人的住址，再者也没有人能做成这种精致又豪华的包裹，许专员吧，也不可能，人家忙于公务，回河南后仅仅修书一封，打过一次电话，礼节性地感念了在重庆时的友谊，这个包裹也绝对不会出自他手，那么会是谁呢？父亲想到上官朏朏，可马上又否定了。他几次以不友好的态度冷落人家，一个大家闺秀，一个央大学生，咽不下这口气，已经表示她不会再那么傻乎乎的了。那又会是谁呢？父亲陷入一种难堪的思索中，那种表情根本逃不出柯老夫人的慧眼。柯老夫人笑着说："把包裹打开一看，不就迎刃而解、云开雾散了！"父亲觉得自己真笨，既然是自己的包裹，拆开不就找到谜底了。父亲不好意思地看着柯老夫人说："是，是，拆开拆开。"包裹里三层外三层，每层都由不同颜色的绸缎包装，柯老夫人开玩笑说："这么严谨的包装，是担心我这个老太太打开啊！"父亲性子急，每拆开一层他都埋怨说："这是在挑战我的耐性啊，换换地方早就把它剪破了！"柯老夫人说："难怪你不爱下棋，也不待见吃热豆腐！"柯老夫人受年轻人欢迎的主要原因，就是她心胸开阔、说话幽默，始终怀着一颗童心。上官朏朏对老人家无话不谈，家里的事、央大的事以及她个人的事，很像那些虔诚的信众，在神明跟前，几乎要把心都扒出来以显示自己的真挚。而父亲也是一样，他一直都把柯老夫人当作最可信赖的长辈，回答老人问话时，不掺杂任何虚而假的东西。如果让老人回答她人生的忘年交朋友，敢保证第一就是父亲，第二就是上官朏朏，当然还会有第三、第四。

怎么会是她的呢？见是上官朏朏精心打造的包裹，父亲大吃一惊，但他很快就控制住了情绪。包裹里有四件东西：一块玉佩、一块手表、一封书信，还有那支早已包装过，几次没有送到位的口琴。柯老夫人这会儿似乎成为上官朏朏的代言人，看到父亲拿起玉佩，就说："儒家文化认为，君子比德如玉，君子温其如玉，故君子贵之也，君子必佩玉。上官姑娘是个细心人，她视你为有道德有修养的人，故发现你没有戴玉，就赠一块给你，别忘了靠山吃山，人家上官泰安是国际、国内知名的珠宝商人，永泰珠宝也是驰名商标！"从柯老夫人的话里，父亲悟出一句潜台词，那就是上官姑娘送给父亲一块玉是最起码的，家里做着玉器生意，玉是君子必有之物，应该！至于那块瑞士手表，柯老夫人说："军事行动需要精确时间，手表是必不可少的。"那支口琴柯老夫人和父亲都知道，是上官委托亲戚从香港买的，她把那支旧的留下自己吹，然后用心用意买支新的送给父亲。柯老夫人说："过去冷兵器时代，男子远足时带两件东西，一件是宝剑，一件便是琴，人称那是剑胆琴心，时代不同了，剑换成了枪炮，琴自然也可以是口琴、提琴。寓意是一样的！”那封信沉甸甸的，绝不是三五张纸的分量。柯老夫人很有意味地说：“书信是鸿雁传书，是心灵的交流，是人生的无价之宝。当然，叩响心灵的东西，需要静心地去阅读、去品味、去领悟，你回宿舍后慢慢地、仔细地读吧。反正，你这几天也没有要紧事做，站好最后一班岗的同时，也要把重庆的美好记忆认真回味、反思，对上官朏朏的精神世界进一步了解了解，或许，你就会遨游在一个全新的境界里！”柯老夫人讲话既有小桥流水的明快，更有曲径通幽的含蓄，仿佛在讲哲学、讲文学，使父亲受到启发和教益。老人的话中，也让父亲有一些触动，老人已经知道了父亲要离开重庆的消息。

父亲说：“柯老，今天您不通知我，我也要来。我接到了中央军校的录取通知书，在离开重庆时，我最应该向您道个别，感谢您两年多来对我的教诲、对我的帮助和对我实现理想的支持！”柯老夫人刚才还微笑着，听了父亲的话，慢慢地严肃了起来。趁父亲停顿时，柯老夫人说：“军需处的处长昨天还对我说，培养一个合格的军需官很不容易，国俊是大家公认的一棵好苗子，但他却向往血与火的前线，时常把自己比作野生动物，不适合圈养。我当时听了处长的话，觉得句句真切，符合你平时的说话习惯。他们舍不得你走，又不想让你心里不痛快，就一致同意保送你进黄埔军校读军事，谁知你这孩子参加了考试，成绩还不错呢！”父亲说：“多亏长官们看重我，也多亏您在多个场合推荐我！”柯老夫人声音有些沙哑地说：“你这一走，咱们这一生也不知还能再见上面不能呢，我打心里很想让他们把你留下来，可又不自信，就没有提出来。”柯老夫人说着就慢慢地站了起来，从书柜里取出两本线装书，说：“国俊，我没有啥东西送你，觉得这两本书很好，全当是我的小小礼物吧！”父亲双手接过《王守仁全集》和《曾文正公家书》，连声谢着柯夫人。柯老夫人不知为什么哽咽起来，她说：“上官姑娘走了，说不定此时已经过了畹町，你又要走，或许过不了多久，我也要走。人生为什么这样……”听说上官朏朏参加了远征军，这简直是一枚榴弹落在了跟前，是爆炸一般的消息，父亲心里十分震惊，马上回想起那年在昆仑关遇到的那个抬担架的志愿者。父亲顿时感到了从未有过的愧疚，认为自己除了文化知识外，从未看起过的上官朏朏，竟然还创造一个人生壮举，对一个女孩子的偏见让父亲在这时感到难过。一个人物、一个朋友、一个同事，当你对她有偏见时，她就是多余的，就是碍事的，就想着让她离开。然而，一旦她真的离开了，在心灵深处便会泛起关于她的美丽浪花，江湖上便兴起她的童话。此刻，父亲脑海里起伏的历历往事，都是对上官朏朏的颂扬，世界上最优秀的女孩非她莫属，最美丽的女人也非她莫属。父亲曾经讨厌的上官朏朏远去了，连一缕可望的征尘也没留给他。当得知她远走高飞了的时候，父亲反而感情大反转，无比怜惜她、无限思念她，甚至想到今生若能再遇上她，一定要把她搂在怀里、含在口里，永远不分离。当年，父亲遭遇不公正待遇时，巴卜洛夫曾讲了意大利杰出画家拉斐尔遭人打压、遭人嫉妒的事，还把拉斐尔的墓志铭用汉语讲给他。墓志铭上有这么几句话："在他生前，大自然感到了败北的恐惧，人们感到了存在的危机，而当他溘然长逝，大自然又感到惋惜，竞争对手也感到孤寂，又唯恐他的死去……"父亲知道，巴卜洛夫的翻译水平有限，只是一种意译，与拉斐尔的好友、墓志铭的作者之原意，肯定会有一定的出入，几百年来，人们为墓志铭贴上的标签竟是天使、信仰、爱情。一次柯老夫人在谈到艺术家之间的不包容、人与人之间不沟通时，曾说："罗马万神殿拉斐尔墓碑很耐人寻味，大致是拉斐尔在世时，自然女神担心会被他征服，而他死时自然女神又害怕跟着他枯萎。"为什么在得知上官朏朏离开后，又不是永诀，却想起了拉斐尔的墓志铭？在感觉自己荒诞不经的同时，父亲可能是想写一句"仿词"的话，来表达对上官朏朏在感情上的变化。这句话应该这样写："当优秀的上官朏朏向自己走来时，并未得到自己的珍惜；当美丽的上官朏朏远走他乡时，又痛苦地发现了她的价值！"

父亲已经没有勇气撕开那个信封，仿佛那封信是一位巫师的魔法，让信封变成了潘多拉宝盒。当时要是在柯老夫人家里打开也就打开了，那时并不知道上官朏朏加入中国远征军的事，得知这个消息后，不仅心里沉重起来，连所有与上官朏朏有联系的东西也一下子变得沉重了，而且沉重得阴森、陌生和恐怖。这种奇怪的感觉，一直延续到凌晨，父亲从一个很长的梦里醒来。他隐隐约约地记得，是临风寺那位老僧给他上了一堂咬文嚼字课，有些内容他懂，好像那天从机场接站返回的路上，柯老夫人讲解过，还有一些他闻所未闻。老僧人讲了"朏"字，好像专门为他备的课。父亲坐在一大间教室里，空荡荡的教室里仅有他一个学生。老僧人不知从哪里弄来一块黑板，在上面端端正正地写了个格外大的字。老僧人先从“朏”字的读音开始，反复强调它为凤尾切，还要求父亲读三遍。接下来，老僧人先讲“朏”的意思，说单字的意思与月有关，一是新月开始生明，也作为阴历每月初三日的代称，二是指天刚亮。在讲完单字之后，老僧人就仔细地讲起“朏朏”这两个字。《山海经·中山经》里说：“又北四十里曰霍山，其木多谷。有兽焉，其状如狸，而白尾有鬣，名曰朏朏。《草木拾遗》中说：朏朏，风狸似兔而短，人取笼养之，即此也。《西京杂记》上说：床上石枕一枚，尘埃朏朏甚高，似是衣服。”老僧人担心父亲不懂，就用白话说：“朏朏是中国传说中的一种异兽，长得像猫，拖曳着一条长长的白尾，很多人都渴望找到它，养在身边。朏朏性格温顺，从不咬人，而且长相灵巧精秀，十分惹人喜爱。尤其是朏朏身披鬣毛，刚柔相济，饲养朏朏可使人解忧，更能使人振作。”在老僧人的谆谆教诲中，父亲在敲击黑板的声中醒过来，睁开眼，什么也看不见，天还没有亮。

梦中的情景历历在目，老僧人的咬文嚼字声声在耳，父亲是唯物主义者，他很快就给自己解了梦。他几天前，还在《中华大辞典》上读了“朏”和“朏朏”的注音和释义，当时他还天真地想，原来这姑娘也是野生动物，而且还能为同伴排忧解难。从那时起，父亲就对上官朏朏刮目相看了，还设想着遇到适当机会，向她解释点儿什么。现在，那只野生动物已经进入山林，可自己还在路上。父亲想起了那封尚未开封的信，就不再顾虑地找出来，等天亮时认真读读。对于一个急性子人来说，等待是最折磨人的，哪怕仅仅些微的时间那也永远属于漫长。窗口透进蓝且灰的光，不远处那所学校传来催促学生起床的钟声，父亲想起这个时候应该“朏”字所表达的时间了，如果把这个时段用一个成语表示，应该是晨光微曦最为恰切。晨光十分友好地照在上官朏朏的信上，那十条赭色的竖线，规范着娟秀工整的汉字，给人以一种高雅的艺术美感。父亲惊叹着上官朏朏的字，不知道她啥时间临摹了魏碑，似乎还有一定的功力，既雄强硬朗，又明快秀美，字里行间还不乏天真烂漫。父亲为之汗颜，别人夸父亲的魏碑字好，长官还让他抄写条幅和范文，要让上官朏朏书写，真能称上笔走龙蛇呢！

乔国俊：你好！要按很多少女写给少男情书的写法，肯定会写：当你看到这封信的时候，我已离开重庆，到达四季如春的云南，将跨出国门，进入塔婆林立的佛国缅甸，将在这里迎战野心勃勃的倭寇……而我偏偏不那样写，太俗了，不是一个研读《西西弗神话》者的档次，也不是一个崇拜苏格拉底、柏拉图、加缪、陀思妥耶夫斯基者的水平。中国的文化名人之书信，也从没有那么拐弯抹角，而是寥寥数言，其意明朗，意味悠长，如诗如画。哈哈，开场白，闹着玩。其实，我写这封信或许多此一举，因为咱们不定哪天就碰上面的，我在中国远征军里，你说过迟早要归队，这支部队的主力就是你曾经的部队啊！不写这封信，我又不甘心，书信就是人生的里程碑，万一那不长眼的子弹击中我，连一封信也没留下，岂不是人生之憾事！

这封信你迟早看到都不妨事，它不像新闻稿，有极强的时效性，也不像一些食品，有短暂的保质期。俗话说，有剩饭无剩事。我写在纸上的全是事，它记下的是昨天、今天和明天的事，虽然明天的事还没有发生，或者说有些自己不一定能控制得住，但是我坚信，只有想不到的事情，没有做不到的事情，尤其是我个人的事！

你是个正直、勇敢、无私的军人，你直得虽然离谱，但直得十分可爱。你看见我就心里矛盾，心里想的几乎全部刻在脸上。我知道，你并不是讨厌我，也并不是我有多少毛病。相反，你心里有病。我也曾想过和你针锋相对，拒你于千里之外。然而，当我痛下决心远离你时，冥冥之中又有许多看不见的嘴，看不真切的人，都为你开脱、替你说话，包括咱们最敬重的柯老夫人。我不得不放弃自己的赌气，向你妥协。我曾设身处地地换位思考过，发现无论谁放在你的位置，说不定表现得还不如你。我在矛盾中、在苦恼中、在思索中原谅了你，似乎号准了你跳动的脉搏，找到了你情绪问题的病因。好了，咱一条一条地解析：一、你要回归部队，到战场上去。你原先所在的部队，这次充当着中国远征军的主力。知道你要回归那里，我就申请入伍，去的就是这支队伍，咱们今生就成了生死与共、休戚相关的战友。二、你说你家在河南农村，想在抗战结束后解甲归田，过耕读持家的生活。归田首先要有田，我把这些年自己省吃俭用的五十块大洋以你的名义寄往津邑乔窑，还模仿你的笔迹给祖母修书一封，让老人家置几亩土地，说战争结束后就回家种地。三、我不是累赘，到地方上当个衙门文员、学校教员都称职，我不想改变一个家庭的格局，只希望乔家能接纳我。我会努力的。四、有时间你读读《山海经》，了解一下那个叫朏朏的野生动物。它不像你，不喜欢圈养，而喜欢荒野，希望回归山林；它既可自己谋生，也可以被人收养，它会给主人带来安康……

许多时候，我十分向往一种另类的活法，像西西弗，像愚公，知道人们会骂我的想法、行为是荒诞的。西西弗对诸神的蔑视，对死亡的挑战，对生命的热爱，出自激情，也出自困惑，激情和困惑使他吃尽了苦头，付出了代价。愚公、女娲、精卫、大禹、苏武、岳飞等，他们都乐意承担自己的命运和自己的生存状况，并未顾及苦难、毁灭和辉煌，也不担心身后的讥讽、贬低和颂扬。一个人的荣辱成败，不能怪环境，应该怪自己，因为心甘情愿，因为有激情迸发。人活着要有精神，要有意志，要有毅力，要学习那些与命运做斗争的人，做一个新世界、新文化、新境界的创造者。我记得有本著作中说：创造就是活两回！我想创造一种脱俗的生活，哪怕只活一回。

我们是人，还要考虑现实生活。这次出征，我们面临诸多的困难、艰辛，天时、地利、人和，起码没有地利。因此，事情要朝坏处着想，往好处努力，一旦出现不好的情况，我们尽可能不伤害家人。如果你有意外，我将用你的笔迹，隔段时间就给乔窑写信，报个平安，定期寄钱回去，让家里人生活富足。只是那位姐姐，我无能为力，也爱莫能助。假若上官朏朏出了意外，请你把我当成乔家人，生在苏杭，葬在北邙，那里不失为我最好的归宿。要是我们俩都阵亡了，那么就做千秋雄鬼，四海为家！

军装稍显大些，原因在自己。由于你的怪情绪，严重地折磨着我，让我挥霍了大量的感情，茶饭不香，夜不成寐，仿佛大病一场，半个月就瘦了十五斤，军装不是松紧布做的，它不会原谅人的消瘦。还好，我终于大彻大悟，走出了那个思想的死胡同，还原了那个无所畏惧的上官朏朏。这场人生情感的劫难过去了，否极泰来是一快事。我真想见你诉说一番，然后再狠狠地打你几拳，看你今后还敢不敢欺负我！

再见，乔国俊！中国远征军里有你也有我！

上官朏朏

民国三十年菊月

父亲眼睛很红。他不会哭，只是在受到硝烟的刺激时流泪，心里难过时只会眼圈发红。父亲觉得，他对上官朏朏欠缺一个深切的道歉。

四十二

开学的日子逼近了，接替父亲职务的人还没有确定下来，父亲只好继续履行着既往的责任和义务。别看他表现得和以往一样，如沐春风般地热情、勤快，但心里好像早被贵州独山那所军校挖空了。父亲还没见着军校的面，只是凭借着对洛阳复旦中学、中央大学、重庆大学等学校的印象，想象着黄埔军校四分校的模样，那种感觉很温馨，甚至让他陶醉。这种不温不火的状态一直维持到十一月的最后一天，许合江兴高采烈地告诉父亲，事情终于确定了，他是长官们所选中接替父亲的人选。父亲心里有数，许合江、张向东等五六个人都在争这个位置，他们都动用了关系，都为此想了好多办法。许合江有个表姨在重庆川剧院，是院里的名角儿，和政界、军界能搭上话，一次宴会和舞会，就成全了他的事情。其实很多事情看起来十分正规，做起来就不是那种情况，父亲和许合江关系很铁，业务上的事情又很透明，交接就成了一种形式。之所以在许合江接替父亲业务时长官们举棋不定，完全是因为许合江做事玩虚的多，表面文章多。许合江最大的长处就是嘴甜、腿快，让初次接触他的人神魂颠倒。别看他表面和父亲称兄道弟，骨子里他希望父亲早点儿离开，好让他对手下的兵任意呵斥，也好让自己挥洒自如、为所欲为。于是在他当上军需官、接管父亲的业务后，就利用业务上的优势，为父亲赴独山提供了便利。父亲自从到了重庆以后，一直很低调，这里高官显爵肩摩袂接，一摸一大把，机关里任意拉一个人职位都比自己高。父亲做人低调谦虚，做事勤快有担当，赢得了诸多官员的肯定，得到了同事们的拥护，加上那次大轰炸时舍生忘死地救人，在部队内外都产生了好影响，也建立了属于自己的人气指数和人脉圈子。许合江有天批评父亲，说他不会利用手里的资源，换成他许某人就能呼风唤雨、撒豆成兵。果然如此，父亲离开重庆到独山，打算不惊扰任何人，一个当兵的去上军校是很正常的事，没有必要惊扰四方。然而许合江就很特别，他一定要让四邻八家都知道他如今已经接替了重要岗位，诸位日后有事可直接找他。他不知道柯老夫人马上要赴香港，第一时间就到柯老夫人那里报了到，要柯老夫人有事就通知他。言外之意，告诉老人乔国俊能办到的，他许合江也能办到。最扯淡的是许合江跑到飞虎队驻地，通报了父亲要离开重庆去贵州独山、由他接替密司特乔的业务。许合江班门弄斧地使用半中半英的话与飞行员们交流，完全就是春风得意的做派，其实他的那点儿英文还是拾父亲的牙慧。飞虎队里有几个和父亲有交往，听到这个消息先是吃惊，镇定下来后就想帮父亲一下。恰好九龙坡机场有架飞机要到贵州送物资，父亲原本的陆路行程就这样被改变了，时间是第二天的中午。许合江很希望父亲早日离开，抗战年头交通不畅，万一父亲因为错过报到被退了学，返回重庆就会对他造成压力，弄不好他的努力还要前功尽弃。他不知道父亲的通知书早已到了重庆，工作原因推迟报到得到了特批，韩汉英主任同意的。许合江心里很虚，把对新职位的渴望和对已到手权益的巩固看得很重，在上司答应他表姨之后，就迫不及待地上位。父亲已经接到军校的录取通知，越是不愿打扰别人，悄悄地告别大家，越是被很多的人赶来送行，这一切都是许合江传播出去的。父亲根本没有想到，那天的九龙坡机场竟然出现了那么多的送行者，柯老夫人、上官泰安一家、军需处、补训处同事等不下百人。这种阵势让父亲感动得眼圈又红了，相比之下许合江十分失落，觉得自己聪明反被聪明误，前任的超高人气足以证明人家的实力出众啊！

飞机进入蓝天白云间时，父亲下意识地看了眼机场，似乎机场上送行的人们还没有散去。瞬间，机场不见了，重庆偌大的市区变得模糊不清，相比之下，长江和嘉陵江此刻依旧闪着银光泛着绿波。父亲在离开重庆的头天晚上，从枇杷山走到长江边，再从长江边走到朝天门码头，在鲇鱼嘴的一块碣石上放眼长江和嘉陵江交汇后滚滚东流，之后沿着嘉陵江边，寻找到不久前和柯老夫人、上官朏朏听纤夫们引吭高歌《川江号子》的地方。这次，他孤零零的一个人，沐着江风，望着点点灯火情不自禁地跟着纤夫们唱起来：“……为了亲人的眼泪，为了敌人的墓碑，为了爱人的沉睡，为了朋友的安慰，为了脚下的花蕾，为了稻田的香味，为了明天更美，我们不后退……”

临别时的重庆之夜，渔火、航灯、汽笛、纤夫、号子让人荡气回肠，穿越时空。父亲想起了孟津老家、黄河渡口、洛阳会芳、雅雀山、岳阳楼、南岳衡山、昆仑关，和蔼可亲的柯老夫人、自信满满的上官泰安和爱憎分明的上官朏朏，一切并不如烟，此刻，坐在飞机上，父亲耳畔好像又萦绕着《川江号子》，顿时感到眼睛有些发涩。

父亲感觉有些困倦，这种感觉过去从未有过。父亲不想让人看到他倦怠的样子，更不想让人看到他眼圈发红而猜测什么，就闭上眼睛。打个盹儿那么点儿工夫，贵阳机场就到了。过去，父亲常在重庆的各个机场接机，那时他总觉得等待的时间太久，心里埋怨着飞机太慢。等到自己作为客人登上飞机，才知道飞机原来是这样的，一袋烟工夫就离开了重庆，打个盹儿就到了贵阳，还真不能批评飞机太慢。小时候，老奶常对父亲说，出门在外，累了困了就停下来打个盹儿。父亲从不知道打个盹儿有多长时间，因为他精力旺盛，根本不需要打盹儿。现在他终于知道了，原来打个盹儿飞机就能从重庆飞到贵州。这架飞机是执行任务的，飞虎队不仅有战斗机、轰炸机，还有客货两用机，经常执行特殊任务，这次是飞往都匀的，在贵阳仅做短暂停留。都匀离独山更近一步，到了那里徒步往独山大不了百十里路。父亲早已把重庆到独山的路线研究了好几遍，经历多了，父亲把旅途中的艰难险阻考虑得很细致，甚至把背着行囊步行作为主要措施。父亲计划着十一月十二日到十八日这一周时间，即使全部步行也能到达。只是因为接替他的人迟迟没有到位，等许合江获胜来接班时，已经十一月十号了。交接一天，处理有关事务一天，即使父亲不急，那许合江也急了，他不想让煮熟的鸭子飞了，不想让父亲因为误了日期被退学，继续回重庆工作。计划不如变化，父亲给自己安排的行程，被许合江到飞虎队一趟搅黄了。还好，乘坐汤姆驾驶的飞机到贵阳然后再到都匀，已经节省了很多时间，都匀到独山即使全部步行，大不了用两天时间，全当又是一次行军。飞机在贵阳上空盘旋时，父亲往窗口靠了靠，试图鸟瞰一下贵阳城。眼前是一道薄暮似的屏障，贵阳的大雾刚刚收起，能见度只是可以看见飞机跑道，保证安全地降落飞机。父亲听车长官说过，贵阳才是货真价实的雾都，三天两头起雾，跟重庆的雾对比有过之而无不及。飞机重新起飞后，三分钟就进入云层上边，太阳像一盏特大的探照灯，把云层上边的零散云团照得透亮，然后把道道金光洒在云层上，蔚为大观。飞机如同江面上飞驶的汽艇，蹭着云层乘风破浪一般地向前冲去。这时的飞机舷窗似乎无比开阔，远方的积云像一座座奇异的峰峦，飞机走它也走，而且云的形状不时地发生变化，让父亲进入了波澜壮阔的魔幻世界。

父亲看着窗外的景物，仿佛在梦中，一丁点儿的现实感也不存在。飞机开始下降，刚才那空旷曼妙的景致顷刻间远去了，光线也回归到柔和淡然状态。都匀机场不大，仅有一条一千二百多米的跑道，停机坪上相距二百多米停着两架军机。汤姆在飞机停稳后，随着机上几个工作人员走下飞机，哈喽哈喽地跟父亲打着招呼。之后，递给父亲两个罐头，用中国话说让父亲路上吃。父亲十分感激，真没想到这个大鼻子家伙还这么讲义气。父亲的行囊不大，背一个大的，拎一个小的，很像一个旅客。汤姆和父亲友好地抱了抱，说他还要返航，返航前要把都匀的任务完成好，就不能再送父亲了。

都匀到独山一百五十里的丘陵路，虽有机动车辆行驶，但半天遇不到几辆。父亲出了都匀机场，孤单单的一个人不说，关键是人生地不熟。几年前在永州训练时，曾听人介绍过贵州的情况。人们对这里的印象大致差不多，少数民族多，民风淳朴，但山区常有土匪刀客横行。父亲认为自己行动敏捷，而且行伍多年，对付几个毛贼应该不成问题，因此没有太多的顾虑。只是他走一段就要停下来问路，特别是三岔路口，他总是一站二观察三问路。好在他的方向感很强，心里一直在告诫自己，独山在东南方向，不能偏离。路上常出现牛车、驴车，还有抬轿子的，匆匆忙忙的样子，好像都是在赶路似的。看到路上的人们，无论是富人、穷人，虽然交通工具不同，但他们都有交流的伙伴，父亲在羡慕他们的同时，也感到了自己孤立无援的失落。他想起枇杷山临风寺老僧的话：每个人都是一块磁石，都有属于自己的磁场，磁场或强或弱，都由所处的环境而定。有时候磁力会不断增强，强劲无比，有时候磁力渐渐减弱，微若游丝。磁力强时会引人附着，磁力弱时会使人游离。父亲觉得，他每次换环境，自己的磁场都开始变小，之后随着时间推移慢慢开始恢复，逐渐变得强大。刚到部队，别人都看不起他，认为他好欺负，经过一段时间，他竟然初露锋芒，而且引起了长官们的重视。初到重庆，自己感到跟别人存在很大差距，后来经历一些事情，就有了人气，形成了一定的人脉圈子。他在重庆机场时，那么多人送行，到了贵阳，只认得机上几个人，到了都匀他就认得飞行员汤姆。这不，在漫长的都匀到独山的途中，他一个人也不认识。他觉得这会儿的磁场微弱到了最低限度。路上他看到了一辆停在路上的汽车，走近才看清是一辆军车，猜想该车是往独山执行任务。司机和另一个当兵的正坐在汽车不远处抽烟，父亲就走上前与他们搭话。那两个当兵的很摆架子，怀疑父亲是想乘他们的车，就假装没有听见，只顾抽他们的烟。他们抽的烟很一般，是常德那边土家手工制作的卷烟，浓烈的尼古丁味几乎要把人呛得咳嗽。父亲的手提箱里有几包英国烟，是上官泰安强硬装进包里的，说你不抽可以让让人嘛，教官们、学友们、区队长、值星官，关键时候递支烟，就像通行证一样。父亲想，如果给他们一人一包，那就作践了自己，于是打开一包抽出两支。这两人看到英国烟，几只眼睛同时放光，连忙伸出手来接住。他们来了精神，忙从地上站起来，主动跟父亲打起招呼。刹那间的表情变化，使父亲立马儿想到那些乞讨的人，当他们得到施舍后，那副感激涕零的样子，只有舞台上的演员才能做出来。“你们平日就抽那种土家烟？”父亲很和气地问他们。那个不是司机的小伙子回答说：“这就很不错了！平常饭都吃不饱，那俩饷银还要养家糊口。”父亲同情地说：“不容易呀，土家烟多少钱一包？”那个看上去十分沉着的司机说：“贵，倒说不上贵，十文铜钱可以买三包，就那也舍不得买，我们俩正抽着的是蹭来的。这不，独山那边整修机场，这些物资马上要用。借这个机会，我们推说车有毛病，需要修理，三五天也轮不上。嘿嘿，货主也是队伍上的，一听脸就黑丧起来。过了一会儿，他咋地就开了窍，不知从哪里弄来十来包土家造，还给我俩一人一个大洋。”父亲看着他，佯装仔细聆听，给司机一种拜师取经的错觉。司机果然神采飞扬，说话间唾沫星子都从嘴里飞了出来。司机说：“现在的人都是放着排场不排场，给他脸不要脸，当你顺顺当当听话干事时，他们觉得你好欺负，克扣工钱、给你摆谱，好像爷们儿就是天生的贱骨头，就应该俯首帖耳地流汗出力。你要是故意捣蛋，不听他的，反而能让这些家伙小了身子，拿着这个（司机打了个送钱的手势）跟你屁股后说好话。人本来就应该是互相尊重的，谁也没比谁多长心眼儿，职业可以不同，但不能制造出高贵和低贱，我这个人就不是啥好货，人敬我一尺，我敬人一丈，反过来，人来我这里装大牲口，我就叫你尝尝烧包的后果！”司机不着边沿儿地喷开了，嘴角出现白色的东西不说，眼里也开始发红。在这种时候，父亲真的没办法教他打住不说，除非他自己刹住。

司机两个手指间夹着的那支土家卷烟几乎燃尽，马上要烧住本来就被烟熏得黄焦色的手指时，仍然不舍得弹出去，而是抓紧“吧嗒吧嗒”再猛吸两口，再从耳朵上取下父亲刚递给他的英国烟，对住那行将熄灭的烟头一吹一吸，一直等到英国烟自燃才罢休。司机很得意地把吸进肚里的烟，缓缓地从鼻孔里喷出来，停顿了一下，好像是回味似的。一直到鼻孔里再也没烟气可出时，才说：“帝国主义的烟就是不一样，壮、香、有后劲儿！”那个陪同司机的，好像押运员角色的小伙子巴结似的说：“我已经吸了半截，美得停不下来！”英国卷烟在两个人的嘴里慢慢变短，银白色的灰烬飘雪花一样落到地上。三岔路口起风了，父亲有些着急起来，而这两个人还深深地陷入英国卷烟带给他们的快乐中。香烟能够刺激人的大脑皮层由疲倦产生兴奋，有时候也能改变人们议论的话题。司机刚才还云天雾地，英国香烟几口下去就改变了他的议题。他问：“兄弟，你这是往哪儿去？这身打扮军不军民不民的！”父亲没有马上回他话，从那个烟包里再抽出两支分给他们。这次司机用右手接住，然后送到左手的无名指和小指中间，开玩笑似的夹而不紧。父亲这才说：“咱们是同行，都是当兵的。”父亲想通过同行这句话，拉近几个人之间的距离。没想到这个司机偏偏不买账，他上下打量着父亲，心不在焉地吐着烟雾。他又问：“这山区丘陵恶人很多，一个人独自行走不怕吗？”父亲刚才听他吹敲竹杠的事时，是故意装着洗耳恭听的样子，实际是在分析这家伙的为人，一个干军需官的人，见的、听的司机们的事迹多了，这家伙实属小事清楚、大事糊涂那种人。父亲说：“人在江湖上走，得有些防身的本领呢！”父亲只说这么一句话，让这个老兵去揣摩吧。果然，司机不再纠缠，而是很实际地问：“你不会是想趁车吧，背的包、提的箱，不轻吧？”果真这家伙小事清楚，还善解人意呢！父亲说：“有这种想法，那就看方不方便，合不合适？”司机眼一瞪：“啥方不方便，合不合适，我说方便就方便，我说合适就合适，车出了门上了路，我就当这个家！”父亲向他竖起大拇指，连连说：“是的，是的！”这时，司机站起身，要发车的样子，看了一眼父亲说："去独山县城，你就上车，往别处去，那就不陪了，刚才说了，咱这车要去独山新机场！"父亲说："正是，麻烦两位大哥了！"司机这会儿很仁义，说："出门在外，谁都有困难的时候，放行李吧！"装行李时，司机禁不住放了个屁，很响亮，为了解嘲说了句："饥屁冷尿热瞌睡，早饭半饱，午饭没吃！"押车的巴结说："早该吃饭了，一路上连个小店也没有！"父亲突然想起了在都匀机场时，飞行员汤姆还送他两个罐头，让他作为便当用。父亲把旅行袋打开，把两个罐头分给他们，弄得司机的眼泪几乎要流出来。

汽车路过山坳时，司机还说："这地方常有截路的，打劫的人财迷心窍，他们可不管你是谁，三只眼的马王爷他们也敢碰！"父亲心里清楚，这家伙是想让父亲承他们的情，要不又是抽烟又是吃罐头的有愧呀！

父亲心里有数，这个司机和押车的家伙，是没有理想抱负的人，是部队里的混混，不值得深交。然而，即使他们属于小人，也不应该得罪。一路上还是有说有笑，表现出相见恨晚的样子。当然，父亲的军校生身份也告诉了他们。只是，即使他们常年驾车东奔西跑，来独山更是家常便饭，然而他们却不知道独山还有黄埔军校的分校，更不知道分校的具体位置。他们还向父亲炫耀了对独山的了解，说独山这个地方叫井的很多：花鱼井、冒沙井、土地爷井、桂花井、豆芽井、父子井、竹林井、龙洞井、山坡井、姊妹井、犀牛望月井、左家井、余家井……父亲问他们铜鼓井在哪儿，他们摇摇头说不知道。父亲的通知书上明明写着校址铜鼓井。

车到了独山机场，他们要交差，就和父亲匆匆别过。父亲重新一个人背着、提着行李，步履维艰的。

独山县四面环山，山不高，也看不见峰峦。它是云贵高原向广西丘陵过渡的箱状背斜，形成较周边地区高出三百至五百米的突出平台，最低海拔五百米，最高近一千五百米。在父亲心目中，独山很像北邙山下的津邑，不同的是邙山像一面屏障让孟津县城偎依着它，独山县城如同偌大一方盆地中的一个花园。父亲站在那个叫铜鼓井的小土丘上，环顾独山县四周，油然想起《孟子》里的一篇文章，"三里之城、七里之郭"，独山县假若是城，那么四周拱卫它的山则是郭。只不过独山县不是三里之城，四周的山也不是七里之"郭"，百十里也有。

父亲是从独山机场步行来到铜鼓井的。铜鼓井是独山县的一个地名，相传古时候这里曾是夜郎王带兵过此掘的井，将士们使用这里民间传统乐器铜鼓来汲水，井水甘甜，将士饮用后精神焕发，到战场上必胜，于是这块驻扎军队的营地就被命名为铜鼓井。后来，这里又成为练武之场所，相当于后来的军事学校、训导大队。黄埔军校第四分校从广州燕塘迁址德庆再迁广西桂平，抗战相持阶段，迁到贵州独山。黄埔军校四分校是一所有着优良传统和重要影响的军官学校，为抗日战场不断输送着优秀军官，学员总队分别在多个关键时期编成某军某师，英勇作战。之所以选校址在独山，父亲揣摩着可能是因为独山恰处在战略要道桂黔公路上，十分像扼守这条公路的关隘，独山又像一座城堡守卫着后方。其次是学员们随时就能组成抗击日军的有生力量，更有意思的是铜鼓井曾为一块英雄之地，春秋战国时期，这里便有习武练兵的传统。

父亲小时候读过苏东坡的一首《题西林壁》，其中有“不识庐山真面目，只缘身在此山中”。虽然说的不是独山，但他坚信自己对独山的认识也是片面的，因为他只是站在铜鼓井这个位置观望，觉得这儿是一个四面环山的盆地，如果站在黔桂交界处瞭望，就会是另一种境况了。

那天是十一月十七日，农历的十月初三，夜里，父亲从梦中惊醒，那是在阵地上，日本鬼子向他冲过来，正在还击时发现子弹没有了。情急之下，就拿起刺刀准备拼命。父亲没有了睡意，就在黑洞洞的夜里赋诗一首：“一弯朏月美如弓，学子云集铜鼓井。可怜十月初三夜，铁马冰河入梦萦。”就是从这天开始，他的生活就发生了天大的变化。不仅脱掉了尉官军装，换成了学生装，而且成为几千名学员中最普通的一位，周围清一色陌生的面孔和操着天南海北口音的学员。父亲在这里对沧海一粟、九牛一毛、微不足道有了深刻的理解。早操、一日三餐和午休之外，其余时间都在课堂上，每周还有两个晚上的夜间野外训练。刚开始时，父亲感到很累，精神上也十分孤单，但他还是十分提劲儿，不愿意让别人小看他，把自己视为懦夫。一向认为自己是野生动物，那么就应该在任何恶劣的环境，在孤立无援中，在任何艰难困苦中，都要适应、都要接受，这样才能适者生存。最尴尬的当属一日三餐，每六个人坐在一张桌子上，大家听到口令“开动”，就狼吞虎咽地不顾吃相，年龄在十八到二十五岁的学员们，正是吃饭的年龄，也是长身体、补充营养的阶段，大家互不相让，唯恐自己挨饿。尽管每个人吃饭的样子不那么雅，但整个餐厅秩序却不乱。抗战最艰苦的时候，学员们每人每天仅一斤半不足的主食，蔬菜也很单调，以豆芽、土豆、冬瓜、西红柿为主，盛菜的铁皮饭盒不深，学员三下五除二就弄得见了底，剩下的就只是清汤寡水的菜叶子汤了。吃饭就的菜吃光了，学员们就用食盐拌辣椒面顶替。军校里常有学员拉扯老乡关系，很轻易就形成吃饭时的圈子，氛围逐渐由死气沉沉变得有些活跃。父亲和几个从东南亚回国的青年，与老乡圈子搭不上界，就只能被动地凑合成一桌子，只有够六个人才能“开动”。父亲在重庆大机关待过几年，特别是从事军需业务，各类餐厅、食堂殚见洽闻，对眼前发生的一切丝毫也不感觉奇怪。即使坐在那些归侨青年中间，根本没有人怀疑他的身份。后来，就有学友问他是从东南亚还是欧美回国的，父亲笑笑未置可否。心想，吃饭时为什么不问一下爱国归侨青年饿了吧，大家坐在一块吃吧呢？父亲和几个归侨青年坐在一桌几次以后，就渐渐熟悉起来，交流得很投机。这些爱国青年尽管出生在国外，小学、中学都在国外，但汉语讲得很流利，普通话也很地道。

虽然挨着饥饿，每天像争抢着吃饭似的；虽然教室几乎全为土木结构的房子，跟农村人居住的房屋差不多；虽然寝室也是学员们自己动手搭建的，床位也是自己做的，一切都十分简陋，然而，学校的整体环境、师生们的精神面貌却使人感到了朝气、活力和希望。父亲到了独山，很快就明白了车长官让他抄写《陋室铭》的良苦用心：山不在高，有仙则名；水不在深，有龙则灵；斯是陋室，惟吾德馨……孔子云：“何陋之有！”这里有全国一流的军校师资队伍，有完备的军事教育体系，有逐步趋于齐全的教学设施，虽然教室、礼堂、食堂、宿舍有些简陋，生活条件明显差一些，这里的自然环境、野外训练环境、夜间训练环境、山区作战训练却有着得天独厚、在全国首屈一指的优势。从野外训练、夜间训练、炮兵实践训练等项目开始，父亲就爱上了这里。他在日记里写着：一个有志于保家卫国、立志学好军事知识、掌握作战要领的人，会视独山为宝地，也会爱上这块地方，同时忘却一切生活不便和艰难困苦的！

换了新的环境，出于对学校生活的新鲜感，父亲对学习充满了动力。仅仅两个星期，他就记完了两本厚厚的笔记，他出发时，柯老夫人除了赠的两套书外，还为他准备了五个厚厚的绘画本和十本缎面笔记本，让他有时间写写画画。父亲没有专门学过绘画，但他很喜欢画。柯老夫人犹如良师益友，两种本子在父亲手里都派上了用场。

父亲很喜欢那副对联：“升官发财请往他处；贪生怕死勿进斯门。”横批是“革命者来”。父亲把它一笔一画地写在笔记本的扉页，还用重笔反复描画，让他浓笔重抹，十分显眼。对联下面，父亲大大地写着校训：“亲爱精诚。”掀开笔记本的第二页，很认真地写着十二个字：守信、守时、苦读、勤练、爱校、爱国。进入军官学校，父亲唱歌方面长进很大，起初看到同学们唱歌，他心里痒痒的，很想随着大家试试，怎奈他缺乏这方面的知识，一开口就觉得喉咙里也是痒痒的，几个回合下来，声音就变得沙哑，几乎发不出声。多亏那位归侨青年宁石云，曾在泰国一所国立中学里学过简谱，就耐心地帮助父亲学唱歌。父亲从零开始，跟宁石云学发音、学控制节拍和掌握声音强度，渐渐地，他就入了门，再不当合唱时的南郭先生了。父亲觉得校歌的歌词很励志，不仅唱得滚瓜烂熟，而且还作为书法练习的内容抄给喜欢他魏碑体字的同学。父亲的字很有力道：“怒潮澎湃，党旗飞舞，这是革命的黄埔。主义须贯彻，纪律莫放松，预备作奋斗的先锋。打条血路，引导被压迫民众，携着手，向前行，路不远，莫要惊，亲爱精诚，继续永守。发扬吾校精神，发扬吾校传统！”父亲在抄写时，把最后两个字“精神”写成“传统”了，宁石云说：“这样更好！”

这年十二月二十五日有训练科目，大家的活动都改在了二十六日进行。这天是农历的冬月十九，恰好是父亲二十二岁生日。星期六，这天，没有夜间训练任务，来自东南亚的华侨青年们，都早早地进入了营房。他们或填写明信卡，或在洋洋洒洒地挥笔疾书，向家人致以圣诞问候。宁石云的堂哥宁彬在别人进入营房后，独自一人坐在营房前的石块上，一会儿仰望天空，一会儿在吹他那支口琴。宁彬说他喜欢的那支曲子叫《斯卡堡》，抒情的名曲通过那半尺多长的口琴传出后，悠扬的琴声舒缓中时而又充满激情。清淡柔和的月光，悄悄地铺在营房前的草地上，口琴声让人联想到一座美丽的集市城堡在朦胧中矗立着，海市蜃楼般曼妙。宁彬、宁石云堂弟兄俩，五月底就从曼谷出发了，经香港转湛江，走错道在霞山逗留了几天，才开始沿公路步行，路过赤坎、遂溪、石角、良田、玉林、来宾到柳州。战乱时期，天上时有敌机轰炸，陆路翻山越岭偶尔还有匪徒拦截。那些日子，在哪里天黑就在哪里住下，在哪里饿了就在哪里找吃的。到柳州后，心情好多了，起码柳州到贵州独山都属于后方，步行着没有顾虑就感到了轻快。为了投考黄埔四分校，毕业后报效祖国，宁彬和宁石云说他们弃小家为国家，再苦再累都挺过来了。还好，非常高兴，他们如愿以偿地成为中央陆军军官学校四分校十九期九总队炮兵科学员。

口琴吹到动情时，照样产生如泣如诉的效果。吹完《斯卡堡》，宁彬又吹了《阿波罗情怀》《爱琴海》和《远去的曼谷湾》。琴声仿佛讲述着一个故事，一个人的遭遇，一家人的过往……琴声如同江河边不停激荡的水波，冲刷着河岸边沿的石块。父亲被触动了，蓦地想起了自己那支口琴，这么多天了还没动过它。父亲想起了好多人、好多事，写信的热情顷刻就被点燃了。

四十三

又一个秋天。乔窑东坡上的野花参差盛开，南坡上柿子黄澄澄的如同橙色的云，更可喜的是东沟两边的天然枸杞挂满了红珍珠一样的果。上年的先旱后涝庄稼几乎绝收，为次年的夏秋两季丰收积攒了后劲儿，因此，不仅夏天的麦子收成好，连秋天的玉米、红薯及小杂粮也呈现出一派丰收的景象。乔窑人喜在脸上，美在心里，出了村说话办事都充满了底气。有底气和没底气不仅表现在精神状态上，也表现在日常的生活习惯上，秋庄稼丰收了，乔窑人不经意就把收回家的粮食作物拿到家门口往干净方面收拾，不是把糟粕扬撒得满街飞舞，便是把秸秆随处堆放。这种情况早在大田庄稼尚未收割时就开始了，最先采摘或收割的小杂粮，数量不多但影响很大。因此这些小作物就是大丰收的前奏，是大鼓书开场前的“小书帽”。庄稼人给自己辛勤耕作的东西，都有比较形象的命名。比如主要粮食或经济作物，就叫大田什么什么；边角地、小块地种的作物，就叫小片荒什么什么。大块田里种的小麦、玉米、红薯，统称粮食，小片种植的红豆、绿豆、谷子等则一概称为小杂粮。

小杂粮之所以杂，主要是品种多，产量低，成熟时间前前后后。个别小杂粮成熟时，乔窑人喜欢把这些东西拿到门口，当街拾掇，看起来很辛劳，实际上除了显摆之外，就是借机出门和街坊邻居说话、八卦八卦，然后会心地笑起来。如果收成不好，放在一年前，人们就没有这方面的闲情逸致，快愁死了哪有心寻欢作乐？乔窑的农民不是浅薄，而是直白。夏粮收成好，秋粮又丰收，哪能不高兴！心情好，就想走出家门，站到街上，簸簸糟粕，扬扬谷糠，把环境弄脏了也开心。

正当大家都在街上聊天、侃大山、收拾小杂粮时，邮电局的邮差一身葱绿骑着兰令邮车冲进乔窑，为了显示身份，故意把车铃拨得又紧急又响亮。邮差在铃声激励下，大声喊叫着："乔守甲、乔守甲，拿章来，重庆挂号！"邮差把挂号信简称为挂号，那种大声吆喝不能说全乔窑村都能听见，起码北街一条街的人都能听得清清楚楚。那些在各自家门口，端着筛子、簸箕或笸箩，以拾掇杂粮、芝麻的名义在街上唠叨八卦的人，听到邮差的铃声和呐喊，全都停住手中的活计、打住了正在传播的话题，把眼神、目光全都聚焦在乔家大门口。父亲往乔窑家中寄钱，全都是通过邮局，用挂号的形式办理的。现代邮局是由古时的邮驿发展而来，源远流长，战乱时不伤害邮差成为一种规矩，邮差邮局的安全是邮递安全的前提。邮差喊叫着："乔守甲，重庆挂号。"对乔家人来说，就如同清晨喜鹊在枝头高唱，告诉乔家人好事来了。爷爷乔守甲最为敏感，听到邮差喊他名字，立即回应说："马上到。"而且回答的声音并不比邮差的小。爷爷清楚，凡重庆挂号信，百分之百除了一封书信，里面还夹带着一张银行支票，因此喊叫挂号时，爷爷就像迎接财神似的兴奋起来。五十来岁的爷爷，应了那句"人逢喜事精神爽"的成语，他三步并作两步，出了门一个箭步到了邮差跟前，把那枚方章递了过去。每次挂号信到手，爷爷无不在兴奋的颤抖中把信封撕开，然后把银票（支票）和书信分开，一并交给掌管全家的最高领导人老奶。这次，汇的钱太多，令爷爷情绪几乎失控，当街就禁不住说出了口："哇，五十大洋！"北街那些装模作样的人，听到爷爷这么一说，无不受惊了似的，一个个像听到了爆炸性新闻，木呆呆地愣住了。时间不长，五十块大洋的事便像秋风一般吹遍了全村的角角落落。那时的五十块大洋绝对不是小数目，在种庄稼人的眼里和心目中，无异于一个天文数字。在乔窑，一件并不值得的事情总是被宣扬得神乎其神，几天时间五十块大洋就被翻了一番，理由很简单，大家都怀疑爷爷在大街上并没有说实话，八成是打了埋伏，谁家会在大庭广众那里叫嚷着自己家进了一大笔钱？五十大洋，那夹寄的信中明明是让老奶置办点儿土地，以备将来父亲解甲归田时，过上耕读持家生活的，上官朏朏假借父亲名义做了专门强调。老奶是个细心人，她琢磨着孙子购地置业的想法实在好，只是眼下立马儿找一块土壤肥沃、离乔窑稍近、旱能浇涝能排的好地，时机还不成熟，因为大田的庄稼还没收割，即使收割完了还要有卖地的信息才行，同时还存在着讨价还价的问题，性子急了只能事与愿违，要吃大亏的。老奶这样想，却没有这样说。老奶说："守甲，眼下咱家还有地种着，这钱先不慌着置地，过了年再说吧！"乔家人没有不听老奶的，她的话一出口就如同圣旨下达一样。然而，乔家每个人都知道家里有五十块大洋放着，觉得这笔财富是全家的胆子和底气。爷爷更是这样想，而且心里暖洋洋的。

正当乔窑人八卦着乔家这笔巨大进账的时候，又有一件事情出现了，舆论的旋涡依然在乔家。那天上午秋阳高照，金风送爽，东学那边还飘过来阵阵清新淡雅的桂花香味。乔窑人二条半街上已经有八卦女人在唠叨了。十点多钟，正是一天中闲人最多、街人最杂乱的时候，一辆马车威风凛凛地进了乔窑，径直向北街，稳稳当当地停在乔家大门前。这是一辆三匹高头大马拉着的橡胶轮子大车，且不说车辆多么奢华，仅三匹大马清一色的枣红，脖子上全挂着金光闪闪的铃铛，行进时发出咯啷啷的脆响，就足以让乔窑人叹为观止了。在没有轿车的年代，富人之间比的就是马车，车豪华、马威风是一种派气。停在乔家门口的这辆车，比乔家早年的车好，也比邓家的车排场。乔家人也没有想到，这辆车是洛阳粮油商人司马儒的。司马儒是名人，商界大佬，腰缠万贯，不仅经商头脑灵活，而且学富五车，写一手好字，也是河南有些名气的书法家。此外，司马儒崇尚佛学，是一位虔诚的居士。不久前他到开封签一笔生意，恰赶上日本侵略军攻进开封，为了安全，他紧跟一支游行队伍，在书店街也随游行者举手高喊爱国口号，被当作抗日分子投进监狱。逐个审问时，司马儒很另类。其他参与游行者对事情经过供述得十分清楚，从几点集合，在什么地方开始，经过哪些地方，人与人之间毫无出入，节省了刑讯逼供的好多环节。司马儒本来就是做生意的，对开封这场抗日示威的确不知情。审讯他的人好几个，轮流着问他，全都吃了闭门羹，竟然一问三不知。司马儒这种实事求是的态度，反而引起了审讯他的几个人的高度重视，把他作为组织者、策划者和游行示威的带头人。审讯者们见多识广，认定像司马儒这种比较稳重的人不动刑是不会坦白的。他们先是把司马儒吊起来，挂在大梁下面，然后拿皮鞭抽他。司马儒这种生意人，平时养成了衣衫整洁、谁奈我何的做派，面对审问者满不在乎，心里想他们是在虚张声势，吓唬吓唬他走走过场。哪里知道这几个讯问他的人凶相毕露，对他大打出手。几个回合下来，司马儒就受不住了。打手们以为动刑有了结果，就把他放下来。再审，司马儒口头上说如实招供，但如何如实，根本就是糊里糊涂混进游行队伍的，口供仍然是一堆没有用处的话。于是，审讯他的人坚信他是耍花样故意拖延，再次把他吊起来，麻绳抽、木棍夯，一直把他弄得昏死过去。

司马儒遍体鳞伤地躺在牢狱的稻草铺上，在极度疼痛中醒过来。他开始想如何逃脱了，如果再这样下去，再接着受刑，肯定就是死路一条。自从司马儒做粮油生意发财后，他就认为自己是天之骄子，没有走不通的路，没有迈不过的坎儿，到了牢狱才真正认识到了自己并不强大，是色厉内荏的弱者。司马儒开始屈指算着能帮自己的人，想起一个很快就排除，再想起另一个，马上再排除。最后他想起了净严法师，这位铁塔寺院的主持，低调厚道、乐善好施，为了救助饥饿中的芸芸众生，大师研制了大量的补饥丸，人们称赞为救命丸，救活了数以万计的穷苦人。司马儒和净严法师打过几次交道，作为居士得到过大师的精心点拨，功课上有了很大长进，在大师研制补饥丸时，他给予大师一定的资助，加深了两人间的友情。在死亡迫近时，司马儒想到了在汴梁乃至中原德高望重的净严法师，仿佛捞到了救命稻草，顿时精神振作起来，在稻草铺上打起坐念起佛经。刚才还奄奄一息被拖进牢中的人，狱中看守还担心他时间不长就会死掉，哪知这人竟然猛然像什么神灵附体，端坐稻草上念着“南无阿弥陀佛”一类的东西，那么长的咒语在司马儒口中不磕不绊，十分连贯，把见识不多的看守吓得目瞪口呆。开封是文化荟萃之地，儒道释文化底蕴丰厚，信奉佛教的人士占很大比重，因此，略知释家的看守对这个垂死中念经的司马儒开始转变看法，认为此人绝非等闲之辈。夜间，看守趁同伴打瞌睡之机，走到了司马儒的牢房，轻轻敲了敲号子铁栅门，然后双手合十恭敬作揖，之后说："阿弥陀佛，先生有什么事需要捎信吗？"司马儒仔细打量了一下看守，看这人眉清目秀，相由心生，断定他不是坏人，就说："警官，拜托你下班后到铁塔寺见一下净严大师，就说洛阳司马儒被冤狱，现在正关在大牢里，严刑拷打几乎要了他的命。警官，我是生意人，不是罪犯，不会连累你，出狱后定有情后补！"看守对各行各业、形形色色的人见得多了，他看出来这个司马儒不是游行示威的主要案犯，就承诺不辱使命，办好这件事。

日本侵略军在进攻开封时，曾朝铁塔连发几炮，在射程之内竟然没一发击中，更无语的是一发炮弹射进方丈殿，在净严法师和众念经和尚眼皮底下，像一大截废铁一样没有爆炸。日军进城后，最高指挥官信佛，对铁塔寺出现的情况十分不解，似乎看到了铁塔寺的神圣不可侵犯，对净严法师产生了敬畏。净严法师爱国爱教爱民，借和日本军官切磋佛法的机会，从狱中救出了很多爱国人士。当狱中看守报告了司马儒的情况后，净严法师马上就为此事找那个军官，并且保释了司马儒。

司马儒遭遇的这场牢狱之灾，让他对尘世间的一切有了刻骨铭心的认识：从严刑拷打中的万念俱灰，到气息奄奄中的面临死神，最终浴火重生中的凤凰涅槃，司马儒觉得这场劫难比做苦行僧念十年经书还要受益。

司马儒回到家中，才知道遭受劫难的不光是他，还有他的儿子司马川，虽然劫后余生值得庆幸，但他还是禁不住抱头痛哭。司马儒是成年人，精神上的创伤可以随着岁月流逝作调理，只是身体上的皮肉伤需要康复。而司马川自从被乔响器、乔田才绑架后，肢体上的伤已经治愈，一只耳朵失聪已成定局，最严重的是常常被噩梦惊醒，天色向晚就叫嚷着怕，还不定时地发抖打战。心理的疏导、体魄的康复，还有很远很远的路要走。

两年多时间流水一般地过去了，司马儒、司马川的身心恢复了健康，只是司马川的左耳失聪无力挽回。司马儒在康复的两年时间里，打听清楚了司马川的救命恩人。信佛的生意人司马儒，早就发誓点滴之恩当以涌泉相报，作为豫西地区的富商，物质上的东西除外，他还为耕读持家的乔家准备了名人字画、线装四书五经、《史记》《昭明文选》《资治通鉴》《四库全书》《康熙字典》等。

乔家人早已忘记了救助司马川的事情，因此当司马家的三驾马车停在大门口时，还以为他们走错了门庭。贵重物品乔家肯定不会收的，礼节性地交换诗画、字典和书籍，象征性地收下了他的茶叶、点心等，最重要的是乔家和司马家建立了深情厚谊。乔窑村那么多看热闹的人，包括乔响器的妻子裴氏，对这辆马车的主人一概不知，司马川早已从那个皮包骨头的孩子长成了健康的少年，与她认识的司马川完全不是一个形象。因此，八卦又像刮风一样起来了。人们说乔家真兴旺，刚刚收到了大笔汇款，马上又有大马车送礼上门，这就叫双喜临门。

正因为这种所谓的双喜临门，让乔家的一些人头脑开始发涨，也让那些不走正道的人产生了觊觎之心。

四十四

上官朏朏觉得眼前的山林有些怪怪的。她是唯物主义的无神论者，从来就不相信鬼鬼怪怪这一套。然而，当她随着大队人马走进热蒸汽弥漫、比浓雾还要障眼的胡康河谷后，先是感到头昏脑涨、晕晕的，几乎要不自觉地摔倒，紧接着胃里好像有东西在翻腾，使她恶心，几乎要呕吐，之后她的胸口好像被很重的东西挤压得紧紧的，呼吸起来格外吃力。她问自己，是不是中了邪，然后又安慰自己不可能中邪，适应一下这里的环境，马上就会好的。除了自己出现这种症状之外，上官朏朏发现同行者类似的情况好多好多，有的已经晕倒在地，有的躺在地上把上衣的扣子解开，尽可能减轻胸口的压力。当同行的战友们一个个倒下，而且多为年轻力壮的小伙子，上官朏朏这才问了问军医凌丽什么原因。凌丽回答说，从大家的症状来看，像是医学书上所说的急性高山病。上官朏朏在进入这个叫胡康河谷的山区前，根本不认识凌丽，不在一个部门，虽说都是远征军战士，还在一个军，但业务不同，接触就少，或者接触了，照过面，打了招呼后各干各的，依然不知对方姓甚名谁，作何贵干。自从进入山区，上官朏朏作为军部的政工人员，就开始为凌丽他们的医疗队当宣传员。进入山区以来，虽然没有了日军的围追堵截，也很少有日机的狂轰滥炸，然而令人难以想象的是比战场的伤亡还要凶残。在进入这座大山之前，上官朏朏曾遇到一位砍柴的当地人，问他前面的山区叫什么名字。这位当地人起初并不想回答，因为他看到那么多的人、辎重，还有一台黑色的小轿车都往山里开，以为遇到了开发山区资源的人，就有些别扭，觉得靠山吃山、靠水吃水，一方水土养一方人，这大队人马一到，肯定要打破这里的秩序，掠夺这里的财富，就不愿过多地搭理他们中的任何人。上官朏朏以为这个当地人可能听不懂华语，就用刚刚学会的缅语向他问候，之后指了指前面的山林，用手语问那是什么地方。当地人似乎常与山外的人们打交道，能够听懂汉语。看到一个女兵和蔼友善地问他话，就马上转变了态度，用汉语说："我们当地人称那里是魔鬼居住的地方，山高路远，狼虫虎豹多，我们也不敢往里面进，据说人进去了就很难活着出来！"上官朏朏没料到这个当地人汉语讲得这样流利。当地人把山林说得那么神秘，那么凶险，必然有他们自己的想法，既然你们不敢往山里进，那么怎能说进去就不能活着出来了呢？上官朏朏在国内时，就有过问路的体验，有些人看起来老实巴交，回话时却令人不可思议。社会上人有警惕性不算毛病，但处处戒备就犯了忌讳，特别是胡说八道或者颠三倒四更不应该。上官朏朏对当地人的话只相信了百分之三十，相信山里肯定环境复杂，山禽猛兽多，但她坚信人心齐、泰山移，几万生龙活虎的军人，肯定能走出去的。上官朏朏在之前看过地图，这座山的西北，就是祖国的西藏，东北便是云南，只是这山区面积广大，最高的山海拔三千四百多米，她觉得能够走到这里，肯定是一种缘分。她在一部书里读到过一段文字，很像或者说应该就是这里。书中说在密支那以北有一块原始山林，人迹罕至。由于山大林密，空气湿热，蚊虫肆虐，流行恶性疟疾等传染病。书中还说山林里孟加拉虎、马来熊、野猪、印度豹、狒狒、猩猩、野象、蟒蛇等猛兽频繁出没，猛禽怪鸟栖息在此，时常攻击其他动物，此外，沼泽地蚂蟥乱爬，吸人血成性；蚂蚁在山林里成群结队，啃噬肉类、哄抢食物、十分贪婪凶残。上官朏朏对书中描写的这个地方很感兴趣，又怀疑这种地方或为文人术士虚构而来，就翻阅了大量书籍，试图从中发现一些佐证。先秦时期的《山海经》、北魏时期的《水经注》、明代的《徐霞客游记》，这么多书中的确没有找到能够与此书描写的地方对号入座之记述。《三国演义》中七擒孟获、《西游记》中遭遇魔怪有些景物和细节还牵强可以拼凑一些，然而那都是作家想象的章节，不能作为科学论据。进入山林时，上官朏朏宁肯相信大部队的选择，肯定不会把几万人的大队人马带进这如同人间地狱的死地。当年在昆仑关当志愿者，她见识了这支队伍的神奇善战，长官们料事如神，士兵们英勇顽强，是一支战无不胜的威武之师。那时，部队出征前，先收到情报，截获敌军文件，先头部队投石问路，以防被动。这次出征缅甸，部队在大理、保山等地集结待命，几个月后经畹町、腊戍进入缅甸作战。在部队一个多月的大大小小战斗中，有胜利的喜悦，也有被攻的压抑，再到战略性撤退。在上官的心里，部队是一个强有力的团体，协调一致、密切配合，即使在撤退时，依然按部就班。前头有侦察尖兵，后头有阻截敌人的掩护部队。大队人马紧跟那辆黑色的雪佛兰轿车，和轿车后边的车辆。山里道路崎岖、坡陡路窄，车辆、辎重纷纷丢弃，就连那辆轿车，也只能报废一般地扔弃在山沟里。指挥官感染上了回归热疟疾，躺在担架上指挥大队人马撤退。上官朏朏和大家一样，紧紧跟着那个担架队伍。即使眼前的一切和书中描绘的一样，她还是相信部队的司令官，他们怎么能把部队引进这个死亡之谷呢！路上好多人走着走着就染上了病，就卧倒不起，或者很快就死去了。死亡的官兵越来越多，行军的环境也越来越恶劣。军部医护队就开始向大家宣传瘴疠之气的严重性、防御凶禽猛兽攻击的措施，沼泽地蚂蟥、林子里毒蚊，以及蚂蚁可能对官兵的伤害及防治。在配合军医疗队的工作中，上官朏朏认识了凌丽，并且朝夕相处，两人十分投机。

凌丽是个刚刚过了二十岁的女孩子，已经在部队上四年多了。不到十六岁的时候，她还在安庆一所卫生学校读书，抗战爆发，她就跟着哥哥、姐姐投笔从戎，参加了抗日队伍。她们所在的部队是野战军，她就开始了野战医院的工作。卫生学校出身的凌丽，天资聪颖，相貌姣好，待伤病员热忱，医术上长进很快。战争年代医院很多时候常化整为零，哪里需要就往哪里去，一场战斗下来，伤员一批，几十个上百个，救治护理需要大量人手。凌丽不得不独当一面。兰封战役，凌丽所在部队死伤惨重，姐姐失踪，哥哥牺牲，她忍痛带着四名伤兵突围。后来，为了寻找抗战队伍，他们日夜兼程，跋山涉水，奔波上千里，像乞丐一般苟且，但她心里有目标，总是看到阳光，再苦再累都咬着牙挺过去。她和几个伤病员从河南到湖北、又从陕南到湖南，在贵州加入了这支部队。凌丽凭借几年的工作经历，认为部队打仗时出现伤员一点儿不可怕，可怕的是感染疫情，疫情对部队的伤害远远大于枪林弹雨的威胁。冲锋时面对敌军的疯狂扫射，战士们可能倒下十个、几十个，而疫情传播开时，倒下的将是一大片、一大堆。自从进入大山，凌丽看到山林里湿热的空气，热气腾腾，一片苍茫，明显感到这里的气味怪怪的，时而有煮野菜的甜淡，时而有农家泡酸菜的霉味，更多的是低档次澡堂的沉闷，其间还不时夹杂着动物尸体和烂菜叶子的酸腐臭味。凌丽一直认为自己的体质很好，但到了这里，特别是闻到山林中这种气味时，立即感到了胸闷和恶心。作为职业军医，在行军中她绝不能表现得病恹恹的，那会影响大家情绪的。她忍耐着、坚持着，以乐观自信的气度紧跟队伍。其实，刚进入山林，指挥官首先病倒，连行走的力量都没有，靠十多个官兵轮换着抬担架前进。刚进山那会儿，不远的山外边还间接有枪声炮声，时而疏，时而密，那是中国远征军的扫尾部队在和日军交战，掩护大部队撤退。按照指挥官的思路，走出这片山林，部队就整建制地回到祖国。可这片山林方圆五六百公里，其间的生存环境无人知晓。地图上离云南的泸水、云龙不远，直接距离只是几天的路程。然而，深山老林，没有道路，云雾蒸腾，视线很差，方向感不强，理论上的几百公里，实际走起来，无法计算，有时候一天也推进不到两公里。几万人就这样磨蹭似的迷失在那种蒸笼里，闷热又出不来汗，行走又四肢无力。凌丽最担心的事情在第五天便发生了，很多官兵在行进中晕倒在地，想爬起来又使不上劲儿，大家好像患了什么病，想助人为乐也助不了乐不起来。后边的人眼看着前边的战友，有些是打前站的先头部队官兵，死在路上，被那些个头儿特别大的蚂蚁啃得只剩下白花花的骨头架子。部队经过的地方，到处都有学校生物课堂上人骨骼标本一样的尸骨。看到这种状况，上官腁腁就犯了老毛病，心直口快地说："咱们活蹦乱跳的官兵，进到这种死不了活不成的山林，前头雾腾腾白茫茫的，不知啥时才能走到出口，后边追兵还在捣乱，要是当初跟他们拼一仗，光明正大地转移、撤退，或者还能战胜敌人，也不至于这么多人不明不白地变成白骨！"凌丽说："你别埋怨，我跟你一样，也是心里别扭，现在是行进到半路上，退回去吧，我们的辎重、重型武器已经丧失殆尽，再遭遇敌人，我们已经不是原来的我们了，凭当前的战斗力那就是去送死！事已到了这般地步，只有硬着头皮走出去，或许是最佳选择！”听凌丽这么一说，上官朏朏认为很有见地，觉得发发牢骚也于事无补，倒不如省点儿力气向前方多走几步。三天前，上官朏朏曾对准军医疗队员们发过火，因为她看到有不少官兵打寒战、发热、出汗不止，很像是打摆子。起初发现这种病，包括指挥官，医疗队使用奎宁、氯喹等药物治疗，起了作用。大量官兵有了症状，药物就用光了，病员还在增加，而且有的官兵为此丧命。官兵们到了山重水复疑无路的地步，没有人站出来说话。上官朏朏硬是憋不住，她向医疗队咆哮：“疟疾这种病书上说主要是蚊虫传播的，途径是叮咬了病人后再叮正常人，病人身上的病毒就传染给了正常人，疟疾如果不及时治愈，还会引起脑炎等疾病。这十天半个月也走不出的山林，蚊虫如云，个个儿像蜻蜓那么大，好像是转移了基因，变异成的超大蚊子，毒害也更加严重。医疗队应向部队官兵大力宣传，以防蚊治蚊为主，没有药物，能不能采用偏方？”这一次，凌丽认清了上官朏朏，觉得眼前这个女兵性子直爽、口齿伶俐、长相俊俏，换句话说十分可爱。也就是从那天起，官兵们休息时，轮流用蒿草熏蚊子，尽可能减少蚊虫对大家的侵扰。对得了疟疾的官兵，凌丽号召大家采摘山上、林子里的野桃叶、野茅草根熬水喝，虽然还是有官兵死于疟疾，但状况已经有了改观。

上官朏朏要求自己耐住性子，慢慢地适应这里的环境，在自然界，有一条定律就是适者生存。人们要想战胜自然、征服自然，首先要探索自然规律，然后使自己融入自然，与大自然和谐相处，然后才可能征服它，变自然王国为自由王国。上官朏朏很清楚地记得有本杂志讲森林是地球之肺时，介绍了地球上的三个热带、亚热带雨林，好像他们部队所在的山林不在其列，尽管这里也是原始森林。因此，在部队进山林的第几天，她感觉是第六天或第七天，山林里开始了大规模的降雨。进入山林的前两天这种降雨也有过，只是断断续续、下下停停，没有给人多么深刻的印象，这次的降雨几乎全是中到大雨，而且持续时间很长，中间即使有过停顿，也是很短暂的。上官朏朏马上又想到了热带雨林，想起了亚马孙，想起印度马来雨林和刚果雨林，为什么没有胡康河谷雨林呢？她问自己。上官朏朏读过很多书，自然科学、人文地理、文学等，却对胡康河谷山林的认识严重不足。然而，自然界的一切都很任性，它不以人的意志为转移。上官脁脁以及进山林的好几万军人，几乎没人知道，五月中旬，这里已经进入主要汛期，而且雨季要持续五个月。本来就是迷雾一团的山区，经过大量的降雨，能见度就更加差了，给部队行进带来更大麻烦。雨中停下来，无异于坐以待毙，雨中走下去，只能是事倍功半。部队不能坐以待毙，只有倔强地走下去。雨季的蚊虫更加猖獗，防治办法杯水车薪。在行进中，可能走过一段山路，就出现一片沼泽。在沼泽地上，空中有叮咬人的毒蚊子，地上有吸人血的蚂蟥。凌丽的医务队、上官脁脁的政工队，立即把防控的重点转到蚂蟥方面，要求部队官兵不要低估蚂蟥的危害，行军时要绑好鞋绳，扎好裤管，不给蚂蟥留下钻进衣服贴近皮肤的机会。她们还强调，宿营时，还有行军休息时，一定要认真检查，以防那些无孔不入的蚂蟥进入衣被内。书上介绍蚂蟥是环节动物，身体扁平，尾部长有吸盘，生活在水田、沼泽地中，能刺伤人的皮肤，吸食人畜的血液。山林的雨天，官兵们行走一个白天，精疲力竭，躺在潮湿的地上，很快就睡得死一般地深。天亮再踏征程时，竟然有几十人因遭受蚂蟥吸血而死，即使不死的也脸色苍白，站不起来，只能原地不动。那些蚂蟥尾部的吸盘里，早已吸满了人血。凌丽说：“最厉害的那只蚂蟥吸盘里，至少吸了五百毫升的鲜血！”官兵的敌人中，蚂蟥成为一个部分。被蚂蟥吸了血的官兵，急需营养品来补补身子，可部队又出现了粮荒，连饭都吃不上的部队，哪还能提供营养品给伤病员补身体呢！从五月二十三日开始，官兵们开始挖山里的野菜、采摘树上的野果，搭配每天的一顿粥和一包压缩饼干度日。在队伍行进了半个小时后，上官脁脁想起了被蚂蟥吸了血的一位大叔，当时他看到部队要出发，就挣扎着说：“我还活着，歇一会儿我还要追赶队伍！”大叔的声音虽然很小，却字字句句刺激着上官脁脁。大部队开始行动时，她想留下来帮助大叔，只是任务要求她不能留下。半个小时后，上官脁脁无意中发现自己的背包里还有半包饼干，她心里好像一道电光闪过：如果这半包饼干让大叔吃了，或许他就能站起来继续赶路，和大家一道走出这地狱般的山林。她沿着刚刚走过的小路，那是刚踩出来的路，终于找到了大叔身体靠着的那棵大树。她左找右找并不见大叔，于是大声喊着：“大叔，您在哪儿呢？”她只顾找大叔，身后一头孟加拉虎把她当成猎物，大摇大摆地走过来。大部队刚过，这山林里的野兽们便出来寻找食物了。孟加拉虎像一个经验丰富的跳远运动员，判断好与起跳线的距离后才助跑，它在距上官脳脳二十米左右时开始发力，“呼呼哧哧”的声音如同一阵突然刮起的旋风，带起了林子里的枯枝烂叶和泥巴碎石，马上触动了上官脳脳的警觉。见一头猛虎向自己扑来，老虎身后还有其他大大小小的动物，上官脳脳在林子里拼命地左蹿右跑，尽可能不形成直线，努力减小老虎的冲力，这在工程学上叫作消力。她无论如何也没摆脱老虎，于是就感到了危险，感到了人生的末日正向她走来。这时，附近响起了枪声，上官脳脳这时头脑已经十分昏涨，根本辨别不出在哪个角落有人开枪。沉闷、溽热的深山老林，清脆响亮的枪声打破了这里的死寂，使山中凶狠无比的猛禽野兽不明就里地恐慌起来，可能在它们的经历中，还没有谁敢惊扰它们，它们也不知突如其来的炸响到底为何物，就马上放弃即将到口的猎物，闪电似的消失在密林之中。

凌丽和军医务队的科长出现了，科长手里还提着刚刚发过火的长枪。凌丽上前几步，指着不远处的两具白骨对上官脳脳说：“上官妹妹，我们再晚来两分钟，你就变成那两堆一样的骨架了！谁让你这么任性，不打招呼就乱跑一气？”上官脳脳知道是凌丽和科长救了她，但没有马上流露出感激的表情，连“谢谢”两个字也没有说。她此时还在想《水浒传》中的李逵，背着瞎眼的母亲上梁山，想让母亲安度晚年，路上母亲饿了，李逵让母亲坐在林子边歇息，自己去寻找食物，等拿着食物兴冲冲返回时，母亲却被老虎吃掉了。上官脳脳不是没有劫后余生的后怕，也不是没有知恩图报的感激，而是觉得自己做了件《水浒传》故事里雷同的事情。其实，上官脳脳进山以后，耳鸣眼花、浑身无力，但她坚信能在远征军中找到那个自称野生动物的人，凭借着这种豪情和意志，坚强地向前走着。她知道，山林里那些尸体、那些白骨其实都是一念之间造成的后果，人活一口气，精神垮了人就垮了，没有了信心和勇气，就会被慵懒和止步不前打败，就向死神投了降。因此，她不断地给自己鼓劲儿，在心里说一个堂堂的央大毕业生，一个阳光女孩，难道不如古代传说中的孟姜女！

很奇怪，上官脳脳虎口脱险的当天晚上，山林里虎啸狼嗥、夜鸟啼鸣，无休无止，似乎这些凶猛的生灵被枪声吓得神经错乱，在不该哭闹的时间哭闹起来。成群的毒蚊子，像雨前的蜻蜓在地上一米多高的层面上飞舞，有的触碰到熏蚊的烟火而发出噼里啪啦的响声。上官朏朏有些发热，难受时就跟凌丽聊天，以此转移生病的痛苦。她问凌丽说："你后悔参军吗？"凌丽回答得觉悟很高："国家受难，匹夫有责，保家卫土，义无反顾，一点儿也不后悔！"上官朏朏被她的回答弄得十分开心，接着又问："你怕死吗？"凌丽说："不怕！"这次回答得格外干脆。上官问："为什么？"凌丽说："说来话长，我已经死过一次了。从那以后，就对死无所畏惧了！"上官朏朏有些吃惊，好奇地问："怎么会死过一次呢？活过来又是因为啥呢？"凌丽这阵子好像来了精神，刚才还带点儿搪塞，忙碌一天太瞌睡了，是上官朏朏的追问驱赶了她的疲倦和睡意。凌丽从学校毕业，跟随哥哥姐姐参军，兰封战役失败，开始流浪说起。说着说着就有些哽咽了，因为她又想到了在黄河南的大坡口被人捆绑，之后在乔窑得到乔家人的冒险相救。她就把这一段经过讲了出来。凌丽说："乔家世代耕读持家，在村子内外有很好的影响。乔家奶奶告诉我们几个，说她看见当兵的年轻人，就想起了她的孙子。"上官朏朏沉不住气了，打断了凌丽的话，问："乔家奶奶的孙子也在军队，哪个部队？她孙子叫什么名字？"凌丽说："哪个部队，乔家奶奶也不知道。她的孙子大概是叫乔仁啥，对，叫乔仁厚，属猴的，跟我一般大。"上官朏朏对凌丽最后那句话"跟我一般大"很抵触，好像产生了酸酸的醋味。上官朏朏自己也觉得天下这么大，还真有些山不转水转呢，还真有这么多的奇事怪事，在迢迢千里之外，两个过去素不相识的女人居然都和北邙山脚下的乔窑有缘。上官朏朏很担心凌丽再说出让她胃里泛酸水的话，就抢先一步说："你说的那个乔窑我知道，那儿很可能就是我今后的家，我和这个村里的一个当兵的订了终身，战争结束，我们就夫妻双双把家还！"上官朏朏的话，让凌丽十分怀疑，就说："让我摸摸你的额头，是不是发烧把脑子烧糊涂了。你一个女大学生，又不是河南人，怎么能有这等事！"上官说："你还不信，我说乔窑几个地块名字你听，免得你说我是拾人牙慧，瞎侃的。"凌丽说："我在那里二十天左右，也听说过几个地方，你说吧！"上官说："九头狮子白玉桥，不见木料八方庙，梁周寺、马家柿园、上头井、十亩地，东坡东沟……"凌丽说："免检了，你说的还真有，我再问一句，你那位军人叫什么名字？”上官说：“比乔仁厚名字洋气多了，他叫乔国俊。”凌丽说：“名字不错，人一定很英俊吧！”上官朏朏没有回答，她不想让凌丽察觉她脆弱的一面，再说下去肯定会泣不成声的。凌丽很聪明，马上转移了话题：“朏朏，这山如此大，前头山重水复，咱们能活着走出去吗？”上官朏朏等了一会儿，回答说：“我知道部队伤病员们多，看到那么多人今天还活着，明天就变成了尸体，有的成了人体骨骼标本一样的东西，难免对走出去丧失了信心。”凌丽说：“不愧是做政工工作的，把情况吃得真透！我问你是怎样看待前途，做怎样的判断？”上官朏朏说：“哲学大师谢斯托夫的话，可以回答你这个问题，唯一真正的出路恰恰处在人类判断没有出路的地方！”

白昼遮天蔽日的林子里，这天夜里显现了很小一片天空，更加深邃和高远，更鼓舞人的是有几颗星星还眨着眼睛，给露天宿营的人们信心、希望和祝福。上官朏朏望着高空中那几颗闪烁的星星，对凌丽说：“但愿明天是一个不下雨的日子！”

四十五

上官朏朏跟凌丽在野人山谈论乔窑的时候，乔家在买地的钱上出现了状况。上年秋收后，是庄稼调茬、交换地块、买卖土地的时机，北邙山一带的农家一直都是这样做的，久而久之就约定俗成，变成了规矩。此外，还有一次小调整、小买卖的时机，那就是麦收之后。五月下旬，麦田由油绿变成了土黄，勤快的布谷鸟不知道从哪里飞来，在乔窑上空不分昼夜地叫着，提醒人们准备夏收和夏播。听到布谷鸟的叫声，老奶想起了买地的事，上年秋收后乔窑北二里地的韩堂有人卖地，因为地块边界不清而搁浅，再不抓住机会买地，那五十大洋老是放在箱子底就辜负了孙子的意愿，也成了老奶一块放不下的心病。于是，当布谷鸟的叫声划破乔窑的寂静，也唤醒了睡梦中的老奶。老奶心里一震，开始盘算着麦收后买地的事来。老奶起床后，先打开箱盖，伸手去探那包银元，然后拿出来，小心翼翼地数着。五十块大洋，变戏法似的成了四十块。老奶擦擦脸、揉揉眼，又数了一遍，还是四十块。老奶感到奇怪，在箱子里放着，小袋子包得严严实实的，这白花花、沉甸甸的大洋怎么能不翼而飞呢？老奶没有惊慌，仔细地对箱子里的衣服一件件地认真盘点，一切都摆放得整整齐齐，一件也不少，唯独大洋少了。老奶坐在那把太师椅上，反复思忖着这件事的蹊跷之处。老奶没有因为发生这件事而急不可耐，她看着窗户纸在不断地由暗变灰，再由灰变白，聆听着啼鸣的鸡叫由远到近，再由独唱到合唱。天刚亮的时候，母亲就起床了。母亲有早起的习惯，而且起床后简单地洗漱一下就拿起扫帚，开始了新一天的打扫。母亲读过治家格言，坚持做到了黎明即起，洒扫庭除，内外整洁。听到院子里有了扫帚扫地声，老奶拉开上房屋门，和母亲轻轻打起招呼后，就大声喊："守甲，该起来了，到麦地看看，离割麦还有几天，割了麦还要买地呢！"老奶之所以发现大洋少了十块而不着急，因为她发现箱子里其他东西有条不紊，知道不是外人动了大洋，钱没长翅膀，也没长腿，肯定是家里人动了。老奶对这个家中的每个人都快速地过了电影，其实她自己心里有杆秤，哪个儿子几斤几两本来就有数。一个耕读持家、以儒家思想武装过的子孙，还没有做事过于偏激的，也没有胆大妄为的，更没有偷鸡摸狗的。至于几个儿媳妇，个个儿谨小慎微，连说话都怕把灰尘吹起来。老奶基本上判定这个事肯定和乔守甲有关，近段时间他与乔响器来往很多，近朱者赤，近墨者黑，和这种人在一起，不定还要捅出什么篓子呢！

爷爷乔守甲在乔家举足轻重，除了老奶张氏总当家外，他就是二当家了，一人之下，众人之上。一大早听到老奶喊叫他起床，爷爷的心禁不住怦怦乱跳。有句老话说：为人不做亏心事，半夜叫门心不惊。爷爷心里有愧，听到老奶破常规地叫醒他，知道可能东窗事发了，因为往常老奶从不这样，知道他晚上加班为过事人家备办酒席，一般都会让他多睡一个时辰。爷爷是洛阳一带著名的厨子，当年老爷在京城做事，见爷爷读书不行，对烹饪情有独钟，就有意把他培养成御厨。三百六十行，行行出状元，在皇家做厨子也是了不起的工作，照样有机会飞黄腾达。只是爷爷时运不济，辛亥革命推翻了封建皇帝，可惜爷爷这位准御厨卷铺盖离京，迢迢几百里回到孟津北门里。爷爷的功夫起初无人知晓，是那次铁谢渡口谢东棣家待客，爷爷去帮厨，那一手绝活才被人发现。后来，爷爷的生意就开始红火。人怕出名猪怕壮。爷爷的高超厨艺并没有给乔家带来多少好处，有时候因为请他当大厨的人家多得忙不过来，不到谁家就得罪谁。还有，在县一级当大厨，主家给的红包相当薄气，多是凭心情给。差不多都是给大厨一斤猪肉、十个铜钱作为辛苦费，最慷慨的人家会给两斤肉、一瓶白干、二十块铜板。爷爷为辛苦不落好、劳累不赚钱很不甘心，于是常发牢骚。老奶说：“你不应该这样，不就是忙一点儿嘛！你要是整天待在家里，或者面朝黄土背朝天，日出而作，日落而息，凿井而饮，耕田而食，把自己封闭起来，自由自在，你觉得那就有意思吗？”爷爷噘着嘴，没有回答。老奶继续开导说：“人活着就是与人交往的，你来我往，发挥特长，人家用咱，咱也有用人家的时候，大家都来请咱，说明咱有大家用得着的价值，是好事。哪家都有自己家的实际情况，每个人都有每个人的格局，有人家境不好，出手不阔绰，有的人家日子殷实，大手大脚。你千万不要计较这样，钱挣多少才算够呢？不愁吃、不愁穿，有零花钱，家里人平平安安，这就是最好的！”爷爷就是这种人，憋了一肚子气，发了很大的火，经老奶这么一批讲，就想通了，不再说什么了，只是他那一副严肃、呆板，还有些不情愿的脸，好像不会笑似的。爷爷所谓的得罪人，出力不落好，主要还是因为自己那张脸的不善迎合的表情。正是因为他在老奶的几个儿子中排行老大，正是因为他那张让人畏惧的面孔，正是因为他每天早出晚归累得够呛，老奶才时时处处对他宽容。因为老奶的宽容，爷爷的地位随之在全家人面前得到提升，自己也开始动辄批评家里除了老奶之外的任何人，俨然自己就是家里劳苦功高的顶梁柱，是大家学习的楷模。由于爷爷在乔家的地位提高，他就放松了自我约束和完善。在大厨夜里加班结束时，主家一般要请他喝两杯以此表达谢意，或者请他坐下来打打小牌，人家喜气洋洋地办喜事，扫人家的兴很不应该，爷爷就和人家小酌几杯，之后乐呵呵地搓几圈麻将。爷爷的手气还算不错，新手上阵就有出色表现，赢了五个铜板开启了他的赌博生涯。爷爷常常被人请去做菜，而且是声望最高的大厨，做菜就要夜间加班，加班过后就坐下来搓搓麻将，时间不长，搓麻将就上了瘾。老奶被大家共认洞察一切，明察秋毫，但对爷爷的赌钱却没有发觉。爷爷虽然没有笑脸，谈不上喜形于色，但板着脸却有程度上的差别，高兴时板得轻一些，不高兴时就怒形于色。爷爷唱歌唱戏不在行，高兴了就哼几句小调。学会搓麻将以后，当大厨得到的红包就开始设小金库，每次都留一半作为本钱，牌桌上有规定，空着手是不许上场的，向别人借钱是最让人瞧不起的。老奶很相信爷爷，因此每次爷爷当大厨回家上交多少钱就是多少钱。老奶不止一次对爷爷说不计较别人给的辛苦费多少，这就给爷爷私设小金库创造了条件。爷爷参与的小牌场，赌注都下得小，毕竟不是专业赌场，那是花血本想一夜暴富的地方，小赌场就是小打小闹，赢了也买不起地，输了也不至于卖房子卖地。小牌场上的人格局也小，人说那叫手不大，赢仨核桃俩枣就会欢天喜地，输三五块铜块就立马儿垂头丧气。爷爷赌钱很有底线，除了上交老奶的，其余的还有小金库的就是本钱，输光了就走人，回家不耽误交差。只是他的情绪反差很大，哼着小曲回家，肯定是赢了钱；闷不作声进家，看见家里人就指责，看见东西放的地方碍事，不由分说就一脚踢开，百分之百是输了钱。由于爷爷每次外出干活都把挣的钱、得到的红包上交，老奶就把他情绪的变化理解为劳动太累或劳动轻松，就宽谅他。

自从一年多前在乔家门口当着村内、外那么多人面，表演了惊心动魄的一场逮人未成的大戏以后，县警政队和地方调查新四军伤病员被人救助的案子，就此偃旗息鼓、无人过问了。这件事虽然无所谓是长了乔家人的志气，但的确是灭了地方官员以及乔响器的威风。无论他们心里多么不舒服、不服气，但外表上却表现得十分势利，对乔家人不仅刮目相看，而且毕恭毕敬。表现最明显的就是乔响器，他开始主动找爷爷、五爷聊天，套近乎。老奶看得出这种人在施展黄鼠狼给鸡拜年的伎俩，但又不能马上戳穿他，就对他们之间的交往睁只眼闭只眼。乔家自打赢了那场类似官司的交战后，好事也接连出现，去年秋收季节又来了个双喜临门，新年开始四爷乔传甲又在第一战区升了职，中国远征军那边还从云南寄来大洋和书信。乔窑人八卦信息的风向从此有了转变，说乔家积德行善、善有善报，于是种德收福就成了大家的行为规范。特别是看到乔响器也靠近乔家，变对抗为交友，就更加佩服乔家人，对老奶的治家有方越发充满溢美之词。

尽管乔家人和乔响器的矛盾或恩怨似乎正在逐渐化解，乔响器表现出一副十分谦虚、殷勤的样子，但明眼的乔窑人则能冷静地看待这种现象，他们总觉得这中间肯定有戏，起码乔响器另有图谋。乔窑人虽说都是土地里刨粮食的庄稼人，有农民这样一个标签，但骨子里却有着文明人的潜质，他们可以用“狗改不了吃屎”这句话来否定乔响器，但他们窝在肚子里并不说出来，因为话里带“屎”字总是不那么文雅。乔窑人很婉转地说，看一个人不仅要听其言，还要观其行，不能只看表现，还要注重本质。言外之意，还是不相信乔响器能放下屠刀，立地成佛。乔响器的确是让左邻右舍不能省心的人，眼头明，脑瓜灵，就是用错了地方。他从赌场输得扒皮兔、白条鸡一样全身而退，发誓赌咒再不往那个阎王殿一样的地方去。可是好了疮疤忘了疼，他虽然身体不再往那里去，但心里还总是惦念着，赢钱的兴奋和输钱的沮丧过后都同样刺激，尤其是那里有一条奇葩条款更吸引人。虽然这个条款利诱人们为虎作伥，然而这种利益来得容易，而且不显山露水，他当年就是被人助纣为虐骗进的赌场，输得一塌糊涂，几乎连命都要搭进去。欠账不还要剁手、要卸腿，还要活埋，倾家荡产也要还清赌债，后来他想明白了，认识到自己中了圈套，可又有什么可怨恨别人的，人家只是把你领进了门，可没让你运气那么差啊！有本事你也去套路别人！乔响器从此便有了这种坑害人的念头。已经有段时日了，他并没有发现可以引诱的人，慢慢地就要把这种勾当忘掉了。人不得不承认，有时候你越是追求啥，啥越是躲得远远的，当你就要放弃的时候，它突然就出现在你的眼前。乔响器与乔家关系趋于缓和，尤其是跟乔守甲、乔祖庆更是交往增多，这才发现乔家人不仅有宽的胸怀，而且好事相继而来。邮局寄来信汇支票，一张就是五十大洋，还有豪华的三驾马车送礼上门（他不知道马车是司马川家的），羡慕之余，乔响器又开始盘算着做一笔套路生意，让乔家人神不知鬼不觉地陷进去。

乔响器接触爷爷多年，很少有现在这样称呼“三哥”的情况。爷爷在堂弟兄中排行老三，只有堂弟兄们才称他三哥，其他人都习惯称爷爷为守甲哥、守甲叔。而乔响器一声三哥，一下子就拉近了两人、两家的距离，仿佛一个称呼就成了堂兄弟。爷爷脾气古怪是人人都知道的，但他心肠软这一点却少有人知。乔响器称呼三哥，爷爷就很得意，脸上就强堆出那种表示满意的表情。爷爷不喜欢别人直呼其名，即使名字后边加上“爷”字“叔”字，也懒得答应，最多从鼻子里哼一下。既然在感情上已经接受了乔响器的尊重，其他方面也就顺理成章地认可了，本来相互之间就不存在深仇大恨嘛。爷爷被乔响器几句好话就说得放松了警惕，后来乔响器拍马、奉承的话就彻底让他忘乎所以了。那天夜里，爷爷的小麻将赢了十铜板，办喜事的主家又给他这个大厨包了三十铜板的红包，外加两斤猪肋巴，心里美滋滋地哼着小曲进了乔窑。爷爷这一段时间马不停蹄、生意红火，过了中秋，农闲开始，张罗着办喜事的人家就多起来，能请到准御厨来当大厨，让客人感受一下国宴的味道，也是人生的一件幸事。爷爷生意好了，夜间加班的事就多，搓麻将的机会也多起来，半夜三更回乔窑也就形成了规律。乔窑农闲时的夜晚很静，如果有风的夜晚，风吹拂柴草发出嗖嗖的声音，加上自己脚步在深夜的回声，很瘆人的。如果一个人走着，突然那些受惊的栖息的鸟类扑扑啦啦飞起来，或者东坡、东沟偶尔传来三五声猫头鹰的哀号，一般人都会骨寒毛竖。爷爷最不想遇到的倒不是这些，而是村最东乔其昌家那堆紊乱的柴草堆里，突然蹿出一头牛犊横在路上，之后“哞”的一声。这天晚上，这一切声响都没出现，爷爷进村时一道黑影忽闪了一下，之后一个人站在路边。腊月初一的夜晚，黑沉沉的大地，黑沉沉的乔窑，黑蓝色的高空上布满了大大小小、明明暗暗的星星，天空的黑蓝和大地的黑暗在黄河那边有机地衔接成一块。爷爷讨厌那些黑灯瞎火的深夜诡秘出现在路旁的东西，尤其是人，莫非趁夜黑风高准备拦路抢劫？爷爷正要厉声问那人想干什么，那边先开了口：“三哥，这么晚才回来，又赢了不少吧！”乔响器本来就是一只夜猫子，但这么晚了还在村里溜达并不多见，兔子不吃窝边草的道理他很懂得。听到乔响器叫着三哥问话，爷爷回答得很有意思：“给人家当厨子起早贪黑，也不见得能多挣钱，还赢呢？几个人坐下来抠抠麻将，输赢都是仨核桃俩枣，不算啥！”“三哥，咱家（指爷爷家，乔响器套近乎就说成咱，好像他也是这个家庭的成员）这阵子可是飞来的好运，家里有人升官、有人寄钱，还有豪华马车来送礼物，运势旺着呢！难怪人家老善人说，乔家当前正交着好运呢，人旺财旺业旺！”爷爷知道他说的老善人就是那位住在杨窑的没名没姓的老人，经常坐在窑洞口谈天说地、谈古论今、指点江山、臧否人物，由于没人见他做过坏事，说话又神里神气，就施舍他善人的名字。爷爷不待见这个人，大概是他在评价明末东林党人时出言不逊，对大司寇乔允升的刚正不阿、为民请命的业绩褒扬不够，几年前还预言乔家要出大事等言论过于放肆，听见老善人这个名字，就不屑一顾地说：“他说的话能算话？！”乔响器随机应变地说："三哥，他说的权当是屁话，但咱家的好运来了，是秃子头上的虱子——明摆着的呀！你辛辛苦苦熬眼磨屁股挣那仨核桃俩枣，哪胜趁运气正好多挣点儿，况且咱现在又不是贴不起本钱。"爷爷不是混社会那种人，更不是走江湖的那种人，对世事的深浅全然不懂，听乔响器这么一鼓动，就轻飘飘地有些心动了。爷爷想，能有个捞大钱的地方，不费多大力气，总比现在辛苦着当大厨强，也比坐在小麻将桌上，眼瞪得牛蛋似地盼着那张牌，有时候屏住气让呼吸都停下来，有时候紧张得手在打战，结果还是看着别人赢了。爷爷被乔响器忽悠住了，就答应他到赌场去玩一把，碰碰运气。后来又一次当大厨加班后，爷爷没有打小麻将，而是跟着乔响器进了县城四季旺娱乐馆。乔家规矩多，不允许夜间外出，爷爷不敢违例，只好借加班结束跟着乔响器去碰运气。

菜鸟级的爷爷，第一次进入专业赌场，仿佛走进了光怪陆离的世界，自己觉得像是《红楼梦》中刘姥姥进入大观园。县城的赌场格局不大，却在管理上模仿大城市赌场的做派，而且玩法五花八门。麻将、牌九、十点半、射箭、打靶、套圈等应有尽有。爷爷进入赌场的一刹那，头皮发麻、脑袋发涨、身体僵硬、步履沉重，如同中了邪一样，唯一清醒的是要求自己不能让别人看不起，既然来了，就要有乔家人的气概和绅士风度。爷爷随身带了两块大洋，据乔响器说一块大洋就很体面，两块就很气派了。爷爷文化不高，但虚荣心却特强，尽管身体不适也还是装作风度翩翩的样子，他问乔响器："咱玩哪一种？"乔响器说："你还要回家向老掌柜上交红包，不能久留赌场，最快决出胜负的是牌九，它不耽误时间，凭的是运气。"爷爷说："响弟，三哥听你的，那咱就推几把牌九吧！"此前，爷爷除了会搓麻将，其他的玩法听都没听说过，根本就不懂其间的奥妙和套路。推牌九前，邻桌发出了热烈的喝彩声，是有人赢了，观看的人就齐呼"发馒头""发小费"。爷爷低下头，对乔响器耳语说："啥叫发馒头、发小费？"乔响器双手合成喇叭口，对准爷爷的耳朵说："赢钱人给旁观者、服务者、输钱者表示一点儿心意，发一些小钱给大家！"解释完，乔响器强调了一句，"三哥，今晚咱要赢了，不管你给别人发不发馒头，一定要给我发呀！"爷爷点点头承诺了他。这一夜，三十分钟不足，爷爷赢了一块大洋，初战告捷，激动万分。回家路上，哼着小曲，春风得意。而乔响器，在赌场老板那里得到了五十个铜板，作为引新人入场的好处费，还得到了爷爷的十块铜板的馒头，一路上也一溜烟儿似的。只是，他得到的五十个铜板好处费是背着爷爷领取的。赌博这种玩意儿，能让人上瘾的，第二次、第三次没等乔响器催他，他反而催着乔响器去。第二次，爷爷的运气就没有第一次好，半个小时输掉了三块大洋。回家路上，爷爷没有哼小曲，而是在心里告诉自己，下一次一定会赢。第三次，爷爷输得更惨。他把趁老奶到八方庙进香时拿走的十块大洋全输光输净，原本想着赢了钱后马上放回箱子的打算，就这样泡了汤。从那天起，爷爷每天都提心吊胆地活着，在家里表现出失魂落魄的样子，无力再批评家里人的是非长短。

当老奶一大早直接喊话爷爷时，爷爷知道该来的已经来了，纸里永远包不住火的。窗户纸戳透后，爷爷感到了轻松，背着沉重的包袱整天都是难受的。爷爷迅速到了老奶跟前，“扑通”一声跪倒在地，一五一十地交代了赌钱、输钱的全过程，之后痛不欲生地说：“世界上什么药都有卖的，就是后悔药没人卖。娘呀，我错了，罪该万死！”老奶是很会批评人、教育人的老人，面对痛悔不已的儿子，居然默不作声了。几分钟后，老奶让爷爷从地上站起来，说：“从哪里跌倒就从哪里爬起来，抖净身上的灰土，治好身上的伤，朝着阳光和正路去奔忙、去奋斗、去脚踏实地地干吧！”爷爷本想着自己会遭到一顿劈头盖脸的呵斥，那么他就会由衷地感到踏实，没想到老奶会和风细雨地几句话就饶过了他，倒是让他心里产生了没有触底的缺憾感。于是，当老奶让爷爷站起来时，他就是跪着不起来，以此来显示知错、悔罪的态度和有错必纠的决心。直到五爷乔祖庆出来向老奶求情说：“妈，三哥是一时糊涂，上了乔响器的当，过后看我咋收拾这货！这次饶了三哥，相信靠他的手艺，几年内能把这十块大洋挣回来。”老奶看看五爷祖庆，再看看长跪不起的爷爷守甲，并没有作声。这种场面着实让家里人憋闷得难受，可又有什么办法改变这种尴尬呢？这时，母亲拿个小手提袋走过来，边走边说：“奶奶，就让爹过了这一关吧。买地的事，我也再添点儿，前年、去年两个春节，我四哥、六哥都有给我买衣服钱，还有铁炉街大姐也给的有，俺老婆妈一直把我看成未出阁的女孩，每年还给压岁钱，我把这些钱全积攒下来，刚才在屋里数了数，总共十一块大洋。我全部交给您，不耽误麦收后买地用。”老奶这才开了腔：“钱，看着数字不算大，可大家都想想，只是输钱多少的事情吗？这叫啥事呢？吃喝嫖赌会毁了一个人，也会毁了一个家！钱没了，可还会挣，一个人变坏了，那可咋办？这件事，我有责任，养不教父之过，父没了就是母之过。想想别人，孟母三迁，岳母刺字，用心良苦，目的就是把孩子培养成对国家、对社会有用的人啊！这个事，我不打算打骂守甲，几十岁的人了，应该懂得道理了！”老奶说着说着，不知为什么就停顿住，眼泪像断了线的珠子扑簌簌掉了下来。“出了这件事，也让我看到大家还是齐心协力为这个家好，打心眼儿里感到高兴。好了，从现在起，咱都不要怨天尤人，这一笔账就掀过去了，权当从没出现过，这样，门口那些爱说闲话、笑人贫恨人有的人就没有闲屁可放了！”

这时，正好那只在高空中掠过的布谷鸟，嘹亮地提醒人们“布谷布谷”。老奶说：“布谷又叫了，该下地的下地，该当大厨的当大厨，该当账房的当账房，把手中的事情做好！”老奶留住了爷爷和五爷，说：“这件事不管来龙去脉，咱都不要去责怪人家乔响器，人家肯定会说做生意有赔有挣，赌场里有输有赢，本来咱找他想出出气，结果叫他再塞填咱一顿！记住，咱过日子的人永远玩不过混社会的人，江湖上永远不兴咱们家的人！”老奶把母亲喊过来，小声说：“老大家，我总觉得这个事不会这么简单，乔响器这些天突然把风向转向咱家，肯定还有比赌博这件事更大的事要出现，只是还不到时候。”说到这里，老奶把脸转向爷爷和五爷，提醒说，“守甲、祖庆，听好了，以后出门办事一定要多个心眼儿，要外表放松、心里收紧。”五爷迎合着补充了一句：“特别像乔响器这种人，一定多加小心！”老奶没有否定，也没有认可。

四十六

通常，贵州独山的正月十五日，民间的社火表演如火如荼。这和中原地区的情况差不多，父亲小时候在老家孟津每年都会在县城观看社火表演，看所谓的大戏。每年正月破五后，唱戏的舞台、玩杂技的老杆、耍狮子的条凳、打梨花的炉子等早早就准备到位了，只等元宵节来临时大耍特耍地热闹一场，除了这些，那些不需要搭台、不需要构筑设施的表演，也纷纷到街头巷尾亮相，踩高跷、划旱船、舞龙灯、抡花棍等民间娱乐项目，让元宵节精彩纷呈、热闹非凡。而贵州独山，呈现出的又是另一番景色。独山县地处贵州最南端，与广西接壤，少数民族风情浓郁，布依族、苗族、水族、壮族等少数民族占百分之八十。这里的少数民族能歌善舞，民歌对唱、花灯表演、斗牛赛马气氛热烈，民间文化生活异常活跃。每年的文化艺术活动自正月拉开序幕，花灯表演将新年的文化活动推向高潮。人们通过花灯表演，娱神、酬神了愿、驱魔去邪、消灾化结，寄托着朴素、纯真的情感。元宵节玩花灯是这里的民俗，又叫“玩年”“地灯”，是地上表演的艺术形式，以扇帕为道具载歌载舞，通常与耍龙、舞狮、划旱船、车车灯，统称闹花灯。独山花灯人称贵州南路花灯，源远流长，三百多首曲调，四十多个舞蹈身段，上百个传统剧目，让民众喜闻乐见。

中央陆军军官学校第四分校自从迁到独山以来，就与当地建立了十分融洽的联系，逢年过节联欢活动成为常态。这年的元宵节，基长镇花灯剧团、三都花灯队、大河花灯班等来军校慰问演出，他们带来的是传统剧目《灵宫扫台》《踩新台》《打头台》等。军校的剧团也到基长镇、平塘、三都、丰乐慰问演出，广东籍的学员们演技精湛，他们的《追韩信》《徐策跑城》《四郎探母》《三岔口》《打渔杀家》《九更天》等剧目，特别受欢迎。

文艺演出很有意思，表演者需要观众认可、捧场，在喝彩声中才能超水平发挥。观众则希望剧情能够扶正祛邪、善有善报、恶有恶报，此外，还要求演员们有好的唱功、身段及演技，满意时就报以掌声和喝彩。人们议论说，唱戏的人像疯子，看戏的人像憨子。疯子听到掌声喝彩声就更加疯狂，憨子看到疯狂的表演就更加入迷，双方都达到了忘我的境界。

父亲本来就不喜欢看戏，认为剧情推进太慢，一句话能唱大半天，让人十分着急。来到山峦环抱的独山之后，父亲被紧张的课程弄得更加封闭，有很多时候只能通过学校的内部小报《新军报》了解点儿校外的新闻。新年开始，父亲读了一条新闻，知道在云南大理待命的中国远征军已经奉命在中缅边境集结，他就再度沉不住气，战斗者的心立马儿又飞到了前线。因此，他更不愿去看花灯演出了，坐下来想象着中缅边境。宁彬、宁石云弟兄俩从小生活在东南亚，对独山花灯表演感到新鲜，觉得很好玩。他们评论说：好多剧种都要求演员提前背熟台词和唱段，上台后一字不差地背诵给大家，而花灯剧则不是这样，它是根据流传的唱本或民间故事编演，无固定的唱词，演出时演员根据剧情随意发挥，有时还投观众之所好，故意插科打诨。宁彬、宁石云自从来到独山，进入炮兵科学习之后，就和父亲分在一个区队，朝夕相处、十分投机，很快就形影不离。父亲由于生日那天提笔写信没有兴趣，觉得没啥可写，言之无物的书信寄给谁都只是一张废纸，一点儿价值都没有，还浪费读信人的时间和感情。没有提笔写信还有一个原因，说起来父亲也觉得不算理由，父亲写信写日记时，总是找个没人打搅的时间，让人撞见了总觉得不好意思。他周围总有一些人爱念别人的书信或日记，在念的过程中寻开心，有时候还故意大声唱读，或者故意把句子断得差三落四，比如父亲写的老家住在黄河南岸大坡口西邙山北麓一个叫乔窑的村子，就被有些人念成：老家住……在黄河……南岸大……坡口西……邙山北……麓一个……引起哄堂大笑。爱恶作剧的人到处都有，好像这类家伙有分身之术，幽灵般到处乱窜，令人防不胜防。当年在湖南南部深山训练时，黄太平就批讲过别人日记，使战友的个人隐私公布于阳光之下；到了重庆，夏新江拿着别人的家信当书读，许合江有一封信可能是一个女孩写的悄悄话，信封上写了句“春不暖花不开，不是合江不能拆”，被夏新江扩散到侍卫队内外，好长时间这句话成了大家嘲讽的经典流行句。父亲还听上官朏朏说过，她们央大女生宿舍里有个云南同学，平日里爱偷看别人的日记，还把有些涉及隐私的段落背得滚瓜烂熟，每次喝酒后借着发酒疯就当作笑料向别人扩散，弄得大家不敢记日记，也不敢大大方方地写信，因此正在抒发感情时，只要听到那个女同学的咳嗽声或者说话声，甚至是脚步声，就吓得赶紧把纸和笔收起来。父亲写东西从不会矫揉造作，只会简单明了地把事物写出来。按说这样的文章并没有什么抒情的东西，不应该掖着藏着，大大方方地写就是了，可父亲说这种情况下他写不出来。生日那天，父亲是绞尽脑汁也不知道写啥内容好，写但愿人长久，千里共婵娟，太俗太俗了，不俗的又写不出来。正在构思，区队长出现了，要父亲替他值一个小时的班。这一拖，几个月就不声不响过去了。正月十四夜，父亲看了有关中国远征军的一则报道，之后就有了写家书的冲动。正要动笔，上官朏朏的影子刚上心头，宁石云就来喊他出去聊天。父亲有些犹豫，觉得自己静下来很不容易，产生写信的冲动更不容易，这次要是被干扰，还不知道何时才能产生动笔的激情呢！宁石云察觉到父亲的漠然，就又拉出了几个同学，说：“郑木匠、李铁匠、张瓦刀，还有彬哥，他们都在耐心等你，说你不参与，他们就立即解散！”父亲本来就没有回绝宁石云的意思，只是感到好不容易有了写作激情，听到这几个人都在等他，就干脆把要写信的事暂时停下来。父亲笑着回答宁石云：“石云，你一个人喊我就足够了，还要加上他们几个，这不是要绑架我吗？”宁石云认真地说：“你说对了，要是你不出来聊天，大家肯定要绑架你！”父亲跟着宁石云来到了宁彬所在的营房，看见小小的茅屋一般的房子里，已经集结了七八个人。平时上课、训练大家就在一起，父亲从未发现他们中大多数都会抽烟，五六支一齐燃烧的香烟在他们嘴里一明一暗，玉米粒一般的小红点儿把黑洞洞的小屋弄得如同阴天的夜空，那些小红点就像闪烁的星星。父亲不抽烟，在重庆的机关里工作严禁抽烟，即使有人递给他一支，也只是拿在手里，递烟人离开之后就给了许合江。宁彬见父亲和宁石云一块儿进屋，就让抽烟的几个人把烟掐灭，还顺手把小窗户打开。春节刚过的营房外，气温还有些低，一股带着寒气的风立马儿随着那扇打开的窗户吹进来。刚才还在吸烟的张瓦刀顿时咳嗽起来。父亲让宁彬把窗户关上，说别因为一两个人不吸烟，就让几个人感冒了，初春正是感冒的流行季节。

宁彬是九总队炮兵大队五区队一班的班长，父亲是二班的班长，宁石云是三班的班长。郑木匠是郑国风的绰号，来独山上军校前当过木工，在建造校舍时发挥了作用，做门窗、做桌椅，一把好手艺让师生眼放光芒，从此得到了郑木匠的绰号，被任命为一班副班长。李铁匠大名李义声，根本不是铁匠，因为人长得黑，平时又不讲究，像在铁匠炉旁熏脏了似的，教官上课时问他是否当过铁匠，他气得不予回答，同学们便以为他当过。李义声人黑心红，还真有点儿《水浒传》中黑李逵的味道，在父亲的二班当副班长，忠厚、敬业，对父亲言听计从。张瓦刀叫张小飞，泥瓦匠出身，垒砖砌墙十分在行，在建造校舍方面功劳很大，就被推选为三班副班长，跟班长宁石云配合默契。四班长汪见洋腊月开始，进入校京剧团，演杨四郎，班里的事情交由副班长黄石柱全权办理，难得正月十四获准休息一天，赶上宁彬组织各位聚在一块儿，举行一个小型茶话会，对大家说是随便聊天，之所以没有请区队长出席，是因为区队长近期正与学校一个女管理员谈恋爱，春宵一刻抵千金，大家心照不宣地为他让出时间。宁彬坐庄请大家聊天，真正的组织者是他堂弟宁石云。两人的祖父宁融鑫是全球最大的咖啡生产公司的董事长，年底前委托国内的经销商专程到独山，给堂兄弟俩每人十千克速溶咖啡、每人两千克乌龙茶叶，此外还有一箱南洋兄弟卷烟厂的双喜香烟。宁老先生爱国，别看这些年货都是世界级的名牌，却全标注着国货字样，而且全是华人制造。淞沪会战前夕，宁老先生积极捐款捐物，为抗日做贡献。随着抗日战争形势发展，宁老先生全家都投身抗日队伍，两个孙子中学毕业已经进入新加坡国立大学和南华理工大学就读，得知黄埔军校为抗战专此招收华侨青年，就放弃学业千里迢迢报考黄埔军校第四分校。宁老先生得知四分校办学条件差，许多校舍都是师生自己动手筑造的，体育器材、军事教学设施存在空白，就拨出专项资金，支持学校的建设。有意思的是，宁老先生还另外安排部分资金，由宁彬、宁石云弟兄俩组织同学在炮兵训练地，按照泰国、新加坡马术训练场的规格，建造一个马术训练场。待场馆建成后，宁老先生的公司就把马匹运送过来。宁彬、宁石云把能工巧匠都请来，所谓开个茶话会，目的只有一个，群策群力把马术训练场建造起来。所谓的茶话会之前，确切说三天前，宁彬、宁石云就和父亲商量过这件事，那时候他们三个人就拿出了一个初步想法。宁彬很想创造一个奇迹，给炮兵科学友们一个惊喜。寒假中就让一个驯马场在独山建成。父亲当即就泼了冷水，说独山人都在过年，找个工匠都很困难，只凭同学们那种干劲儿，恐怕建不成。宁彬则很自信地说："能工巧匠们哪个也跟钱没有仇，我可以多出工钱，平时每人每天一块大洋，过年过节就翻番，给两块大洋。我相信重赏之下必有勇夫！"父亲没有跟宁彬抬杠，只是又换了一个话题，说："设计图纸怎么弄？"宁彬说："我手里有马术训练场照片，也有相关尺寸。具体绘图、材料计算就靠你了！"父亲愣住了，眼瞪得又圆又大，死死地盯住宁彬说："宁彬呀宁彬，我到底还是让你给套住了，难怪别人说华侨青年机灵、能干，能干大事，我看一点儿也不假！"

父亲和宁彬、宁石云认识，似乎存在着冥冥之中的天意。父亲和宁彬居然同一属相，而且是同年同月同日生；宁石云虽然比父亲小一岁，但两人长得酷像，好几个教官都当着众人面把他俩认错。他们三人一块儿行走，一般人都把父亲当成宁彬，因为父亲和宁石云更像是弟兄俩。命运把他们三个人弄到一块儿，共同的学习生活又让他们成为知己。当别人议论乔国俊和宁彬同年同月同日生时，宁石云就会赌气说："那又有啥呢！我和他们不求同年同月同日生，但愿同年同月同日死！"五区队的同学都知道，大队里有三个学员是结拜兄弟。他们三人既不认可这种传言，也不否认。父亲很直白地说："我们三个人不用歃血为盟，但肯定齐心协力！"宁彬说："我们不是兄弟，胜似兄弟。"宁石云说话有些不那么靠谱，说："患难之时见真情，出水才看两腿泥！"在课堂上，他们三人是严肃认真的同学、战友，出了校门，父亲就是大哥，宁彬就是二弟，宁石云就是幺弟。在他们祖籍湖南，就是这样称呼最小的弟弟，宁石云对这种称呼很得意。

军校炮兵科的马术课很重要，在山路上多种火炮都是需要马拉的，驾驭马匹的确是一门必修课。四分校迁到独山来，一穷二白，原来的基础设施、训练器材遗失殆尽，现有的全部是依靠师生的力量逐渐增加和完善的。像马术训练场这么大的工程，买地建房绝不是闹着玩的，那种投资连学校都不敢想。宁彬看人到齐后，先每人一块咖啡伴侣糖让含在嘴里。父亲说："宁彬，我先不吃，糖噙在嘴里咋说话呢？"宁彬笑着说："对对，趁着您没占住嘴，先说说训练场的事！"父亲说："我就知道你以聊天的名义让大家品尝咖啡和红双喜，开心了再切入主题，要大家都参与训练场施工建设。好，宁彬！我先说说训练场建设的事。"父亲把训练场建设分成五大件，一是马跑道，二是马厩，三是管理员住室，四是学员休息棚，五是草坪。这么一划分，眉目就出来了，在场的各位不用分工就能找到自己的岗位。父亲笑着说："宁彬当总指挥，我当设计员，石云当现场协调总监，其他各位根据自己的专长，当好监理官，需要更多人参与时，咱们四个班的学友留下值勤的，全员出动！彬，烟不要一根一根发，发整包的，咖啡今晚就不喝了，喝得兴奋了，闯下祸咱们都摆不平！"宁彬说："发东西的事交给石云了，大家回宿舍别忘了手下的弟兄们，在这里是学员，走出去可都是带兵打仗的军官！"汪见洋喉咙沙哑着说："明天大家还要到校总部参加联欢会，观看花灯表演，下午看京剧《魔窟》。"李义声说："明天下午或晚上看演出，汪见洋一出场，咱大家都要掌声鼓励啊！"郑国风说："十六，也就是后天，军校要举办运动会，咱们区队报了四项，拔河、四百米接力、一百米短跑还有拔河或标枪。区队长说他心里有数，可他不提前让咱们做准备，临场怎么能发挥好？”宁彬说：“关键是要休息好，早晨的操练不能少！”

熄灯的号角呜呜响过后，为了休息好备战近日的几项赛事，大家在短短的几分钟就洗刷完毕，纷纷钻进自己的睡袋。父亲知道，学友们几个月来已经养成了良好的作息习惯，遵守纪律、按时熄灯，次日有一个饱满的精神状态。在遵守校纪校规方面，父亲以身作则，给其他学友带了好头，作为一名年轻老兵，大家尊重他，自觉地以他为榜样，无形中就给父亲一定的压力，要求他时时处处做出表率。在刚才短暂的聚会后，特别是宁彬最后那句要大家早点儿休息的话，父亲特别赞同，体育比赛最需要赛前的练习，赛场一分钟，场外十年功，很有道理。躺在床上，父亲脑子里映现着刚才聚会中郑国风的话，区队长为本区队报了四个项目，说心里有数，无非就是百米跑、四百米接力本区队十拿九稳夺冠，因为在平常的课堂上，已经表现出了实力。至于拔河和标枪这两项，郑木匠、李铁匠、张瓦刀和他们班的几个大个子，稍微努力就能夺得好名次。父亲认为在百米跑这个项目上，自己曾经沧海，并没有把学校的比赛看得太神秘。宁彬、宁石云在跑步方面也久经沙场，他们曾是东南亚那所著名国际学校的短跑冠军和第三名，到独山后还专门让家人寄过来跑鞋。最巧合的就是，他们的爱好、特长跟父亲竟然一样。他们之间不嫉妒、不排斥，而是相互切磋、互帮互学、共同提高。宁石云还特意给父亲也弄来一双跑鞋，说装备能提升战力。父亲不好意思地笑笑说：“这种装备要是让巴卜洛夫穿上，是很有帮助的，可我还要适应这种洋玩意儿呢！”父亲曾向宁家两兄弟讲过和巴卜洛夫赛跑的事情，于是就提起了那个争强好胜的人。父亲坚信，黄埔四分校的短跑前三名非他和宁家两兄弟莫属。于是在一种温馨的自我安慰中闭上了眼。然而，闭上眼却睡不着，好多画面在脑子里活灵活现，如同走马灯似的。宁彬把马术赛场设计的事交给了他，他就不能不为之操心费神。父亲又犯了老毛病，觉也不睡了，一门心思放在马术训练场这件事上。他就是这种很另类的人，一不做，二不休，要做就要做得出类拔萃、无可挑剔。

静悄悄的夜，学友们的鼾声和呓语听得很清。父亲手表的走动声噌噌地响着，表盘上泛着绿光的指针，并齐在十二点上。父亲知道零时了，但他没有丝毫的睡意。他的脑子里几乎摆满了建筑物，孟津邓家花园、孟津县衙、洛阳火车站、吴佩孚军营、洛阳复旦中学、九江码头、江州中学、衡山宾馆、永州公立中学、重庆枇杷山公馆、重庆南温泉培训基地、重庆大学、中央大学、紫薇居等。这些父亲知道的建筑物，像一部电影专题片似的，统统过了一遍。他正在构思哪种风格的建筑摆放在马术训练场的哪个部位更合适，更能与整体设计有机融合的时候，脑子里又涌现出峨眉山的红蛛山别墅。父亲当年在侍卫室时，曾奉命到那里值勤，对那些绿色景区中的蓝砖红瓦建筑印象深刻。马术训练场的五大件中，既然宁彬掌握有照片，也有相关尺寸，关于跑马的场地就按图上的，不用多考虑。父亲心里在批评自己，连马术训练场都没见过，还设计呢，岂不是开国际玩笑！然而，父亲还是很相信宁家弟兄，人家求你绘一张设计图，实际是在征求你的意见，既然大家亲如手足，就不应该推辞。于是，零点之后，父亲蒙着被子，拿出笔、纸和尺子，打开手电筒就按照自己的构想画起来。马厩按那天在嘉陵江边看拉纤、听《川江号子》时，那家观江听涛茶馆的模样设计；管理员住室借鉴吴佩孚军营中军官住宅的风格；学员休息棚作为临时观摩的场所，只要能遮雨避风就行，红蛛山别墅里的廊道可以参考。马术训练场的大门，父亲苦思冥想、搜肠刮肚，总找不到更好的方案。凌晨三点的时候，父亲想起了孟津县衙，一个对称的建筑，中间高两边低，起码那种造型还是比较霸气的。父亲的理念是，大门是一个场所对外的面目，要大气、霸气，让人望而生畏、肃然起敬。远方传来公鸡的啼鸣，家乡距独山远隔千山万水，人们说话口音有很大差异，然而公鸡的叫声竟然没有区别。不知为什么，几乎彻夜未眠的人，居然还有闲情逸致去思考这些事情。过后，父亲也在心里笑自己。天亮后，区队的几个班还要训练，父亲强制地要求自己马上入睡。父亲觉得自己晕乎乎地又上了枇杷山，那里好多人，有人写生画景，有人在唱歌吊嗓，还有人吹奏口琴。突然，上官朏朏出现了。她拿着一沓子设计图纸，用彩笔在上边圈圈点点，还打了许多错号。那正是父亲设计的马术训练场的有关建筑设计草案。上官朏朏像一位严厉的老师，不留情面地批评着做错题的学生。她说："一个人的见闻、阅历决定着他的境界，设计方案的构思，首先要立足于环境，建筑物、构筑物要与之和谐融洽；其次要有创意，在参考现有建筑物的基础上，要突出个性特点，让人有似曾相识的感觉又找不到它的出处；最后马术训练场原本是西方贵族的活动场所，绿化美化也要考虑，愉悦人心应是重中之重……”父亲很生气，瞪了她一眼，说：“朏朏，你咋这么爱找事呢！”这时，有人手电筒照住了父亲的眼，接着有人问：“朏朏是谁？”原来，天早已亮了，宁彬和宁石云站在床边，看着父亲，两人都是皮笑肉不笑的样子。室外下着雨夹雪，大家都只能在宿舍里活动。

父亲说：“宁彬，你交给我一个任务，害得我好苦，一夜都不能睡，手电筒换了两次电！”宁石云说：“我们来时，你的打鼾声惊天动地，真怀疑这场雨夹雪是你唤来的！”父亲说：“我过去从不打呼噜，石云是在冤枉我。”宁石云说：“大家都可以做证，你不仅打鼾，还说了好多梦话。”父亲不好意思，感觉脸上发烫，就转移话题说：“雨夹雪，下半月，今天的好多项活动，明天的体育比赛，还有咱们的马术训练场建设都不能正常进行了！”父亲的话并没有把话题转移开，年轻人的好奇心、猎奇心让宁石云十分固执。宁石云说：“体育比赛、文娱活动，甚至马术训练场建设都不重要，这会儿我觉得朏朏最重要，朏朏到底是谁？”父亲说：“你一定要知道？”宁石云说：“不仅我想知道，大家都想知道！”父亲说：“那我就告诉你，朏朏是一个女人，姓上官，叫上官朏朏。可以了吧？”“不可以！”在场的好几个人，异口同声地说。宁石云乐起来，说：“大家的一致意见，让你说仔细点儿！”父亲说：“今天咱们要评审评审马术训练场的初步设计。朏朏的事一言难尽，换个时间我慢慢讲给大家听！”大家都不作声，只有宁石云十分不乐意地说：“不说算了，不说我也猜得着她是谁！”父亲说：“石云，总部办公室有你一封信，邮戳好像与国内邮局的不一样，信封上的字很隽秀啊！是你同学的来信吧？”宁石云没有说话，但也没有生气，他发现在场各位都把目光转向他，就说：“是我的同学，叫欧阳岚岚。等哪天大家听完上官朏朏的故事，我就讲欧阳岚岚的故事。”营房里的喝彩声招来了其他区队的学友，他们好像在雨夹雪的天气里也感到无聊，就循着笑声走过来。

在大家闲聊的时候，宁彬已经把父亲一夜的设计图审查了一遍。他对图纸给予很高评价，当然，宁彬很注重工作方法和说话艺术。他很欣赏马厩、管理员住室、休息棚的设计图案，对马术训练场大门的设计提出了看法。因为投资方是宁家两兄弟，既然宁彬已经亮明观点，大家就只能随声附和。别看宁石云也是投资人之一，但他在这方面似乎不大关心，在好多事情上也是这样，他最听彬哥和俊哥的。在大家讨论时，宁彬有意到营房外走了走，回来说："雪片看着大，其实很轻薄，雨也是毛毛雨，虽然影响其他活动，但它不影响咱们的马术场建设。大家不妨现场走一趟，实地踏勘一下！"

农历正月十五的独山一带，已经进入万木争荣、群芳吐艳的时节，雨夹雪纷纷降落的天气，树木舒枝展叶，花草艳丽妖冶。远方的山岭上呈现着明媚春色，农田里的油菜花、豌豆花烂漫芬芳。透过雨雪的迷蒙，白色的梨花、粉红的桃花更加绚丽。若不是这场不期而至的雨夹雪，大家只顾准备文化活动和体育比赛，一定错过了这次对美丽早春的体验。区队里好几个来自北方的学友，从没见过正月里鲜花开放，尤其是豌豆花和油菜花开得那么可爱，在北方豌豆花一般是农历的三月底才开，油菜大都种在坡坡岭岭的旱地里，开花的时间还要再晚一些。长期在教官、值星队长管辖下生活的学员们，好不容易有机会自由自在地徜徉在田野，有一种放飞和脱缰的快乐。大家走着聊着，天南地北地比较着，忘记了雨夹雪带来的烦恼和不便。正走着，一群小鸟从头顶上飞过，发出啁啁啾啾的叫声，之后集体落在一块裸露着黄土的地里，似乎在寻找着食物。父亲先是想起了候鸟，说不定这群寻食的鸟儿是从遥远的北方飞来过冬的。接下来，他又感叹着"鸟为食亡"这句话，雨夹雪的天气，这鸟儿不是勤快，而是为了解决吃的问题，如果遇到打鸟的人，"嗵"的一声就可能死伤大半。

尽管大家兴致勃勃、谈笑风生，然而刚出来时的新鲜劲过去，就觉得大家都走出营房有些多余。不过，路程并不远，三公里多点儿，大家勉强坚持着。购买马术训练场这块土地，是宁融鑫老先生通过当地一个乡贤人物办理的，圈一块百十亩大的地方并没有花费多少钱，内部设施、马匹选购代价大一些。老先生一腔热血，无论花多少钱，为了抗战他都愿意出。为了锻炼一下两个孙子，宁老先生把场内设施、马匹的购买引进自己包了，场馆设计、施工就交给了两个孙子，人的能力就是在实践中提高的。大家站在那块未来的马术训练场，洗耳恭听宁彬的演讲。宁彬手拿父亲做的图，当即指了指马厩的位置、管理员住室的位置、学员休息棚的位置，强调就按父亲画的样式，由郑国风负责放线。郑国风不仅木工技术了得，对材料计算也很专业。至于施工时，质量和进度由张小飞负责，张小飞的瓦工水平在军校里出了名，考军校前曾干过两年泥水匠，他自己承认已经出师。铁匠李义声作为他们的替补，被宁彬任命为工程副总监。马道、草坪、饲养员这几项，宁彬安排给那位乡贤去办理，早把花费付给了人家。父亲对宁彬的慷慨、大器很佩服，但认为他有些财大气粗。最后，轮到训练场大门的安排，宁彬说他喜欢哥特式建筑风格。父亲笑着揶揄说："宁彬，一个驯马场，用得着那么牛的大门吗？是不是有点儿草房子上安兽啊！"宁石云本来对这件事虽有责任，但漠不关心，见父亲说话，他就亮明观点说："其实弄个铁栅栏门就行，新加坡也有这种马术场大门，阳光、通风、透绿、经济、耐用。"宁石云真的是不说便罢，说起来一语惊人。宁彬迟疑了一下，说："独山这个地方，只有一处属于哥特式建筑，我是想在这里展示一下，让中国军校的训练场更绅士、更典雅！"宁彬心里的大门样板，就是独山县城的天主教教堂，并请大家抽个时间前往欣赏，然后再确定。父亲跟宁彬开玩笑说："宁彬，因为一个大门的事，你让大伙冒着风雪陪你，哪天进了县城，你一定要请大家的客啊！"

大家回区队营房的路上，遇到了四个人，冒着雨雪，在宽敞的雨衣遮掩下，正全神贯注地画着什么，仿佛是美术学校勤奋的学生在写生。当他们看到有人走来时，就迅速装出走路的样子，无所谓地吹着口哨，朝另外一个方向走去。本来，大路朝天，各走一边，井水不犯河水，撞衫的感觉使郑国风很好奇，郑木匠走着走着就掉头，走进了那四个人的中间。郑木匠问："请问几位是哪个总队的，执行什么任务？要不要我们帮忙？"那几个人见半路上杀出一个陌生人，而且多管闲事，就不耐烦地说："你看一下我们的校徽不就知道了，执行任务不是你该管的，这个忙你帮不了！"郑国风说："你小看人了，论绘图，我可以当教官，论专业，我称得上工匠级的！"在郑国风争论时，宁石云、张小飞已经快步走过来。张小飞指着那四个人吼起来："你们不要有眼不识泰山，你们住的营房、吃饭的餐厅、打球的篮球架，哪一样不是郑木匠下的线、刻的榫，还班门弄斧是不是？"那四个人一看这么多人陆续围上来，就光棍不吃眼前亏地快步离开，嘴上还不饶人地说："你们人多，势力大，厉害，我们惹不起能躲得起！在江湖上混，有些是要还的！"宁石云大声说：

"有种小子，咱们走着瞧！"那四个人走远了，但依然走走停停，继续写着画着，不时地朝不同方向比画着。郑国风告诉父亲，说他发现那几个人拿的铅笔很奇特，写的字画的画也与众不同，就拐回头想再看看。宁石云说他看见有个人明明是在画一张地图，这图以独山县铜鼓井为圆心，画了一个大椭圆，其中在平塘县、三都县、基长镇、大河镇、丰乐镇等位置都标有五角星。张小飞说看见他们都佩戴着军校校徽，但好像和咱们的不太一样，又新又亮。他们这么一说，刚才还放松的心情一下子变得紧张起来。大家感到这几个人不那么简单，苦于没有找到真凭实据，盲目向总队反映此情况，显然有点儿风声鹤唳、草木皆兵。最后大家形成一致意见，在日后的各项活动中，要擦亮眼睛。

刚才那四个绘图的家伙绝非是偶然行为，独山处在战略通道上，四分校在此不仅是军事教育，还有更重要的使命。日本侵略者野心勃勃，对大西南虎视眈眈，于是……父亲进了营房，依然对刚才发生的情况耿耿于怀。四分校虽名为独山分校，看似校区在铜鼓井，实际是以铜鼓井为圆心，在 40 公里半径内分布着平塘、基长镇、大河、丰乐等几个总队，包含平塘、独山、三都三个县。有时候，父亲曾幼稚地想，论校区面积，四分校是世界上最大的军校，它比美国的西点军校、弗吉尼亚军事学院、德国联邦国际军事指挥学院、英国桑赫斯特皇家军事学院、俄罗斯伏龙芝军事高学院都要宽阔、威武，尽管它只是黄埔军校的分校。

雨夹雪没有下半个月，而是整整下了三天。然而，三天的降水把地上弄得湿漉漉的，影响着文体活动的正常举办，这让本来喜庆的节日变得暮气沉沉。文体活动的拖延，为马术训练场建设提供了方便，也为学友们的自由活动开了绿灯。热衷于为军校做贡献的这些炮兵科学员，为了马术训练场的大门建设，借机专门去了趟独山县城，认真地琢磨了教堂大门的建筑风格，大家可能出于一种偏见，都不看好这种大门，认为宁石云的意见值得参考。马术训练场大门建设，到独山县城一趟并没有任何收获，不过大家不感到失落，因为其他几项已经开工建设，当地的泥瓦工、木工着手干这些工程，同时，大门建设拖延一个月也不妨，况且，宁石云作为投资者之一，他的意见不失为最佳方案。宁彬兑现诺言，他在县城的一家饭馆请大家吃了一顿酸宴，担心大家不习惯，又加了一个烤乳猪、一份锅盖面。饭后，他们又遇见了几个戴军校校徽的人，当时他们正在散发传单，传单文字不多，说日本人要进攻独山，劝说独山人抓紧撤离。散发传单者十分机警，发现情况不妙就马上逃脱。

父亲他们的区队长好长一段时间，精力都放在婚恋上，对学员们的管理处在一种放松的状态中，好在区队所辖的四个班，有几位出色的班长和副班长，各方面的工作均没受到影响。此外，他们还悄悄地为学校炮兵科增添着马术训练场，等交付使用时，无异于平地一声炸雷。区队长虽然业务有些疏忽，然而争强好胜的名利观却十分严重，尤其对于全校性的竞赛，脑子里只有第一和冠军。年轻人争胜心强，其他区队也是这样，因此，一些干部把学校的体育比赛作为打压别人的良机。区队长报的四个项目，他有信心拿到三项第一，四项第二。雨夹雪耽误了将近十天，校方把比赛日平移到正月二十五。所谓平移，就是把正月十七那天的赛程移至正月二十五，把正月十八那天的移至正月二十六。正月二十五上午为短跑比赛，分小组预赛、半决赛和决赛三个阶段，下午的四百米接力也分为小组预赛、半决赛和决赛。虽然学校的比赛规格不高，但按照国际、国内大赛的规则要求。正月二十六上午是标枪，下午是拔河。正月二十七日全天的射击比赛区队长固执地报了弃权，理由十分牵强，他说又不是火炮射击，步枪射击是步兵的事。区队长的决定让几个班的班长不服气，说别看我们是炮兵，使用步枪照样能打十环，失去夺标机会太可惜。

田径比赛的那天上午，区队长早早地就到了运动场，亲自指挥着参赛选手做准备活动。和其他区队不同的是，选手居然是三个班长和一名学员，其他区队的选手很少有班长，基本上全为学员。区队长很热心，从预赛开始，他就重复着两句话："不要抢跑，要看发令蓝烟，要把握呼吸六十米后加速！"不知道他是真懂还是瞎嚷嚷，父亲和宁家兄弟只是笑笑，未置可否。预赛结束，进入半决赛，区队四个人全部通过。决赛时共有八名选手，区队长高兴得几乎要跳起来，这八名选手一半都是他的学员。鸣枪后，八名选手个个儿精神饱满，如利箭离弦，嗖地飞向前方。毕竟是从几万名学员中选拔出来的优秀选手，前五十米大家几乎在一条线上不分先后，六十米、七十米开始有人掉队，八十米时又有人减速，九十米后，选手在跑道上形成了大写的M。父亲和宁石云同时撞线，连裁判也不好判定哪个第一、哪个第二，只好宣布两人并列第一。宁彬获得第二，那个学员获第五。区队长兴奋得沉不住气，没等选手稳住神，就布置下午接力赛的事情，提出一定要勇夺第一。下午的赛事闹了个笑话，原本十三个队，应该分成两组，淘汰五个队，其余八队直接进入决赛。由于排秩序册的人员粗心，就弄了个预赛和半决赛，比赛开始时才决定每队赛两场即可。区队长坚信无论如何改变秩序册，他都将胜券在握，因为他派出的阵容是绝对的顶尖阵容，四个接力选手都有实力。人们对势在必得的东西又失去，说是煮熟的鸭子又飞了。区队长认为他的这几名选手轻松夺冠，他做梦都不会想到，这几个优秀选手在淘汰赛时就出局了。宁石云跑第一棒，宁彬第二棒，那个学员第三棒，父亲第四棒。鸣枪以后，宁石云跑了五十米，突然冲出跑道，追赶起一个人；宁彬没等到棒，也追起人来。原来，那几个在三都县和大河镇画图的人，混在学员观众中，尽管胸前挂着校徽，也没有瞒过宁石云的眼睛。赛场内外，人们不解地望着这几个狂奔的人。眼看要追上时，其中一个人“扑通”倒在地上，一动不动了。这天来到铜鼓井校区三个人，倒地一个，其余两个一个被抓，一个仍然在狂奔。父亲正在追逃跑中的那个，一边追一边说：“你眼睛不好还是怎么了，敢在短跑冠军面前比试跑功！”

由于这几个人胸戴校徽，大家以为是学员之间的内斗就埋怨父亲他们几个无事生非、多管闲事，在校区捅了娄子。最严重的是那个倒地者，生命体征几乎没有了，被送往医务室抢救。

父亲、宁彬、宁石云、张小飞、郑国风都被关了禁闭，等待着学校调查处理。他们几个不服气，理直气壮、义正词严地说：“这几个家伙不是好人，要在战场上，他们死好几遍了！”

四十七

野人山在折磨着、扭曲着、改变着不屈不挠的战士们……

在深山老林里，人们似乎彻底丧失了时间概念，每个活着的人都是从急躁开始，慢慢地没了脾气。大家从刚开始急躁地度日如年，渐渐地习惯了漫长的煎熬。衣服破了、头发长了、身体臭了，每个人都不得不融入这个人间地狱一般的恶劣环境，苟且地生存着。上官朏朏曾经讨厌大街上下水道井口那种气味，走到这些地方时，就会下意识地绕过去。她曾经路过屠宰场和皮革厂时，被那种血腥味、腐臭味熏得头晕，路过垃圾堆、收购站时被那种奇怪的酸腐味、腥臊味呛得咳嗽住院，就连学校大澡堂里升腾的气味也令她几乎窒息……然而，野人山里始终散发着她最不愿接受的这些气味的混合味，时间长了，尽管她讨厌这种怪味，但又不能不逐渐接受。起初她不愿意称这里为野人山，认为胡康河谷这个名字文雅，带着文学味，就一直认可这种称谓。眼下，几个月过去了，她、凌丽以及好多战友都几乎成了原始人、野人，反而觉得野人山这个名字更贴切。在茫茫大山野谷里，几万大军就如同探路者、探险者，几个月了并没有探出一条捷径，却经历了无数的艰险。上官朏朏有幸跟卫生队的凌丽同行，有人做伴，有人交流，有人倾诉，相互鼓励，仿佛真挚的友爱是她们黑暗中的灯，是生命中的安慰。上官朏朏真的没有料到，凌丽也生了病，并且病状越来越严重，她心里很不是滋味。这种时候，她反而觉得自己无比强大。当凌丽昏昏欲睡时，她就偎紧凌丽，轻轻地拍打着她，哼着那首《摇篮曲》："小宝贝快快睡，梦中会有我相随，陪你笑陪你累，有我相依偎……"凌丽听到她唱，就眯缝着眼会意地笑笑。这种时候，上官朏朏就会哼得更起劲儿，似乎感到自己是在履行一种责任和义务，开心和自豪随之而生。凌丽睡着后，总是说一些莫名其妙的话。上官觉得凌丽的话十分像同学白诺写的朦胧诗，一会儿在天上，一会儿在水中。不和凌丽交流时，上官朏朏就会想自己当下的处境，她把自己比作一个腰里束着一根橡皮筋的人，橡皮筋很粗壮，一端牢牢地固定在一座大山的岩壁上，她每天都在竭尽全力行走，认为自己走了好远好远，眼看就要走出去了，然而那根可恶的橡皮筋只让她在弹性限度内挣扎，永远也挣不脱它的束缚。上官朏朏又想起了西西弗斯，仿佛看见他正在不知疲倦地把那块巨石从山脚下往山顶滚，每次到达山顶快要成功时，那块巨石就着魔似的跌落下来，重新归位于起点。之后，她又看到了老愚公带领全家老小在移门前的大山，山好大好大，愚公一家则显得渺小、势单力薄和不自量力。

凌丽的病在加重，原来咳嗽一次两分钟，后来发展到五六分钟，而每次的间隔时间越来越短。上官朏朏受凌丽的影响，觉得自己也憋不住了，时不时地咳起来。凌丽稍好点儿时，她们就往前行走。药物早已用尽，凌丽对于大部队来讲，就没有更多价值了，只能自己照顾自己。上官朏朏也一样，没有什么可宣传、可记录的东西，部队不需要宣传动员，也没有通讯报道可写，她变成可有可无的人。上官朏朏问凌丽：“咳嗽到底属于啥病，有生命危险吗？”凌丽想了想，说：“咳嗽分好多种情况，有些严重，可能致命；有些则只是暂时的，炎症一消，就会好的。你不用担心，这些天你辛苦了，照顾我累得够呛！”上官朏朏心情好了很多，她十分担心咳嗽会致命。她自认为凌丽的病严重，凌丽咳嗽还伴着发烧，动不动就昏迷，而自己只是轻微咳嗽，体温还算正常。于是就对凌丽点点头，说：“那就好。”不过，自从上官朏朏开始咳嗽，她每天在休息时就出现很多幻觉，特别是晚上睡觉，闭上眼就会出现很多神话故事里的情景，那些神鬼总是轮流着找她聊天。蒙眬中，女娲告诉她，世上人造得多了，盛不下了，只能使用战争、瘟疫和自然灾害去解决；刑天说，作为一个人，头可断血可流，志不可丢……后来，普罗米修斯也找她诉说，被恶鸟啄开的胸膛里，鲜红的心脏还在咚咚跳着……

与上官朏朏梦魇相比，凌丽似乎时常做着甜蜜、开心的梦。上官朏朏常常在噩梦中惊醒，惊醒后就仔细聆听熟睡里凌丽的呓语。上官朏朏很奇怪，为什么咳嗽相当厉害的凌丽，一旦睡着就停止咳嗽了，而且说梦话时也不咳嗽。凌丽好像又回到了乔窑，不住地呼唤着“奶奶”，还说：“姐姐，您真高，您的衣服我们穿上像长袍一样！”上官朏朏不愿打搅她，身子一侧，就继续睡自己的。

天亮以后，她呼唤凌丽，准备跟她谈呓语的事。哪知，千呼万唤，再也没能让凌丽睁开眼睛。上官朏朏有些自责，后悔那阵子没有把她从梦中唤醒，才铸成了凌丽在梦中被黑白无常带走了这种大错。

凌丽死了，上官朏朏形单影只地走着，但她却没有孤苦伶仃的感觉。上官朏朏每天只说一句话，也是她能顽强活下来的支撑。她知道前边的出路依然迷茫，比但丁《神曲》描写的迷路的那座森林还要凶险。她知道自己的状态，不可能一直处在部队的前列，早已被后边的战友们超越。她觉得在野人山里行军，就像大江大河里的大浪淘沙，自己不知道哪天就会被淘汰。于是，每逢有人要超越她时，她就自觉地问：“你们认识一个叫乔国俊的战友吗？”或者问：“你们见过炮兵团的乔国俊吗？”那些战友大都摇摇头、摆摆手，或者轻轻地告诉她不认识。上官朏朏并不气馁，依旧往前行走着，尽管一拨又一拨的人超过她，无情地把她撇下，但她还是打听着：“你们认得乔国俊吗？”

上官朏朏不知道从哪天开始，脑子里就彻底没有了“胆怯”“害怕”“死亡”这些字眼，野人山里的狼虫虎豹、蜻蜓一般大的蚊子、吸人血的水蛭、刀劈斧削一般的陡壁、夜半瘆人的鸟叫等令人畏惧的一切，似乎都没有了昔日令人生畏的魔力。上官朏朏用山溪洗脸时，发现水中的自己竟然那么可怕，身上已没有了文明的气息，假如这种状况出现在某个城市的街头，人们肯定会惊呼“野人”。她这个样子遇到央大的校友，他们一定会说校花被打回了原形好可怕，相信那些牛郎将不再幻想鹊桥相会的事情了。马瑞丽这张乌鸦嘴，也会叫嚷说：“人生就是一场选择，看她选择得多么不值！”

野人山里，上官朏朏背着小小的包裹，里面有那支口琴、那副吊坠，还有她写的一封家书。上官朏朏相信自己一定能活着走出野人山，最起码也能找到一个认识乔国俊的人，拜托他把包裹带给他。

上官朏朏见人就问：“认识乔国俊吗？”那些陌生的面孔，几乎都好奇地看她一眼，然后摇摇头，或者同情地回答她：“不认得，你问问后边的人吧！”

……

四十八

乔窑人称日本侵略军为“老日”。正当老日气焰嚣张、杀气腾腾进攻洛阳一带的时候，作为洛阳北大门的孟津，早已山雨欲来风满楼了。在老百姓传说中，老日就是吃人恶魔，是不齿于人类的怪物。提起老日要打过来了，人们不仅谈虎色变，而且家家户户都惶惶不可终日。然而，在国难当头、民不聊生的关头，乔响器、乔田才则表现得与众不同。他们比任何时候都要得意，经过别人家门口，有意地提高嗓门儿，看到村里人在一块儿八卦，就凑上去高谈阔论，好像一夜之间这俩家伙完成了脱胎换骨的嬗变。更让人们不能理解的是，这一年收成不好，大家都为生计发愁的时候，乔响器、乔田才却发了财。那天中午，乔响器不知从哪里赶回一辆马车。崭新的马车、威风高大的枣红马叮叮当当地进了村。马车后面，乔田才骑一辆闪闪发光的三枪自行车，不停地拨拉着车把上的铃铛。路上没有一个人，不需要给他让路，拨拉铃铛是要引起人的重视。乔响器比乔田才更张扬，把马车停在乔家大门口，等乔田才过来，演了一段双簧，表演给村里人听。乔田才说："响器叔，你刚买的马车？"乔响器扬眉吐气地大声说："俗话说兔子还行旺运，何况男子汉呢！我乔响器真的行了旺运，这马车，不光在乔窑，就是放在孟津县，也是呱呱叫的，这马车呀，可以换他们十辆牛车！"乔田才说："响器叔，以后有事还少不了要坐坐你的车，沾点儿财气！"乔响器回答说，也像是说给村里其他人的："以后，你们有事只管找我，乔响器本来就是个人物，无非是夜明珠埋到土里了，记住田才，是金子就会发光，人不会永远穷困潦倒，我早就说过，太阳也会打我家门前经过的！"乔响器那副财大气粗的样子，更让人们觉得他的一夜暴富是发了不义之财，本来大家就懒得搭理他，见他云里雾里地炫耀，就纷纷各回各家。乔响器、乔田才排练好的双簧，只能尴尬地、灰头土脸地收了场。

对于乔响器的突然发财，乔窑人有很多议论，归结起来就是敬了武财神。乔窑人说敬武财神的意思，是说他的钱财来路不明或者是抢劫来的，属于灰色的。然而，不少人家还流露出羡慕的眼神，有的女人敲打自己家男人说："看人家乔响器，新马车，新衣裳，派气呀！"还要自己男人跟着乔响器学学，好像乔响器一俊遮百丑，发了财就成了优秀男人。社会就是一个势利场，无论哪个朝代、无论哪些年代，有枪就是爹、有奶就是娘的劣根性亘古不变。乔响器有了钱，人气也来了，过去门庭冷落，如今也变得人来人往了。有人解释自己有眼无珠看不起一个有能力的人，有人夸乔响器才美不外现，还有人鼓动乔响器出任乔窑村的甲长。

老奶对这件事、这种现象，只说了一句话："能看贼吃饭，别看贼挨打！"言外之意，混社会的人可能得意一时，不可能得意一辈子，报应来时后悔都来不及。有好多人发了财、得了利，或者春风得意时，都很谦虚，在言语行动上很收敛，唯恐德不配位过分张扬带来灾难。而乔响器就是另一种人，发了财，尾巴就翘上天，不仅张扬，还有些疯狂。乔响器有事无事都让人把马车赶出来，嘚儿、喔儿地驯着马，还突然把刮木拉紧，让马车的刹车发出叽扭叽哇的响声，马本来正奋蹄拉车，车速就够快了，他还是把皮鞭举得高高的，啪啪地响着，好像在提醒乔窑人似的。有人故意使用激将法，让乔响器花钱，就悄悄告诉他："响器，你的马车的确风光，枣红马也很威风，只是有一点不气派。"挑逗他的人卖起关子，故意不把一点是啥讲出来，急得乔响器连声问："哪一点不气派？快说！"那人说："你东邻乔家虽然是一辆旧牛车，不值钱，可人家还雇有专职赶车的，一下子就让人感到这家气派。可你呢，还得亲自赶，说起来，说起来……"那人又故意不说完，只是吧唧着嘴，知道乔响器肯定会明白含义的。果然乔响器明白过来，说："我明天就雇一个比乔顺子技术好、长得帅的人，好马要配好鞍，还要有优秀的赶车人。"乔响器突然有了钱有了车，虽然有人羡慕他甚至追随他，但还是有很多人怀疑他，不愿与他交往，好几天过去并没有找到赶车把式。好车把式看不上乔响器，给再多工钱也不干，差的乔响器又相不中。他曾经找过乔顺子，连乔顺子都婉拒地说自己赶惯了牛车，马车速度快，驾驭不了。他骂乔顺子生就的老鼠尾巴，发不粗长不大。乔响器有俩钱就想附庸风雅，他家房子里边脏、乱、空，不适合挂字画，但他不甘心，见到不少有钱人家都挂着字或画，认为那是一个人身份的象征，就找到东学教书的白先生，让人家为他写一幅杨慎的词。他不知道杨慎，也不知道《临江仙》，就说成"古今多少事，都付笑谈中"那首词。

乔响器无论怎么牛、烧、出风头，都无可厚非，只是他酗酒的坏毛病让村里人看不惯，在背地里又诅咒又谩骂。乔响器逢酒不醉不罢休，醉了就骂人，骂人不仅话脏，还揭人短处，有些多少年前的陈谷子烂芝麻都让他扒出来，其中有些属于个人隐私。慢慢地，那些原来有心投靠他的人，在遭到羞辱后发誓说，今生今世穷死也不跟他干。讨厌乔响器的人很快形成一股势力，开始搜索他和乔田才暴富的来龙去脉。

乔响器见那么多人走近他，之后又远离他，明明是他的德行差造成的，但他偏偏说别人素质太差，是势利小人，跟这些人打交道最终是要吃大亏的。乔响器在乔窑人面前虚张声势，表现得像个人物，每天像上工那样早出晚归，不论做什么事总是赶着他那辆象征身份的马车，而且不论时间早晚，总不忘把鞭子甩得震天响。他不管人们喜欢不喜欢他这样做，他一定要让人们知道他乔响器今非昔比，已经出人头地。细心的人们一定会观察到，乔响器出门一般不带乔田才，独来独往，那天乔田才得到三枪自行车两人并驾齐驱是仅有的一次。乔响器跟乔田才的关系，村里人都能理解。乔田才跟乔响器混，是无利不起早，狗图一食。乔响器使用乔田才是雇佣关系，计件工资，你干的活儿值多少钱我就付多少费。能让乔田才得到一辆新三枪自行车，绝对不是小生意，乔响器根本不是大方之人，出手一辆自行车的确让人费解。乔窑人对物品的好坏贵贱都在行，他们表白说咱没吃过猪肉，但见过猪走，看乔田才的三枪自行车进村，就夸乔田才的车子漂亮。乔田才有意谦虚说："很一般。"村里人就说："东洋车子西洋表，好货！"他们的意思是日本的自行车好，瑞士的手表好，都是上乘的好货，当然他们也知道英国的兰令自行车也是好东西，但为了让乔田才高兴就没提英国自行车的事。

尽管乔响器整天披星戴月，一副忙于生意的样子，但村里那些爱了解别人私事的人，在偷听了乔响器家里吵闹后，就对一个不干正事的人的魔鬼人生有了部分诠释。也许人们并不关心乔响器的早出晚归，也不关心他的生意如何，但他们家在夜半时哭哭啼啼如同闹鬼一样的声音，不能不引起乔窑人的注意，尤其那些巴望着看乔响器笑话的人。

后半夜，本来就十分安静的乔窑，万籁俱寂，夸张地说，一个铁钉落地发出的声音全村都能听到，何况乔响器家鬼哭狼嚎的闹声呢？

"一个好端端的家都毁在你这种哭哭啼啼的女人那里，你有多少冤屈值得你像死去了爹妈，鼻子一把泪一把的？"乔响器自从赶大车回家以来，训起妻来有板有眼，一套一套的，这和过去发生了本质变化，过去打乔裴氏只动手不动口，现在是既动手又动口，打了人还理由充分。偷听他们吵闹的人是从乔响器这句话开始的，前面的起因无从知道。

乔裴氏在乔响器停顿时，颤颤地说："你不打我，好好的我能哭？我又没有发神经！"

"你没发神经，比发神经还严重，我说你有短处，它就是疮痂被揭疼了也不能吱咛呀！挨打就因这张嘴，吃亏在于不老实！"乔响器口气十分像一个父亲在训斥一个犯了错的孩子。

"打人不打脸，骂人不揭短，哪个女人愿意让人糟蹋，哪个人想让自己活得暗无天日，生不如死？我本来以为自己出了火坑，谁知道又掉进水井！"

裴氏忘了夜深人静自己的话能传得好远，也许她已经受够了罪无所谓，把肚里的苦水倒出来心里会好一些。她似乎忘了面对的是一个狼心狗肺的家伙，对他诉说就是对牛弹琴，说多了还会遭到拳打脚踢。

果然，乔响器再次对她动了手，好像刚才打裴氏时用力过大手掌发痛，这次就捡起地上的树枝抽起来。他边抽边骂说：“啄木鸟死在三伏天，肉都烂了嘴还硬着！”裴氏似乎好多话一直窝在肚子里，多年给人的印象就是一个没嘴葫芦，这天半夜，彻底展示了一个有牙有口的她。

裴氏说：“你不去那种地方，回家还好好的像个人，去了那种地方你好像就撞见了鬼，回来就找事！”“啪”的一声，乔响器又抽了她一下，说：“一到那种地方，看见那些把自己涂抹得像妖精一样的人迎着我过来，又是搂脖子，又是往怀里钻，我眼前就出现了你的样子，我就想当年的你真脏，回来不打你打谁！”

“你现在有钱有车，过上好日子了，我也有自知之明，该离开了，你也应该找一个十面净八面光的女人了！我是死是活，今后与你无关，你整天就远嫖近赌吧！”远嫖近赌是乔响器的座右铭之一，常常挂在嘴上，乔窑人都知道。乔响器好像有了发现似的，声音压低了很多，他说：“乔响器我吃喝嫖赌臭名远扬，我也改不了这些，你走我不拦你。你也记住了，破锅自有破锅盖，响器自有女人爱！”乔裴氏对乔响器的自信满满也说了一句既是奉劝也是诅咒的话：“乔响器，你记住，有些东西好吃难消化，有些钱不是自己的迟早要还给人家的！”

乔响器还想说啥，远方传来公鸡沙哑的啼鸣，就深深地打了个呵欠，把手中那根树枝使劲扔到了院子里。听到他们家吵嚷的乔窑人，都从心里为乔裴氏的反抗高兴。他们觉得这次熬夜很值得，很解气。要不是碍于在暗中偷听，人们一定会给乔裴氏一阵发自内心的喝彩。

乔响器这类得意时就鱼质龙文的家伙，一旦遇到裴氏反抗，就现了原形，难怪村里人评价他有吃有喝时就气壮如牛，失魂落魄时就胆小如鼠，遇到强敌时就闻风丧胆。见裴氏一切都不顾要离开这个家时，他嘴上依旧强硬，但内心已经软了下来。若裴氏真的离开了，他的马谁喂，马车谁擦洗，一时半会儿还没有哪个女人自愿上门，接上裴氏的茬儿。

这个吵闹的家渐渐安静了下来。这时，乔窑好多家的公鸡开始啼鸣，此起彼伏、不甘示弱。忽然，一阵嘚嘚的马蹄声在乔窑北街响起来。清脆的马蹄声在古老的村落里，不仅不清脆，反而随着墙壁的回声形成参差不齐的闷响。

马蹄声由紧到松，缓缓地停了下来。有人叩响乔响器家门。马车赶回来后，乔响器就让工匠把柴门垒成了车门，新安上的门上的漆也涂上褐红色。这么早就有人造访，这在乔响器几十年人生中还是头一次。尽管开门声轻轻的，寒暄声也很轻微，然而那些不懂人事的马，却不顾这一切地“咴咴——”叫起来，可能它发现了同类异性的枣红马，荷尔蒙就很快分泌出来，情不自禁地发出打破黎明安静的求爱嘶鸣，马蹄也兴奋地嘭嘭前踢后蹬起来。

四十九

过了年不久，南方的黎明，布谷鸟就不厌其烦地叫起来。父亲被鸟的叫声唤醒后，首先再次感觉到动物界真有意思，两地或多地相距遥远，人们的口音有那么大的差别，而鸡的叫声、鸟的叫声却完全一样，让人禁不住泛起浓浓的乡愁。

这是个星期天的黎明，瑶人山、水族寨的上空飘动着大片大片的红云，时间不长，红云幻化出万道霞光，太阳随之冉冉升起。难得的晴天，尤其是假日。宁彬、宁石云等从东南亚回国的学生，习惯把这一天称为礼拜天，不是特殊情况，他们每个星期天都要到独山县城的天主教堂诵读《圣经》，听神父讲道。有时候，他们以一小块饼和一小口红葡萄酒作为耶稣基督的身体和血，吃了以后按照《圣经》的教义，表示和耶稣同在，以此获得救赎。他们说那是做弥撒。那天四百米接力赛中为追赶那三个人而弃赛之后，宁家两兄弟已经两次没去做弥撒了。区队长担心那天的事态扩大，就主动将参与追赶的人全部隔离，对外说是关了他们禁闭，显示他从严带队的铁面无私和一丝不苟。区队长根本不做调查研究，仅仅知道被追赶的人胸戴校徽，就毫不动摇地认为那些人是同校学员，是受害者。于是不分青红皂白地对自己区队的学员动了手。特别是听说其中有个人不治身亡后，更是忧心忡忡，害怕自己因学员的过错而失去日后晋升的机会，还害怕自己会被免去职务。区队长那时是上尉军衔，再有半年就该晋升少校了，在关键时刻出了问题，几年的努力可能毁于一旦，他十分恼怒这几个学员，尽管他们一向表现优异，多次为区队获得荣誉，但是功过不能相抵，在大是大非面前，他选择了冷酷和无情。如果不是韩主任从外地返校，那么对几个学员的解禁将遥遥无期。解禁后的宁家兄弟，没有对十多天的缺课感到遗憾，也没有对马术训练场建设有多么关心，而是迫不及待地要到教堂做弥撒。在过去，宁家兄弟对信仰基督并不是多么虔诚，而经历了这个事件后，尤其是区队长关键时刻的落井下石，让他们看到了人性的自私和环境的险恶，就对现实有些失望。人活着是要有精神的，而在这时，他们就觉得神灵或许会公平、公正地对人们的行为做出客观处理，于是就开始对礼拜天专注起来。发誓每逢礼拜天，就一定要去做弥撒，努力做到不迟到不早退。这个事件，让这些被关了禁闭的学员，更加紧密地团结了起来。当追查谁为这个事件的主要责任人时，宁石云说他是最早追那个家伙的人，有多大责任，或者犯多大事他应该承担。张瓦刀说那天在马术训练场勘察时，他先发现这几个鬼鬼祟祟的家伙有问题，建议逮住他们问问，说始作俑者是他。郑国风说这个事，他责任最大，因为是他看见这几个人绘图时，用的铅笔与众不同，引起大家的重视，才酿成后来的事件。宁彬对承担责任毫不在意，说自己让各位多长个心眼儿，要不，各位与这几个人根本就不认识，不可能出现对立情绪，他情愿受到惩罚。父亲追上了三个人中的一个，说自己虽然不是第一个追人的人，但号召大家追击时，喊声最大，是鼓动者，应该责无旁贷地受到追究。区队长说："长三十来岁，见到的人差不多都是揽功诿过者，很少见像你们这种往自己身上揽责任的！"父亲听见区队长这么说，就刺激了他一下，说："其实，咱自己在追查责任人，或许这个事不用追查，大家说不定做得不错，应该先审查一下那几个家伙，他们到底是哪个总队、大队、区队的？戴校徽的人都是学员吗？"区队长最讨厌这时候有人站出来否定他，就狠狠地瞪了一眼父亲，然后说："你厉害，没想到学员中还有荆棘，还这么锋利，扎得人好疼呢！"看他那种架势，父亲也不客气，你挖苦我，我也有话说呢！父亲想起了上官朏朏有天评价他时说过的一句话，用在这时比较合适，就说："有位名人说，新长出的荆棘如果不扎人，它这一辈子也扎不了人的！"父亲把上官朏朏的这句话戴上了名人言论的帽子，果然显灵，把区队长弄得瞠目结舌。正当审查那几个人还在进行中，区队长调查惹事者无果的时候，军校韩主任下令恢复炮兵科几个学员的正常学习活动。虽然事情仍无最终结果，但宁家两兄弟和大家起码都有了自由。这次小小的患难，让大家的情谊加深了很多。因此，当宁家两兄弟要进独山教堂做弥撒，邀请大家同行时，没有一人推辞。父亲很简单，他不烧香不拜佛，对基督也不感兴趣。宁彬说他："不用进教堂，也不用站着陪他们，可以到独山县的街上走动走动，放松放松多好！"

父亲听到布谷的叫声就没有了瞌睡。他先是把最近读过的书、写过的笔记整理好，把被褥叠好放整齐。在部队多年，父亲已经养成了搞好内务的习惯，他平常要求新兵以及班里学员时，常用"一屋不扫何以扫天下"这句名言，以此教育大家做好内务整理。当父亲分别叫醒宁家兄弟时，其他几位患难学员也已经开始整理内务了。父亲笑着大声说话，故意让宁彬、宁石云听到："很怪呀，今天去独山教堂，皇上不急太监急啊，做弥撒的人还在打着呼噜，陪同的人早早就准备妥当了！"宁石云伸了一下舌头，说："乔哥，说实话，那些天夜里总是睡不踏实，一晚上醒十来回，天不亮就没瞌睡了。自从给咱们恢复自由后，这瞌睡虫就形影不离地缠着咱。"父亲说："抓紧时间，迟到了大家无所谓，但你俩麻烦就多了，基督会说你俩心不诚，发脾气了还可能关你俩禁闭呢！"宁彬说："区队长已经把关禁闭的指标用完了，主最多给个警告处分！"宁石云说："闲时，乔哥要传传经，讲讲如何才能按时作息，特别是躺下就能入睡。"父亲笑着说："那就先交学费，然后再开课！"父亲真的与众不同，他在困境时，总是乐观地看待，该吃吃，该睡睡，即使大敌压境，也从没有为此而惊慌过，也没为别人认为是天塌下来的事忧虑过。

父亲借宁家两兄弟进教堂做弥撒，其他几位进去看热闹的时候，沿着教堂街一直往西走过去。父亲对教堂里的氛围十分熟悉，当年柯老夫人进教堂祈祷，他紧跟老人进去过，对里边沉闷、严肃、呆板的气氛不适应，对穹顶和四壁那些夸张的油画理解不了，对牧师那种法官一样的神态接受不了，就对教堂产生一层浓雾一般的隔膜。教堂斜对面是邮局，门口停着一辆马车，邮差正把一麻袋一麻袋的东西往下搬。马车侧旁竖立着的圆邮筒里，一个中年女子正把一封信往那条缝里塞着。父亲想到好久没往孟津寄过信了，不知道家里情况咋样，禁不住就有一种说不出的感觉涌上来。他加快步伐继续往西走，有好几家杂货铺，其中夹着两家卖盐酸菜和酱油醋的调料店，街上行人不多，这些店面不温不火的。独山的街道不长，一小会儿就到了小十字街，这里人很多，也很嘈杂。父亲在小十字街就往北拐，他想起了自己小时候生活过的孟津县城北门里，想看看这里的北门里是不是也有座关帝庙。他不知不觉地出了北门，路东有一家养蚕的春蚕场，吵吵闹闹的，父亲就跟着那些陌生人走了进去。还没进入二月，春蚕在这里已经从蚕卵里钻了出来，那些一张挨一张的苇席上，黑乎乎的全是比小米大一点儿的幼蚕。那些摩肩接踵进进出出的人是来这里选购幼蚕的。父亲出门换了衣服，既不像学生，更不像商人，就是一个普普通通衙门文员的样子。父亲看着那些又黑又小的刚出卵的蚕，真怀疑这些幼虫能否活下来。春蚕场的员工们正忙于给幼蚕投放桑叶，似乎顾不上与采购幼蚕的人们说话。而那些有过多年养蚕经验的人，则以专家能手自居，向同行的人们讲解着春蚕的一生。父亲就混在人们中间听他们讲述蚕的一生，觉得春蚕一生是苦难辉煌的。它从幼虫开始，每隔十多天就蜕一次皮，一生蜕三次，每一次都面临着严酷的生死考验，如果皮蜕掉了，那么它们就进步一次，如果皮蜕不掉，就只能被憋死。还有，它们每一次蜕皮，就像死了一样，人们把这一阶段称为“眠”，在“眠”的几天里，就不吃东西，挨着饿。经受这些苦难之后，它们的肚子里就开始生长着丝，待肚子透亮时，丝就长到了一定的长度。之后，它们就寻找一个角落或者麦秸秆做依托，把丝绕着身体吐出来，把自己禁闭在那个狭窄的小屋子里。接下来，它们就再次蜕皮，从蛹里挣脱出来，这时的蚕把自己做成的禁闭室咬开一个洞，自己再慢慢地钻出来，完成化蚕成蝶的嬗变。蚕到了这种阶段，就面临着一生的终结，但它和那些美丽招人的蝴蝶不同，它还不能去花丛间自由飞翔，也不能降落在花蜜上享受美食，还要拖着笨重的身体拼命一般地产下后代——卵。人们身着绫罗绸缎时，可能会念想到蚕的伟大和辉煌，却很少去思考这种小生灵的苦难和艰辛。父亲走出春蚕场，听到不远处好多人在喊着号子，如同江河边纤夫们的声音，浑厚而悠长。那里有很多围观的人，但绝对不是看拉纤，父亲心里在笑自己，在街巷上也能想起川江号子，想起柯老夫人和上官姑娘，甚至嘉陵江边的灯火和拉纤人的身影都来了个情景再现。挤进那个围观的圈子里，只见十五米处矗立着一个圆柱体的炼铁炉子，炉子下部的缝隙可以看到里面的烈焰升腾，炉子上方的烟囱里正向空中喷吐着灰黄色的气体。离炼铁炉五米的地方，有一只高大的方木箱，木箱下方有一道金属圆管通入炉子火焰的下方。大木方箱是一个大型的风箱，两边各有五个人努力拉过来送过去，如同木工在拉大锯似的。大木方箱产生的风，不停地输过去，使炼铁炉里的火势更旺。时间不长，炼铁师傅把废旧钢材、半成品的铁块、炭块以及其他物质好几种，装进一个大铁桶，之后铁桶被高高吊起，悬在炼铁炉的上半部，晃悠着接近那半个漏斗一样的进料口，然后“哗啦啦”地把铁桶里的原料倾倒进炉子里。之后，那些拉风箱的人开始唱起“嗨哟、嗨哟”那种调子，越拉越欢、越拉越快，炉子底部那缝隙里看到的烈火更加旺盛。半个小时左右的时间，有个戴墨镜的人就走近炉子，打开那个侧旁的观测窗，看里边的变化。父亲下意识地看看自己的手表，像裁判给运动员计时似的。那墨镜人似乎把时间把握得很准，三十分钟看一次炉子的变化，有时候他指挥拉风箱的稍慢一些，用那个大铁桶往炉子里添加一些东西，接着又唱歌打拍子似的示意拉风箱者加快拉风箱速度。一个小时后，那个戴墨镜的又一次看了炉子里的颜色变化。父亲好奇地望见炉子里的颜色由刚才的红变成橙色。这会儿几乎接近黄色。戴墨镜的让大家停止拉风箱。这时那些站在高台上拉风箱的十个人，一边跳下来三个。这六个人跑步到近旁的棚子下推出两个长方形的小型平板车，上面放着事先准备好的模具。紧接着，炉子在工人们操作下，川剧变脸似的，把炉子外壳脱一层又一层，最后露出一个装满钢水的坩埚。工人们把它用铁索套好，吊起来，把熔化的钢水分别倒进那两个模具里。过了大约半个小时，工人们把模具拆掉，好多个深灰色的犁铧就制成了，戴墨镜的人好像是师傅。他说，这些粗糙的铸件再经过打磨，就是锃亮明光的农具了。父亲花费了大半天的时间，亲眼看见了那些边角料、半成品铁、杂料、碳等东西，经过合理配比，给予高温冶炼，最后成了有用之才。

回到学校，汪见洋说他今天最大的收获就是观看了一场教堂里牧师主持的婚礼，他模仿着牧师的样子，故意把自己的声音变得粗而沙哑，说：“你是否愿意娶她为妻，在神面前和她结为一体，爱她、安慰她、尊重她、保护她，像你爱自己一样，不论她生病或是健康、富有或贫穷，始终忠于她，直到离开世界？”汪见洋不愧是一名演员，他惟妙惟肖的模仿，把大家逗乐了。大家异口同声地回答说：“我愿意！”

不知什么时候区队长走到他们中间，为他们拍手叫好。区队长告诉大家，那天在四百米接力赛中，大家放弃比赛追赶的那三个人，是日本间谍。这个间谍组织有四名成员，化装成学员在各个总队间活动，目的是掌握军校的详细情况，在日军向大西南进犯时，首先把军校万余名学员作为打击目标。韩主任在重庆培训，尚未结业就带着抓间谍的任务返回。韩主任没料到，这组间谍竟然栽在炮兵科的十几个学员手里。三个在体育场被现场抓获，其中一个因心脏病发作死亡。四人小组另一个是报务员，已经在丰乐通往荔波的路上被截获。好在这几个家伙并没有完成任务，主要是因为那个正在建设的项目，他们还没有弄清这百十余亩地搞什么名堂。报告完这个消息之后，区队长还礼赞了这次追击间谍行动，说大家有对日特活动的警惕性和识别坏人的敏锐性，还对大家集体主义观念和爱国主义精神高度赞赏。区队长和大家聊得很融洽，似乎关禁闭时的那种冷酷从没发生过。区队长微笑着离开了，临行还反复强调要大家休息好，说休息好才能精神好。对于区队长不期而至的造访，大家都表示很惊讶，又觉得不会这么简单，其中一定有什么有待考证的问题。不过，心里消除了压力的人们，只顾高兴，根本不计较区队长的阳谋或阴谋，尽管在学校的教官、工作人员中，区队长的名望是比较差的。父亲满脑子都是苦难辉煌的春蚕和熊熊烈火中冶炼成材的钢铁。区队长出门时，父亲居然连一个招呼也没打。二十天后，学校在总队举行了追击间谍的表彰活动，区队获得了集体荣誉，区队长获得了优秀官员奖。表彰决定的措辞非常有意思，说该区队在区队长的率领下，凭借着对敌斗争的敏锐性和爱国主义、集体主义精神，及时识破并英勇出击，将日特分子抓捕归案……大家相互对视着，那目光既不难理解，也不好理解，反正是怪怪的。

虽然区队长获得了荣誉，提前晋升了军衔，然而在几个月后他就离开了学校。新来的区队长是从野战部队上过来的，说话很直。他在和学员们见面时说：“我当了五年的炮兵，脾气就是跟大炮学的，说话就像从火炮的直筒子里发射出来的一样。”大家是炮兵科的学员，很快就跟这位炮兵区队长交上了朋友。这位区队长虽然粗鲁，但说话很接地气。对于大家该得的荣誉被人截留一事，区队长没有指责前任，也没有讨好大家，只是表态似地说：“一个军官，如果时时处处、大事小事只考虑自己，那你得不到朋友，也不会有人不要命地跟着你干！”这句话好像无所指，但对大家却很有教益，因为大家走出校门都是军官。

当好优秀学员将来才能当好优秀军人。不知道其他学科的学员怎么样，炮兵科的学业内容太多了。除了军人应掌握的典范令，炮兵科的主要学业内容比较复杂。从野战炮兵操典开始，野战炮兵射击教范、阵中勤务教范、驭法教范、马术教范、野战炮兵筑垒教范、山炮驭术、山炮野炮等掩体教范等。教官不仅有理论水平，而且他们大都是经历过战场作战的军官，讲起课来理论联系实际，既有成功的战例，也有失败的感受，让学员课课有长进。父亲觉得四分校的教官们讲课特别实用，要比苏联顾问巴卜洛夫、凯里斯基他们的实战经验丰富得多。特别有几个讲地形课的教官，还对传统的堪舆学有很深的造诣，完全可以当那些风水先生的导师。炮兵科每周一、三、五上大课，集中听讲座，周二、四全天听专业课，课程安排得满满的，此外，每周的二、五晚上坚持野外演习。野外演习主要是分距离测量、传达勤务、侦察勤务、道路侦察、行军宿营、实战射击等。在繁重的学科任务面前，为了不掉队，大家在关键时候，把节假日都自觉用在课业上。宁家兄弟等信教学员，忘掉了礼拜日的祈祷活动，全副精力都投入炮兵的知识学习和实战技巧上。

炮兵是战争之神，炮兵学科的学员几乎成了神的仆人。春去冬来，冬去春来，使大家既能单兵作战，又能万炮齐轰。有过战场经历的父亲，自然很受大家尊重，特别是宁家兄弟、郑木匠、李铁匠、张瓦刀、汪见洋，几乎成了父亲的影子。功夫不负有心人，在炮兵科实战测试中，黄埔四分校涌现了众多的百分之八十以上命中率的射手，还培养出了“一乔二宁三匠人”的神射组合。抓获日本间谍的团队，终于在一年之后大放异彩。

《新军报》记者采访“一乔二宁三匠人”组合时说：“炮兵是军中骄子，一临战场，万炮齐鸣，转眼间敌人就灰飞烟灭了。你们是怎样要求的？”

父亲思考了一下，看了看几位学友，回答说：“在一般人的眼里，根本不知道炮兵的高难度和专业要求，炮科的要求很高，台上一分钟，台下十年功！”

记者问：“为什么这样讲？”

父亲说：“这个问题让宁彬回答。”

宁彬说：“炮兵和敌人相距较远，观测到的敌人在若隐若现中聚集，有多远，有多大仰角还是俯角，天上有没有风雨，横风、逆风还是顺风，用什么炮弹，什么型号的引信，多少号装药，一个因素考虑不周，那炮弹就打不进敌群。炮兵不能出现闪失，无论进攻或防御，还要行动迅速，打得快、打得响、打得准！”

记者问：“炮兵为什么要行动迅速呢？”

父亲说：“炮兵在寻找敌人，敌人也在找炮兵，有时出现的小股敌人就是诱饵，你行动慢一秒，你的炮位上就会落下敌人的炮弹，肯定会出师未捷身先死！”

宁石云还向记者讲了实弹射击中，珍惜炮弹，提高命中率的情况。

在中国所有陆军军官学校的炮兵科中，四分校独树一帜。四分校处在群山环抱中，有着得天独厚的训练优势，再加上雄厚的师资力量和严格的校风校纪，尽管入校时大家文化水平、身体素质、适应能力参差不齐，几个学期之后，学校的兼容并包，使大家都成为合格的军人。在交流时，父亲每每想起在独山县城看炼铁的情景，想起宁彬讲的大型钢厂的大熔炉，把一块块铁矿石，经过多次去粗取精、除杂后，根据工业需要，添加有效成分，就炼成一炉炉合格的钢材。父亲在日记上写着：“军校就像一座特别的熔炉，钢厂的熔炉把铁矿石经过多道工序炼成钢铁，学校这个熔炉，把大江南北、程度不一的学员冶炼成有用的军人……”抗日的战场上，时刻呼唤着优秀的学员。在正式毕业前一个月，中国远征军强渡怒江，大反攻的战斗打响了。还有其他僵持了多日的战场，也在增添力量。“一乔二宁三匠人”组合，就在这年的六月初被拆开了。“一乔二宁”进入中国远征军十一集团军，奔赴滇西，松山、龙陵。中日军队正在激战。朝夕相处，亲同兄弟的人们，分别时大家都明白走出校门，不仅仅是你东我西的离开，而是战场上为国捐躯的开始，或者就是今生的永诀。汪见洋含泪把岑参的《送李副使赴碛西官军》谱了曲，半天时间教会了大家，唱起来感天动地：“火山六月应更热，赤亭道口行人绝。知君惯度祁连城，岂能愁见轮台月。脱鞍暂入酒家垆，送君万里西击胡。功名只向马上取，真是英雄一丈夫。”

自一年前的夏天，父亲在《新军报》上看过一篇关于中国远征军几战几捷后，由于英、美等友军的配合不力而大部被逼进入野人山后，就感觉到了那支他曾经待过、上官朏朏正在服役的队伍遇上了麻烦，很可能凶多吉少。自那时起，父亲少言寡语，内心里下着决心，他盼望着有一天自己去为他们报仇。

离开独山的前一天，父亲好像一匹野马脱了缰，思想放开了似的，喝了好多酒，别人劝不动拉不住。之后，他高唱着汪见洋谱曲的那首歌。大家见他兴奋，就跟着一起唱，唱得声情并茂，心潮澎湃！

五十

汽车在迂回曲折的山路上折腾了一天一夜，逢山盘绕而上，遇水跨桥而过，那天傍晚才到达云南的龙陵。太阳刚刚落山，一片片零碎的红云还留恋地飘浮在远山的上边，偶尔还能看到几道黄色的光线穿插在红云之间，倏忽间又远去了。龙陵的山开始由深绿转向墨绿，进而成为黛墨色，此时枪炮声已经停下来，让人感到凝重、沉闷和幽深。

父亲他们一行，包括步兵科、工兵科的学友共二百人，乘坐十一集团军的车到达的。抗战的关键阶段，僵持后的反击全线开始，日军的疯狂反扑，使各地的战事呈现出白热化的状态。部队对兵员的补给、对军校生的需求也进入求贤若渴的阶段。仅四分校的炮兵科，就有两广战场、两湖战场、云南地方武装、中国远征军等部队争取分配指标，“一乔二宁”组合首先被十一集团军锁定，而且部队径直到校接人。

很多事情都让人困惑，就拿进入十一集团军这件事，父亲最早知道中国远征军十一集团军、二十集团军在滇西作战，几年前的入缅部队从印度、缅甸开始反攻，一定能报当年兵败野人山的一箭之仇。就在坐上十一集团军运兵车时，父亲还想着如何在一个陌生的环境里，尽快融入临风寺老僧形容的磁场。从没想过，在湘南训练、在昆仑关作战、在重庆当军需这些岁月，一路帮助自己的那位车长官，竟然也到了十一集团军，而且是集团军的参谋长。不知道这次到十一集团军与车长官有没有关系，总之，人一生中跟一位贵人、跟提携自己的长官多次相逢共事，是鼓舞人心的事情。父亲曾问自己，莫非这也是命运的安排？接着，他又想起在枇杷山上那位老僧的话，说忠厚之人必有贵人相助。天色暗下来，父亲和宁家兄弟等人，看着前边依山而搭建的柴草棚里有灯光、有人影，就没有靠前，而是寻找一块石头，几个人坐在一起，识趣地等待着。龙陵这一带属于高黎贡山脉，群峰棋布、重峦叠嶂、危峰兀立，其间险峻的松山如同鹤立鸡群，在黄昏时分高高耸立、隐约可见。父亲不敢确定他们所处的那个山坳就是集团军的前线指挥部，也不敢确定那有人站岗，有人说话，有灯光的地方就是办公场所。他们只好耐心等待着长官们给他们分配工作，来到这里就是一枚棋子，摆到阵地上就认真打、拼命干。

父亲根本想不到，几位长官点验过新来的军校生后，车参谋长喊他单独谈话，简单寒暄几句后，就测试般地提问一个问题。他说："松山这个地方自一九四二年年初日军占领以来，就利用山高壁陡、面临怒江天险，建筑了永久性的战略工事。由于这个工事几乎把松山山顶下面掏空了，建有发电站、有停车场、有仓储、有军营，更有防御工事，它是这一带日军的核心，有人称它固若金汤，是一定意义上的马其诺防线。尤其滇缅公路在松山缠绕而行，松山就像咽喉一样，军事家们又称它为东方的直布罗陀，战略地位至关重要。自滇西反攻以来，远征军几万人对松山发起仰攻，虽然摧毁了松山下的一些日军工事，但基本上只是损伤了它的小量皮毛。这样下去，我军伤亡惨重不说，关键是不解决问题。当然，几位攻松山的军长、师长也提出了不少可行性意见，我们正在综合评估，然后实施。正好你来了，考考你，如果你在指挥进攻松山，给你一个月时间怎么办？"

听车参谋长说直布罗陀，父亲的思想马上进入欧洲和非洲分界线，大西洋通往地中海、南欧、北非和西亚的重要航线，最狭窄的地方仅有十三公里，是名副其实的战略要地。车参谋长把松山日军工事比喻成"马其诺防线"，让父亲不禁想起那堂战术课。当时教官介绍法国的马其诺防线时，说几乎举全法国之财力，花费五年多时间沿整个法国、比利时边境直至北海边，全长390公里，构筑永久工事5800个，密度达每公里正面15个，最坚固的钢混工事顶盖和墙壁厚三四米，是针对当时威力最大的火炮设计的。此外，附属的防坦克壕、崖壁、断崖及金属和混凝土桩砦，并用地雷场加强，防步兵障碍为金属桩或木桩铁丝网，重要地段设置通电铁丝网。教官说，这样的防御设施使法国人很自信，认为再强大的德军也攻不克。教官让大家思考一下如何通过马其诺防线，从而打败以防御为主要军事思想的法国军队？宁彬率先回答，说应该避开坚固的工事，在工事的两端迂回作战，逢山开路、遇水搭桥，如果在海岸线上就设法渡水，或者从瑞士、比利时等国打进去。教官示意让宁彬停止发言。教官说："教科书上的方法不要讲，讲自己的方法！"宁石云说："可以把空降兵投入马其诺防线后方，前提是先安排部队佯攻，同时炮兵炮击防线，制造炮击后大举进攻的假象。"教官未表明任何态度。轮到父亲，他想起了家乡的窑院，有人想进入窑院内，在窑院大门紧闭时，只能挖出一条地道，从地下进入窑院。就说："可以在防线下面让工兵凿出一条地道，然后进入防线后，从防线后出击，打守军一个措手不及！"本来很严肃的课堂，被父亲这种另类的发言弄得笑声哄堂。静下来后，父亲补充说："这种战术设计，需要时间，也需要佯攻或者枪炮声做掩护。"就在那堂课之后，父亲还常常想起自己的战术，也常常想它的可行性，以及适应对象。因此，当参谋长和其他几位长官问他这个问题时，父亲就把挖地道，等到达敌人重要工事下面时，就开始囤放足够的炸药，将堡垒，尤其是防御工事彻底摧毁，前提是每天的进攻、呐喊不能停止，以此吸引敌人注意力。父亲在课堂上发言之后，就对自己发言的逻辑性、科学性进行了修正，基本形成了相对严密的战术体系。参谋长听了父亲的意见，鼓励说："几年军校生活，果然进步很大。你这个想法，李副军长刚才也提出来了，不错不错，待大家再论证论证，再决定是从滚龙坡附近哪个位置开挖。捷径、隐蔽，掘进速度快，是最重要的。"参谋长征求父亲是在司令部当参谋，还是到军部、师部的意见，父亲说："我学的炮科，在司令部、军部、师部用不上，还是到炮团干专业吧！"父亲并不清楚，十一集团军下属的几个军，都没有炮团，每个师只设有炮兵营、炮兵连。他的话，再次把参谋长说得笑起来。车参谋长说："那好，七十一军新编师、八十七、八十八师在进攻松山龙陵时伤亡很严重，有的团只打剩下一个班的兵力，那里最需要军官，新兵补员马上就到，你们来得正好。"父亲这时最担心"一乔二宁"组合被拆散，就提出想跟宁家兄弟分在一起。这天起，父亲和宁家兄弟就正式进入中国远征军十一集团军七十一军。车参谋长告诉父亲："七十一军钟军长、陈副军长都是会带兵、英勇善战的骁将，跟着他们，靠自己的才智和努力，去开创一名职业军人的人生道路吧。"父亲很感激，想说一些感谢的话，车参谋长的车已经在等待了，父亲感到自己太木讷。

父亲因"职业军人"这四个字而开心，到了七十一军，他们三人进入八十八师。师长胡家骥生病住院，副师长熊新民正在对全师排以上干部训话，告诉大家八十八师是一支威武之师，自淞沪会战、南京保卫战以来打过很多硬仗、恶仗，阵亡了许多官兵，有些战场上我们血流成河，但我们没有屈服过，倒下再站起来。正像一首歌里唱的，我们流血不流泪，我们是一支打不垮的队伍……随着其他官兵的掌声，"一乔二宁"组合情不自禁地拍起手来。八十八师这次在怒江东岸堵截东犯日军，强渡怒江、攻打龙陵时伤亡较小，随着新兵到来，还要选拔一批老兵到八十七、新二十八师当班长、当骨干。除八十八师的炮兵营之外，还沿袭当年德械师的模式，特设有战防炮连。战防炮是最新的炮种，也叫反坦克、反装甲炮，对敌军防御工事的地堡、暗堡等也有很好的摧毁效果。加上"一乔二宁"三个科班出身的排长。按照当时美械部队的编制，炮兵连三个排，每排四门战防炮，三个排的多门炮，排列在阵地上，格外庄严、威风。父亲习惯性地检查了每门炮的情况，鸠占鹊巢似的连同其他属于"二宁"的炮也检查了。之后，父亲拿起瞄准镜，下意识地对准突兀的松山，继而又对准龙陵县城东门方向。他知道，钟军长赴新编二十八师坐镇指挥，攻打松山，从反攻开始，中国军人就遭遇了强敌日军五十六师团一一三联队和另外几个大队的抵抗，在付出重大牺牲后，攻占了腊勐街、竹子坡、鹰蹲山及松山外围的多个阵地。日军的防御工事从松山外围开始，逐渐稠密，也逐渐隐蔽，看去一片草丛或几棵树下，就有可能是一处暗堡。七十一军新二十八师仰攻松山时作为主力，对松山日军的工事缺乏细致侦察，尤其对日军惯用的纵深构筑的地堡、暗堡缺乏了解，进攻时虽摧毁一些工事，当继续前进时，那些不动声色的林子里、树丛里，敌人的机关枪突然猛烈扫射，使毫无警觉的官兵遭受重大伤亡。仰攻松山的官兵并没有畏惧，不断地发起猛攻，有的一个团几乎被打光，有的仅剩下不到一个排的兵力。兵员大幅减少，十一集团军对进攻松山的部队进行换防，七十一军在龙陵两侧迂回作战，主要进攻龙陵守敌，同时堵截芒市、腾冲对松山、龙陵增援的日军。

父亲一行在前往炮兵阵地的路上，经过好几家战地医院，有兵站医院，有编有代码的医院，还有美国医院，几乎各医院都住满了伤兵，而且还有担架陆续送来新的伤兵。医院内，有些伤兵承受不住剧痛，不住发出刺耳的叫喊，眼见自己的同胞阵亡、受伤，战地医院如同家乡七月三十庙会那样喧闹，父亲心里充满了对日军的仇恨，双眼几乎要喷射出复仇的火焰。他想，等炮弹到位，长官下令开打，一定要准确无误地摧毁日军阵地。虽然火炮阵地上一门门山炮严阵以待，但目前尚无炮弹可发射，只有步兵用手榴弹、机关枪艰难地进攻。

龙陵不时地下起小雨、中雨，有时突然还有大雨降临，人们说这叫“龙陵雨”。战事处在胶着状态，打打停停、进进退退。为了使新来的军校生更完整地了解各个阵地的情况，“一乔二宁”跟随七十一军作战科科长，面对作战沙盘，聆听了中国远征军滇西作战的部署，着重了解了当前八十七师、八十八师的情况。之后，在望远镜里，大致观察了各阵地的兵力安排。望着黄草坝步兵前沿，父亲对作战科科长说：“这里的官兵好像有些稀里糊涂，人员好像少了点儿。”科长说：“那里的情况比较特殊，打仗靠物质刺激。每一次发起攻势，最先推进的士兵或长官都能得到奖励，用手榴弹摧毁敌人工事，冲入敌方战壕的，都有奖赏。”父亲说：“打败敌人、守住阵地，除了武器装备外，还有战术运用，但最重要的是靠人的意志，有打败敌人的决心、信心和毅力才行。”作战科科长或许是对这种战法感到失望，或许是不愿听军校刚毕业的尉官不知天高地厚地夸夸其谈，或许还有其他难言之隐，他只顾拿望远镜望自己的，对意志力、决心、信心一类的话似乎并不重视。父亲心里想，这种懒散的队伍，要是遇到稍有战力的敌人，就会不战而败。阵地上看上去严阵以待，实际上就像农村庄稼地里的稻草人，是用来骗人吓唬飞鸟的。看到科长大步流星的样子，父亲再一次感到了人微言轻。接下来，父亲就只看不说，即使看到那个所谓山炮连的炮阵，完全没有随时开战的准备，纵然是空炮，炮弹尚未到达，那也应该做一些养护，尤其是不能过于暴露啊！

在军事作战沙盘前，那个作战科科长明显带着情绪，对唾手可得而又丧失先机的状况十分不满，因此他对初来乍到的军校生的意见并不当一回事。父亲听说，这位科长中央军校十四期步兵科毕业，到七十一军以来，当参谋、晋升副科长、科长，从尉官到校官几乎都在指挥机关。因此，当部队推进顺利时，就高兴得眉飞色舞，当部队陷入困境止步不前时，就对官兵作战能力产生怀疑。这种在纸上谈兵条条是道的人，在沙盘上指挥或许有一定功夫。科长姓马，宁石云背着他戏称马谡科长。马科长带“一乔二宁”轻描淡写地看看沙盘、用望远镜瞭望一阵子，他还真的打心底里瞧不起军校刚毕业的人呢。“一乔二宁”本来就有些小脾气，特别是父亲，他的倔强远远超过那位马谡科长，他们看马科长傲慢地指责阵地上的官兵不会打仗，觉得跟这种人肯定没有多少共同语言，就只顾看着沙盘思考自己的。

沙盘足有两平方米，像好多条巨蛇一盘一盘地蛰居在上面，有的蛇头高翘，有的蛇尾竖立，在蛇的多个部位都涂有颜色，五颜六色的沙盘上还插着两军的旗子，明显看得出各自的阵地和后方机关。这时，父亲开始对这个滇西反攻阵势有了完整的了解。

中国远征军反攻开始，迅速包抄腾冲、松山和龙陵。

七十一军的新二十八师全力仰攻松山，八十七、八十八师在龙陵两翼作战，和兄弟部队的一个旅包围龙陵。七十一军曾在怒江东岸二百五十多公里长设防，挫败了日军东进昆明的企图，和日军对峙两年之久。这次强渡怒江，反守为攻，士气旺盛。一天时间，八十七师切断松山、芒市等日军增援，三天时间，攻克赧场、大坝、文笔坡和龙陵老城，八十八师也同时攻克广林坡、老东坡、风吹坡、三关坡，新三十三师攻克云龙寺。五天内，占领龙陵所有高地。在进攻龙陵日军阵地时，遭遇了日军顽抗，敌我双方都有重大伤亡。八十八师二六三团团长傅碧人受重伤，五百多官兵伤亡。

这些情况，马科长没有介绍，而把八十七师师长作战不力，导致进攻龙陵功亏一篑而无奈自杀讲得很多。好像是人家不会打仗，而遇到强敌就很无奈，以自杀来逃避一样。如果放在前几年，父亲肯定会骂自杀的张将军懦夫，几年军校生活，读过《战争学》，使他看问题就十分客观，对一个人的评价更公正，不盲目肯定或否定。或者，马谡科长贬低八十七师，肯定八十八师，是有一定的想法，或者他这样介绍是让三个军校生到八十八师安心工作，因为这是个优秀部队。

关于八十七师张师长自杀，另一种说法更值得参考。当滇西反攻开始，中国远征军的部署很周密，第二集团军包围歼灭腾冲之敌，十一集团军的两个军部分仰攻松山、部分围剿龙陵。由于这三个地方日军占领两年多，修筑了大量的永久性工事，而且储备了大量物资，有充分的后勤保障。且三地呈锐角三角形状，互为支撑，既能独立防守，又能协同作战。滇缅公路穿越龙陵，在松山缠绕而过，最为有利的是，日军的大本营在芒市、芒友，芒市有机场，距龙陵几十公里，为龙陵几地日军补充给养、弹药等提供了便利条件。而中国远征军的大本营在保山一带，往龙陵运送物资需经松山，而松山由日军把守，在松山之敌消灭之前，后勤保障、弹药补充只能依靠空投。

七十一军八十七师、八十八师等进攻龙陵前，龙陵作为战略要地，驻扎日军五十六师团八千多人，师团长、参谋长等亲临龙陵。由于腾冲告急，五十六师团被调腾北作战，龙陵守军仅剩一千五百多人。八十七、八十八师等部队发起攻击时，守敌虽有顽抗，但最终收缩进龙陵城的工事里待援。距龙陵较近的芒市、松山援军被八十七师击退，但五十六师团在腾北作战的几千人在击退二十集团军后，师团长松山祐三亲率一一三联队迅速南下回援龙陵、松山，重兵进攻平戛，部署打击七十一军的侧翼和后背，夺回腾龙桥、打通腾龙公路，六月十六日进入龙陵。中国远征军腹背受敌，死伤惨重，七十一军后撤。日军在松山祐三的部署下，由腾冲方面、芒市方面和驻守象滚塘的日军，从南、北、西三个方向对中国军队发起反包围进攻，企图消灭第十一集团军。

在六月十日八十七师、八十八师占领龙陵所有高地时，根本没有考虑到日军的疯狂逆袭，就把战果级级上报，一直报到重庆，盟国、盟军都纷纷向中国发出贺电。几天后，阵地得而复失，而且陷入被动。这种尴尬和打脸的事情，肯定要有人为此付出代价。在上级追查谎报军情责任时，这种压力导致了指挥员情绪失控，意志动摇，影响整个团队战力。

马谡科长代表一种观点，认为围攻龙陵的官兵应该一鼓作气摧毁日军核心工事。父亲觉得这与《战争论》的观点恰恰相反，再继续进攻可能导致更大的损失。《战争论》说："如果只是敌军的一个从属部分被击败，他们很可能被主力收容，也可能得到强大的增援。那么很显然，胜利者随时都有丧失胜利的危险。”

父亲在军事理论的考试中，得分为优，记得在战略上利用胜利手段那道论述题中，他引用了德国军事理论家增克劳塞维茨的一段话：“士兵生理上的需求和弱点，必然会对指挥官的意志旋加更多的压力。成千上万的士兵，都需要休息和补充体力，都有暂时停止进攻和避免危险的要求。”这段话用在暂停对龙陵进攻上也十分符合实际，最要紧的是攻坚时，面对日军困兽犹斗的状态，弹药不足的问题也严重存在。父亲认为，部队存在缺乏训练、战斗力不强的问题，但不能全盘否定大家的战斗精神和功绩。在部队里，好多官员眼高手低、眼巧手拙、揽功诿过，也是造成大家消极的一个原因。不论军事科长多么偏激，父亲和宁彬、宁石云都耐心听着，在部队最困难的时候，争论过去的事情于事无补。父亲到前线的第一个星期，就发现了很多毛病，不禁想起了那个大胡子抽烟斗的炮长，也想起了那个克扣士兵的饷银、官气十足的自杀的连长。现实与想象的差距，让父亲顿时悲凉起来。职业军人的责任心、事业心、保家卫国的良心、作战必备的意志力，都要求父亲即便不能改变部队的现状，起码要从自己的一亩三分地开始，使自己带领下的炮兵排成为打得准、打得好、行动快的典范。况且，父亲并不孤单，“一乔二宁”组合还组成了一支全新的炮兵连队。

淅淅沥沥的雨渐渐停下来，战事在对峙中不断地发生变化，世间的事物也同大自然一样，阴晴圆缺不断更替。人事安排也是如此，军令下达不以人的意志为转移。在七十一军新编二十八师换防、补员、休整时，军长进陆军大学将官班培训，陈副军长代理军长。陈明仁代军长针对部队的缺点，严切指示立即整改，对新任八十七代理师长授权，凡临阵脱逃之官兵，将其先杀后报。当即对临阵脱逃、违犯军纪、假冒军官为非作歹的几个军人执行枪决。廉生明、严生威，整饬纪律，军令如山。陈代军长履新伊始，就对军阀作风、贪腐之风进行查处，对不合格官兵组织培训。胡家骥师长、熊新民副师长在新兵训练结束后，把前去接新兵入队的“一乔二宁”留下，专门交代军校毕业刚当军官应注意的问题，特别把陈代军长治军严厉和近期整饬纪律作风的几个事做了强调。父亲在湘南训练时曾经历过一场这样的整顿，那个无知无识连长的自杀就是那个阶段，即使不整饬纪律他也有职业军人的刚毅和自律，然而，父亲忘记了“天有不测风云”这句老话，接新兵的当天就发生了一件事，让父亲在尴尬中再次扬名。

说炮兵是战争之神，似乎有些夸大其词，然而火炮的威力、炮兵在夺取战争胜利中的作用却是不可否认的。因此，军事指挥官对炮兵队伍的建设十分重视，尤其是经历过无数战役的七十一军陈代军长，多次在战场上吃了缺少炮兵的亏，后来虽有炮兵部队，但炮兵部队形同摆设。这次他晋升代军长之后，中央军校几名优秀毕业生到来，前几天又有五百多枚炮弹运抵军中，为强化炮兵队伍建设创造了条件，在整饬军纪提高战斗力的时候，他把炮兵放在了重中之重。军长对炮兵部队建设高度重视，师团营级就没有不重视的理由，他们对炮兵连的训练就格外予以关注。父亲是炮科毕业生中极少数从部队进入中央军校的，对带兵训练，甚至打仗都有过经历，自然成为军校毕业见习军官的标杆，第一次训练课就由父亲做示范。当炮兵连示范排的近三十名炮兵在炮阵前集合完毕，要父亲训话时，那些第一次听父亲训话的炮兵站得很整齐，个个儿流露出期待的目光。在开口的瞬间，父亲脑海里就涌现出詹万里那不可一世的样子，那个骄傲的见习排长也是中央军校毕业，那种傲慢的劲儿使大家很抵触。父亲一声“稍息”，然后向大家行了军礼，目光把士兵们扫视了一遍，发现大家全神贯注，心里很满意，严厉而又和蔼地说：“我是见习排长乔国俊，很高兴和大家见面，也很乐意在今后的日子里和大家朝夕相处、生死与共！”父亲的几句话，得到了大家的热烈掌声。父亲看得很清，队列中的七八位老兵，还有伤愈归队的几个兵虽然也有鼓掌的动作，但明显是在应付，就接着说：“我和咱们中的十多位一样，也曾是一个老兵，参加过九江之战、昆仑关之战，当然那都是历史了，一切都应该翻开新的一页。因此，我也和其他二十位新兵一样，站在中国远征军中就不折不扣是一位新兵，一位带军衔的新兵。”又一阵掌声，父亲这时发现，那些前来观摩的军官也在不远处呈弧形站着，目不转睛地看着训话现场。开场白之后，父亲先讲如何做一名合格的炮兵，讲这个问题，他想起自己的父亲乔守甲是经过业务培训的准御厨，每次为大型活动做菜，都有好几个人帮厨，就想到炮兵也应该有密切配合的要求，就说：“我们每门炮一个班，在战场上就应该合作好。我们上过炮科的，或者经过培训的炮长，就像一位技术娴熟、懂得火候、对客人口味有研究的厨子，他的成功离不开各位帮厨者的辛勤努力。帮厨的择菜剥葱、各管一工，厨师需要啥，啥马上端到跟前，如果锅上的油热了，帮厨的还没有把菜备齐，十有八九就耽误了烹调。炮兵也一样，平时就要对火炮进行认真保养，把炮弹、瞄准镜等反复检查，按要求保管，另外，侦察员、通信员、计测员等业务要精通，递送炮弹也要按规范去做，确保每个环节、每个细节不出差错，理论上的东西不多讲，分工合作讲究迅速、规范和精准。有关要领的实施，待下次训练时，我为大家做示范。”短暂的停顿后，父亲联系部队整饬军纪，讲了第二部分，“国有国法、军有军纪、家有家规。竹高百尺不倒因为有节，千军万马不乱因为有纪。我不管哪位过去多么英勇，也不管哪位过去参加过多少战斗，不得停留在记录本上，要英勇作战、不怕牺牲，宁可前进一步死，绝不后退半步生。大家要记住，只有不畏强敌，有战胜敌人的意志，才能战无不胜、攻无不克，相反，贪生怕死、临阵脱逃，有辱军人的称号，一定严惩不贷！”父亲环顾四周后又说，“既然大家为了抗日参加了远征军，就应该遵守部队的规矩，军令如山，令行禁止，决不能做违反军规的事情，违者坚决以军纪处理！”父亲突然发现，刚才还认真听讲的几个人，这会儿似乎疲惫得站立不稳了，知道平时缺乏训练，或者刚入伍者还不适应，没有批评，继续讲，“过去存在问题、出现过失误的，要认真反思，争取在日后的战斗中将功补过……”父亲马上要讲完的时候，忽然从受训人员中冲出三个士兵，“扑通扑通”跪在父亲面前，其中一个说了句：“做梦都想不到，在这里能见到您！”他们似乎不会表达心情，只是不停地用头在地上“咚咚”地叩着。

全军正在整饬纪律作风，而偏偏这种时候有士兵向军官跪下，实在太典型了，这件事足以成为一个反面教材。父亲也被眼前的情形弄晕乎了，在刚上任的节骨眼儿上，竟然出现这种意想不到的事情，比当年詹万里的情况还要糟。父亲正在反思这件事，师部早有人把那三个跪地的士兵架到一旁。好多事的发生都称得上是错误的时间遇到了错误的人，讲故事、设伏笔都没有这件事那么巧合，恰好陈代军长校验各部的新兵训练和军纪整饬情况，目睹了刚才的一幕，禁不住火冒三丈。他当即让人把上任不久的炮兵排长喊去问话。

父亲尽管被人前后“保护”着到炮兵阵地后边不远处的师部见陈代军长，

但认真反思后感到自己并没有说错话，也没有做错事，初来乍到如同一张洁净的纸，就雄赳赳气昂昂地走着。

其他人的心里就不一样了，那个当上副排长的步科军校生，似乎有些扬扬得意，其余则如同处在云里雾里，包括父亲的搭档宁家兄弟，也木呆呆地愣在那里。

五十一

那是搭建在山崖旁的棚子，树木竖直的支撑着横的，然后在上面堆放着带有绿叶的树枝。棚子里面，山体好像被工兵挖了一个不方也不圆的浅洞，里边摆放着一张油漆剥蚀脱落殆尽的书桌，两个长条椅不平行地摆放着。这就是八十八师的作战指挥部，搭眼一看便知道这是临时性的，是一种短期行为的摆设。陈代军长坐在其中一张条椅上，手里捧着一本书，或者是参谋们做的作战记录，光线比外边暗了一些，但依然看得清陈代军长严厉的面孔和两只有神的眼睛，以及他佯作查阅资料的神态。听到有人进来，陈代军长目光仍在书本上，很深沉地问了一句："四分校来的？"父亲马上回答："是的，长官！""以前当过兵、打过仗？""是，军长。"父亲对第一个回答后用了"长官"两个字很纠结，觉得军长这个长官更大，不如直呼军长好，更显得礼貌。"是不是在过去的部队里学会了家长作风、军阀作风？"陈代军长很认真地说着。父亲在严肃的气氛中，感到了一种被误解的憋屈，然而他又想到了临风寺老僧的磁场理论，觉得初到一个地方磁力微小，磁场几乎没有，就谦虚地回答说："报告军长，九江战役在您麾下，军纪严明，本人虽为班长，但严守军纪、英勇杀敌；后到湘南练兵多日，先当步兵又当炮兵，曾代理过排长，第五军要求甚严，昆仑关之战，本人参与侦察、炮击敌阵、冲锋时当过尖刀队副队长，不辱军人使命！"军长把面前的书本移开，从头到脚看了父亲一遍，依旧严厉地问："那几个士兵为什么向你跪下？你第一次训话就训出这种状况！"父亲对刚才的事情也很迷惘，怀疑是谁在使计谋捣乱，就说："那几个人我不认识，突然跪下不是我讲话出错，应该是事出有因！"代军长见一个见习军官居然性格倔强，甚至有些桀骜不驯，心中很不爽快，但听说九江之战时是自己带过的兵，就勉强听完他的话。陈明仁正要问父亲昆仑关大战之后的情况，熊新民副师长走了进来，熊副师长小声对着陈代军长耳语了几句，就站到了一旁。陈代军长说：“刚才你还说不认得这几个人，那这几个人说在重庆时就认识你。”父亲说：“在重庆时，我先在侍从室，后又当过军需，打交道的人不少，但这几个人我实在不认得！”父亲感到很冤枉，语气就提高了不少。这时，熊副师长提醒说：“当年日寇轰炸重庆，几个抬滑竿的人受惊后，不顾后果地把一个老人扔在路上后逃之夭夭。他们哪里知道，这老人富甲一方，名扬天下，而且性格古怪，下功夫安排人员把他们几个全部捉拿到手。老人不仅让他们抬滑竿空转几天，还要当众处他们酷刑。在他们生死攸关的时刻，老人别出心裁地决定，由那天救他命的人来做定夺，是杀是放由救命恩人说了算。最后，是这个军人提出高抬贵手，老人才当众放了他们。你可以把这个情况告诉军长啊！”父亲这才想起了那天夜里吃大餐时的情形，当时河南许专员也在，上官老人高朋满座，为了出口气，也为了答谢救他命的人，就给了父亲极高的评价，也给了他这个生杀予夺的权力。父亲当时很冷静，把上官先生喊到一旁，耐心劝慰上官泰安说：“大叔，年轻人做事毛糙，容易犯错，我也一样，但已经罚他们抬您在重庆空转三天了，他们也认错了，您再让他们受酷刑，砍腿卸胳膊的，或者找人置他们于死地，当时的确解气，可过后冷静地想想，其实没有必要，再说，不是日本飞机轰炸，这种事情绝不可能发生，要恼就恼日本侵略者，还不如放他们回家，说不定他们还会做一些对国家、对人类有益的事呢！”没想到，恃才傲物、刚愎自用的珠宝商上官泰安，居然在父亲的一番话后，勉强接受了，只是当众说：“不是这位军需官，今晚就让你们有腿不能跑，带着残疾拜见你们祖上！”他们当即就跪在地上使劲儿磕头，那种逢凶化吉、化险为夷、劫后余生的经历使他们牢牢地记住了这位年轻的军需，后来他们仍在重庆抬滑竿，希望能遇上这位救命恩人，好好地答谢一番，只是一晃好几年，他们始终没有再见到恩人。山不转水转，他们竟然在中国远征军的阵地上遇见了这位军需，而且还是他们的排长。入伍不久，对好多规矩不懂，他们还没等父亲讲完，相互对视一下，就莽撞地冲出队伍，跪在父亲面前。父亲这时才知道，他们是叔伯弟兄，大哥秦大川，二弟秦二川，三弟秦三川，四弟秦小川，秦小川在朝天门码头摔伤了腿没能参军……

陈代军长说：“我们对事不对人，既然这件事大家都清楚了，就不要心有芥蒂，继续干好你的事，带好你的兵！”父亲如释重负地马上立正，行了一个军礼，说：“遵命，不辜负军长！”陈代军长这才问：“乔国俊，你是哪里人？”父亲马上回答：“河南洛阳孟津人。”军长“哦”地一怔：“洛阳孟津？北邙山、黄河南。”父亲说：“正是，家在邙山和黄河之间。”陈代军长来了兴致，他微笑着看了看刚才受了委屈的父亲说：“你的家乡孟津县是块风水宝地，一九三七年清明节前后，我去过，当时我在陆大十三期正则班读书，到洛阳龙门西山、白马寺附近侦察地形并做答案，后来又到北邙山安帝陵附近侦察地形，就在安帝陵讲评。清明时节的北邙山芳草如茵、桃李盛开，蓝天白云下的座座陵冢千姿百态、逶迤百里，十分壮观。那些天春风和煦，野生动物狂奔乱窜，鸟儿展翅飞翔，呈现出欣欣向荣的景象。”陈代军长还对孟津人杰地灵赞颂了很多。之后，他又问了父亲在重庆、在独山的情况，郑重地告诫父亲，军校生要做官兵的表率，在行为上当好典范。那天，父亲如同又接受了一堂精彩的课，是军长的专题课，心情十分激动。这件事锣罢鼓罢了，秦家三兄弟才认识到他们的无知和唐突，闹出了乌龙。其实，弟兄仨用心很好，他们想当众指天为誓，表表心愿，排长指向哪里他们就打到哪里，刀山敢上，火海敢闯，排长给了他们第二次生命，他们就要用命报答排长。父亲没有责怪他们，打心里重视他们，觉得这三兄弟经过打磨，一定能成为合格的炮兵。父亲离开师战地指挥部后，陈代军长对熊副师长说：“乔国俊这个人性格倔强，正直忠厚，倔强的人都具有很强的意志力，是一个可塑之才，日后必能成为优秀的职业军人。”可能是几位长官交换了意见，接下来的机会似乎留给父亲的偏多，当然宁家兄弟也不少。他们的组合在滇西战场上取得一个又一个的胜利，把炮兵的优势演绎得十分辉煌。

打仗并不像故事片表现的那样，激烈的交战、猛烈的炮火，一方猛攻，一方死守，之后短兵相接，杀得天昏地暗。战争看似是鲁莽的野蛮之举，实际却是技战术的科学运用，像棋手一样，谨慎合理地下着每一步，唯恐一着不慎而输了全局。迂回在龙陵的十一集团军，主要是七十一军八十七师、八十八师，除了围歼龙陵的日军外，还要时刻关注着腾冲、松山、芒市方面的日军，他们不仅各自为战，而且相互牵扯、相互照应，在出兵时机的把握上十分诡异。因为这种状况，中国远征军和日军在对峙中虽有交火，但更多时间都在寻找最好的时机。不打的时候，父亲就手把手训练自己的士兵，训练结束，父亲就记心得体会，他在本子上写道："工兵和炮兵军官的战术与科学，或许可以从书本中学到，但将才的养成，却只有通过经验和对历代名将作战的钻研才能做到。"这是拿破仑的话，父亲很喜欢。和日本军队打仗，就要钻研他们的战术，从而掌握他们的打仗规律，采取针对性措施消灭他们。

龙陵雨的特点就是缠绵，造成的后果就是道路泥泞，尽是山和坡的环境几乎寸步难行。日军在龙陵盘踞两年多，对这种天气产生了条件反射，他们认为这种天气，中国军队绝对不会有任何动作的。恰恰出了他们的意料，八十八师战防炮连侦察训练偏偏是在这种恶劣天气进行的。原来没有战防炮连，甚至不是科班的炮兵军官，对直接瞄准的战防炮使用一窍不通，成立了战防炮连，却没有合适的连长人选，外行连长听说三个排长全是中央军校炮科毕业，根本就没有信心和勇气上任。因此，三个排长归师部直管。父亲见识过江西的大雾，经受过湘南深山的阴雨，也在重庆的雨雾中跋涉过，但的确对龙陵的雨难以适应。炮兵侦察员就是在迷茫中识别敌军的炮兵阵地，以便炮战时先下手为强。战防炮的炮兵，还要侦察敌军掩体的位置，敌军坦克、装甲车的行进线路。虽说是演练，父亲对部下的要求还是十分严格的，他们把战防炮、榴弹炮射程以内的日军阵地、掩体布局、坦克装甲通道都做了细致记录。三个排的侦察记录综合起来，就是龙陵决战最完整的炮击目标图了。

一次连续数日的侦察训练，在风雨交加状态下的树丛中、草丛中过去了，大家除几次差点儿被日军巡逻兵发现外，还算是平安无事。任务完成后，被三个排共认身体最好的父亲，突然冷得打战，很快又浑身发抖。这种情况别的官兵没见过，说疟疾又不像，打摆子没有这么厉害，父亲因为没得过病，特别是奇怪的病，就边打冷战边安慰大家："感冒了，蒙住被子发发汗就好，别当成啥事，更不用害怕！"秦大川很忠厚，就在父亲的被子上再加上自己的被子。不是感冒，用治感冒的方法去做，注定没有效果。秦二川见两个被子盖上，父亲还像筛糠一样抖动，就把自己的被子也拿来。宁彬来了，他好像知道这种症状是疟疾，就说："听我的，到美国医院里去打一针，或者服两次金鸡纳霜，很见效的！”美国战地医院是一家教会医院，正好距阵地很近。

部队在最低潮、最被动的时候，每一块阵地都弥足珍贵，尤其是炮兵阵地。打过仗的都知道，对付反包围的敌人，就是撤退到一定位置，既为日后的进攻打底子，也使预备兵力有限的敌人鞭长莫及。但小股敌人的出击，则是非常烦人的事情，敌人呐喊着、冲锋着，不出动坦克、装甲车，也不动用炮兵部队，是一种胶着状态下的战术。如果敌人轻松地把我军阵地上撕开一个口子，打开一个缺口，他们就会在那里停下来，不去追击，不扩大战果。失去阵地的一方假若不马上恢复阵地，且不说损失有多大，单对全线官兵精神上的影响也是致命的。八十七师的战线在一段时期内多次遭到日军袭击，如黄草坝、柴坡等，之后就进入对峙状态。在昆仑关战斗中，父亲见识过日军的狡诈、顽固，日军擅长试探性地侵袭，让小股人出击，多数人在后边预备应急出击，目的是打探对手虚实和战力。对待龙陵的中国远征军，日军同样使用这种手段。由于七十一军围龙陵之战初期出现过状况，上层指挥官人事更替，官兵精神疲软，后勤供应主要是弹药供应出现断层，曾在八十七师的几个团、营阵地上出现过日军偷袭得逞的情况。日军官兵很有点儿认死理，哪条路走得顺了，就认为那条路永远是正确的、顺通无阻的。父亲在和日军作过几回战后，就时常想起乔窑人爱说那些死劲人、不拐弯人的话：“憨狗认住一条路。”这句话扣在日军头上很合适。秦家三兄弟在父亲训话时捅乱子那天，父亲在被误解后，有机会和熊副师长沟通时，曾说出了日军的毛病，提醒说日军对八十七师袭击后，也会不停地袭击八十八师阵地，让熊副师长重视。不论全师是否重视，战防炮连“一乔二宁”的确把防范日军偷袭作为重点去应对。日军侵袭哪一块儿，或许他们有部署，或许他们只是随机出击，但不论哪种情况，战略企图是一样的。父亲训练部下时强调，炮兵阵地官兵千万不能把自己看作汽车驾驶员，总以为能给别人提供方便，是别人离不开的角色，从而产生优越感。其实，炮兵在攻击敌人时，也是敌人重点打击的对象，很多时候和步兵相辅相成，在步兵发起冲锋前，炮兵必须快速、准确地将炮弹射往敌人工事、敌人阵地中，扫清步兵冲锋的障碍。炮兵不仅会发射炮弹，还要学会步兵的作战本领，保卫好自己的阵地。父亲喜欢冲锋陷阵，他就把自己的部下、自己的战友们训练或影响成为炮兵中的另类部队，不仅在敌军偷袭时能应对，即使在部队遇到强敌、战事胶着时，也能作为补充。

父亲往战地医院去时，只带上了秦三川，人们常说：“老大傻，老二尖，家家有个坏老三。”秦家三兄弟，老三是最精明的，也是最不好管教的，几个班长都不想要他。父亲记得麦克阿瑟说过“好用之人没有用，有用之人不好用”，觉得有道理，就把秦三川作为炮兵侦察员去培养，把理论知识、实战经验灌输给他。父亲心里有数，让秦大川、秦二川坚守阵地，他们一定能严防死守，而秦三川则不可靠，小猫钓鱼就是刻画的他这种人。

美国战地医院的威廉吉姆对父亲的病状发了愁，既不是伤风感冒，也不像传染性疟疾，挂在脖子上的听诊器成了他的道具，一会儿拿起来，一会儿又放下。父亲进了医院，出了一身汗，看到威廉拿着听诊器的样子很搞笑，心情开阔了许多。好多人在一旁发了病，进了医院，面对严肃认真的医生，症状反而隐藏了，父亲就是这样的。在为难中，威廉发现父亲胳膊上有一块外伤，像是什么植物刺伤的，就开始在过敏方面探讨起来。父亲进诊疗室时，威廉正在读一份中英文内参，在他左右为难时，父亲对那篇《日军五十六师团的官兵》感兴趣，就目不转睛地读了一遍。像当年了解日军中村正雄旅团的兵源地一样，知道了五十六师团这个所谓的龙师团，兵源地是九州，大部分为九州久留米地区的矿工，因而勇猛、顽强、坚韧不拔，就是这个师团把中国远征军第五军军直属部队追打进野人山的。看着看着，父亲突然感觉身上不再寒冷，也不再打战了，就唤秦三川归队。威廉感到这个病号奇怪，像来医院捣乱似的，就应付着给父亲注射了一支抗过敏的针剂，同时给了两瓶金鸡纳霜口服药。

父亲的快速归队，让战防炮阵地既惊又喜，当大部队精神不振正在恢复的时候，各个团队的意志力亟待提高，只有团结一致、形成拳头，才能应对日军尖刀一般的突袭。为了提升大伙士气，灭一下日军的威风，父亲向大家讲了面前的敌人其实就是一群矿工，他们举着洋镐乱锛乱砸，看似英勇威武，实际上只是鲁莽团队。大家你传我我传你，十传百，百传千，把所谓的龙师团的神话，说成了采矿工人、拿洋镐的团队。在后来的训练和闹着玩中，中国远征军围剿龙陵的官兵们，尤其是士兵们，常取笑那些成绩不好的人为拿洋镐的。一时间，日本拿洋镐的矿工成为大家开战的对象，仿佛这些家伙正在松山、龙陵乃至腾冲滥采乱挖似的。

龙陵不仅雨水下得多而怪，地也格外灵，说雨雨来，骂人人至。八月二十一日，日军出动了好几股，除了一股袭击八十七师阵地外，其他三股出东门、出南门，分别向风吹坡、伏龙寺南以及华坡发起攻击。不清楚其他位置出现多少日军，在华坡方面仅有两个小队的日军。日军人数不多，但有些造势，膏药旗开路，少尉装模作样地拿着望远镜，向八十八师阵地冲过来。日军的前方就是战防炮连阵地，阵地两侧靠前是二六三团的两个营，远远望去，两小队日军后边隐蔽着日军的大部队，显然，当两个小队遭遇强敌时，大部队就迅速冲过来救援，同时打击中国军队。对峙几十天，日军的战术就那么几套，有些黔驴技穷。双方阵地得而复失或失而复得，跟拉大锯似的，成为常态。中国远征军得到空投物资后，已经提升了战力，指挥官的调整很快制止了颓势，官兵的意志力得到增强。那种把日军打回开矿工、拿洋镐者原形的宣扬，克服了畏敌情绪。中国远征军围而不歼，努力消耗日军战力成为一项策略。只要龙陵城内几千日军出不了城，影响不了远征军对松山的攻打就行。日军的突然出击、小股进攻，没有出城救援松山的意思，援助松山应该从赵家祠堂方向。也许，这种声东击西，也是为下步行动施展的花招，既然是冲着战防炮阵地来的，那平时训练的步兵战术就该展示能耐了。对付那两个小队，父亲说一个排足够，让宁彬、宁石云的两个排关键时刻再动。父亲把秦三川叫到跟前，叮嘱了几句，然后把李小蒙叫过来，发给他们一人一支冲锋枪，每人五枚手榴弹，让他们设法绕到两小队日军后边，确保不被发现，待日军后退时就开火。这种时候，炮兵绝对不能开炮，日军正在火力侦察远征军炮兵阵地，一旦炮兵开炮，整个炮连可能就会遭到日军重炮团的狂轰滥炸，刚刚组建的战防炮连顷刻就会灰飞烟灭。师部有部署，不是特殊需要，各个阵地不要随意暴露目的，这也给战防炮连不按路数出牌提供了借口。没有接触秦三川前，父亲自信自己就是最利索的人，不仅跑得快，而且反应敏捷，秦三川的出现，让父亲看到了在湘南和昆仑关战场上的自己。这家伙跑起来跟闪电似的，在重庆时若不是顾及两个哥哥和一个小弟，上官泰安派出的搜索人员根本抓不到他。物以类聚，人以群分，秦三川在战防炮连里交往了李小蒙，两个人特别合得来，李小蒙这个家伙，不知从哪里学会了飞檐走壁功夫，不多日就联手秦三川，组成了秦李搭档。傲慢的日军把眼前的对手理解为一个月前粗放的军队，见接近华坡仍无动静，就忘乎所以地在原计划的距离上又延伸了百十米。让他们始料不及的是，这放肆的一百米长度，使他们得到了迎头痛击，他们在枪声中边撤退边还击。由于没有密集枪炮声，并没有引起那些预备救援日军大部队重视，救援部队相信少尉的应变能力和士兵的单兵作战能力。令少尉没想到的是，他们后撤的路早已让人神不知鬼不觉地封堵了。两个小队的日军，竟然被一群不按套路行动的中国炮兵全歼了。秦三川还开玩笑说："开矿的根本打不过咱抬滑竿的，这回还节省了两枚手榴弹呢！"李小蒙说："千里马常有而伯乐不常有，我小李子应该到特务连！"

一次消灭日军两个小队，而且没跑掉一个，这在两军对峙中是一次花费人力物力最少却成效显著的消耗战，并没有给父亲多少满足。相反，父亲觉得这无非就是匹夫之勇。自从那天看过军事作战沙盘后，父亲越来越感到自己的战略目光太差。当部队遭遇困难和失败时，集团军的参谋长就把解决松山日军放在最重要位置，无意间还和他谈论探讨对付松山日军的计谋。再往前回溯，参谋长担心他到独山后不习惯，就以书法的名义让他抄写了两遍《陋室铭》。父亲要求现阶段应该在消耗日军龙陵战力的同时，准备好攻打龙陵的炮击准备，待松山拿下后，全力以赴地解决龙陵的几千日军。

八月二十日上午九点多，在怒江东岸竹子坡观战的中国远征军高层指挥官和盟军顾问，耳闻目睹了松山日军主峰阵地穿云裂石、震耳欲聋的爆炸声，以及随之腾空而起的滚滚浓烟。这响彻云霄的声音，如同敲响了日军松山秀治一一三联队松山守备队的丧钟，犹如中国远征军发起主力会战的号角。然而，即使被摧毁了主堡垒的日军，仍依靠着周围坚固的暗堡死守着。纵向延伸、犬牙交错的暗堡之间均有地道连接，混凝土工事外边尚有松山上圆木包裹，顶部还有厚钢板保护，山炮、野炮摧毁不了，炸药、手雷、火焰喷射器在士兵、步兵靠不近的情况下难以发挥作用。像过去在滚龙坡引日军出洞，然后双方官兵发生白刃战的情形早已不合时宜。那时，日军冲出工事就会享受中国远征军冰雹一般手榴弹的轰炸，再近些两军就绞缠在一起。这群矿工出身的军人，在格斗中有一种不要命的粗野，而且擅长拼刺，在中国军人寡不敌众的情况下，指挥官无奈地让炮兵开炮，让少量的远征军官兵与日军同归于尽。主堡垒被摧毁后，松山守备队及工事内的日军龟缩起来，以逸待劳，对发动进攻的远征军疯狂扫射。攻克一个地堡，中国军队就要付出惨重代价。当中国军人继续进攻时，在树丛中、荆棘丛中，就出现另一个暗堡，雨点一样的子弹，不断地造成重大杀伤，这种艰难的战斗在持续着。

在松山之外的腾冲、龙陵，战斗也处在白热化状态。跟日军交过手的人都知道，武士道精神武装下的日军士兵，哪怕剩下一兵一卒，都不放下武器。世界上很多国家的军队，当看到大势已去时，就兵败如山倒地逃窜或放弃抵抗，而日本军队即使对手攻破城门，还会选择巷战，躲在角落里顽抗。腾冲最为严重、龙陵次之。龙陵的日军在中国远征军的消耗战中，尽管损失不大，但面对占优势的中国远征军，屡次试探性地出击逐渐被识破，越来越占不到便宜。七千多官兵原来还有支援松山、解困腾冲的企图，随着松山主峰被炸毁，雄心勃勃变成人人自危，把兵力全部用作对龙腾的防御。戒备森严的龙陵，存在着日军大量的工事，暗堡、哨卡数量不比松山少，质量和松山的几乎不相上下，不同的是除几个城门堡垒稠密外，沿龙陵城周边相对薄弱，但堡垒与堡垒之间、战壕和堡垒之间，都互相沟通和有机衔接，战斗打响能够相互支援、发挥优势、弥补劣势。

龙陵雨没完没了地下着，若不是老天发癔症似的突然在夜间让月亮亮亮相，人们真的还不知道今夕何夕。甲申八月十五日是公立十月一日，九月二十九日的夜里，父亲无意中看到那轮久违的月亮，只差那么一小块儿就圆满了。父亲来到龙陵已经两个多月，中国远征军和日军在此的大大小小仗打了上百次，从第一次占领龙陵制高点和重要据点到被迫后撤，足足四个月。松山、腾冲的日军基本被歼灭。七十一军的重炮营几十门山炮已经从松山来到龙陵集结。十多万官兵包围着龙陵城内外的不到两万名日军，进攻开始后，推进虽然艰苦，但成效明显，敌人设在龙陵城及外围的大小据点，不论多么坚固，都被中国远征军一一拔掉。中国远征军的重炮阵地比昆仑关那时的声势要大得多，广西那边山多岭密，大型炮阵根本无法排列，当时为了防备日军炮兵侦察兵，十门八门放在一块儿就不错了，但炮口的方位，炮阵的指挥十分严密，打击的准确度还是很高的。在龙陵这边，占领黄草坝之后，炮兵阵地在此停留过，之后转移到广林坡，又推进到龙陵城东约一公里处的碗厂，那种阵势十分震撼人。炮阵对准日军最后的据点东卡开火，万炮齐发，山摇地动，东卡上空硝烟升腾、尘土蔽天。东卡是龙陵的东大门，北面是滇缅公路穿城的入口，正东是老东坡脚下的一个坝子。日军在龙陵经营两年，面对坝子和公路入口修筑了四个坚固的堡垒，堡身周围均有五米多的钢混结构，仅露出地面不足一米，堡垒四周选用栗树、红木树等坚硬木材密实地栅着，再用钢板铺钉在下部。一般炮弹射不穿，重炮、榴弹炮等重武器，射程远也难奏效。再者，远征军挖的交通沟接近日军堡垒，飞机、重炮无法发挥作用，除了步兵用生命去攻克外，没有更好的办法。

唾手可得的胜利因为敌军的坚固堡垒和拼死反抗而迟迟不能成功，让十一集团军上上下下为之着急，尤其是上层指挥者，采用重赏、轮番进攻的方法，昼夜在敌人堡垒前冲啊杀啊地折腾，耗费日军精力、物力，几次还冲进他们的战壕，炸死他们的官兵，但总体上仍没能动摇日军的意志和战力。

从中秋月圆开始，因为这四个堡垒，官兵们经历了下弦月，又到上弦月开始。父亲是个性子特急的人，也是爱管闲事的人，更是一个不惜命的人。集团军参谋长说他很像新三十九师洪行的性格，还开玩笑说应该跟着洪师长干。一个小小的炮兵排长，看到了新月，想起了“露似珍珠月似弓”的诗句，又想起了柯老夫人解释的“朏”字。不歼灭龙陵的日军，滇缅公路打不通，如何才能和赴印度、赴缅甸的远征军会合？父亲想起入缅作战失利后下落不明的上官朏朏，就对日军充满了仇恨。几个月交往中，父亲跟攻城部队的几个团长建立了友情，尤其是二六三团，几次配合得很默契，眼睁睁看着十万大军进不了城，就主动找到主攻的代团长，请求部队后撤五十米，还请二六三团代理团长挑选两名敢死队员紧跟秦三川、李小蒙，一切行动听从秦三川指挥。这四个人每人两枚手榴弹、两枚手雷，快速走近最前沿，和前沿的那个连队如同换防一样交换了位置，让连队退后五十米，那里正好是贯通前沿的壕沟。不论堡垒里的敌人是否看到了中国军队的后撤，但敌人绝对没有看到有四个人的敢死小组已经走近了他们。

看着秦三川、李小蒙他们四个人像林子里的松鼠一样，“刺溜”走出去，闪电似的倏忽不见了。父亲马上心里一阵酸痛，禁不住难过起来。在想好一个办法后，父亲就先找秦三川谈，摸摸他的底子，如果他没信心或者稍有犹豫，就只能另选他人。父亲是想让他潜伏在敌人堡垒最近处，用十秒钟就能贴近堡垒，待炮声响起一分钟后就行动。令父亲感动的是，秦三川坚决接受这个任务，并说自己很合适。因为四个堡垒，相距几十米，一个人绝对不能完成任务，秦小川又推荐了李小蒙，其他两个战防炮连选不出。父亲说自己和宁石云也可以，秦三川说那咋行，你们当长官的不能去干当兵人的活儿，再说了，战防炮需要精准射击。其实，部队里可以冒死去炸堡垒的也有，父亲只好请求那个团长了。据说团长是陆军大学毕业，这种有文化教养的军官没有军阀习气，父亲就待见这种长官，还冒出一个念头日后跟着这种长官干，或许还能学到更多的知识。团长正急得满面愁容，几次冲锋已经损失了七八十个士兵，还有一个副营长阵亡。听了父亲的办法后，他脸上露出喜悦，就让尖刀连安排两个高手参与这个行动。秦三川做任何决定都不跟大川、二川商量，觉得老大、老二太老实，做事瞻前顾后，办不了大事。这一次去拼命，也没有告诉他们，担心他们的情绪会影响自己。只是拿起手雷、手榴弹要出发时，三川悄悄对父亲说："乔兄，这就不称长官了，叫兄长更亲切，我要是死了，你命令我大哥、二哥战后回老家善待爹妈、孝敬奶奶。我之所以放心去送死，是因为我们弟兄多，还有人活着为老人们养老送终！"三川也有奶奶，瞬间使父亲想起了远在乔窑的一家人，马上在心里产生了五味杂陈的感觉。生死攸关的几分钟，父亲让三川那句"死也要完成任务"的话所激励。接下来，"一乔二宁"组合要么名扬阵地，要么丢人现眼，可能也是几分钟时间。迫击炮、榴弹炮、山炮、野炮发射的炮弹杀伤力大，那是针对敌人方阵或者集合时，但轰炸坦克、堡垒却收效不大，换句话说很不专业。战防炮虽然专业，但攻击这么坚固的堡垒却有些以卵击石了，只有一种可能——让堡垒从内部爆破。战防炮是几年前就出现在战场上的武器，父亲在巴卜洛夫那里学了不少关于战防炮的知识，清楚它的优势和缺陷。这次在七十一军使用的战防炮，虽然比前几年的改进了许多，但发射过程中的初速减弱问题、准确度问题仍然存在。这次要炮击的是堡垒的射击孔，这种内八字形、外八字形或内外综合八字形的射击孔，角度比较刁钻，只有战防炮在此一搏了。父亲和宁家兄弟是中央军校独山分校炮兵科最出色的射手，那时每次实弹射击每炮只有一发炮弹，这是上级为了节约军费而规定的。而宁家慷慨解囊，一次就捐赠炮弹五百发，功夫不负有心人，神枪手、神炮手是练出来的。雄厚的经济实力，造就了“一乔二宁”组合的作战实力。父亲这个不按套路出牌的人，在不到一公里的距离，根据战防炮八公里射程、射速每分钟十几发的特点，跟宁彬、宁石云商量决定了一个奇特的炮击战术。他们不正面打，而是在同一时间交叉射击四个堡垒，全部打斜线，而且要求每人的十发炮弹，至少有两发射进敌人射击孔。这种穿甲弹不论爆炸后的杀伤力如何，只要炸响，就为秦三川他们投弹创造了空间。为了使紧张的氛围缓和，为了尽可能减压，父亲开玩笑说：“石云，咱仨准备比赛了，打准的战后奖茅台，打不准就吸你们湖南凤凰的土造卷烟。”

众人拾柴火焰高，这次和几天来的进攻步骤没有改变，重炮团在前沿步兵撤后，对四个堡垒前发射了几十枚炮弹，即使铜墙铁壁的工事也受到损伤。炮停后，在硝烟扩散中，攻城官兵大声呼喊冲啊杀啊，让堡垒里的机关枪响起来。敌人的猛烈开火，让“一乔二宁”的炮口更好地瞄着，这种直接瞄准的火炮有很多时候就像有准星的步枪，准确度很高。一分钟内，四门战防炮把近五十发炮弹射向敌人堡垒，另一门炮是七分校那位排长发射的，他和宁彬打交叉。父亲和宁石云打交叉。很见效，敌人的四座堡垒全部有硝烟冒出来。之后，那四个松鼠一般的人贴近堡垒，把手雷、手榴弹往射击孔里扔。东卡这几个堡垒内八字、外八字和内外八字的射击孔很难把手榴弹扔进去。秦三川两颗手榴弹都被碰了出来，实在没有办法，只能赌上一把，正面站在那里把一枚手雷塞进去。他刚歪了一下身子，子弹就擦着他的脖子射出来。李小蒙的还顺利些，扔进去一个还节省两颗手榴弹一枚手雷，二六三团那两位更厉害，他们全部成功。这几个大乌龟一样的堡垒，几分钟时间，就哑巴了。让大家想不到的是，当大队人马开始冲过来时有一个堡垒里再次响起机枪声。李小蒙刚才投弹的那个，还有人活着。他觉得很没面子，就再次冲过去，先是朝射击孔扔手榴弹，想借着爆炸之机再投手雷，那手榴弹不争气，在射击孔上没有爆炸，落地才炸了。第二颗还是没造成杀伤，李小蒙忘了这是战场，不是儿时的打仗游戏，就拿着手雷冲过去，把手伸到射击孔才把手雷砸进去。手雷在八字形射击孔里爆炸了，李小蒙浑身是血地倒下了。他睁着眼，听不到敌人枪声时，说了句：“我叫你射击，赤脚的不怕你穿鞋的，不怕死的怯不了你作死的！”

十一月初，龙陵收复。只有少量的日本官兵突围成功，随着几百名前来救援的芒市援兵向南溃退。李小蒙进了战地医院，右臂做了截肢。他没有呻吟，咬着牙说：“我到阎罗殿报到，门岗说，滚吧，不收缺胳膊少腿的，门岗还批评黑白无常，说他们把关不严，没有担当。黑白无常不服气，异口同声说，门岗有啥了不起，你到人间去一趟试试。日他娘，黑白无常还跟我说再见呢！”秦三川说：“小蒙，我叫日本兵失去两只胳膊，叫他们当不了矿工！”李小蒙笑了笑，就不说话了，不知是昏过去了，还是太累睡着了。

战防炮连这一战出名了，中国远征军都知道七十一军有个战防炮连很厉害，有四个神射。这一战，“一乔二宁”又多了一个有能力的袍泽。接下来，以八十八师为主力追击一路南逃的几百名日军。军长点名，战防炮连扩编参与。《战争论》中说：“任何失败的军队在退却的时候，总有一个目的地是他最先想要到达的，不管它距离自己有多远，这个目的地也许是隘路——不预先抢占它继续退却就会遭受威胁；或者是重镇、仓库等——抢先到达那里就会产生非常重要的意义；或者是坚固的阵地、同友军的集合地点等——到达那里就可以重新获得抵抗的力量。”战火纷飞、马革裹尸，能打仗的人、会打仗的人不一定给你位子，但一定给你话语权。胡家骥师长病好归队，熊副师长晋升八十七师师长，他们对父亲都看得很高。在追剿日军残部的日子里，八十八师二六三团危耀东团长采用了父亲的建议，平行追击，并由先头部队快速绕到前方，包括参战的战防炮连，随时炮击来自芒市方向的日军装甲。

龙陵战役以后，“一乔二宁”的战防炮连好像曾经沧海，除却巫山，一仗比一仗打得漂亮，一炮比一炮打得精准。从团坡开始，张金坡、南天门、放马桥，日军残部依仗龙陵至芒市间早已修筑的堡垒等工事，以及天然的险关隘道，给中国滇西远征军八十八师制造了一个接一个的麻烦。团坡两次被逆袭，尹门、蛮旧无不艰难，囊左寺的日军更为疯狂，连续进攻十次，激战五天仍未拿下。这种关键时候，军部人事变动，弹药供给不力，炮兵推进滞后，使步兵进退维谷。好在炮兵连接手了五门野炮，“一乔二宁”在二六三团第十一次进攻囊左寺前，向日军阵地发射了三十发炮弹，炮炮击中要害。

这二十几名日军的阻击，让两个团的步兵一个星期难以推进。接下来，虽拼死抵抗，但在士气旺盛的中国远征军面前，只能节节败退，最后像丧家犬，更像落水狗一样撤退到了他们在中国的最后一个据点——畹町。

自十二月一日起，龙陵一带连续出现了晴天丽日，父亲瞻望巍峨、苍劲、挺拔、连绵起伏的高黎贡山，再俯视湍急、咆哮、欢快、万马奔腾般的怒江，壮美河山被日本侵略者占领、蹂躏足足两年半时间，终于收复了，父亲心情无比激动。部队在帕底作短暂休整时，战防炮连的官兵接受了特殊任务，对畹町以北的回龙山、大黑山敌军据点进行侦察。十二月下旬，进入一年一度辞旧迎新的时节，父亲所在的七十一军八十八师接到命令，向畹町进发。经过几天的侦察，父亲对畹町北的天然屏障，以及日军在此构筑的诸多工事有所了解，那些溃逃中残余的日军都会集在这里，加上原有的日军部队，一定会困兽犹斗，做最后的疯狂挣扎，因此，畹町必然又是一场血战。只有全歼这里的日军，让他们咸鱼翻身的梦想破灭，才能彻底打通滇缅公路、史迪威公路，和在印度、缅甸作战的那支中国远征军会师。

五十二

一九四五年一月二十日，星期六，这天是农历甲申年的腊月初七。乔家正在准备过腊八节，孟津县邮局的邮差站在门口叫喊着："乔守甲，乔守甲挂号信！"过去，老奶盼望着父亲有信件寄来，对定期或不定期地收到书信十分重视，这几乎成为她的一种精神寄托。自打三年前那次往家里汇五十大洋后，好长时间没有私信寄来，汇大洋时附带有一封信，只是告诉家人部队要远征缅甸抗日，老奶一直忧心忡忡。她不知道缅甸有多远，中国远征军有多少人，但她总是觉得出门打仗那可不是闹着玩哩，那可是玩命的事。在老奶心中，国内就像家里，抗击侵略者非常应该，同时天时地利人和都具备，她心里虽有担心，但很快就感到坦然。出国打仗就好像出了家门、出了村子，环境生疏，对手一旦藏在哪山旮旯里，突然扔下个炸弹，或者突然开了枪，那可是吃亏的事。这种担心一直持续到上年的阴历七月，县城七月三十会前，家里收到了一封挂号信，那是父亲黄埔军校毕业到龙陵参加远征军七十一军当排长的委任状。老奶对这些公文一类的东西见得少，也不知寄到家中是啥意思，心里很沉重。时间不长，乔窑有个在西北军当兵的人，他所在部队给他家寄了一封挂号信，里边装的竟是阵亡通知书。收到这封挂号信后，他的家人哭得天昏地暗、死去活来。老奶触景生情，不禁想起了自己家在前线打老日的孙子，看见这家人哭喊，也随之落下泪水。老奶从那天开始，就对部队来信，尤其是挂号信产生了一种偏见，听到邮局邮差大声呼喊拿章取挂号信，就产生了条件反射。后来，老奶心里就反感邮差，觉得这种人给人带不来多少喜讯。老奶心里说，只要人好好的，寄不寄信无所谓，千万不要有不好的消息。偏偏父亲这次在龙陵打了胜仗，部队移师畹町，就写了简短的一段话，由八十八师的文书代办了。父亲很兴奋，听陈军长说打下畹町后，就要到史迪威公路和滇缅公路交会处和三年前出国的远征军官兵会合。他脑海里马上出现了上官朏朏英姿飒爽的样子，几年了，这女孩长高了吧、发胖了吧？父亲马上又否定了自己的部分设想，觉得远征军在缅甸东征西伐、北撤野人山、南赴印度列多，栉风沐雨、忍饥挨饿，应该黑了、瘦了。只要人能回来，即使变了形也是胜利。父亲就趁着高兴，给家里去了信。农村人习惯把春节前的腊月称为年关，迷信说法人每年都要过关，不少人这样那样的原因春节前死去，就算没过去关。总之，这个时间段，大家相当忌讳。老奶听说是一封挂号信，而且是部队信封寄来的，里边只有一张纸，当即心就揪得很紧很紧。老奶颤抖着手，交给爷爷乔守甲，要他打开。老奶让五爷祖庆读了信的内容，才长长舒了口气，说："打了胜仗就好，吓死我了！"从来没说过"怕"字，遇到困难、问题和麻烦事都能坦然面对的老奶，终于说了"心里吓"这句话。

读完信一个时辰，乔家的牛车丁零丁零地行进声在乔顺子"喔"地吆喝下停了下来。母亲按风俗腊八前回到乔窑，人们把腊八和祭灶作为腊月的重要日子去对待，习惯说腊八、祭灶，年下快到。腊八日也是一个小团圆日，老奶见到母亲回来，就很开心地把收到父亲来信的事讲给母亲听。母亲这些年好像对父亲转战南北，有时候半年、一年也没有书信的事情习惯了，就没有表现出惊喜或忧虑，而是向老奶讲了好几件近日发生在县城的事。

母亲说话声音不高，也不拉杂，很有条理。她先说孟津城这段时间出了很多怪事，进入腊月，街上出现了很多讨荒要饭的人，跟前两年的情况差不多。说到外地讨荒人，母亲眉头紧蹙地说：“前两年，那是因为豫东先涝后旱，还有蝗虫祸害，灾民多很正常，可这两年虽然老日还在往西进犯，但没有自然灾害，灾民大量出现就有些不太正常。再说，好多地方都比孟津地盘大、富裕，偏偏豫东的灾民就相中了咱这里，有些怪呀！”老奶也觉得不符合正常规律，就迎合母亲说：“就是呀，这种情况还真的很邪气！”接着，母亲很沉重地说，由于灾民大量出现，孟津城有些乱哄哄的，到处都是打坯垛墙、补锅钉秤，还有走街串巷举着牌子的人，算卦、看相、观风水，热闹得让人们心里不自在。老奶也不时地点着头，偶尔插上一两句话，好像在鼓励母亲继续往下说。母亲说：“人像决堤的水一样涌来，好人坏人就混到一起，强盗飞贼混进来，脸上又没写字，谁也分不清好人歹人。千奇百怪的事就多起来，让人们提心吊胆。”母亲说了县城出现的三个现象，先说二程庙庙会自三舅王友泽被害之后，消停了好几年，不知啥原因最近又红火起来，又是搭台唱戏，又是社火表演，还有说书人、玩猴人都去捧场。母亲又说，最近不知哪里来的人用一种叫“闹狗灵”的圆蛋蛋儿，味道很香，像熟肉的味道，不知什么人隔院墙扔进院子里，狗吃了就死，救也救不过来，好几家的狗都不明不白地死了，留根儿家的狗也让人弄死了。老奶插话说：“弄别人家狗的人是黑了心了，狗在人家家里，看家护院又没上街，你说害狗干啥呢？”母亲接着说：“闹狗的事还没完，好几家夜里就进了贼，老南关梁家、老北关乔家、西门里陆家、衙门附近李家，还有东门里留根儿家都叫贼光顾过。他们家丢了什么东西不知道，留根儿家的一块过门石让人撬了，还有大王家过厅屋的大砖让人扒掉了两块……老奶听着听着，好像有所感悟，说：“风是雨头，屁是屎头，啥事都是有先兆的，先是来了灾民，接着有了走街串巷的工匠，二程庙会又招蜂引蝶一样，对人家狗下毒手，就是为偷窃做准备的。看来，又一场大戏快开演了！”母亲听完老奶的话，若有所思地说：“奶奶，我想请教您一个问题，像乔窑这个乔响器，比一般种庄稼的人品行都差，那个八保联保的郝克钦能跟他有来往吗？”见老奶正在思考，母亲又追加一句，“听人说郝克钦正在活动着要当乡长，难道他不怕别人反映他跟坏人勾肩搭背，香臭不分，好坏人不分吗？”老奶看看母亲，说：“眼下这种乱世，没有原则，只有利益，郝克钦是什么样的人，王家应该领教过了，他就是一条死狗，而乔响器又是死狗中的死狗，死狗跟死狗为啥不能来往呢？再说了，谁当乡长那就是县长的一句话，最多费衙门里一张公文纸，县长又听不到老百姓的议论！即使听到了装着没听到，老百姓骂他耳朵里塞了驴毛，骂骂而已。要是有人追究，大不了就是用人失察！”“哦。”母亲说，“许琰和吕尚他们淘气，偷偷摸摸常去二程庙看热闹，他们回来说见到狗儿了，还有那个孩子。家里人说不要胡说八道，狗儿那次都走得没影儿了，不要胡说！许琰和吕尚很不服气，说狗儿家那个孩子长得可高了，只不过没见那个哑巴女人。要是他们说的是实话，那说明狗儿和那个孩子又来找郝克钦，不定又要做出啥事哩。”老奶说：“自从乔响器赶回来一辆马车，乔田才骑回来一辆东洋车子，我总觉得这里头肯定有秘密，眼下哪有那种发财的，说发就发，像吹泡泡一样。”

母亲陷入一种苦苦的思考中，表面上还在聆听老奶分析事态，思想又回到几年前滨田美樱、高村那一伙人为了字画而残忍杀害王友泽那件事上。仇恨让母亲把牙咬得紧紧的，老奶的话很有道理，启发母亲把二程庙的有些事和乔窑的两个人的发财联系起来，特别是弄狗、偷窃这些事，会不会是坏人之间的狼狈为奸呢？对于乔家人来说，乔响器、乔田才眼下并没有做出伤害乔家的言行，甚至连这方面的迹象也没有，没有必要表现得风声鹤唳、草木皆兵。那年滨田美樱一伙，设计杀害王友泽，其中的罪恶目的虽然没有大白于天下，让他长期蒙冤，但母亲觉得狗儿、郝克钦这些汉奸帮凶脱不了干系。现在，郝克钦竟然冒着名声被毁的风险，与一个绑票、碰瓷的人合作，绝不是偶然现象，尤其是还加入一个以偷盗为业的人，不能不使人疑团重重。害人之心不可有，防人之心不可无，乔响器是乔家近邻，乔田才又居高临下，危害起乔家具有很多便利条件。老奶和母亲商量了几条防范措施，时时处处加以提防，毕竟地还没买，钱还存在家里，虽然乔家没有大量金银细软，但也不是一贫如洗。腊八过后，眨眨眼就到了祭灶。从这天开始乔窑人慌慌张张地备办着过年的货物，两条半街充满了浓重的年味儿。这中间，母亲照例乘坐那辆慢腾腾的牛车，过几天到东门里娘家，到了重要节日的时间点儿上，再被乔顺子接回乔家。好几次，牛车在行进中，被乔响器的马车超越。听到乔响器有意地把骡马打得奔跑，把皮鞭甩得炸响，母亲心里禁不住悲凉，她哀叹着天下的不公，人世间的不平，好人忍气吞声，坏人扬眉吐气，多么可悲。

春节被好多人称为年下，人们戏说年下年下，逢年就下，的确如此，很多个春节都会或大或小地飘起雪花。而乙酉鸡年的春节却下起了雨，这天是公历的一九四五年二月十三日，早已过了立春，距雨水仅剩六天。这天从五更开始，家家户户都要燃放鞭炮，意在辞旧迎新。乔家自从那年双喜临门，五爷买了两万足的鞭炮和一百枚两响炮后，这个标准就坚持了下来，理由是人往高处走，日子往好处过，放鞭炮也讲究天天向上年年提高。乔家人值得自豪的是连续两年收成很好，能称上五谷丰登，爷爷改掉了赌博恶习，准御厨的生意随之红火，四爷职务又有晋升，五爷的食品店产、销两旺，父亲军校毕业后在云南龙陵打了胜仗……老奶却总是高兴不起来，人无远虑，必有近忧，她想了很多，担心的很多。这些心里的事，她只能跟母亲交流，母亲跟老奶一样，惦记着好多事，心里几乎没有平静过，但她却在老奶最揪心的时刻，给老奶宽心、安慰和帮助。乙酉初一的鞭炮一响，老奶长长地叹了一口气，说："甲申总算熬过去了，真让人担心呀！"母亲知道老奶的担心是因为猴年是父亲的本命年，人们对本命年是有很多忌讳的，尤其是在枪林弹雨的前线，枪炮是不讲情面的。这时母亲为了宽老奶的心，就笑着说："孙悟空一个跟斗十万八千里，不会有事的！"别人家熬年是在聊天或打牌，乔家熬年是几架纺车集中到一块，女人"嗡嗡"地比赛着纺线，男人们坐下来盘点猴年的收入，做着鸡年的打算。

日子像流水一样，一天一天地过得铁面无情，不因人的快活而过多逗留，也不因人的失意而加速流逝。元宵节、二月二过后，年味便丝毫不剩了。偌大一个乔窑村，在年味褪尽的时候，乔响器却依旧沉浸在年节的氛围里。一连好多天，他天天黎明放鞭炮，噼噼啪啪地炸响，有意无意惊醒睡梦中的村民。乔响器就是要让他们知道，自己今非昔比，过去过不起年，买不起鞭炮，而如今发家了，要天天放鞭炮，天天吃肉喝酒，天天过年。他这种张扬，其实从正月初一那天就已经开始，乔家放两万足的浏阳满地红，他偏偏放四万头的醴陵满天星，乔家放两响炮，他就放三眼铳。除此之外，乔响器有了钱，文化方面也开始附庸风雅，不仅家里挂了字画，这年的春联也和乔家较了劲。

乔家横批是“喜迎新春”，乔响器就来个“花开富贵”；乔家对联“春满人间百花吐蕊；福临小院四季常安”，乔响器对联“千年铁树开花结果；数载寒门发财致富”。当乔家人低调过年时，乔响器像开店似的，不停地招揽顾客，发布着重要消息。乔响器每天都批发来关于老日从东往西攻打洛阳的新闻，然后再零售给一些稀里糊涂的乔窑人，其实乔响器发布的消息，不少都是陈芝麻烂谷子，经过他的加工处理，就按新闻发布给大家。年前年后大家比较闲，理由是老骡子老马还要歇歇大年呢，何况人呢！闲来无事，就打听老日的事，传说中老日没一点儿人性，杀人放火吃人肉，见了女人就喊着花姑娘动手动脚。大家是出于一种胆怯，才找乔响器打听老日到了哪里，乔响器发现他胡编乱诌的话大家都深信不疑，就绘声绘色地讲起日军作战多么厉害，中国军队根本不是对手。乔响器涵养差，对老日这个称呼到他那里就变成了皇军，好像日本人对他有大恩大德，使他在称谓及措辞上对老日恭恭敬敬。乔窑人脑子都很灵活，听到乔响器称老日为皇军，便知道这家伙有枪就是爹，一定得到过日本人的好处，只是不清楚他是如何亲近老日，也就看透不说透，也不去矫正他。那天乔响器说日本人已经打到了孝义镇，马上逼近黑石关，把乔窑人吓得够呛。那天夜里，乔窑北边黄河上空，出现了一颗彗星，人们说那叫扫帚星，老年人说天上出现扫帚星，地上一定有好收成，同时要动刀兵。

果然，那年春天各家各户的麦田，绿油油的小麦长势很好，不仅麦苗壮，分蘖多，而且其间套种的豌豆也秆壮叶茂，都是近几年最好的。至于动刀兵这一条，日军的确正在逼近洛阳城，洛阳如果失守，孟津就肯定要沦陷。乔窑人越来越心神不定、局促不安，乔响器对日军的神化，使乔窑人惶惶不可终日。一场春雨过后，本应是麦田管理的最佳时机，追肥、锄草时不我待，乔窑人却在关键阶段没人下地，认为人都快没命了，还管它庄稼好坏呢。有句老话说：“欲悲闹鬼叫。”那个春天，乔窑人在提心吊胆、惊恐万状中，夜夜还被猫头鹰凄惨的叫号声弄醒，有时还有不知名的夜鸟叽呱声撕破长空，此外，那些不安分的野猫还声嘶力竭地叫春。之后，寂静的街道上就有稠密而急促的脚步声出现，像寒秋时节干枯的落叶一样在地面上呼呼啦啦响。

那种兵荒马乱的岁月，人们只顾把自家大门闭紧，根本没闲心关注门外发生的任何事情。老奶对夜间的动静很敏感，尤其对西邻有所防范的时候，就常常在半夜醒来。

老日过了白马寺，攻打洛阳的枪炮声依稀可以听到，加剧了人们的紧张和胆怯。偏偏在这种节骨眼儿上，乔窑人的亲戚朋友拖儿带女地来到乔窑，说乔窑这个地方，靠山有窑洞，要比任何地方都好躲藏。乔窑人还朝不保夕地煎熬着，他们也不知道马上来临的劫难多么厉害呢！

农历的三月三，是公历的四月十二日，按照习俗，母亲要回娘家，当时的气氛很紧张，母亲只在东门里停了几个小时，就坐着那辆牛车丁零当啷地回到乔窑，一切情况都很正常。只是孟津县城有些不同，人们正抓紧时间加固城墙和城门，好像县衙的大方砖都拆下来运去垒到城门上。

就在四月十五日，农历三月初五，一向忠厚实在的乔顺子，在没有任何迹象的情况下失踪了。蹊跷的是，他的家门锁得好好的，似乎他失踪前还给牛喂了草料。

五十三

滇西的五万日军，在腾冲、松山、龙陵几个战役之后，如同丧家之犬，纷纷向畹町方向溃退。这支溃逃的队伍，沿滇缅公路南下，依然做着垂死挣扎，不时地给追击他们的七十一军八十七师、八十八师制造出一个又一个麻烦。很多人形容溃败的军队是兵败如山倒，还称此时的日军犹如秋后的蚂蚱，蹦跶不了几天。出人意料的是他们除了在三台山附近负隅顽抗数日，还依靠坚固的工事，在囊左寺死死抵抗整整一周，在中国远征军火炮和盟军飞机三番五次轰炸下，遗弃了两个小队二十几具尸体后，才继续边打边退。在山头寨，日军还向追击他们的七十一军指挥所发射了几十枚炮弹。父亲开玩笑说："日军五十六师团就像是白骨精，打死了又活过来，活过来再被打死，死死活活。"芒市无险可守，他们现身畹町，依靠回龙山这道天然屏障，加之从两年前就开始修筑的工事，这次又再度完善加固，据此孤注一掷，梦想着创造战争史上不灭的神话。畹町便成为滇西日军的最后一座据点。

畹町，傣语意思是太阳当顶的地方，象征着如日中天，蒸蒸日上，与缅甸仅一河之隔，与缅北重镇九谷市形成“一城两国”，国境线长约三十公里。滇缅公路、中印公路在此交会，战略位置十分重要。一九四二年五月，日军占领畹町后，为了实现稳固后方、逐步推进的战略目标，在畹町几十公里区域内的险要地段，包括回龙山、大黑山、黑山口、黑勐龙山等关隘，构筑坚固工事，凭险据守。

父亲形容的白骨精比较贴切，据守松山的一一三联队，随着六千斤炸药飞上天堂一部分，其余的随后几乎被全部歼灭，可到了畹町，居然又冒出个一一三联队，还有龙陵的一四八联队第三中队，炮兵联队，在龙陵战役中已经灰飞烟灭，莫名其妙地又在畹町死灰复燃，依旧打出炮兵联队旗号。那些死里逃生、销声匿迹的士兵，也从山林里流入畹町，整的零的尚有九千官兵，五十六师团松山祐三就借尸还魂，继续以五十六师团长的名义发号施令，叫嚣全军玉碎也要固守畹町，严令部下不得后退。

面对这群逆天而行的恶魔，滇西中国远征军两个集团军在畹町这个“西南国门”，要和两年前走出国门的中国赴缅远征军、驻印度列多远征军会师，还要在这里举行中印公路（史迪威公路）开通仪式，当下重中之重就是不惜代价，尽快全歼这九千日军。按照两个集团军的分工，七十一军向畹町西南的蛮江、南算、拱项地区集结，畹町不克复，部队只能停止行动。在父亲心中，一个军人只有在血与火的战场上才能显示出存在的价值，在部队休整或者驻扎待命时，父亲奉命带队执行侦察任务，那时就流露出急躁的情绪，那种状态真的是皇上不急太监急。进攻邦历、蛮空，“一乔二宁”炮兵连，可能行动太快，提前为二六三团的步兵扫清障碍，步兵付出三名士兵受伤的代价，击溃日军三个中队，并击毙一名少佐和二十名士兵。这次战斗得到八十八师胡家骥师长奖赏，也受到陈明仁军长训话时表扬。部队接到任务，行动迅速，进入阵地及时，本来属于正常现象，然而不知是什么原因，那个刚到炮兵营代理营长的尤自高却对“一乔二宁”十分不满。尤代营长没有说出不满的原因，只是说炮兵走得太靠前是要挨打的，是出力不讨好的。从龙陵战役结束，八十八师的各类武器均得到补充，炮兵增加十门榴弹炮，原来享受直属连待遇的战防炮连，归属炮兵营管理，为了协同作战，炮兵营又接受二六三团管理。尽管如此，战防炮连的“一乔二宁”并不失落，他们在攻打龙陵战斗中，已经和二六三团危团长配合得很融洽，感到在这个团长麾下干很舒心，而尤代营长就不同了，他认为自己少校军衔，在过去的部队里已经是营长，到这里不仅没提职，还在营长前面加上一个“代”字，心里很不舒服。本来，这种安排责任并不在危耀东团长，人家只是接命令收留人，并没有权力安排职务，尤代营长有意见应向师长提，有私愤不能向团长发泄。进攻邦历、蛮空，尤代营长消极怠工，有意拖延，不是拖炮的车出故障让全营原地不动待命，就是驮炮弹的马需要休息，要各连减速行动。结果第二天，部队攻打囊左寺时，由于炮兵迟迟进不了阵地，步兵多次发起进攻，都不能成功。一路上大大小小仗打得很多，均因部队配合不力，不能施行平行追击的战术，跟在敌人后边，每行进一段路程，敌人就设障阻击，给中国远征军八十八师制造了一连串的麻烦，也给溃退的日军五十六师团残兵败将喘息的机会。任何时候，凡是消极的人表面上都很积极，一旦出了问题，他们就有很多理由规避追究。尤代营长心里不痛快，表面上却不跟长官顶撞，在背后发泄不满的同时，就拿贻误战机来报复上司，拿个人利益与抗战大局做交易。一个小小的囊左寺，日军死亡二十多人，整整让八十八师停滞了一个星期。大家都能看出炮兵营的问题，但并没有一个人敢去指责那个尤代营长，他一身的军阀习气、官僚作风和笨拙思维，让下属科班出身的军官看到就反胃。一个耽误事的庸才，在大势所趋的形势下，会耽误部队取胜，会延误胜利的时间，还会浪费部队的弹药和给养，但也会恬不知耻地跟大家一道笑到最后。把残余的日军赶到畹町后，部队在收复芒市后扎营待命。打过仗的人都知道，下步在畹町和垂死的顽敌战斗，对手是困兽犹斗，绝不是可以轻松拿下的。作为七十一军建制最齐备的炮兵营，营长身上的担子应该沉甸甸的，可尤代营长却没有丝毫压力，好像接下来的战事与他无关，反正部队不缺营长，死的应该是连长、排长和士兵。他对屡屡立下战功的下属并不友好，好像这些善打敢拼的官兵往更大的长官脸上贴金，并没有为他捞取政治资本似的。大型活动马上要在畹町举行，盟国首领、国家军政要员、赴缅远征军、驻印远征军都在等待畹町的战事，只有歼灭了这九千日军，一切才能按计划进行。畹町的日军还在磨刀霍霍，中国军队已箭在弦上，而作为持有重要武器的山炮、野炮、战防炮部队的尤代营长，却无所事事地消遣着，不能不让尽职尽责的官兵们反感和着急。作为基层军官，你可以在作战时使用灵活机动的战术，可以厉兵秣马，做好作战准备，但服从命令是天职，让你静候，就不能乱动，更不能妄议。因此，大家只能容忍着尤自高代营长的消极和不作为。

攻打畹町的命令尚未下达，各个部队的分工或者行动方案，或许尚在绸缪之中，那种等待漫长得让人窒息。时间在一天天过去，一九四四年即将过完，西方人已经迎来了辞旧迎新的圣诞节。十二月二十五下午，七十一军在军部驻地举行了一个大型招待宴会。因为盟军中的美军士兵是在异国打仗，过新年不能回去阖家团圆，大都满腹去国怀乡的忧愁，出于人道和情谊，陈明仁军长就出面举行这个活动，邀请在七十一军服务的美军官兵一百余人全员参加，同时还请滇西绅士耆老八十人，为鼓舞官兵斗志，特安排营长以上军官和士兵代表参加。八十八师战防炮连在龙陵战役中表现突出、在追剿日军残部的战斗中屡建功劳，作为特例安排两人参加，加上尤代营长，炮兵营参加三人。尤代营长明明知道战防炮连的两个名额是戴帽下达，却揣着明白装糊涂，把除自己外的两个名额留一个给他的通讯员，另一个给了炮兵营的炊事班班长。得知这种安排后，父亲立马儿像一把火点燃了干麦秸，轰地火势不可浇灭。父亲对宁家两兄弟说："我去找那尤代营长，问问他战防炮连难道出不了一个士兵代表，莫非只有通讯员和炊事班班长才能代表炮兵！"宁彬有点儿生气，若有所思地没有马上表态。宁石云说："乔哥，我劝你甭去找了，那尤自高就是一个土包子，跟他讲道理无异于对牛弹琴！"宁彬好像想好了，接着说："大哥，我也劝劝你，今天咽下这口气，人家官大，俗话说官大三分奸，小心他给你小鞋穿。"父亲说："我不怕，大不了赶跑老日后，我就回河南种地。"宁石云把兄弟情义看得高于一切，说："我跟着你去，我要当面告诉尤黑子，不要太小看人，也不要欺负人，爷们儿打完仗就走，曼谷大学的学籍还保留着呢！"父亲这种直性子火暴脾气，是乔窑乔家人的通病。老奶在父亲去洛阳会芳学徒时就提示过，说："乔家的子孙啥时能把直性子改改就好了。我看很难，爹的儿，爷的孙，辈辈不离祖先根！脾气不改、性子太直，关键时候是要吃亏的！"尽管老奶的教诲常常在父亲耳畔响起，然而父亲一旦冲动起来，就顾不上这些了。尤代营长不等父亲和宁家兄弟开口，就先下手为强地说："战防炮连三个排长，只给两个指标，这不是制造矛盾吗？我为了你们哥儿仨不发生内讧，就甘当坏人把名额给了别人。不要紧，以后有出头露面的机会一定留给你们！”父亲说：“我们事小，参加不参加宴会无所谓，只是士兵代表应该给那些作战勇敢、冲锋在前、屡立战功的人。比如秦三川，在进攻龙陵时，再往前推一仗，攻击月望寨，舍生忘死，不仅为炮兵提供了重要数据，而且几次都穿越兵种界限，为胜利、为大军挺进立了大功。最起码让三川当一次士兵代表吧！”尤代营长说：“他是炮兵，不应该越俎代庖，要是都像他那样做，要步兵何用，炮兵还叫炮兵吗？”说了这几句话，宁石云也怒了，说：“战场上，谁能为打赢仗做贡献谁是英雄，炮兵死完了，步兵懂炮战的也可以上，命都没有了，还死板地划分着兵种，难道有人打有人看才对吗？”“尤代营长，战场上需要分工合作，而忌讳你吹你的号，我唱我的调，见死不救，贻误战机，过后看笑话！”父亲怼了几句。尤代营长自知理亏，还不想买单，就说：“我知道你们几个军校生穿一条裤子，一个鼻孔出气，一窝老鼠不嫌臊。你们人多势众，我不跟你们多说，军队里就是长官说了算！”尤代营长耍起了流氓，拿职务压人。父亲说：“今天你不说个明白，我们就找陈军长、找胡师长，知道你不服气危团长！”尤自高觉得这“一乔二宁”组合气势逼人，就拉大旗做虎皮地吓唬他们说：“有本事就找黄杰司令，他是我妻哥！要不就找霍揆章，他是我表哥！”父亲最不害怕说大话的人，一般人有后台都很低调，凡高调的多是假冒，就说：“好，一言为定，我就不信中国远征军就没有讲道理的地方！”尤自高心虚了，就说：“你几个不到黄河心不死啊！”宁石云说：“尤代营长是不见棺材不掉泪！”尤代营长说：“你几个就是认死理，退一步海阔天空，逼一步你死我活，都输得精光。”父亲说：“死都不怕的人，还怕精光？你厉害，黄司令、霍司令都是你家亲戚，以后打仗，你们亲戚上就够了，这回不弄得清楚明白，我死都不会闭眼！”父亲本来想说死不瞑目，心里一急，就想不起来了，只好说了句白话。争执到最后，尤代营长让了一步，让炊事班班长不去，换成秦大川。尤代营长就是这种德行，茅抗里的石头又臭又硬，我的意见你们不同意，你们的意见我一定变通。宁石云说：“你这种弄法就是胡搅蛮缠！”尤代营长说：“你们三个才胡搅蛮缠呢！好啦，我的话就是命令，执行吧！”那天，大家都很别扭，秦大川没有参加宴会，说自己代表不了士兵们。

宴会过后的第二天，尤代营长来到战防炮连，说："今天我给你们争取了一个抛头露面的机会，明天要发起进攻畹町的决战，七十一军作为总预备队，八十八师第一批出发，作为二百师的预备队。二百师和八十八师主攻回龙山，其他几座山均安排有几个军的主力师去攻打，那不是咱们应该知道的，不该知道的不要过问，这是纪律！"尤代营长占便宜、办输理事时，口气很软，少气无力，有求于人时，低三下四，嘴上抹了蜜似的，甜言蜜语；不乐意时，就在一旁发发牢骚，猪一样吃吃喝喝睡睡。这次下达任务，说给战防炮连一次立功受赏的机会，以此弥补前一天宴会安排上的缺陷，他认为事情已经扯平，就有了发号施令的底气，还强调一句"这是纪律"，衬托得他是营长，很牛。在战场上混，从死人堆里爬出来的人，不怕参战，更不怕死，听得出尤代营长这是黄鼠狼给鸡拜年——没安好心，他拿纪律来压人，他让战防炮连去赴死，先说给一个立功受赏的机会，担心大家犹豫推辞，就用执行纪律来压制。大家轻蔑地看着他，谁都看得出他的司马昭之心，并没有人说话。尤代营长说："作为预备队，八十八师待二百师攻不下回龙山时再顶上去。因此，炮兵营就派出一个加强连，除了你们战防炮连之外，再派一个榴弹炮排给你们。日军也有炮，那么就来个兵来将挡，水来土掩。榴弹炮排那个降锦金排长，过去一直代理连长，这次由他代理加强炮兵连的连长。大家做准备吧，明天凌晨出发！""一乔二宁"三个人以及下属百十号人，鸦雀无声。大家都知道，尤代营长平时根本就管不了降锦金，人家在其他部队转来时，就是代连长，到了七十一军八十八师炮兵营降职为排长，心里不痛快，就不把尤代营长放眼里。尤代营长讨好降锦金，想组成统一战线，就皮笑肉不笑地说："降连长，你本来该当副营长了，可到了这里，他们居然坏良心地把你降格使用！"降锦金本来就心高气傲，虽然职位不高，但打过好多仗，眼里根本就没有那些靠关系晋升的人，觉得你尤代营长论本领大不了就是一个事务长。听尤代营长带点儿拉拢的意思，就说："俺降家祖坟上的蒿子不旺，就没有当营长的命！"尤自高这个人本来没啥主见，听降锦金这么一说，就随声附和说："就是，你们这个姓，听起来就只能降而不能升。"降锦金火了，说："那你们尤家，只能当鱿鱼被人炒了？难怪炒来炒去，越炒职务越低！”尤自高本来想精神贿赂一下降锦金，收买他为铁哥们儿，没想到没吃住麸子还挨了磨棍，就摇摇头灰着脸说：“你老兄算是拿着猪头摸不着庙门啊！”尤代营长在炮兵营凝聚力不强，手下的排长们一个一个都管不了，就苦思冥想着以毒攻毒或送他们去死。虽然加强连的安排是胡家骥师长定的，然而具体操作却是尤代营长一个人说了算。他知道困兽犹斗的松山祐三肯定要利用险要地形搏杀，特别是回龙山这个最高的山一定会重兵把守，仰攻绝对要付出惨重代价的。进攻开始，炮兵阵地肯定成为众矢之的，必定凶多吉少难逃一死，就做了这样一个奇葩安排。更奇葩的是，他指定降锦金为加强连代理连长，是想引起内部争斗，傻子都知道一个槽上拴不住两头叫驴，何况这几个军校科班一个个赛死叫驴。尤代营长最恶毒的，是想让炮兵内部互不服气，影响战机而受到军法处置，这样，炮兵营这几个刺头不死在日军的枪炮下，也会死到自己人的枪口下。

一九四四年十二月二十七日，拂晓时分老天箩面似的筛下毛毛细雨，八十八师二六三、二六四、炮兵、辎重精神振作地向回龙山推进。降锦金在尤代营长那里表现得桀骜不驯，然而当他和“一乔二宁”接触后，似乎找到了知音，短暂的一个下午便磨合到位，相互之间似曾相识。降锦金虽是榴弹炮排排长，但他不是科班出身，对榴弹炮作战的理解很肤浅，认为只要能把炮打出去，能炸死敌人就是命中。而“一乔二宁”所带的排，则要求炮弹的落点，必须最大能量地杀伤敌人，根据地形和敌人阵势来决定炮击的位置。仅从这一点，降锦金就发现了自己的差距，就觉得自己没有资本在加强连里发号施令和指手画脚。降锦金的谦虚和低调，很快得到“一乔二宁”的认可，甚至在诸多方面有了相见恨晚的感叹。也许是同类性格人之间的惺惺相惜，大家发誓珍惜这次合作的机会，关键时刻有智出智，无智出力，该使战防炮时，榴弹炮做好准备，打工事、炸敌阵各尽所能。

小雨中连绵的群山，很像一只单手托着宝石，回龙山犹如中指，最高最雄伟，左边是黑山口和大黑山，右边是黑勐龙山、幸当山，灰蒙蒙的山峰、黑乎乎的山腰、幽深而漫长的斜坡，在沙沙的响声里有一种魔幻般的神秘。魔幻世界随着天色放亮而渐次退去，墨绿、黄绿和葱绿的山峦，树木茂密、山高坡陡，屏障着山后的畹町。八点三十分，盟军数十架重型轰炸机助战，几座山头下的火炮齐鸣，一场惊天动地的战斗打响。父亲和他的战友，仰望高高的回龙山，依稀可以看到山腰的敌人工事。二百师在轰炸过后，发起了猛攻，一个团从回龙山的两侧包剿，另一个团从正面冲杀。在山腰，敌人开火了，轻重机枪、步枪子弹密如雨点地射过来，正面的大部分官兵虽有防备，但突然的射击使他们防不胜防，十多个官兵中弹倒下。在工事里的敌人，依靠着坚固工事和事先测算过的角度，密集地扫射着，二百师中间的那个团被逼退到山脚，两侧的官兵也只能停止攻击。盟军的飞机轰炸过后，就飞远了，根本指靠不住。二百师只能靠炮兵炮击，八十八师的战防炮也把仰角调整到最大限度，向敌人阵地发炮。接下来，二百师两个团再度发起攻势，跟前一次一样，人只能冲到山腰，就被敌人的火力压得只能退而不能进。二百师仅在回龙山的两次冲锋中就伤亡七十多名官兵。这时，总指挥发出命令，进攻回龙山的任务交给八十八师的两个团，二百师改攻幸当山。守卫回龙山的日军官兵七百多人，大都躲在工事里。进攻战术审时度势地改变成引敌人出洞、出工事，然后炮兵轰炸出洞的敌人。二六三、二六四两个团的官兵在发起进攻时，大声呼喊，密密麻麻地出现在敌人视野。这些自以为十分剽悍的日军士兵，不料对手如此勇敢，知道在大军压境的情况下，在工事里射击无法阻止这么多的人马，就拿着武器正面迎着对手打。八十八师的两个团早有准备，当进入敌人射程时，就全部卧倒，等待炮兵开炮。当敌人走出掩体，二六三、二六四团官兵马上停止攻击。炮兵加强连的二十多门炮一齐开火，特别是那几门榴弹炮，一乔二宁亲自瞄准，炮炮落在敌人中间。这次，炸死日军百十人。然后，如法炮制，第二次、第三次，每次都炸死日军数十人。接下来的时日，打打停停，需要补充弹药，还要等轰炸机来炸毁日军工事。战事虽然零零碎碎，但战术的运用越来越灵活。

在进攻畹町的战役中，中国滇西远征军送走了一九四四年，迎来了不断夺取胜利的一九四五年。宁石云在元旦这天的日记里写道：“枪刺挑落了新一年的晨星，炮声迎来了新一年的黎明，投降吧，作恶的倭奴，畹町的钟楼已经敲响了你们的丧钟！……”父亲说：“石云，战争结束后，你完成大学的学业，继续做你的文学梦吧！”宁彬说：“等我们俩学业有成时，就在新加坡或曼谷或吉隆坡安排一次活动，咱们仨再聚聚！”元旦这天，为了麻痹敌人，八十八师两个团没有大的动静，正在布置新的战术。这个战术从一月二日开始实施。胡家骥师长很有意思，新年这天给“一乔二宁”出了一道题，问如果想把敌人从工事里吸引出来，用什么方法。三个人回答得都很滑稽。父亲小时候在乔窑东坡见过熏猪獾，把火点着，投进洞里，上边放一些潮湿的柴火，有意识让它产生大量的烟，就把獾从窝里熏了出来，不出来就窒息而亡了。就说把山上敌人工事一带的林子烧了，肯定能把他们熏出来。但不现实，还是应该把他们激怒，让他们自己跳出来拼命。光喊冲啊杀啊，让敌人产生错觉，从而一窝蜂端着枪跑出来的办法，这几天已经用过，以上两个答案，父亲只是提出来，作为投石问路，很快自我否定。他提出了一条不靠谱的想法，说今天就炮轰敌人工事背后，让他们无法断定我军的进攻套路，照样可以引他们出洞。宁彬、宁石云也迂回着说：“用水攻，山下的水弄上山需要时间和设备。最好使用长流水不断线的办法，轮换着骚扰敌人，让他们活着比死了也不好受，就会出来拼命。”宁石云说：“工事里的敌人最害怕奇兵接近他们，我们就趁夜里摸过去，扔一阵手榴弹、手雷。”胡师长说：“逗你们几个放松呢！明天盟军飞机再次轰炸，轰炸的目标比上次更精准。飞机轰炸后，依旧是大部队冲锋，来一阵有气势的叫喊。敌人的工事受损，必定要走出来在壕沟里搏杀。他们居高临下，加上骄横成性，肯定会走出来。一旦敌人就犯，你们炮兵就要抓住机会，准确发炮，炮击不在多，而在于效果！”

一月二日，是父亲的二十四岁生日，他已经好几个生日是在炮火中度过的。这天宁石云提醒他，用炮声为他祝贺生日，他才恍然大悟，笑着说：“咱们今天记着数，每杀死一个鬼子，就赢一杯酒，降代连长做证。”降锦金哈哈笑着说：“茅台酒一瓶可以倒七十一小杯，谁过生日谁拿酒，到时谁杀一个日军官兵就喝一杯。”宁彬说：“杀一个小队长加一杯，杀一个中队长加三杯！”几个人异口同声说：“一言为定，畹町收复后兑现！”

回龙山坡陡崖高、山路崎岖，连续降雨，泥泞湿滑，步兵冲锋举步艰难。日军在此生活将近三年，熟悉这里的情况，前几天因为盲目出击遭到炮轰，死伤近两百人。这天的飞机轰炸，工事损毁严重，但人员伤亡不多，听到大队攻山中国军队大喊大叫，起初并不重视，喊声越来越大，他们就再也沉不住气，从工事里走出一个小队，做梦都没有想到瞬间就遭到一阵枪击。一小队日军无一人幸免，这种状况让日军恼羞成怒，五六十人的团队端着枪叫骂着走出来。他们眼前并不见一个中国士兵，只能拿枪朝土坑、树丛中胡乱扫射，似乎不开枪就不能泄愤似的。这时，几发榴弹在他们身前、背后爆炸。秦三川这小子像幽灵似的，和在东卡联过手的二六三团几个敢死队员，竟然神不知鬼不觉地上演了短而精的一幕。这天，死在枪炮下的敌人六十七个，秦三川数了数，有些沮丧，说："还不够一瓶酒，我想蹭两杯，看来没戏！"降锦金说："咱们是累计的，把这山上的敌人杀完，弄不好够三五瓶的，今天有你的九杯。不过，你冒这种险，不应该！"秦三川野惯了，不做出点儿另类的举动似乎就不行。他不是对抗谁，而是喜欢调皮，笑着说："打白骨精，不仅有孙悟空，还应该有很多小猴子才行！"

打仗能使人上瘾，接下来的几天，二六三团和二六四团，真真假假、虚虚实实地每天都发动数次进攻，把敌人搞得晕头转向，无头苍蝇似的乱碰乱撞。一月十日，回龙山完全被中国远征军占领了。这座海拔一千六百七十多米的山，松山祐三认为中国远征军不可能占领的山率先被占领，而且中国军人伤亡仅数十人，日军被消灭几百人。回龙山的获胜，不仅使敌人失去了重要支撑，还使八十八师的两个团腾出战力去协助其他胶着阵地的战斗。一月二十日，中国远征军占领了九谷、攻占了幸当山及附近的日军据点，拿下了勐卯，渡过丽江，大黑山的大部分已经攻克，从三个方面包抄，形成了瓮中捉鳖之势。二十日十一时前，完全占领日军阵地，少数欲逃跑的日军几乎被全歼于畹町河。

一九四五年一月二十七日，中国远征军与中国驻印军、入缅作战远征军在畹町南的芒友会师。会师的喜悦并没有写上父亲的脸，设想着上官胐胐一定会出现在归国的队伍里，远远地向他挥手，之后走向他……然而，这种设想居然并没有实现。第二天的典礼上，父亲见到了米吉首，当年他也是入缅的远征军战士，如今已成长为少尉军官。他告诉父亲，中国远征军入缅作战，打了好几个漂亮仗，后来由于盟军的配合不力，同古会战之后，部队就被迫散开了，大部分进入野人山，还有两小部分一个到了印度列多，另一个到了印缅边境。父亲问那些女兵的情况，米吉首说，听说军部的女兵大多都牺牲在野人山，还有极少数活下来。父亲还想问点儿什么，见米吉首心不在焉的样子，就把张开的嘴又合上了。昔日，米吉首是一个兵蛋子，在自己手下混，那时不仅懂事、听话还勤快，这几年到缅甸和印度兜了一圈，就开始翘尾巴了。无比失落的父亲，默默地为上官朏朏祈祷，由衷希望仅仅活着的少数女兵里有她。父亲此刻内心充满了酸楚，前几天看到的一句话涌上心头，“伫立是刹那，转瞬即天涯”。或许，不去独山，直接去参战，能了却此时的辛酸。

……不打仗的日子里，父亲苦苦地煎熬着。中国远征军已经圆满地完成了历史使命，总部马上要撤销的消息不胫而走，像沉甸甸的乌云笼罩着大家，死寂和压抑使人窒息。宁彬和宁石云已经着手做回东南亚的准备了。父亲此时除了有解甲归田的打算外，更多的是对上官朏朏的思念。父亲很矛盾，当年离家到部队，每逢佳节，就有无尽的对老家的思念，乡愁始终牢牢地拽着他。如今，他完成了任务，该回老家了。可是，上官朏朏又让他割舍不开。他真的想留下来，像古代剑侠们一样，云游四海，只不过他是想走进胡康河谷，到野人山里寻找上官朏朏。

在复杂的心绪里，父亲被乙酉新年的鞭炮声惊醒。过年了，父亲没有一丝喜悦。他在心里说：过年让每个人欢欣鼓舞，可我依旧沉浸在已逝的岁月里。一星期后，部队由畹町开帕底，在芒市远征军总部参加了阵亡将士追悼大会。想起阵亡的战友和无影踪的上官朏朏，父亲的情绪几乎要失控，他尽管不会流泪，但泪水在心里流淌更加痛苦，他声音沙哑得让别人不知他在咆哮什么。

三月中旬，中国远征军撤销了。“一乔二宁”等做着分手准备的时候，又有新的命令下达。贵州、广西还有大块区域在日本侵略者的铁蹄下遭受着践踏，战火硝烟还在弥漫。八十八师最先登上新的抗日征程，这次空运和车运并行。当父亲走上飞机时，下意识地深深朝畹町鞠了躬，上官朏朏出征时就是通过畹町进入了缅甸，父亲边鞠躬边在心里说：再见云南，再见朏朏……

五十四

山不转水转，水不转人转。“一乔二宁”离开独山时，都产生着一种隐隐的痛楚，认为这次别过，很有可能今生不会故地重游了。毕竟他们在这里学习生活过，而且出于种种原因，和独山建立了不同凡响的感情，奔赴前线时依依惜别的深情，让他们产生了生离死别的感伤。即使到了遥远的保山、龙陵和畹町，在血与火的战场上，他们都不时地想起独山，战防炮、山炮击中目标，摧毁敌军阵地、杀伤大批敌人，得到各级长官肯定和赞扬时，他们便感念起了独山，想起了母校，心中就浮现出山环水抱的军校。打了胜仗、进攻有了成效的夜晚，他们都梦见自己回到独山，重新坐在炮科的礼堂里，或者在马术训练场，或者在田径场、饭厅里，丰富多彩的生活再度涌来。这都是虚幻的，甜美的，然而，最不可思议的事情发生了，在中国远征军完成了历史使命后，他们的部队奉命来到远离畹町近三千里的都匀，几天后居然换防回到独山。他们在都匀行军到墨冲镇待命，驻地往南几十里就是独山县。父亲当年从重庆到独山，曾经路过墨冲。那已经成为过去，这次重返独山，带着新的使命，要干净彻底地消灭桂黔线沿途的日军。让父亲和宁石云想不到的是，宁彬除了部队的公务外，还有自己的隐私。几年过去了，三个如同结义兄弟一样的组合，在战场上生死与共，在日常生活中同舟共济，但宁彬的秘密却窝在自己心里。在都匀下飞机，驻到墨冲镇后，宁彬拿着地图翻来翻去。父亲关心地问他找哪个地方，他想搪塞过去，但地图册里抖落出雪片一样的照片，一个女孩开心地笑着，宁彬脸马上红了，无奈才说出了藏在心中的事。

建马术训练场，宁彬求那位乡绅帮忙，在乡绅家见到了他家的女孩。当时宁彬忘记了自己是在农村，见到的是农村女孩，一种似曾相识的感觉闪电一样地支配着他的思想。宁彬是一个不擅心动的人，在南洋学校、在新加坡家中，曾有女孩子主动走近他，但他不知什么原因，都在冷漠中让女孩们远离了他。回到祖国，在独山这个偏远的地方，居然发现了一个女孩让他心动。这种感觉他羞于说出来，但不表白又担心失去。宁彬组织纪律观念强，不想在军校里因为和一个心仪的女孩交往而受到处理，只能在心里藏着掖着。这种感情上的事情，并没有瞒住那位乡绅，他告诉宁彬，女儿年方十六，在都匀一所国立学校里念高中，准备报考央大。宁彬告诉乡绅，想和女孩认识认识。就这样，以稳重著称的宁彬，神不知鬼不觉地以建马术场的名义，悄悄到乡绅家和女孩约会。

女孩叫媚溪。父亲和宁石云都知道她，但不知道宁彬和她还互生情愫，明建训练场，暗地花前月下。媚溪名副其实，虽是乡里姑娘，但超群出众，站在人群中，宛若一簇鲜花绽放着，更像明澈妩媚的溪水在山腰汩汩流动。流淌的美，更让人记忆犹新。

父亲说："彬，你当炮兵军官屈才了，你应该到保密局，几年了，我和石云都没有发现你的秘密，厉害了我的彬弟！"

宁石云说："难怪我哥这么乐观，原来心里有阳光！"

宁彬不好意思地合上地图册，把照片夹好。这才说："我不是保密，我是害怕那二十五岁才能结婚、连长以上才能跟地方上女孩恋爱的军规。现在，我的条件差不多具备了，但八字还没一撇呢，说出来万一事情黄了，出现变数，你们不笑我痴、我狂？"

父亲安慰他，说："墨冲往南不到五十里就是独山，咱们马上就打过去了。到时，我给你当大媒，相信有情人终成眷属！"宁石云哈哈笑着不说话。宁彬问他傻笑啥。他说了四个字："贵州嫂子！"

部队往南推进着。几天后，八十八师进驻九十一师的防线，九十一师开往荔波。再次来到独山，"一乔二宁"禁不住感到陌生和凄凉，这里全变了模样，已经寻找不到原来的通道和建筑物。往年，万物复苏的春天，这里早已经莺歌燕舞，苗青花红，男耕女织，一派繁忙景象。而这年的四月，除了穿孝服烧纸祭奠者外，很难找到忙于稼穑的人。昔日的军校房倒屋塌，残垣断壁，野畜出没，荒草萋萋，触目惊心，使人不寒而栗。狼心狗肺、惨无人道的日军虽从独山撤到广西南丹，但野心未泯，对大西南地区依然虎视眈眈，随时都会沿桂黔线再次进入独山，然后进犯大西南地区。最能打硬仗的七十一军八十八师、八十七师这次坐镇独山，加上新编入原驻守独山的九十一师，欲给进犯的日军以迎头痛击。荔波的九十一师在最前方严阵以待，八十八师、八十七师箭在弦上。然而，穷兵黩武、穷凶极恶的日军，在一九四五年三月之后，尽管依旧每到一处都改不了烧杀奸淫的兽性，但色厉内荏的原形逐渐暴露。中国军队迎头准备狠狠打击这些畜生时，他们开始往南丹、来宾、柳州、荔浦、桂林撤退，九十一师、八十七师、八十八师紧紧追击，去年从龙陵追击日军的情形仿佛又在上演。没有战事，但有严格的纪律，宁彬很想再见一次媚溪，但苦于没有机会。日寇从南丹撤退，部队的作战计划尚未下达，仿佛天赐良机。到了这个时候，宁彬似乎缺少了自信，顾虑着这么多天没有联系过媚溪，见面时怎么开口，过于热情和过于冷漠都不行，不热不冷将适得其反。他拿不定主意时，父亲和宁石云说要陪着他去，简直给了他莫大惊喜。父亲开玩笑说：“彬，要记住，兄弟之间一定要坦诚相见，遇事大家形成合力，三个臭皮匠，顶一个诸葛亮！”宁石云很逗，只见他张开双臂，快走几步，做着搂抱的动作说：“媚溪，我好想你！”宁彬佯嗔地说：“石云，有点儿大小！”

木寨在经过一场洗劫后，根本就不像一个村子，村子南的几孔窑洞里有缕缕黑雾升腾着，那是劫后余生的村民做饭的炊烟。宁彬走到一户人家，问媚溪家的人在哪儿。那烧火的老太摇摇头，不说话。无奈，他们只好又找到一户人家。这家人好像更麻木，见有几个当兵的走过来，只是轻蔑地看了两眼，就只顾忙自己手中的活儿。“一乔二宁”很清楚，遭受过日寇残酷伤害的人们，虽然几个月过去了，但那种伤痛并不能抚平，心灵的创伤要比肌肤的伤害更难治愈。正在这时，从废墟西北方向走来一队人马，呜呜咽咽的当地乐器正吹奏着低沉的曲调，后边紧跟着拉车的、抬食盒、举纸扎的，是一家在办理丧事。等送殡队伍走近，宁彬率先看见了那位乡绅大叔，就快步走过去拉住了大叔的手。大叔看到面前这三个当年张罗着建马术训练场的军官，一边打招呼让乐器停下来，一边看了看不远处的那个山洞，低下头说：“你们来晚了！你们来晚了！”乡绅大叔第二句话比第一句话声音压低了很多，好像对什么事追悔不已似的。他们三个此刻头脑都有些发木，一点儿也听不懂大叔说这句话的意思，心照不宣地认为是媚溪已经嫁了人、被人抢走了，总之，是宁彬来晚了，一切都不可救药了。三个人还猜测着这天的送殡活动可能是大叔的邻居或家族老人去世了。大叔站在那里，重复着那句让大家费解的话，好像精神失常了似的。顷刻，大叔示意继续吹奏，让“一乔二宁”跟着队伍。队伍像一道美丽的溪流，缓缓流动着，直到停在一个小山包下的窑洞前。更让人大惑不解的是，窑洞左边有个新坟，不知哪位已经把媚溪的照片靠在了坟前的石桌子上。媚溪天真地笑着，还露出三颗洁白的牙齿，美丽端庄，朴实大方。照片跟宁彬地图册里的一样，只是放大了二十倍。莫非？宁彬心里怦怦跳起来，他已经意识到了，媚溪出现了意外。

三个多月前，日本鬼子从天空到陆地，对独山投掷、发射了大量的炸弹和炮弹，炸得独山山摇地动、炸得人们无家可归，之后，日军的地面部队就饿狼般地占领了独山。生灵涂炭、哀鸿遍野，一场空前的劫难降临独山。木寨这个地方，临近桂黔公路，就成了劫难的重灾区。十二月二十三日，日本鬼子再次进村烧杀抢，还丧心病狂地掳走村里的二十多位年轻妇女。当这群恶魔把二十多位妇女带到窑洞，兽性大发时，媚溪不知从哪里走了出来。媚溪的露面，让那些日本士兵忘记了身在何处，也让日军那个少佐心花怒放。媚溪告诉翻译，少佐如果同意放掉这二十多个妇女，自己情愿嫁给少佐。少佐就是一个畜生，是不见兔子不撒鹰的家伙。他同意让二十多个妇女暂时离开，条件是要和媚溪当即行成婚之礼。少佐言外之意是要把生米煮成熟饭，免得煮熟的鸭子再飞掉，他曾经吃过这方面的亏，被人耍过。媚溪看到二十个妇女离开窑洞，就答应了少佐，同时提出让少佐手下的官兵送送房。翻译懂得送房的意思，就笑嘻嘻地跟少佐耳语着。木寨的窑洞很深，在五六米处就没了光线，媚溪提出用火把照明。于是，那些被美色迷了心窍的家伙就答应了。窑洞里不仅黑暗，而且通风不好，使人很难受。媚溪提出让少佐走前面，打火把的走前面。突然，窑洞里出现了岔洞，媚溪夺过火把，朝一个岔洞里掷过去。之后，就有了山崩地裂的巨响，浓烟滚滚，窑洞连同一个中队的日军，全部被炸死或被掩埋。

……媚溪的故事如同美妙的童话，带有浓重的传奇色彩，如果不揭开她曾是都匀公立学校学生会副主席、支前志愿者的真实身份，没有谁会相信这个文静的中学生，还能创造这么一个惊天地、泣鬼神的壮举。然而，活生生的事实，将载入抗战的史册，也永远伴随着痴呆一样的宁彬，他说今生不会再爱其他女人，永远爱媚溪，等仗打完了，要回来陪伴媚溪。宁彬说："倭奴，今生我和你们不共戴天！"八十八师向柳州方向开拔时，宁彬来向媚溪告别说："媚溪，我去为你报仇，打完倭寇，就回来陪伴你！"

人们说，痴情女子负心汉。然而到了宁彬这里，变成了痴情男子。宁彬的言行让好多人动容，包括那位乡绅大叔，更包括父亲和宁石云。宁彬和媚溪的故事，不能不使父亲想起消失在异国他乡的上官朏朏。父亲心里说："上官朏朏听好了，冥冥之中会有人告诉你，乔国俊对你的思念和眷恋，要远远超过宁彬！"看到宁彬悲痛欲绝的样子，宁石云既心痛又不满，心痛的是这么优秀的女孩竟然这样死去，不满的是宁彬不应该这样，应该振作精神，让媚溪的在天之灵看到一个真正的男子汉。宁石云说："哥，战争结束了，你打算回独山陪媚溪，是想在这里建造另类的雁丘吗？"宁彬不解地问："什么雁丘？胡说啥呢！"宁彬跟宁石云的差距就在这里，宁彬课外喜欢自然科学，宁石云课外就读文学著作，因此他前几年就有女朋友，而宁彬一直到二十多岁才遇上了村姑媚溪。宁石云说："我不是胡说，我说的是真的，关于雁丘的故事，我讲完你问乔哥是不是真的！"宁石云说："金、元之际的著名文学家元好问，年轻时到并州应试，路遇一个捕雁者，讲述了关于大雁的爱情故事。捕雁人说，天空中原本有两只比翼双飞的大雁，其中一只大雁被捕杀后，另一只大雁居然也随其后从天上栽下来，为自己的伴侣殉情而死，元好问听了两只大雁的故事后，为它们之间的深情厚谊所感动，买下它们，将它们合葬在汾水边上，并为它们建了一个坟墓，起名雁丘。受大雁情意激发，元好问创作了《摸鱼儿·雁丘》，其中'问世间，情为何物？直教生死相许'成为流传之名句。"宁石云说完，问父亲："乔哥，是不是？"父亲点点头，没有回答。宁彬说："许过，我们曾经相许过！"

青年男子很容易被情所困，有时候陷得很深，而且不可自拔。父亲在重庆枇杷山上遇到的那个央大男生，曾经为单相思情绪失控，家里人对他毫无办法，请来临风寺的老僧对他做深层次的心理疏导。当时，父亲曾看不起这个男生，认为他是脑子有问题，为了一个对自己无情无义的女生值得吗？父亲神差鬼使地交往了上官朏朏，起初以漠然的态度对待，可随着岁月延续，竟然情真意切、心心相印，就渐渐地对那个抓狂的央大男孩理解了许多，原来男女之间的那根无形的丝线，牵得那么结实，并不是轻易可以挣断的。父亲眼见了那个固执的央大男生，但他根本不认识央大的另一个单相思男生，为了私欲居然心理变态，性格扭曲到了自欺欺人的地步。这个人是上官朏朏的同班同学，是牛郎团队里的齐牛郎。他曾痴情地追求上官朏朏，发誓用生命来保护上官朏朏，发誓说紧跟上官朏朏，做到打不还手、骂不还口，需要时情愿改名换姓。那年，他得知上官朏朏报名参加中国远征军，就报名应征。后来发现上官朏朏继续读书，他就有意弄伤了自己的脚踝骨，因伤不能服兵役。后来，他看到上官朏朏穿上军装，踏上征程，仿佛从青云跌下，死的心都有。要不是马瑞丽这个酒鬼，恐怕齐牛郎早就告别了人间。马瑞丽嗜酒如命，酒后大放厥词，让大家十分讨厌。然而，马瑞丽还有大家喜欢的一面，心地不坏，常常在别人低潮时奉献爱心。当看到日渐消瘦、病入膏肓的齐牛郎，她就大发仁慈，对齐牛郎关爱有加，还不时地进行心理疏导。马瑞丽每天都讲故事给齐牛郎，像丞相女儿讲给国王的《一千零一夜》。倒不是马瑞丽图齐牛郎什么，齐牛郎要钱没钱，要色无色，根本不是马瑞丽的菜。马瑞丽这样做，完全就是最原始的人性在支配她。马瑞丽使用的是替代疗法，讲故事开导、编故事诱导、参加社交活动转移齐牛郎的痴情。果然见效，齐牛郎毕业前在实习时就遇到了一个官宦家的千金，刚参加工作就当上了乘龙快婿。齐牛郎进入部级机关后，工作勤勉、奋发向上，给同事和上司超凡脱俗的印象，主要身后有庞大的背景，很快就当上了副科长、科长和代司长。在官场里，少不了与社会各界、三教九流打交道，免不了出入于灯红酒绿的生活圈，齐牛郎逐渐地对钩心斗角的名利场有了兴趣。有人说社会是一个大染缸，像齐牛郎这种刚毕业不久的纯洁的布帛，只要进入就会轻易漂染上杂色。齐牛郎记不清自己在哪次宴会后，发现自己的那位达官之女居然那么不入流，之后觉得她俗不可耐。官宦家的千金根本不怀疑自己的丈夫能有什么状况，从来没有给他出轨的机会，但她不知道，齐牛郎的精神世界已经容不下自己了。齐牛郎开始重新移情别恋起上官朏朏，那堆早已死了的灰重新燃烧起来。夜里，他身旁的女人不再是这位千金，而是上官朏朏，灭了灯、合上眼，只有上官朏朏的影子。齐牛郎自己也记不清是从哪天开始，如饥似渴地关注起中国远征军的消息。过去的，他查阅着旧报刊，追溯着过去的战事，从同古保卫战、斯瓦阻击战、仁安羌解围战、棠吉收复战的胜利，到撤退至野人山。他把有关中国远征军的报道，哪怕像豆腐块那样的文章都不放过，一律剪下来，粘贴到一个专用本子上。还在地图上标注了许多符号。后来，中国远征军在滇西作战，在畹町会师，他都认真阅读。他最关心的是进入野人山的女兵，人们议论说没有一个活下来，有人说仅有一人活下来。齐牛郎天真地想，这唯一活下来的应该就是上官朏朏，因为她有着非凡的相貌、非凡的智慧和非凡的能力。上官朏朏遭受这么大的罪，吃这么大的苦，还有他齐牛郎不能如愿以偿地得到上官朏朏，都因为那个军需。他把一切怨恨或者是仇恨都记在了那个军需头上，有既生瑜、何生亮的愤懑，早想着有机会一定报报这个仇，泄泄自己淤积多日的私愤。过去他只知道那个军人姓乔，是上官朏朏带着羞辱他的意味强调说，她活着是乔家的人，死了是乔家的鬼。齐牛郎无比悲凉，上官朏朏不论死活都不是他的，都是那个姓乔的，他能不仇恨姓乔的军人吗？命运让他在抗战胜利纪念活动那天认识了那个叫许合江的军需，他得到了姓乔军人的情况。齐牛郎觉得天在帮他，使他的复仇计划迈出了关键一步。

当部门官员生活在名利场，过着悠闲、幽雅的慢生活时，在桂黔线上和日军厮杀的中国军人，又在追击中与日军在广西荔浦干了一仗，战火还在熊熊地燃烧着。进入八月中旬，日军似乎察觉到了什么，似乎到了行将灭亡的倒计时阶段，这些亡命之徒做着垂死挣扎，桂林一带的日军还在苟延残喘和负隅顽抗。父亲和战友们越战越勇，战斗打顺时，势如破竹，日军根本就不是中国军队的对手。当部队势头正旺，对日军压着打时，部队接到了命令，说日本已经宣布投降，对那些放下武器的日军按战俘对待。这个命令，使大多数军人难以接受，特别是怀着报仇雪恨之心的官兵觉得太便宜这些人了，恨不得把他们赶尽杀绝，免除后患。宁彬独自做了一个决定，夜半带着几个炮兵进入阵地，把炮口对准一个日军俘虏营。要不是胡师长夜间查哨发现了这件事，及时把宁彬带走，说不准还要弄出大事件呢。师长认为，宁彬敢这样做，肯定是和父亲、宁石云合谋的，“一乔二宁”这个组合是全军上下都知道的。于是，就把他们三人调离分开，父亲当了师长的副官，宁彬到二六三团当参谋，宁石云被任命为二六四团战防炮连代连长。三个人中，宁石云话最多，知道自己迟早要回东南亚的，就什么都不在乎，听到这样的人事安排后，说：“飞鸟尽，良弓藏；狡兔死，走狗烹！”

人是闲不住的，干农活的一天不到田地里就惦念自己的庄稼，军人不打仗就感到生活乏味。心闲生余事，人人都如此，更何况精力充沛的青年人。宁彬的心再次回到独山，回到了那座破窑洞旁的孤坟前，禁不住默默落泪。父亲和宁石云各有各的心事，虽然分开了，但他们还常常走到一起，不打仗时他们更有理由相互走动。当副官的父亲，开始参与很多涉外活动，就把所见所闻分享给宁家兄弟。很多时候，现实让人失望，但苍天却不让人绝望。

正当大家无所事事时，上级下达通知，让全师紧急集合，参加一个大型活动。一九四五年八月十七日，部队在柳州参加了大型活动，高唱军歌进入体育场，抗战的盟军都有部队参加。原来是美国人在拍摄有关抗日战争的电影，听说是陪外国人拍电影，大家都没有太浓的兴趣。半个月后，中国筹备举办庆祝活动，据说活动邀请了国家军政要员和文化艺术界的名人参加。父亲听人说要来大会助兴的名人有潘有声、淘金、郑君里、胡蝶、舒绣文、周璇、白杨，还有一个叫上官什么的人，本来很平静的心一下子几乎要沸腾起来。父亲想，上官什么，即便不是上官朏朏，那起码上官和她是一家，或许还能得到一些上官朏朏的消息。一九四五年九月三日，这天是星期一，天气晴朗，父亲的心情更是云淡风轻、一片清爽。部队官兵和各界民众数万人，手持松明、高唱抗战歌曲，在暮色里走进公共体育场，胜利大会群情激昂、阵势恢宏，在雄壮的爱国歌声之后，一段铿锵有力的讲话带来了山呼海啸般的掌声，之后那些文艺界名人表演了自己拿手的节目。周璇的《四季歌》、舒绣文的舞蹈《西班牙斗牛士》、白杨的《月儿弯弯照九州》、胡蝶等人合唱的《松花江上》以及八十八师官兵合唱的《中国不会亡》把庆祝活动推向高潮。活动散场后，父亲跟着师长会见了那些名人。这时，父亲才知道这位上官叫上官云珠，人家压根儿不知道上官朏朏。父亲刚刚燃起的希望火苗，再一次熄灭。在谈论这次大型活动时，父亲对宁彬、宁石云说："这次活动，不管别人多么兴高采烈，我一点儿兴致也没有！"

师部有时间空间和条件给家里写信，那天夜里，父亲写了几年来最长的一封信，从芒市机场起飞到都匀着陆，之后在墨冲、独山、荔波，当前在柳州。父亲在信中，向老奶透露了想回家的念头……

五十五

农历乙酉鸡年，乔窑以及周边的小麦长势特别好，眼看着丰收，人人都合不拢嘴地笑着。然而，没有谁能预料到，昔日天灾的伤痛还隐隐在心，人祸竟又降临了。被孟津人称作老日的日本军队占领了孟津，在县城西乔家祠堂东修建了据点。老日就像一头野狼，它的出现让老百姓们丢了魂似的，惶惶不可终日。普通人差不多都是眼不见心不烦，看到老日的炮楼高高的、围墙严严的，有岗哨，就吓得连呼吸都不自然。他们不知道，早就有老日来过孟津，滨田美樱、高村等，无非是他们没着军装，伪装成一般的百姓，尽管他们说人话、假慈善，在背地却干着牲畜不如的事情，但没有人知道，从而就没人害怕过。多数人并没有接触过老日，他们只是听人传说老日多么厉害，于是就害怕起来，内心里感到老日就是魔鬼，就是吃人的野兽。从老日占领孟津起，老百姓宁肯躲起来，眼见到手的丰收宁肯放弃，也不愿遭遇这些豺狼、妖怪、魔鬼。那阵子，乔窑人把所有能从另一面形容老日的词都搬出来用了。骂来骂去，都是一种怯懦、无奈的发泄。俗话说，听话听音，锣鼓听声，用难听的话去骂，用传统的厌胜之术去咒，目的还是因为老日影响了人们的正常生活，影响了马上要归仓的收成。

乔窑是个袖珍小村，却是一个不小的社会。也有人不怕老日的，他挂在嘴边的话是："赤脚的不怕穿鞋的，一个人要是不怕死，还怕老日吗？再说了，好狗咬不出村，你老日漂洋过海，大老远来侵略一个文明古国，不是明摆着来找死吗？"这个不畏老日的人就是父亲的堂哥，是残疾了整日坐在望祖台上吹洞箫、看古书的那位。和平的日子，好多人都认为这个叫"瘸子根儿"的人就是个废物，就是家庭的累赘，没有人想到在老日入侵、大家担惊受怕时，他还能说出这么有原则、有骨气的话，的确让那些健康壮硕的男人汗颜。瘸子根儿安慰、鼓励着乔窑的人们，凝聚力、向心力随之增强着。乔窑人这才回忆起，这个身残志不残的人，在得病伤残之前，曾是两肋插刀、路见不平拔刀相助的侠客。命运捉弄他，使他行动不便，只能坐在望祖台上吹奏着怀旧的旋律，有时还高歌一曲，以此抒怀，以此发散着内心的抱负。别看他不能走动，但对天下大事还知道得很多。乔响器、乔田才鼓吹老日多么厉害，一口一个皇军、太君，让瘸子根儿恶心得想吐。瘸子根儿很快在乔窑人心中成了寒冬的太阳，似乎接近他才不会受冻似的。很快他们就发现了瘸子根儿的秘密，口服心服地相信他不是吹牛皮的那种人，假如老日哪天敢招惹乔窑，他一定能办一件让老日吃大亏的惊天动地的大事。瘸子根儿不知从哪里弄了那么多火药，不知啥时间已经分装了一管一管，而且那些引信全部安装到位。除了害怕老日的、不害怕老日的外，还有一些强调躲藏的人，为数居多。他们说：“谁恶咱不惹谁，啥贵咱不吃啥，对老日，咱惹不起能躲起！”乔甲长就是有这种想法的人。他已经开始做工作，让大家做好躲的准备，提前做一些干粮，把值钱的东西带上。至于不怕死的瘸子根儿，乔甲长自然也有安排，让他掩护乔窑人进东沟躲藏。瘸子根儿所处的位置虽然不高，但脚下便是进出东沟的必经之路。一个不怕死的人，真的拿着自制炸弹，绝对可以守住这条通道。乔甲长是很讲办事方式的人，也标榜自己是按路数出牌的人。他想利用瘸子根儿，就必须做通瘸子根儿的工作。他清楚这个残疾人可不是每个人都能利用住的人，弄不好二百五脾气犯了，管你是甲长、保长、乡长、县长，反正一个废人，你奈我何，就是不听使唤，关键时候非叫你哭笑不得不可。乔窑也不是任何人都能管了的地方，乔窑人并不都是听话的顺民，乔甲长之所以能做到地位稳固，主要是他讲究策略，因人而异，牵牛就牵牛鼻子，打蛇就打七寸上，把大多村民都玩弄于股掌之中。关于安排躲避老日这件事，他开动了脑子，主要还是要守住自己的节操。他也不愿意当老日的走狗。时下当个什么维持会成员，表面看有吃有喝有薪水，十分风光，可那些老日是兔子尾巴，不可能长久在中国在孟津，哪天窜了，维持会的人肯定要落下汉奸的罪名。乔甲长是那种左右逢源、八面玲珑的人，既不想落下骂名，让后代蒙羞，又不想有损门风，使祖上受辱，于是就选择近似于古人归隐的做法。不同的是，他还要体现出责任、义务和担当，就不忘其他村民，要和他们同甘共苦。他先找到瘸子根儿，说：“根儿，恶魔、野鬼来了，你这身子骨不方便，咋办好，我专门来问问你，看咋着才能帮帮你！”瘸子根儿看了看乔甲长，慢腾腾地把那根一米多长的洞箫从胸前移开，说：“黄河北孟县有个文化名人说，人之所以怕鬼，是因为见不到鬼，如果可以见到鬼，那么人就不再怕它了。不知道这老日到底是哪路鬼，有多厉害，反正我不害怕。像我这种不囫囵的人，阎王爷还不收呢，怕这洋鬼？我不躲，就天天坐在这里，惹我恼了，我就扔几颗土炸弹玩玩！”瘸子根儿一番话，让乔甲长几乎无语。乔甲长愣了几秒钟，说：“有勇气、有胆量、有智谋，这是好事，咱乔窑要都像你根儿这样，还愁个啥！”说着，乔甲长观察着瘸子根儿的面部表情，当发现他一副泰然自若的样子，像一座石雕一样任凭风霜雨雪都不改变时，就说自己只是咸吃萝卜淡操心，村子里神仙多了，是神仙都有把刷子，用不着自己去关心的。乔甲长一番谦虚话，反倒使瘸子根儿在了意。“可不是，人上一百，形形色色，需要甲长您关心照顾和帮助的人还不少，你真应该想想法子，让他们不再担惊受怕！”瘸子根儿的这几句话，正中乔甲长下怀。乔甲长乘势借力说：“你说得对，我就为需要帮助的人才来找你的，这也符合大家的心愿！”瘸子根儿说：“人一生总是要干点儿让人感动、让人记住的好事。我这个残缺不全的人，健康着时也没给村里人干一点儿事，后来想干点儿啥事，身子又不允许，只能每天坐在这高台上，看日出东方西落邙山，听溪水叮咚百鸟争鸣，现在老日这鬼来了，村里人害怕，我情愿为他们粉身碎骨！”乔甲长被瘸子根儿说得心里一酸，想起了他的许多优点，就安慰说：“你的洞箫吹得很有功夫，凡路过乔窑的人谁不夸咱村文化底蕴厚，还有人懂古代的乐曲！”瘸子根儿一点儿也不飘，就说：“那不算啥，吹着玩儿。您来找我，有啥直说，我这个人是直肠子，不待见拐弯抹角！”乔甲长说：“治家格言上有句话，宜未雨而绸缪，毋临渴而掘井。有些事不一定那么严重，但咱应该凡事朝坏处、严重处着想，往好处努力，这样才能有备无患。万一哪天老日来村里捣乱，据说他们有啥三光政策，杀人放火抢东西，听说在那潘沟还抢走女人，说花姑娘大大地好。咱可不能不防备，不能让他们想咋坏就咋坏！”瘸子根儿说：“甲长，不用客套，您说让我咋办吧！”乔甲长就把应急的想法说了出来。瘸子根儿说：“放心吧！我一定让您和村里人满意。”父亲的堂哥明白，甲长是要让自己关键时刻拼命，这次他心甘情愿，脸上就浮现出一种兴奋和满足的表情。

乔甲长的按路数出牌，就是在意识里画了一个圈，让它像十五的月亮，尽可能圆满。从望祖台下来，他就直接到了北街乔家。恰好老奶从八方庙烧香回来。老奶见了甲长，微笑着问：“咋着，有事？”乔甲长没有马上回答有啥事，而是江湖地说：“无事不登三宝殿，真有事找您！”老奶心里像明镜子一般，老日侵扰，村里人害怕，多数人想躲藏，最可靠的地方就是东沟里那些窑院，最理想的就是那几孔能防守能撤退的天窑。老奶说：“天窑的事？”乔甲长说：“您真是清楚明白、德高望重的老人啊！”乔甲长想用德高望重这句话产生一箭双雕的效果，让老奶更顺利地答应把天窑提供出来。老奶对这种奉承人的话不感兴趣，就轻描淡写地说：“说到哪里了，都是一家人，分再多户也是一大家子，大家遇到难题了，即使德不高望不重也不能袖手旁观，再说乔窑东沟那些天窑本来就是大家的，无非是这些年咱管理了、维护了。”乔甲长对东沟天窑的位置、结构并不十分了解，不是特殊情况谁会去关心这些闲置无用的东西呢？但对于乔家天窑的神秘传说他倒是知道一些，就把天窑当作了自己乃至很多乔窑人的救命之物来对待。他自己也没想到天窑这件重大的请托之事，竟然就这么轻而易举地搞定了。

乔窑人在对外时团结一致，尽管家与家之间、人与人之间免不了有矛盾、有隔阂，但大家现在面对着老日这群洋鬼，都有一种死到临头的恐惧，在生死关头，还有什么个人恩怨不能放弃，还有什么利害关系不能摆平呢！到乔甲长处献计献策的、到瘸子根儿跟前获得胆量的、到乔响器家打听消息的、在自己家准备干粮的，几乎成了乔窑这段时间的主要事务。平时，乔窑人各吹各的号，各唱各的调，大敌当前很自觉地进行着大合唱。当然，乔窑人也有表里不一的，有人说的比唱的还好听，心里却有自己的小算盘。乔甲长有洞察力和辨别力，听得出每个人话里的弦外之音，也看得出哪些事情的前因后果，就来了个趋利避害，只用人之所长，尽力发挥大家的正能量。在对待乔响器这个人上，他很讲究分寸，大家都知道的，也让乔响器知道，该回避的坚决不让他插手。当乔响器提出为乔窑人打探情报时，乔甲长满口答应，还夸他舍生忘死为大家，是村里的英雄，弄得乔响器美滋滋的。

乔窑人都在变化，有些人是成长了，变得大气，变得聪明；有的人是变得成熟，经验主义就产生了；还有人变得自私，以自我为中心，自扫门前雪，不管他人瓦上霜；有人变得世故、圆滑、油腔滑调；还有人变得目中无人，自信满满，做着掩耳盗铃的事情，还以为别人是山瓜子。乔响器则属于有变化但归不上类，自从他承担了刺探情报，负责为村里人报信儿的任务后，还算敬业。比如老日出了据点，往哪个方向走的，都及时反馈给乔甲长。有天老日一个小队到了大坡口后，往西拐了一百米，就把乔窑人惊扰得开始往东沟钻。之后，还是乔响器帮大家解除了警报，报告说老日往西拐了一百米后，发现山坡上有好几只野鸡，就抓起野鸡，没有再往西来。

人们在“狼来了”的喊叫中被弄得头昏脑涨，这种虚虚实实的惊慌使他们十分疲惫，埋怨着还不如让老日真的来一次，灾祸迟早是躲不过去的。果然五月十三日，乔响器再度报警说，老日这次出动一个小队，还有二十多个叫皇协军的人员，这次像真的要来乔窑一带办什么事情。乔甲长经过分析，认为这次恐怕要有灾难降临，就说服大家宁可信其有，不可麻痹大意。于是全村老少，除了乔响器和瘸子根儿两人，其他人员按要求全部进入东沟的天窑。乔甲长这种安排，既满足了乔响器改邪归正、为村民办点儿好事的愿望，也避免了让他了解天窑的秘密。当时，他们还约好，老日进村，只要做不轨的事情，或者往东沟进，就由瘸子根儿动手杀他们。如果只是到村边示威，很快撤离，就由乔响器鸣炮，以示平安无事。乔窑人大都不认可乔甲长对乔响器的使用，说是让贼打更，把大家往绝路上引。乔甲长批驳说："谁见过小偷公开做贼，他再坏，在众人眼皮下敢吗，再说了，他也该积点儿德了！"乔响器把老日要来乔窑的消息及时报告给乔甲长，于是慌慌张张的避难队伍就摩肩接踵地进了东沟。在老奶的带领下，大家有序地沿着一条羊肠小道进入树丛，然后在荆棘满地的陡坡上蹦着，忽然一个下坡，就看得见一块开始风化的红石。这就是天窑，一百多人走进去并不感到拥挤和压抑，大家好像找到了安全感。在大家身后一千米处的望祖台上，瘸子根儿用洞箫吹奏着一个古代名曲，悠扬、邈远、深沉、自信，如同讲述着穿越时空的故事。乔窑的天窑很有意思，不知道当初设计者使用了哪种技术，也不知根据哪条声学原理，把沟口、望祖台的音频调整得格外一致，即使些许风吹草动便会产生和谐的共鸣。因此，虽然在天窑里看不到东沟口、望祖台上的人和物，但静下心来就能听清那里的任何声音。因此，瘸子根儿的箫声让满窑人依稀听得到，大家禁不住萌生一种空前的信心。乔窑的读书人多，在天窑里听到美妙的箫声，不仅被一个残疾人的牺牲精神所感动，也在心里描绘出乔窑"空城计"的壮丽画卷。这时的乔窑望祖台上，瘸子根儿如同三国时的诸葛孔明，面对司马大军兵临城下，依旧坦然地在城头上专心致志地弹琴。乔窑人没见过老日的扫荡，只听人形容过，说老日的扫荡十分凶残，十分贪婪。乔窑东南潘沟的一个潘老汉是乔甲长的表叔，他专门跑到乔窑避难。他亲眼看见了那些老日进村见东西就抢、逢门就进，闹腾得鸡飞狗跳，这还不算，他们见了女人就"花姑娘花姑娘"地追逐起来。潘老汉很逗，他学着老日的话，说老日见了吃的就迷西迷西、见了人就死拉死拉，走时还吆喝着开路一马四。

乔窑响起了一阵枪声，“砰砰砰”，清脆而响亮。接下来是人的嘈杂声，之后似乎安静了下来。由于紧张，两个多小时过去了，人们并没有感到漫长。望祖台上洞箫声不知啥时间停了下来，小东坡上出现了鞭炮声。鞭炮声告诉躲藏的乔窑人：老日走远了。这是乔甲长和乔响器约好的，之所以不在乔窑鸣放鞭炮，是担心引起老日怀疑。

人们开始返家时，乔甲长不放心，就安排身体灵活的乔田才去村里探探情况，确保平安无事时再让大家出天窑。这时，乔甲长才发现，乔田才并没有来天窑躲藏。乔田才偷偷摸摸的毛病改不了，为此常常遭人打骂，也让乔窑人讨厌。大家都离家离村逃难，没想到给他提供了偷窃的机会。乔甲长让大家不要胡思乱想，或许乔田才这天没来天窑是另有原因。

北街乔家是唯一被偷盗的，而且被人拿去的是两幅字画，母亲的连箱柜里还丢了两匹洋布，那是东门里外婆带全家逃难时寄存在乔家的，孟津县城无处可躲，乔窑好歹还有山有窑可以安身，天窑更加保险。东门里王家人不想给乔家添麻烦，就往陕西那边去了，只是把不方便带的布留给母亲代为保管。这天大家只顾逃难，乔窑空荡荡的，没人进出，瘸子根儿坐在望祖台上大声做着证。人心惶惶的岁月，人们性命不保，几乎没有人散兵游勇般地独自行动，也几乎没有随便进入别人村庄的。乔田才擅自留在村子里半天多，这次作案百分之百非他莫属。乘人之危、趁火打劫，这种事情发生在文化教养厚重、村风民风淳朴的乔窑，大家深恶痛绝，于是群情激昂中就把乔田才揪了出来。当时，他还在装睡，看到大家拉他出来，就说：“这一觉睡得真结实，从昨晚一直睡到现在，现在啥时辰了？”这段时间各地都在躲避老日，生意放下了、庄稼放下了，差不多都在家里。五爷祖庆、爷爷守甲听到乔田才还装模作样地狡辩，就拿麻绳捆住他，用皮带抽他，边抽边骂：“你死猪不怕开水烫，做了贼你还不认账！”乔田才这回表现得比历次被抓都英勇，还辩解说：“我没偷你家东西，今天就是把我打死了，最多阴间多个冤死鬼，你们家的东西还是找不到！”“叫你嘴硬！”爷爷气得要命，抡着皮带使劲儿抽打着，嘴里不停地骂乔田才是吃里爬外的坏蛋。老奶也好言相劝，说：“田才，人都有三昏四迷的时候，办错了事，就敢作敢为，说出来就不用受这种疼啦！”乔田才这一次好像是吃了定心丸，宁肯吃皮肉之苦，就是不承认。看到事情发展到了死胡同，再这样下去打死人就触犯刑律了。母亲开始劝告爷爷和五爷说："不用打了，东西丢了就不要了，那字画再值钱，放在咱家里欣赏不动。让田才哥想想，想明白了他会说出真相的！"这时，乔甲长、乔响器等走了过来，乔响器先开了腔："老大家说得对，让田才回家反省反省。俗话说，捉奸捉双，捉贼捉赃，先找找赃物再说，没有见到赃物，就先放了田才吧！"五爷祖庆瞪了乔响器一眼，说："哪个贼会把赃物放在手里让你抓，脑子有病了？"乔响器不服气地说："那你说田才做贼了，证据在哪里？他要是被冤枉了，还不定冲动着办点儿啥坏事报复呢！"五爷年轻气盛，说："他敢！不怕缺胳膊少腿就报复吧！"五爷的话，就是敲山震虎，看似警告乔田才，实际是说给乔响器听的。乔田才脑瓜子很灵活，对五爷指桑骂槐的话心领神会，对刚才乔响器的话更是受到启发。乔田才说："反正这回我没偷东西，你们打我的时候不小了，再不放我，我也就豁出去了，兔子急了也会咬人，何况我乔田才是五尺男儿。再打我，我就跑到皇军，不对，我就跑到老日那里，说乔窑有人参加抗日队伍，叫你们一家不能安生！"乔田才经受过好多次打击，不知道什么时候学会了说话设置底线，因为那次营救新四军伤病员的事与他有关联，他就从来不提，那新四军也是抗日的，而只提父亲参加中国远征军的事。听到乔田才这么说，乔甲长预感到再这样闹下去，就会把事情闹大，像滚雪球一样，越滚越大，最后收拾不住，就来了个控制事态的意见。乔甲长说："今天这个事发生在咱乔窑，是全村最丢脸、最不幸的事情，俗话说有些事就是秃子头上的虱子明摆着，全村人都心知肚明，无非是看透不说透罢了。一个人做了坏事，你躲过初一，躲不过十五，报应迟早会来的，不是不报，时辰不到，时辰一到，一定要报。话说回来了，咱们都是一大家子，都是乔尚书的后代，家丑不外扬，今天先告一段落，先不定案乔田才就是偷北街乔家的贼，但乔田才也不要有蒙混过关的侥幸心。大家都冷静冷静，该把东西退出来的，白天不方便，你就夜里，咋偷走的就咋退给人家……"乔甲长继续高谈阔论时，有人大声说："乔顺子回来了，乔顺子回来了！"人都习惯于借梯下楼，失踪多日的乔顺子突然现身，一下子冲淡了审问乔田才以及为此产生的争吵。人们把焦点转移到乔顺子那里，乔田才的问题很自然地告一段落，给乔甲长一个很大面子。

乔顺子没有多大变化，还是那张黑不溜秋的脸，一身多日不洗油腻而斑点密布的夹袄和黑裤。他不管别人多么惊讶地呼唤他，也不管这天发生过什么事情，只顾自己快步奔向北街乔家。看到老奶，乔顺子飞快地跨上一大步，在老奶跟前跪下，还把头使劲儿地往地上磕着，边磕边说："我真没用，我经受不住他们的盘问，就如实把接老大家时，在东门里装了两匹洋布，洋布里夹着两幅字画的事全说出来了。不说，他们让我见阎王的！"老奶安慰他说："顺子，回来就好，你是实在人！"母亲也说："叔，你不用责备自己，换成谁都经受不住的，那些人心似蛇蝎，手段多得像走马灯。他们想要的，已经偷去，可能要安生些时日了！"母亲马上回忆了那次回娘家的情形，禁不住叹了口气。

日本侵略军占领孟津县城之前，县城上下、城里城外早已风声鹤唳、草木皆兵了，县城的生意全部关门停业，很多人家纷纷携带家眷出逃，而当时的县政府为了稳定民心，把古老的县衙的院墙大砖拆下来去加固西门和城墙，以示县长抗御外敌的决心和行动。在县城几乎一空的情况下，外婆最后决定到外地去避难。三舅是东门里王家唯一的男劳力，其他两个舅舅在很远的地方做生意，三舅被人害死之后，王家的庄稼活就靠亲戚朋友们来帮忙操劳。老日进犯孟津，各个亲戚家三神顾不了三神，更谈不上帮助五神了。如果这时还待在家里靠别人帮忙很不现实，况且外婆又是那种有个性、不愿麻烦别人的人，就选择到陕西投奔亲戚。王家在陕西有很多亲戚，蒲城、渭南、耀县、铜川，甚至定边等地都有亲戚可以投靠。母亲回娘家就把一路上看到的情形告诉了外婆，外婆说："凭几块古砖就能挡住那些鬼一样的东洋兵？上海、南京的砖头、石头、城墙那么坚固都挡不了，小县城的砖头就差得多了，有一天大家都起来，形成一股力量，你打死一个，我杀死一个，才能把这些东洋鬼赶走！"外婆很不平静，说话时有些激动。停了半分钟，外婆情绪平复了许多，接着刚才的话题说："老日漂洋过海来侵略一个大国，他们是有所图的，就像一个强盗、土匪为了霸占别人的东西、抢别人的生意，就使出武力。你想想，要是一个家庭穷得家徒四壁，开着门他们也不进去！他们为啥不在黄河滩里建据点，不去邙山上扫荡？往集镇里来，说明集镇里有他们想要得到的东西，往矿山上去是想要那里的矿石！这次来孟津，还不是对古代的东西眼红？”母亲不住地点着头，耐心地听着外婆高瞻远瞩的分析。末了，外婆把两匹布和包裹在其中的两幅字画交给母亲，说：“兰菊，你三哥被不明身份的人暗害，少不了与咱家这些王铎字画有关，这回强盗、土匪、刀客们来，少不了还有这事。东门里这个家保管不了这些东西，往陕西走又带不了。乔窑地方大、有窑院还有天窑，只能由你保管了，要记住，这些字画是国宝，决不能被外人抢夺走！”母亲接受这个任务时，本来不想让乔顺子知道两匹布里还藏有东西，偏偏乔顺子这个老实人在做事上却一丝不苟，他居然在拿布时发现了里面的东西，还多管闲事地把字画翻了出来，令母亲十分生气，母亲知道，乔顺子是保不住密的。

为了不辜负外婆，在乔顺子知道秘密后，母亲好几天吃不香、睡不着。母亲突然想起了司马儒那天赠给乔家的字画。司马儒是洛阳一带的书法名人，他从小就临米芾、王铎的字，天长日久，司马儒写出的字完全没有了自我。他的字初看像米襄阳，再看似王觉斯，有文友开玩笑称他为司襄阳，司孟津。后来，那些投机者就让司马儒仿米芾或王铎的字画，还雇篆刻艺人高仿米、王印章，精装细裱后卖给附庸风雅的土豪，或者赠予地方官员以此猎宠。这些，司马儒不知实情，只知道自己仿古很开心。司马儒的高仿字画写起来得心应手、出神入化、以假乱真。日子久了，随着自己视力下降，有人就把印章做了手脚，司马儒竟毫无察觉。他常常拿错印章，本该钤自己印章的，无意间盖上了王铎的。这次送乔家的字画，有唐诗一幅、宋词一幅，另两幅为王铎五十岁抒怀和南明任上的喟叹诗。母亲猜测乔顺子的失踪，肯定与字画有关，也知道乔顺子经不受拷问。为了国宝、为了外婆的嘱托，母亲只能采取一种应对措施了。

乔家原谅了乔顺子，也不再痛打乔田才这条落水狗，看似一切重归于平静。母亲心里还有个结，她知道那些想夺取王铎字画的魔鬼，一定不会善罢甘休，据说他们不仅懂得书画艺术，还能够辨别真伪，尽管滨田美樱、高村一类不精通，但他们的上司、他们的高层肯定会识别的。

好在，几个月之后，在农历八月十五前夕，这些强盗夹着尾巴溜走了，据说滚到了洛阳。就在这些强盗走之前，乔响器被人打断了腿，乔田才被人打瞎了一只眼。原因是一个狗腿子不担当，一个有眼无珠。一直逢人都宣传皇军、太君如何厉害的两个人，在受到惩罚后，开始骂日本人和孟津的汉奸都是娼妇养的。乔甲长再次扮演了事后诸葛亮，公开场合吹嘘自己的料事如神。他说：“我知道北街乔家失盗的事是他们干的，一个装好人，一个当梁上君子，这回水落石出了，恶有恶报了吧！”

五十六

乙酉鸡年的仲秋不期而至。天高云淡，艳阳普照，秋风送爽，乔窑南坡上的柿子树上挂满黄澄澄的果实，树下的红薯把土壤拱得裂了缝，小坪里的野菊花竞相开放，那些找机会偷吃柿子的老鸹，开始在乔窑上空翱翔，俯瞰着村子里的动静。

乔窑北街乔家院子里的桂花，金灿灿的小花密密麻麻的，散发着沁人心脾的幽香。院子里静悄悄的，东南角那间厨房里不时地传出说话声和有节制的笑声。那是乔家人在准备八月十五中秋节的食物，老奶张氏、奶奶邓氏和母亲王氏，三代人正制作一个象征大团圆的特别华丽又壮硕的枣糕。奶奶手有点儿拙，把红枣一个个都放错了位置，歪打正着地摆出了一个奇怪的凤凰，老奶说是孔雀，逗得大家笑起来。

不仅北街乔家，除了被蒙面黑衣人弄成致命伤的乔响器家和乔田才家，其他人家都在喜气洋洋地备办宴月用的供品和家里团圆的枣花馍。

整个乔窑处处充盈着中秋节的景象，那种久违了的开心和愉快，挂在每个人的脸上，喜在每个人的心窝里。

大家传说着那群像恶狼、魔鬼和幽灵一样的老日，到了洛阳，和他们的同伙会合在一起，跪了整整一操场，每人都双手举着，对中国军人说：“爷爷，孙子投降了，别杀俺！”农村人对事物的描写，总是土里土气的，有时还用大家熟悉的方言俚语，形象、逼真又生动。尤其那些喜欢模仿，以姿势助说话的人，描绘老日缴械投降时的样子，把大家乐得几乎笑掉大牙。没有了恐怖、压抑和窒息的人们，在老日滚蛋后，终于有了扬眉吐气、舒心自在的日子。恰逢中秋佳节来临，即使贫穷的人家，也要尽最大的努力来抒发内心的快乐。在盼来希望的时候，他们不忘记供奉那些冥冥之中的神明和祖宗，内心里有一种朴素的感念，仿佛太平日子是托他们的福。

乡下人容易满足，日子稍有点儿顺，就在不经意间忘乎所以，乔家也是如此。八月十五这天，五爷乔祖庆在县城的店里为庆祝重新开业，给每位员工两斤月饼，两斤白酒，月饼象征月圆和团圆，应该把酒相庆。五爷就额外买来下酒菜，回到家里招呼全家人坐下喝杯团圆酒。五爷是热心肠人，脑子也容易发热，没有经过认真思考就做出决定，好多次出力不讨好，花钱买批评，然而又不长记性，一件事能重复着犯多次。老日滚了，生意开张了，乔窑的柿子成熟了，秋庄稼长势喜人，在一起庆贺一下十分正常。按照乡下人过中秋的习惯，中午全家人坐在一起，吃顿所谓的好饭，有条件的有盘有碗，为了助兴还要喝几杯。晚饭相对简单，和平常的晚饭一样，只是月亮升起时，就在当院里放上月饼盘子、水果盘子，还有自家蒸的枣花馍，名义上是宴月，烧香人的心里连同神明、祖宗都供奉了。中午是全家人的聚餐，乔家人围绕老奶坐了一圈，家宴没有繁文缛节，不用谁发表祝词，菜端上直接就开火了。当五爷倒酒敬老奶时，原本还满面喜色的老奶，突然把脸沉下来，批评五爷，当然也是给所有人听的。老奶很严厉地说："八月十五月儿圆，是团圆节，人家全家团聚的人在一起快乐、吃喝，很应该，可咱们家，能算团圆吗？"老奶批评着别人，自己禁不住落下泪来。老奶是领家人，她很快控制了情绪，接着批评五爷："祖庆，你老大不小了，咋就是长不了记性，在仁厚回来前，谁都不许喝酒、寻欢！"五爷忙说："这回我一定长记性，真笨，我咋忘了咱家还有人在外当兵打仗呢！"五爷很自疚也很幽默地轻轻拍打自己的脸颊，边拍边说，"记住了，记住了！"吃饭的人禁不住随着老奶陷入深深的思念中，把拿起的筷子悄悄地放下。正沉闷时，门外有人喊叫："乔守甲，拿印章来，有邮件！"一桌子人最敏感的是老奶，她忘记了全家正在吃饭，大声问："公家的信还是私人寄的信？"已经好长时间了，老奶一直对邮局的邮件耿耿于怀，内心一直很纠结，既想得到父亲的信，又担心什么不祥的事情发生。对公家信封，老奶很忌讳，因此，每逢邮差让取信件、邮件，就会情不自禁地问是公家的还是私人的。老奶声音很大，显然邮差听到了，就在大门口回答说："陆军第八十八师的，发自广西柳州！"老奶说："咋又是公家寄的！"

五爷祖庆为了让老奶高兴，同时又作为将功补过，就主动把信打开，一看到那工整的魏碑字体，就高兴地告诉老奶："您惦记孙子，孙子也惦念您，这不，八月十五这天来了信，向您报平安的！”老奶高兴了，说：“大家先吃饭，酒可以喝，少喝点儿，别喝醉！我今天早上听到喜鹊喳喳叫，知道有好事要来到，吃了饭再把信念给我听！”这天中午，大家都喝了酒，老奶也喝了，脸喝得红扑扑的。

父亲在信中告诉老奶和家人，说他们从云南转战贵州和广西，由于任务紧急，是乘坐飞机去的，从芒市到都匀二千五百多里路，飞机在天上只飞了两个多小时，要是从柳州回洛阳，不到三千里的距离，假如坐飞机的话，大不了三个小时就到了。父亲在信中说，桂林那边还有日军在张牙舞爪，马上要去收拾他们。五爷念到“收拾”这两个字，把老奶乐得合不拢嘴，乔窑人说的收拾就是揍。父亲在信中说，把这一小部分日本侵略军消灭了，那就是把所有的日兵侵略者都打败、赶跑了。仗打完，他就抓紧回家，这么多年了，很想家的。老奶没乘过飞机，只是在院子里、在田地里朝天上看到过，那轰隆隆的响声里，飞机就像一只很大的鸟，飞过来飞过去。过去，老奶不知道天上飞的飞机是干什么的，不知道它还能载着人飞，光知道飞来飞去，不知道这种家伙飞得还这么快。在老奶的印象里，把飞机当成了地上跑的车，想在哪里停就落下来，全然没有机场、跑道、滑翔这些概念。从收到父亲信的那天起，老奶就对飞机特别留意，特别有感情，仿佛那些过往的飞机里，很有可能坐着自己久别的孙子，不定哪一会儿就落到大门口，或者街道上。

乡下人见过汽车、火车的很多，没见过飞机的几乎占了全部，大多数人只是站在地上仰望飞机经过，目送飞机飞向很远的地方。老奶在飞机这件事上很无知，乔窑比老奶更无知的尤其多。因此，当老奶拿着父亲的书信，告诉他们自己孙子马上要坐飞机回家时，他们几乎全部流露出羡慕的神情。后来，凡有飞机飞越乔窑上空，不仅老奶在注目仰视，村里人还来到乔家打听，问老奶：“刚才有飞机从头顶上过去，落没落下来？”老奶说：“还不知道哪一架来自柳州，再等等，或者还有几个老日需要收拾呢！”很多人关注乔家是否有飞机到来，不只是为父亲回乡的事，很多人是为了见识见识飞机，觉得见过飞机摸过飞机，是一种荣耀，一件风光的事。

老奶对飞机的声音由过去的充耳不闻，到目前的闻声而动，无论她在田地里，还是在家里，只要听到轰隆隆的声音，就立即停止手中的事情，专心致志地仰望蓝天，有好几次，有飞机结队而行，老奶就天真地想，连续过飞机，肯定有一架要落到乔窑，坚信自己的孙子一定会在这些飞机的某一架上坐着。然而，这些飞机只是在乔窑上空经过，既不减速，又不盘旋，毫不客气地飞远了。这种时候，老奶不叹息，不灰心，内心依旧很充实，她把孙子回家的希望寄托到下一次有飞机过来。

老奶为人好，不仅在村子里威信高，还在香客中有很好的口碑，那年因为救助新四军伤病员被人迫害，香客自发地形成团队前来解围。那件事后，乔窑附近遭受旱涝灾害，不少香客生活困难，老奶积极主动地慷慨解囊捐赠粮物。在香客中，老奶的形象如同大慈大悲的救世菩萨。梁周寺、八方庙逢农历初一、十五为香客进香日，自八月十五老奶接到父亲的信后，就把迎接飞机放在了重中之重，几乎淡忘了烧香拜佛的事情。香客们大都迷信，把“诚”字挂在嘴上，于是心诚则灵就成为一句咒符。多少香客听了这句话，都像被驯服的羔羊，乖乖地守着规矩，老奶也不例外。老奶说话很讲分寸，即使不去寺庙烧香，也不忘跟寺庙里的香客领头人婉言请假。为了留住老奶这个有号召力的香客，领头人骗老奶说：“你们家这几年种庄稼风调雨顺，遇到麻烦事逢凶化吉，你孙子在战场上平安无事，多亏是神灵的保佑，主要还是您虔诚，您要缺席重要活动，神灵不高兴了，谁知道以后还能不能保佑你家，你当了官的孙子不知道能不能回来呢！”老奶这些年，因为这样那样的事情，不得不进寺庙进香拜神，就对迷信的一套信以为真。不过老奶提了一个很可笑的要求，说：“大家都要替我听着，听到飞机声不仅要告诉我，还要允许我迟到和早退！”老奶把在场的香客说得哈哈大笑。尽管老奶照常去烧香，和香客们共同拜神，但她的前提是把家里的事情安排得有条有理，不让母亲下地，专门在院子里听飞机，时刻准备接机。为了把观察飞机的事做扎实，老奶专门安排五奶协助，说万一解个手，就换个班，一刻也不能松懈。

老奶作为乔家的一家之主，亲戚家有事很多时候她要亲自参加，换个人就似乎有失礼节。这种时候，老奶就对接飞机的事放不下心，必须一条一条强调后才肯离开。老奶每到亲戚家参加活动，谈论起家务事时，总是说起自己孙子正在桂林那边收拾残余的老日，大仗已打完了，马上要坐飞机回来了。

乡里的亲戚家境大都不比乔家好，对待老奶格外尊重，众星拱月一样地围着她。当老奶兴奋地谈到自己的孙子参加过好多战役，还在重庆当过军需时，亲戚们羡慕得不停地咂嘴。老奶也就忘记了自己是在做客，仿佛是在举办一个演讲活动，她俨然就是主角。这以后，不光乔家人、乔窑人，连乔家的所有亲戚朋友们都对天上过飞机，有了期待和寄托。

有期盼的日子总是让人矛盾，老奶盼人归时就觉得时间过得太快，飞机太少，盼不到人时又觉得时间过得太慢，飞机多又不作为。然而，日子像东沟里的溪水无情地流过，不因怜悯哪户人家而停下来。农历的小雪、大雪都过了，仍不见父亲坐飞机降落在乔窑。老奶这次真的着急了，她想，要是下了大雪，这飞机在天上咋飞，看不见方向，茫茫一大片，乔窑那么小，飞机找不着咋办！冬至前，四爷乔传甲从省府回家，那时已经没有了战区，文职军官大部分都到了地方。老奶问："阴雨天、下雪天，飞机能不能飞？"乔家人见到老奶都不敢多说话，都怕挨批评，只能老人问啥就回答啥。四爷是了解飞机的，回答说："除了浓雾天，飞机降落不成，其他天气不耽误飞行。"老奶马上转忧为喜，就不再问其他事情了，似乎除了飞机，其他都不关心。四爷是机关里的官员，平时养成了不谈闲事的习惯，话本来就少，何况面对乔家的一家之主，就没有过多地讲有关飞机的常识，这让老奶继续在迷茫中盲目地期待着，在无知中继续自信着。老奶除了每天都关注着飞机外，还为父亲准备了好多吃的喝的。无论是孟津的亲戚来看望她，还是偃师的娘家人来做客，都会把刚收获的水果干果和市场上最流行的糕点带给老奶，而老奶总是把这些自认为最好的食品保管好，留着让她离家八年的孙子回家时吃。

不到小寒就进入了腊月，老奶再也沉不住气了。过去看到飞机从乔窑上空飞过，就仰望蓝天，行注目礼似的眺望着，目送飞机远去，留下一溜白色的长带，感叹说："仁厚没坐这一趟，很可能坐下一趟。"老奶耐心地继续等着盼着。自从进入腊月，老奶的态度变了，更加积极、主动。等飞机，看飞机，期待飞机降落，好像常规的做法感动不了飞机似的，从腊月初一开始，听到飞机轰鸣，老奶就拿着父亲那封信，站在院子里喊："哎——飞机，你的正下方就是乔窑，再飞就过界了！"再往后，老奶看到天上过飞机，就直喊自己孙子的名字："仁厚，仁厚！咱乔窑就在你正下方，家里人、村里人，还有亲戚朋友们都在等你回家哩！”飞机无情地飞远了，留给老奶的依旧是似云非云的一道白雾。

如果在这种情况下，哪天有人站出来告诉老奶，交通工具不只是飞机，还有火车、汽车，不用每天都在等飞机了，那样，老奶的注意力还会转移一些。只是，在乔家，大家都不敢乱发言，劝阻老奶是要挨骂的，再者，老人难得兴奋，难得眉飞色舞，扫她的兴绝不是大家的想法。

进入腊月没几天，就是二十四节气的小寒，仍然没有父亲的消息。他来信说的一定要回家，眼看一年都要过完，飞机过了很多架次，老奶不能不产生一些想法。腊月十一那天，有个算命看相的在乔家门口，虽然不是有意在这里逗留，但待的时间一长就有人光顾他的卦摊儿。江湖术士每到一地，基本上都选择坐在高门大户门口，容易引人注目，还不招惹寒酸之气。尽管隆冬腊月，但乡下人如果不是遇到雨雪天气，一般不会老老实实待在家，喜欢寻找背风向阳、人多热闹的地方，东拉西扯说一些逸闻趣事。于是算命摊儿人就越来越多，就有人无聊地逗算命先生开心，哪知当他们报过生辰八字后，这先生眯缝住眼，掐着指尖，口中念叨着子丑寅卯之类的东西，两分钟过后就开始推测出这人的前世今生、流年运程，那个精准真的让人佩服。第二人也一样，过往的经历，遭遇的祸福，准确无误。于是，神算的美名很快就传遍了乔窑。老奶正在疑虑万分、焦躁不安时，听到门外喝彩，知道这算命的技高一筹，就唤他进家门里边为父亲算一卦。当老奶把父亲的生辰八字讲出来，算命先生闭上眼，大约三分钟后，让老奶取出一张干净纸，就在上面写了十二句话：

男儿属猴冬月生，不甘平庸当了兵。
峰回路转昆仑关，山重水复驻重庆。
自幼流连关帝庙，为国输忠热血涌。
与生俱来穿金甲，所到之处炮声隆。
击败倭寇欲归田，南北转战未了情。
九山七水须跋涉，有惊无险乘春风。

算命先生把十二句话写完后，先让老奶过目，见老奶推辞说自己眼花看不清，就一句一句诠释给老奶听。

算命先生说："根据四柱，这属猴男子十一月生人，在一家作坊干活，和一群素质不高的人在一起，受人排斥，在做了一件报答掌柜的大事后就远走高飞，加入抗战队伍。队伍在受挫后卧薪尝胆，属猴男子在深山老林活得艰辛，其间遇到贵人，次年在昆仑关打仗立了战功，被贵人带到当时的国都重庆，过得风生水起，还当了军官，后来命里有了充电机会，上了黄埔军校，成为一名职业军人。男子小时候常在关帝庙里玩耍，关云长的忠、勇、义冥冥中熏陶了他，于是对国事天下事都很上心，侠肝义胆使他仗义疏财人气高涨。这种性格生就的军人命，运程里充满枪声炮声。把倭寇老日打败后，属猴人从大山深处到了浅山丘陵，心里不快就有了解甲归田的想法，只是他的命理上还有仗没打完。这人一生要翻越九座大山，还要蹚过七条河水。不过，请老人家放心，这人命大，上苍念他忠、勇、义，备了六条命给他。"老奶听得津津有味，觉得自己孙子小时候在孟津北门里的确常在关帝庙玩耍，有时候忘了回家吃饭，在洛阳学徒的事也对，昆仑关、重庆的事早些年的信里也说了，云南松山、龙陵、畹町也知道，从芒市坐飞机到贵州，还说要回家，是从柳州寄来的信里说的，这算命的还真的神了！老奶最关心的并不是父亲的过往，而是他回家的时间，于是问算命先生："这人啥时间才能回到家里？"算命先生说："九山七水须跋涉，有惊无险乘春风。他还有山水没有跋涉，回来就一定在打罢春了！"

算命先生的技巧就在于模棱两可，能进能退，任何时候都能自圆其说。他说的乘春风，没有说哪年的春风，如果人今年腊月回来了，即使是任何季节，他都能把乘春风强加上去。算命先生并不多做解释，理由可以让所有人啼笑皆非，"天机不可泄露"几个字足够有分量。算命先生为乔家算这一卦，可以称上一大单，这一单生意做完就离开了乔窑，他肯定满意，俗话说逮住一个骨碌锅的顶上好几个钉秤的。

算命先生留给老奶许多悬念中的希望，老奶就沿着希望之路，越想越觉得这么多年对长孙的期盼马上就要实现了。老奶坚定地认为，春节就是春天，不是春天为什么叫春节呢！春节就是乘着春风来到，那么那个离家八年的人也应该在春节回家的，最晚也不过除夕那天。基于这种想法，老奶精神更好，每天早起晚睡，拿着父亲的那封来信在院子里专注地倾听着飞机的引擎声和乔窑北街上的动静，心里充满了和长孙久别重逢的激情。老奶的执着几乎达到了风雪无阻的状态，即使在吃喝拉撒这些片刻时间，老奶都以观察和倾听为主。有时候，夜深了，有飞机穿过乔窑上空，老奶也要披上棉袄走出房门，目送那些彩灯闪烁的飞行器越走越远，她才肯重新回到屋子里。好像这就是老奶的生活乐趣，热切地见到长孙就是她的精神力量。

腊月过得飞快，腊八、祭灶，转眼就是除夕。老奶从未灰心丧气过，她坚信自己的判断，不少外出的人们都是在匆匆忙忙中于除夕这天回到家中，阖家团圆地吃着热气腾腾的年夜饭。除夕这天从凌晨鸡叫开始，老奶就穿上迎新年的服装，正襟危坐地待在那把祖传的太师椅上，全神贯注地巴望着天上、街上归人的动静。中午时分，一阵清脆的铃声后，邮差又在乔家门口呼喊了：“乔守甲，有公函，拿印章来取！”老奶年逾古稀，耳不聋眼不花，当然听到了邮差那公鸡啼鸣般的呐喊，心里沉甸甸的，紧张得汗珠都浸出毛孔。这种时候，来什么公函，来公函不会是好消息吧？老奶心里乱得没有头绪。

果然，那是父亲的《阵亡通知书》。老奶一下子脸色煞白，口吐鲜血。她恼怒地骂着：“这该死的老日，这该死的战争……这杀人的战争……”一直在老奶身旁的母亲，噙着眼泪，轻轻捶拍着老奶的肩和背，想让老人家心理压力减轻些。从那刻起，老奶开始卧床，闭紧眼睛，咬紧牙关，不吃不喝。附近最好的医生姚大夫，对老奶进行了诊断，边收着听诊器边说：“老太君没有啥病，别打搅她，静卧一些时日会轻的！”

这个大年初一，天阴沉沉的，有下雪前的征兆。乔家全家人似乎都变成了聋哑人，每个人心里都像压了块儿石头那样沉重。中午过后，果然降雪了。鹅毛一般大的雪片纷纷飘落，起初落在地上融化了，后来地上像下霜一样地镀上了灰白，再靠后就成了雪白。雪落在地上、房子上、树上，发出轻微的窸窣声，恬静而柔美。

正月初十的子时，老奶走了，她带着对人间的眷恋、对长孙的企盼，走向了另一个世界。临走，她已经无力说话，但她的头微微地动了动，依旧做出聆听飞机过境的姿态，好像她忘记了那份让她绝望的《阵亡通知书》，还在等待着抗战的长孙回家一样。

有句老话说："过了初一，过不了十五。"老奶过了丙戌狗年的初一，的确没有过去十五。

老奶出殡那天，母亲的娘家也来了祭奠团队。母亲在天津、上海做生意的哥哥，代表东门里王家来到乔窑。舅舅说："这老太君身体挺硬朗的，咋说老就老了呢？"大家你看我我看你没人回答，母亲直爽，就回答舅舅说："家里收到了乔仁厚的《阵亡通知书》，老人家经受不了这种打击，就倒下了。"母亲说着，禁不住哽咽起来。舅舅觉得这事很蹊跷，就说："是不是工作人员弄错了，国俊的部队现在正在上海，十一月底，八十八师还在四行仓库举行了声势浩大的公祭淞沪阵亡将士活动。那天，我和国俊还见了面、说了话。他还让我有机会转告各位，他很快就回家看望大家。"听到父亲还活着的消息，母亲并没有喜出望外的表情，而是很冷漠地说："寄《阵亡通知书》，肯定不是简单寄错的事，或许乔仁厚真的阵亡了，而那个乔国俊却活着！"

老奶走了。她的德行赢得了民众的心，为自己带来了隆重而肃穆的葬礼，仅挽幛就百余幅，花圈花篮不计其数。企业家、书法家司马儒的挽幛很出众："乐善好施拯救落难幼子死里逃生，机智果敢资助抗战伤兵凤凰涅槃。"那些虔诚的香客团队破天荒地参与了百余人，举着大幅挽幛："欣闻西天添佛面，哀叹人间失完人。"母亲娘家的挽幛大气磅礴，王铎后人的书法更让人肃然起敬："做人处世既明且哲精忠报国高山仰止；相夫教子夙夜匪懈勤俭持家景行行之。"乔甲长挥毫代表全村书写的榜书挽联十分醒目："寿逾七旬睦邻精神今犹在；含笑九泉勤俭家风永世传。"……

出殡的队伍浩浩荡荡地走出乔窑，这时望祖台上坐着不能参加送殡的瘸子根儿，使劲儿呼唤着："奶奶——一路走好！"声音如雷，振聋发聩，在乔窑回荡，在东沟回响……

雪花仍在飞舞，像无数的小白花静静地落下，仿佛寄托着对老奶的哀思。老奶的墓穴在乔窑东的柿园里，头枕邙山，脚蹬黄河，这里安葬着国子监监生乔芸芝。墓地周围生长着茂密的蜡梅和迎春花，黄色的、银白的花儿正傲然绽放，在漫天雪花中轻轻地摇曳着……

后 记

点燃我写完《乔家往事》激情的，居然是多年前北京之行与那位阿姨的邂逅。

由昆明开往北京的特快列车上，聚精会神读书的老人深深感动着我，使我情不自禁地望着她，敬佩之意油然而生。列车起步的惯性撼动着人们，包括那位读书的老人，她把似乎嵌入字里行间的目光，无奈地转移出来，扫描着上车后正寻找位置的人们。最后，她的目光奇怪地逗留在与她最近的我身上。她的双眼从那副精致而且有金链子点缀的眼镜的椭圆镜片上边左右打量起我，俨然发现了比书本情节还要重要的内容。之后，老人合上书本，眼镜也随之悬挂在脖颈上，金链子轻轻地晃动着，闪着细碎的光点。老人似乎读书困了累了，下意识地伸伸懒腰，双手分别揉搓着额头两边的太阳穴。老人那本书是海明威的《太阳照常升起》，竖排本，旧得泛黄，却没有打卷儿。老人没有顾忌卧铺车厢里那么多乘客，令人不解地对我说了句："恕我唐突，看见你，使我想起了一个人！"老人一声长叹，舒缓了一下情绪。接着，她沉稳地问我："你父亲是不是一位军人？"我被老人江湖术士般的问话弄得不知所措，但看到那张慈祥的面孔，只能如实回答她："是。"老人此时有所放松，口气也随和起来。她又问："你们家是不是在西安？"我望着她的脸说："曾经是，只是后来回到了老家。"老人怔了一下，若有所思地问："你们老家是在洛阳孟津？"我突然觉得眼前的老人有些神奇，莫非她看过奇门遁术？于是就说："阿姨，您猜得很对啊，您是怎么知道的？"老人再次长叹一声，然后苦笑着说："不用猜。你们老家在孟津县城西南四里地的乔窑，那里有东沟、南坡、上头井、十亩地、八方庙、梁周寺……"在惊愕中，老人仿佛给我讲了一堂生动的史地课。接下来，这位操一口流利普通话的阿姨，给予我穿越时空一样的沟通和交流，使我陷入对乔家往事的钩沉打捞中。列车过了涿州，阿姨开始收拾她的行李，一个手提包，只能装几本书和牙具。她爱抚地整理着书，唯恐哪页不够平展。在她摩挲扉页时，我敏感地窥见了魏碑字体书写的几行字，端庄隽秀醒目：

月光之下，
太阳底下，
你是唯一！

我神经质地想着这几句来自《夜与日》的歌词，脑海里蓦然出现了作曲家考尔·波特的影子。当我回过神时，阿姨已经无影无踪了，她没有跟我打招呼，没有留下只言片语。阿姨好像不愿惊扰我刚才的遐思，或者不想让我记住她半个世纪孤苦的年轮，就匆匆下车赶她自己未尽的路程。带着遗憾和愧疚，我茫然地看着站台上熙熙攘攘的人流，寻找着与乔家有渊源的阿姨：皮肤白皙，头发花白，中等身高，富态的面颊，以及饱满的天庭上永远闪现着的自信和坚强。

《乔家往事》完稿时，正赶上腊月，我默默念叨着：进入腊月，母亲一百零二岁、父亲一百岁，而上官阿姨应该九十八岁……

《乔家往事》带给我许多福音，当郁结或困顿来袭，民政局局长刘太斌、应急管理局局长张红伟、河南江山置业董事长李小江等先生给予我大力支持和慷慨帮助，在此谨祝他们健康、进步和发达！还要感谢北大学子高华先生，在我久坐带来膝关节不适时，他把自己多年研制的麻痛散提供给我。麻痛散是高华集《黄帝内经》《伤寒论》《本草纲目》之精华，以民间珍藏秘方验方和偏方为基础，经过去粗取精和去伪存真，采纳古代方士马丹阳的私密工艺，使用现代先进技术，遵照国药制作的规范要求精心炮制而成，对颈椎病、腰椎病、膝盖、十指等关节骨刺、手指腱鞘炎、肩周炎、肌肉劳损等均有特殊疗效。“困了麻了痛了，就用麻痛散，一贴就灵！”

愿励志的《乔家往事》带给读者吉祥如意、幸福安康！

作　者
2021年春节